Siegfried Langer

Alles bleibt anders

ATLANTIS

Siegfried Langer

Alles bleibt anders

Eine Veröffentlichung des
Atlantis-Verlages, Stolberg
Dezember 2008

Druck: Schaltungsdienst Lange, Berlin

Lektorat: Nina Horvath
Titelbild und Umschlaggestaltung: Timo Kümmel

ISBN 978-3-946742-95-4

Besuchen Sie uns im Internet:
www.atlantis-verlag.de

Gewidmet meiner lieben Mutter.

»Was ist unschuldig, heilig, menschlich gut,
wenn es der Kampf nicht ist ums Vaterland!«

(Friedrich Schiller, ‚Die Jungfrau von Orleans', 1801)

»Ich kann gar nicht so viel fressen,
wie ich kotzen möchte.«

(Max Liebermann, zur Machtergreifung Adolf Hitlers, 1933)

I

Es wird in hundert Jahren wieder so ein Frühling sein,
genau so schön, mein Schatz, wie heut'.
Vielleicht steht dann noch unsere alte Bank im Sonnenschein,
doch die dort sitzen, das sind leider andre Leut'.

Drum lass uns nicht nach fernen Tagen fragen,
noch bleiben wir ein gutes Weilchen hier.
Und wird in hundert Jahren wieder so ein Frühling sein,
es kann nicht schöner sein, als heut mit dir.

‚Es wird in hundert Jahren wieder so ein Frühling sein'
Claire Waldoff, 1931

1

Für einen Augenblick nahm er seine Umgebung als Park wahr.

Für einen Augenblick sah er Frauen mit Kopftüchern, Männer mit Schnurrbärten und dazwischen spielende Kinder. All diese Menschen bevölkerten die Wiesen ringsum und drängten sich um qualmende Grille. Er roch sogar die Fleischstücke und die Würste, die auf den Rosten lagen, doch auch dieser Sinneseindruck blieb nur für den Bruchteil einer Sekunde präsent, um dann für lange Zeit wieder aus seinem Bewusstsein zu verschwinden.

Der Geruch verflüchtigte sich genau so schnell, wie sich das Gebäude vor seinen Augen verwandelte. Die Architektur blieb die gleiche, aber an der Stelle, an der gerade noch 'Deutsch-Türkischer Sportverein' neben einem schwarz-rot-goldenen Halbmond auf weiß getünchter Mauer prangte, stand nun plötzlich 'Görlitzer Bahnhof' in gotischen Lettern auf dem unverputzten Backsteingebäude. Als hätten sein linkes und sein rechtes Auge unterschiedliche Informationen an sein Gehirn weiter gemeldet und dieses hätte binnen kürzester Zeit entschieden, welches die korrekte Umgebung zu sein hatte, die er da beobachtete.

Nur dieser Augenblick der Unsicherheit und des Schwindels. Dann stand er wieder mit beiden Beinen fest auf der Erde und hatte das, was er eben gesehen hatte, auch schon wieder vergessen.

»He, Sie da!«

Irgend jemand bellte ihn an und als er am Bahnhofsgebäude entlang sah, erkannte er Menschen, die zu ihm starrten: Zwei Männer mit Zylindern auf den Köpfen, in Anzug und Fliege, einer trug eine Zeitung unter den Arm geklemmt; eine junge Frau mit schulterlangem, blondem Haar, in einem fliederfarbenen, knöchellangen Kleid; ein ganzes Rudel Kinder im Alter von etwa acht Jahren in dunkelblauen Schuluniformen mit goldenem Emblem auf der Brust. Mehrere der Kinder glotzten mit offenem Mund zu ihm herüber, mitten unter ihnen eine ältere Dame in der gleichen Uniform, die ergrauten Haare zu einem Dutt nach oben gesteckt.

»Ja, Sie meine ich!«

Jetzt sah er auch den Mann, der da brüllte und ganz offensichtlich ihn meinte: ein stämmiger, vollbärtiger Mann, eine graue Uniform inklusive Schirmmütze tragend. Hätte er näher bei ihm gestanden, hätte er das Wort »REICHSBAHN« in schwarzen Buchstaben am Ärmel lesen können.

»Kommen Sie sofort da herunter!«

Was der Mann in der grauen Schaffnerkleidung mit ‚da' meinte, bemerkte er, als er an sich herab sah und feststellte, dass er auf einer Schwelle stand, die zu einer Gleisanlage gehörte.

»Sind Sie lebensmüde?«

Jeder andere an seiner Stelle hätte schleunigst die Schienen verlassen. Er jedoch ging langsam und gemächlich auf den Bahnsteig zu, war sich der Gefahr gar nicht bewusst. Die dort Versammelten beobachteten jeden seiner Schritte.

»Mann, haben Sie ein Glück, dass der Elf-fünfundvierziger zehn Minuten Verspätung hat!«, sagte der Mann in grau und streckte ihm eine Hand entgegen; auch der Anzugträger mit der Zeitung unter dem Arm, nahm diese nun in die eine Hand und reichte ihm die andere. Er ergriff sie beide und ließ sich auf den etwa achtzig Zentimeter erhöhten Bahnsteig hieven.

Der Schaffner vergewisserte sich mit einem Blick nach links, dass der erwartete Zug immer noch nicht in Sichtweite war, und zeigte Erleichterung, die sogleich von einem strafenden Ausdruck verdrängt wurde.

»Es ist Unbefugten verboten, den Gleiskörper zu betreten. Ich bin verpflichtet, darüber Meldung zu erstatten«, zitierte er und zog Notizblock und Stift aus seiner Brusttasche. »Wie heißen Sie?«

»Frank«, sagte der Angesprochene ohne zu zögern. ‚Frank' war der Name, der ihm spontan eingefallen war und er wusste auch, dass es der Richtige war: der Seine. Er wusste nicht, wie er hier auf diesen Bahnhof kam, geschweige denn, warum er hier war; aber an seinen Namen, an den erinnerte er sich plötzlich wieder. Ähnlich einem alten Menschen, bei dem große Lücken im Gedächtnis klaffen und der dennoch stets das Datum seiner Geburt nennen kann, wenn man ihn danach fragt.

So bestätigte Frank mit der Aussprache seines Vornamens mehr sich selbst als dem Schaffner, wer er war.

Der Schaffner notierte. »Und Ihr Nachname?«

Frank wurde sich der Situation, in der er sich befand, immer noch nicht bewusst. Er fragte sich nicht, warum und wofür der Schaffner diese Informationen von ihm wollte. Nein, er war ihm dankbar, denn er wollte selbst wissen, wie sein Nachname war; in Gedanken suchte er ihn, konnte ihn aber nicht finden.

»Ihr Nachname?«, beharrte der Bärtige.

Dass die ältere Dame in der blauen Schuluniform mittlerweile dafür sorgte, dass ihre Schützlinge sich benahmen, nicht länger mit offenem Mund zu ihm herüberstarrten und mit ihr ein Stück zur Seite gingen, bemerkte er nur am Rande.

»Können Sie mich verstehen? Sprechen Sie deutsch?«

Auch der Mann mit der Zeitung wandte sich nun, zusammen mit dem anderen Anzugträger, von dem Gespräch ab, genau wie die junge Frau es auch schon getan hatte. Anstand war der Grund dafür, nicht etwa fehlende Neugierde.

Der Schaffner wusste sich schließlich nur noch damit zu helfen, den Fremden am Oberarm zu packen und mitzuzerren.

»Sie kommen erstmal mit zur Stationsaufsicht!«

Der endlich eintreffende Zug lenkte für einen Moment seine Aufmerksamkeit ab, und Frank gelang es, die Hand des Schaffners abzuschütteln und loszurennen.

Beim Schaffner, hin und her gerissen, ob er dem Flüchtenden nacheilen oder sich um die Abfertigung der eingefahrenen Bahn kümmern sollte, siegte das Pflichtgefühl.

Sollte dieser Lebensmüde doch machen, was er wollte, die Sicherheit am Bahnsteig ging vor. Den Mann ohne Nachnamen erwähnte er nur noch in seinem Dienstbericht, den er bei Schichtende seinem Vorgesetzten in dessen Fach legte. Darüber hinaus interessierte er ihn nicht mehr.

Und Frank rannte. Er rannte durch das große Portal hindurch, das den Bahnsteig mit der Bahnhofshalle verband, dann geradeaus, an einer breiten, nach unten führenden Treppe vorbei, die Zugang zu anderen Gleisen verschaffte, und schließlich durch die kuppelförmige Halle selbst. Unbewusst nahm er die Menschen wahr, die da standen, warteten, an einem Imbiss etwas aßen, sich gerade an den Auskunfts- und Fahrkartenschaltern eine Reiseverbindung ermitteln ließen oder ein Billet lösten. Dienstmänner, die schwere Koffer und Reisetaschen schleppten; Reisende, die schnellen Schritts die Halle durchquerten. Der eine oder andere drehte sich irritiert zu dem Rennenden um. Dann war Frank auch schon durch die Vorhalle hindurch und kam auf einem gepflasterten Bürgersteig zum Stehen. Nur für einen kurzen Moment hielt er inne, um zu erfassen, wo er war. Geradeaus standen mehrere Pferdedroschken, aber auch einige motorgetriebene Fahrzeuge, auf dem Trottoir selbst herrschte eine ähnlich geschäftige Betriebsamkeit wie in der Halle. Er lief weiter nach rechts den Bürgersteig entlang, immer weiter, bis er an den Bahnhofsgebäuden und den sich anschließenden Mietblöcken vorbei war. Dann bog er nach links ein, in eine Gasse, und weiter in die nächste. Dass er gar nicht verfolgt wurde, bemerkte er nicht. Erst als seine Kräfte nachließen, verlangsamte er seine Geschwindigkeit, nach Atem ringend und mit erhöhtem Puls. Mit dem Handrücken fuhr er sich über die nasse Stirn.

Im Schritttempo weiter, rastlos, ziellos, unter einer Hochbahn hindurch, passierte er stinkende Gassen und verschmutzte Straßen. Spielende Kinder, Männer und Frauen auf Fahrrädern und Hochrädern, ein von Pferden gezogener Bus. Bis er irgendwann, Stunden später, an eine Parkbank gelangte, sich niedersetzte und zu Boden starrte. Er erinnerte sich an die Szene am Bahnhof, ansonsten erinnerte er sich an nichts. Er fühlte sich absolut leer und ausgebrannt.

Wie war er dort nur hingekommen?

Sein Blick fiel auf seine schwarzen Lederhalbschuhe. Nein, er wusste nicht mehr, wann er sie gekauft, geschweige denn, wann er sie angezogen und zugeschnürt hatte. Die dunkelgrauen Wollsocken und die schwarze Stoffhose, erkannte er ebenso wenig wie die Schuhe oder sein Hemd aus weißer Baumwolle. Die beiden Anzugträger fielen ihm ein und er fasste sich auf den Kopf. Müßig: hätte er, wie die beiden einen Zylinder getragen, hätte er ihn längst beim Rennen verloren. Auch Krawatte oder Fliege trug er nicht.

Ein Griff an seine Gesäßtasche: keine Geldbörse mit Geld oder etwa einem Ausweis.

Dann entdeckte er etwas auf seiner Brust; er spürte Metall. Er öffnete die obersten beiden Hemdknöpfe und zog ein silbernes Medaillon hervor, an einem dünnen, aber stabilen Kettchen hängend. Neugierig, welches Bildnis wohl darin zum Vorschein kommen mochte, suchte er den Öffnungsmechanismus. Er fand ihn und drückte darauf. Der Deckel klappte nach oben. Doch nicht das erhoffte Antlitz aus einer ihm noch unbekannten Vergangenheit lächelte ihm entgegen, kein jüngeres Ebenbild seiner selbst oder das Gesicht einer früheren Liebe. Es sah aus wie ein Knopf, der sich eindrücken ließ. Vorsichtig fühlte er mit dem Zeigefinger über die schwarze Oberfläche: weich, aber stabil. Den Knopf zu betätigen, getraute er sich nicht. Jetzt fiel sein Blick auf die Innenseite des Deckels; in schnörkellosen Buchstaben stand dort: ‚SG'. Initialen? Seine Initialen? Dann konnte er selbst nicht Frank heißen. Und wenn er Frank war, wer war dann dieser oder diese ‚SG'?

In Gedanken versunken lehnte er sich zurück, blickte auf und entdeckte seine Umgebung. Vor ihm ein schmaler Fluss, der langsam und träge durch sein begradigtes Bett glitt, links und rechts des Flusses das gemauerte Ufer, zur Absicherung ein Geländer. Jenseits des Flusses ein großer wuchtiger Bau, dahinter ein rotes, leicht deplatziert wirkendes Gebäude. Eine Kirche? Dazwischen Wiesen, noch nicht so grün und saftig wie im Sommer, aber auf dem besten Wege dorthin. Vor dem wuchtigen Bau eine breite Straße - Linden in der Mitte - die geradewegs auf eine Brücke zulief, die über den schmalen Fluss führte. Auf der Brücke acht Skulpturen aus weißem Marmor, jede aus einer Frau und aus einem Mann bestehend: Krieger und Kriegsgöttin.

Plötzlich ahnte er, was sich hinter ihm, in seinem Rücken befand. Er stand auf, drehte sich um und sah geradewegs auf ein großes imposantes Schloss, altes Gestein, reich verziert, in bestem Zustand. Links daneben der Dom und davor der Lustgarten. All das erkannte er wieder, glaubte er zumindest.

2

Ein Alptraum aus Franks Kindheit: Er kommt mittags mit seinem Schulranzen nach Hause. Es ist der Wohnblock, den er kennt; er ist hier in der Siedlung aufgewachsen; auf dem Straßenschild in schwarz auf weiß: Großbeerenstraße. Doch die Namen auf den Klingelschildern kennt er nicht. Er liest sie alle zum ersten Mal, auch sein eigener Nachname ist nicht darunter. Niemand kennt ihn oder seine Eltern: Wo ist er? Wer ist er?

Für Frank war es gleich einem Déjà-vu, als er nun hier in Kreuzberg vor der Haustür stand. Den weiteren Nachmittag war er durch die Stadt gelaufen, die er meinte zu kennen. Als dieser Fetzen Erinnerung in der Leere seines Gedächtnisses aufgetaucht war, waren seine Schritte zielstrebiger geworden. Er hatte Passanten nach dem Weg gefragt und dabei Antworten geerntet wie: ‚Das ist aber noch ein ganz schönes Stück!' oder ‚Da wollen Sie zu Fuß hin?'. Der eine oder andere hatte abschätzig seine Kleidung gemustert.

Und so bemühte er sich nun, im nachlassenden Tageslicht, die Namen auf den Schildern zu lesen und wieder zu erkennen. Ersteres gelang ihm.

War er hier zu Hause?

Gehörte einer dieser Namen zu ihm?

Frank Vogt?

Frank Mertens?

»Frank Miller?«

Frank sah nach links oben: Ein dicklicher, älterer Mann blickte von dort durchs geöffnete Fenster aus dem Hochparterre zu ihm hinab. Franks erstaunten, fragenden Gesichtsausdruck nahm der Mann nicht wahr. Er trug ein ärmelloses, weißes Unterhemd und sein glasiger Blick musterte den draußen Stehenden, bis ein erkennendes Grinsen auf seinem pausbäckigen Gesicht erschien.

»Herr Miller! Ja, ist das die Möglichkeit?«

Geistesgegenwärtig blickte Frank rasch zu den Klingelschildern und entdeckte den Namen, der - wenn die Namen logisch angeordnet waren - zu dem Mann gehören musste: »Guten Tag, Herr Nansen!«

»Was treibt Sie denn hierher?« Und ohne eine Antwort abzuwarten, ergänzte er: »Das muss ja mindestens fünf oder sechs Jahre her sein!«

Frank, der nicht wusste, wie ihm geschah, deutete ein Nicken an.

»Wen suchen Sie denn da? Viele gibt's hier nicht mehr, die Sie noch kennen. Die Ernsts und die Globowskis, die müssten damals schon hier gewohnt haben. Die alte Frau Freisler ist letzten Herbst gestorben, da war kaum einer auf der Beerdigung, nur ich, der Pfarrer und zwei alte Damen.«

Die Haustür ging auf und eine Frau, etwa Mitte zwanzig, kam heraus.

»Tach, Frau Mertens! Erinnern Sie sich noch an die Millers? Haben vor Jahren hier im zweiten Stock gewohnt? Nee, die können Sie nicht mehr kennen. Da sind Sie viel zu jung für!«

Ohne ein Wort des Grußes oder der Entgegnung blickte die Frau zuerst zu Frank und dann kurz zu Nansen. Dann eilte sie davon und versuchte, den Mann im Fenster zu ignorieren.

»Die waren in der Wohnung, in der jetzt die Leinewebers sind. Sehr ruhige Mieter waren das, die Millers, das hat auch meine Elisabeth immer gesagt!«

Da war Frau Mertens auch schon um die Hausecke verschwunden und Nansens Blick, der ihr gefolgt war, kehrte zu Frank zurück.

»Na ja, die Leinewebers sind auch ganz umgänglich; *sie* ist ein bisschen schnippisch, aber *er* lässt schon mal gerne fünfe gerade sein, wenn Sie wissen, was ich meine!«

Jetzt roch Frank auch den Alkohol, der ihm entgegenwehte, sobald Nansen das Wort an ihn richtete. Der Geruch vermischte sich mit dem von Bohnen, die wohl gerade irgendwo in Nansens Wohnung erhitzt wurden.

»Oh, ich muss ja den Herd runterdrehen«, sagte Nansen und verschwand im Wohnungsinneren.

Ehe sich Frank versah, war Nansen auch schon zurück und redete weiter.

»Habe mir einen Eintopf gemacht, ich mache mir meistens Eintopf, ist schmackhaft und nahrhaft.«

Die Gaslampen auf den Laternenmasten entlang des Straßenzugs flackerten kurz auf und beleuchteten die Umgebung.

»Oh, schon so spät! Haben Sie Appetit auf Eintopf, Herr Miller? Kommen Sie doch rein. Ich mache Ihnen die Tür auf!«

Da merkte Frank erst, dass er nicht wusste, wann er überhaupt das letzte Mal gegessen hatte. Wie auf Kommando begann sein Magen zu knurren, er fühlte seinen trockenen Mund und seinen leeren Bauch. Sein Hunger war stärker als der Widerwille, sich in die Wohnung Nansens zu begeben und sich dessen Redeschwall auszusetzen, der ihn jetzt schon anstrengte.

Doch ehe er sich versah, ging auch schon die Haustür auf und eine fleischige Pranke packte ihn, zog ihn nach innen und ließ ihn dann wieder los.

»Die Tür war nur eingeschnappt, Sie hätten nur drücken brauchen. Kommen Sie!«

Nansen drehte sich um und hastete durchs Treppenhaus die sieben Stufen zum Hochparterre hinauf, drehte sich an seiner Wohnungstür noch einmal um, um sicher zu gehen, dass ihm sein Gast auch folgte, und verschwand dann in der Wohnung.

»Kommen Sie!«

Frank stieg nun ebenfalls die Treppe hoch, trat in die Wohnung, die Tür hinter sich zuziehend.

»Ich bin hier in der Küche, die linke Tür. Ich decke schon mal den Tisch.«

Der Flur machte einen eher verwahrlosten Eindruck auf Frank. Das wenige Mobiliar, ein Schuhschrank, eine Hängegarderobe und eine Kommode, waren alt und abgenutzt, nur noch bloße Funktionsgegenstände. Nass durchwischen oder zumindest mal zu fegen, wäre dringend nötig gewesen. In der Küche sah es nicht wesentlich besser aus. Nansen, ein Geschirrtuch um die rechte Hand gewickelt, nahm gerade den Topf vom Herd, mit der linken drehte er das Gas herunter.

»Ich mache mir immer ein wenig mehr. Kann man ja mühelos wieder aufwärmen.«

Und dann: »Erschrecken Sie sich nicht über das bisschen Unordnung. Ich schaffe es einfach nicht, so regelmäßig aufzuräumen, wie Elisabeth das früher getan hat.«

Er platzierte den Topf, aus dem es stark qualmte und intensiv nach Bohnen und Kartoffeln roch, auf einem Bastuntersatz in der Mitte eines kleinen rechteckigen Holztischs, der mit einer rot-karierten Tischdecke belegt war, die schon bessere Zeiten erlebt hatte. Ein zweiter Stuhl stand daneben, für eine zweite Person war aber nicht gedeckt. Das bemerkte nun auch Nansen.

»Bekomme ja selten Besuch!« Aus einer Tischschublade fingerte er einen Esslöffel hervor, aus einem Hängeschrank einen zweiten Teller.

»Setzen Sie sich!«

Frank nahm Platz, untersuchte mit einem kurzen Blick den Teller, ob er halbwegs sauber war, da landete auch schon eine Kelle voll dampfenden Eintopfs darin.

Was sich, abgesehen von Bohnen und Kartoffeln, da im Teller noch so alles tummelte, erkannte Frank nicht. Sein Hunger siegte.

Seinem Instinkt folgend, wollte Frank gerade ein ‚Danke!' murmeln, doch Nansen war schneller.

»Ist mein Leibgericht! Mache ich mir fast jeden Tag! Elisabeth hat ja wirklich hervorragend gekocht, aber Eintopf hätte sie wirklich öfter machen können. Ist schmackhaft und nahrhaft!«

Letztere Aussage hörte Frank noch öfter während des Essens. Schmackhaft, das musste Frank zugeben, das war das Essen in der Tat. Vielleicht waren aber auch seine Geschmacksnerven so gierig nach Reizen, dass sie ihm das nur ausreichend vorgaukelten. Dennoch, Nansens Teller war leer, als Frank noch nicht einmal halb leer gegessen hatte, trotz Nansens unaufhörlichen Weiterredens und trotz Franks Hunger.

Drei Teller für Nansen und zwei für Frank später, entgegen Franks ausdrücklicher Nachschlag-Verweigerung, lehnte sich Nansen zurück und seufzte laut auf, als hätte er säckeweise Kohlen in die Wohnung getragen.

»Ist angenehm, mit Ihnen zu plaudern! Oh, ich habe Ihnen ja noch gar nichts zu trinken angeboten. Ein Sangsusi?«

»Bitte?«

Und Nansen, etwas ungeduldiger: »Ein Sangsusi?«

Frank sah ihn nur fragend an, da war Nansen auch schon aus der Küche verschwunden, kehrte aber nur wenige Sekunden später zurück, in jeder Hand eine braune Flasche am Flaschenhals haltend. Eine stellte er neben Franks leeren Teller, den Bügelverschluss der anderen öffnete er allein mit der Kraft des rechten Daumens. Frank machte es ihm nach, nicht ohne vorher das Etikett zu lesen: ‚Schlossbrauerei Sanssouci, gebraut nach dem deutschen Reinheitsgebot'.

Der erste Schluck war hervorragend und ließ ihn für einen kurzen Moment all die Sorgen und Ungereimtheiten des heutigen Tages vergessen. Er trank weiter und als er die Flasche absetzte, war sie zur Hälfte geleert.

»Respekt!«, meinte Nansen, »Sie haben ja einen Zug drauf, als hätten Sie Jahre kein Bier mehr getrunken!«

»Vielleicht habe ich das auch ...« murmelte Frank.

Nansen hörte gar nicht zu.

»Kommen Sie, gehen wir rüber in die Stube, da ist's gemütlicher, wenn Sie wissen, was ich meine!«

Bevor Frank etwas sagen konnte, hatte Nansen auch schon Franks Flasche gepackt und verschwand damit aus der Küche. Frank folgte ihm.

Im Zimmer nebenan befand sich eine dreisitzige, hellbraune Couch, ein dazugehöriger gemütlich wirkender Ohrensessel, dazwischen ein niedriges Tischchen. Darauf und daneben am Boden standen und lagen mehrere der Frank inzwischen bekannten Bierflaschen, alle leer. Ein Wohnzimmerbuffet aus Kiefer an der einen Wand, zwei Holzregale an der anderen, ein vierflügeliges Fenster blickte auf die Großbeerenstraße hinaus. Über dem Türrahmen hing ein unterarmgroßes Holzkreuz mit Inschrift: J.N.R.I. Nansen drehte das Gaslicht an. Danach räumte er die Flaschen vom Tisch, stellte sie der Einfachheit halber einfach darunter, platzierte dann Franks Flasche auf der dem Sofa zugewandten Seite des Tischs und setzte sich selbst in den Ohrensessel.

Frank setzte sich zu seinem Bier.

»Wissen Sie, dass ich erst kürzlich Ihre Mutter getroffen habe?«

Frank, die ersten Auswirkungen des Alkohols spürend, schreckte auf.

»Auf dem Friedhof. Na ja, ‚erst kürzlich' ist etwas untertrieben. Das muss an Allerheiligen gewesen sein, also etwa ein halbes Jahr her. Ich gehe ja nur einmal im Jahr auf den Friedhof, ist ja so was von deprimierend am Grab der eigenen Tochter zu stehen! Aber an Allerheiligen, da gehört es sich ja schließlich so. Zum Glück bin ich Elisabeth dort nicht begegnet. Da habe ich dann Ihre Mutter getroffen.«

Er stutzte. »Vielleicht ist es auch schon anderthalb Jahre her. Egal! Wissen Sie, was Ihre Mutter zu mir sagte, Herr Miller? Und das ist das Komische an der Sache, jetzt, wo wir hier doch so gemütlich beisammen sitzen. Sie sagte mir, sie wäre am Grab Ihres Vaters gewesen – und an dem Ihren!«

Die nächsten Worte Nansens hinterließen keinen Nachhall bei Frank. Viel zu sehr beschäftigte ihn das eben Gehörte. Auch dass Nansen zwischenzeitlich die leeren Flaschen gegen volle austauschte, bemerkte er nur am Rande.

War dieser Nansen tatsächlich jemand, den er von früher kannte?

Zumindest hatte Nansen ihn mit dem Vornamen angesprochen, der ihm vormittags am Bahnhof intuitiv in den Sinn gekommen war. Nansen wohnte unter derselben Adresse, unter der er selbst gewohnt zu haben glaubte.

Und doch, wieso tauchte seine Erinnerung nur bruchstückhaft und wie isolierte Teile eines Puzzles auf? Und jetzt auch noch die Erzählung von seinem Grab!

Nansen musste sich einfach getäuscht haben.

Sein Gastgeber schwadronierte mittlerweile über die Errungenschaften der Moderne im Allgemeinen und die des kürzlich eingeführten Rentensystems im Besonderen.

»Habe ja mein Leben lang gearbeitet«, sagte der Endfünfziger, der wesentlich älter aussah.

»Da ist es ja nur recht und billig, dafür auch im Alter entlohnt zu werden. Grandiose Sache, dass die Reichsregierung das vor fünf Jahren eingeführt hat. Ich gehe einfach jeden Montag zum Rentenamt und lasse mir mein Geld auszahlen. So einfach ist das, wenn Sie wissen, was ich meine.«

Frank wollte etwas sagen, Nansen war schneller und fuhr fort.

»Kann ja nichts dafür, dass die von der Hafenverwaltung mich nicht mehr haben wollten. Fast vierzig Jahre habe ich dort gearbeitet. Und dann haben die gesagt, ich wäre wiederholt betrunken zur Arbeit gekommen und könnte meine Arbeit nicht mehr richtig machen. Was für ein Blödsinn. Im Schlaf hätte ich meine Arbeit machen können, im Schlaf.« Nansens Augen wurden feucht. »Das alles nur, weil Elisabeth weggelaufen ist. Will gar keinen Kontakt mehr zu mir. Ach, wäre nur unsere Tochter noch am Leben.« Hörbar sog Nansen Luft durch die Nase ein.

Dann ein kurzer Moment der Stille.

Nansen, der erkannte, dass er die bierselige Atmosphäre empfindlich gestört hatte, stand auf. »Erst mal auf den Lokus.«

Nachdem Nansen den Raum verlassen hatte, hörte Frank Schlüsselgeklimper im Flur, danach fiel die Wohnungstür ins Schloss.

Die zweite Flasche Bier leerte er bis zur Hälfte und stierte dabei auf ein etwa fünfzig Zentimeter breites und dreißig Zentimeter hohes, quaderförmiges Gerät, das ihm gegenüber ins Buffet integriert stand: ein Radio.

Er stand auf, ging hinüber und drehte am linken der beiden fast faustgroßen Einstellknöpfe. Ein kurzes knackendes Geräusch, dann flackerte die längliche Skala zwischen diesem und dem weiter rechts befindlichen Einstellknopf. Aus einem Lautsprecher oberhalb der Skala kam nun ein rauschendes Geräusch, das anschwoll, je weiter er drehte. Er griff an den rechten Knopf und erkannte einen kleinen roten Strich, der die Skala entlang glitt, sobald er den Knopf in die eine oder die andere Richtung bewegte. Das Rauschen wurde weniger und es kristallisierten sich harmonischere Töne aus dem Chaos heraus: ein Klavier, begleitet von einer Geige, ab und an leisteten eine Querflöte und ein Kontrabass ihren Beitrag zur Komposition. Frank wusste genau, was er da tat und welche Instrumente er hörte. Warum und woher er dies wusste, konnte er sich nicht beantworten.

Unbemerkt war Nansen wieder in den Raum getreten.

»Unser Empfänger. Den haben wir uns mal zu Weihnachten geleistet. War unser ganzer Stolz.«

Er stellte die vorsorglich aus dem Flur mitgebrachten neuen Bierflaschen auf den Tisch und ließ sich wieder in seinen Ohrensessel sinken.

»Ach ja, der Schlüssel zum Lokus hängt am Schlüsselbrett gleich neben der Wohnungstür. Der Lokus zu meiner Wohnung ist die halbe Stiege nach oben. Ach«, verbesserte er sich, »das wissen Sie ja noch von früher.«

Keine Rücksicht darauf nehmend, dass sein Gast noch gar nicht ausgetrunken hatte, öffnete er, außer für sich, auch für Frank eine weitere Flasche.

Die sanften Klänge aus dem Radio wurden leiser und ein Paukenschlag eröffnete eine etwas rhythmischere Komposition.

»Meine Mutter haben Sie getroffen, ja?«, kam Frank auf das Thema zurück, das ihn im Moment weitaus mehr interessierte, als das Rentensystem oder die verflossene Frau Nansen.

»Ja, wie gesagt, drüben am Dreifaltigkeitsfriedhof. Ich war vormittags bei Evelyn; da Elisabeth meistens abends geht, die beste Möglichkeit ihr nicht am Grab unserer Tochter zu begegnen. Gibt nur wieder Streit. Davon hatte ich wirklich genug die letzten Jahre. Muss so gegen neun Uhr gewesen sein, ich stehe ja meistens früh auf, und Ihre Mutter sagte, sie wäre jeden Morgen da.«

Nansen gähnte. Es war spät geworden.

Das dritte Bier machte nun auch Frank schwer zu schaffen, es schränkte sein Konzentrationsvermögen ein. Zum einen war er froh und genoss es, dass das Bier seine ohnehin miteinander um Vorrang kämpfenden Gedanken vernebelte und ihm ein Gefühl von trügerischer Geborgenheit gab; zum anderen war da doch die Neugierde: Da saß einer ihm gegenüber, der wusste mehr über sein Leben als er selbst. Wie sollte er nachhaken, ohne sich verdächtig zu machen?

Die Entscheidung war ihm abgenommen, als er bemerkte, dass Nansen, die halbleere Flasche in der einen Hand, selig eingeschlummert war.

Alles Weitere verschob Frank nun auf morgen, wenn er wieder Herr seiner Sinne war. Langsam spürte auch er die Last des vergangenen Tages, die vielen Schritte durch eine ihm weitgehend fremde Stadt, das stakkatoartige Hin und Her in seinem Kopf, den die Sinne benebelnden Umtrunk bei Nansen. Er machte sich lang auf der Couch und steckte ein leicht muffig riechendes Kissen unter seinen Kopf.

Ein Gongschlag aus dem Radio riss ihn noch einmal kurz aus seinen Gedanken. Was die dem lauten Ton folgende Stimme erzählte, nahm er nur noch unterbewusst wahr, dann schlief auch er.

‚Guten Abend, liebe Zuhörer. Es ist Sonntag, der 25. Mai 2008, zweiundzwanzig Uhr, wir fahren fort mit den Nachrichten!'

3

Als Frank mitten in der Nacht aus seinem unruhigen Schlaf erwachte, war der Sessel ihm gegenüber leer, das Radio ausgeschaltet. Er wälzte sich hin und her, fror, schloss das Fenster. Später suchte er im Zimmer erfolglos eine Decke und versuchte wieder einzuschlafen.

Draußen begrüßten Vögel zwitschernd den neuen Tag, dessen erste Sonnenstrahlen Nansens Wohnzimmer erreichten. Frank rieb sich die Augen und setzte sich auf. Trotz leichter Kopfschmerzen waren all die Erlebnisse des vergangen Tages präsent. Durch eine geschlossene Tür hörte er lautes Schnarchen. Frank schlich zur Küche, drehte das Wasser am Spülbecken auf, hielt den Kopf unter den Wasserhahn und schluckte mehrere Mund voll Wasser.

Zum ersten Mal bemerkte er den Spiegel, der im Gang hing. Der Mann, der ihm arglos entgegenblickte, hatte Ringe unter den braunen Augen. Er wirkte blass und kränklich. In besseren Tagen hatte sein kurz geschnittenes, braunes und in der Mitte gescheiteltes Haar sein Gesicht sicherlich akkurat umrahmt und dessen auch jetzt noch erkennbare Attraktivität unterstützt. Heute stand es eher wirr durcheinander und er brachte es notdürftig in Ordnung. Mit der Handfläche fühlte er über seine Bartstoppeln am Kinn.

Dann drehte er sich um, nahm den Schlüsselbund vom Brett, ging kurz die halbe Etage nach oben, kehrte zurück und hängte die Schlüssel wieder an ihren Platz. Danach verließ er Nansens Wohnung.

Anders als mit den Bruchstücken zur ‚Großbeerenstraße' kroch mit dem Namen ‚Dreifaltigkeitsfriedhof' nichts lange Vergessenes in Franks Gedächtnis zurück. Ihn zu finden, stellte dennoch kein großes Problem dar. Bereits der zweite Passant, den er fragte, kannte den Friedhof und wies ihm den Weg. Der mit einer blauen Arbeitsmontur Bekleidete meinte allerdings, es wäre zu Fuß viel zu weit dort hin und er solle sich lieber eine Droschke nehmen. Frank jedoch winkte ab. Nach all den langen Wegen des gestrigen Tags schien ihm der Wegbeschreibung nach, die Strecke zum Friedhof nur ein Katzensprung zu sein. Außerdem hatte er ja kein Geld, mit dem er sich eine Fahrt mit Straßenbahn oder gar Droschke hätte leisten können. Die Wohnung Nansens danach zu durchsuchen, war ihm kurz in den Sinn gekommen. Das ihm von Nansen entgegen gebrachte Vertrauen hatte er aber nicht enttäuschen wollen - trotz seiner vertrackten Situation.

So blieb nur der Fußmarsch, für einen Spaziergang relativ lange, aber nichts im Vergleich zu gestern. Ihn fröstelte in seinem weißen Baumwollhemd. Für die Temperatur eines Frühlingsmorgens war es doch relativ dünn. Als die Sonne höher stieg und die Straßen und Gassen etwas aufheizte, fühlte er sich wohler. Zumeist führte ihn sein Weg durch Wohngebiete mit überwiegend fünfstöckigen Gebäuden. War die Eingangstür geöffnet, konnte er einen Blick in die Innenhöfe erhaschen, meist schmutzig und verwahrlost, umrahmt von Seitenflügeln und einem Hinterhaus, das im gleichen Baustil wie das Vorderhaus erbaut worden war, doch weitaus weniger repräsentativ wirkte, keine Erker, keine baulichen Spielereien, keine kunstvollen Verzierungen wie nach vorne zur Straße. In den ebenerdigen Stockwerken der Vorderhäuser entdeckte er zahlreiche Läden und Werkstätten, deren Besitzer gerade für die ersten Kunden öffneten: Schuhmacher und Schneider, Tischler und Kohlenhändler. Frauen, die Schaufenster putzten; Männer, die den Bürgersteig kehrten; Geschäfte, über denen die Worte ‚Colonialwaren', ‚Butter und Delikatessen' oder ‚Besohl-Anstalt' prangten. Auch entdeckte er ein zweistöckiges Bekleidungsgeschäft und einen Laden, über dessen Schaufenster ‚Elektrisches aller Art' zu lesen war, hinter der Scheibe präsentierten sich Lampen, Radios und Elektrik-Kleinteile. Bei den Auslagen der Bäcker und Fleischer beklagte sich sein Magen leise über das fehlende Frühstück.

Franks Begleiter war der ständig in der Luft liegende Geruch von Pferdeäpfeln. Wie bereits während der gestrigen Flucht sah er Droschken und vereinzelt auch von Pferden gezogene, gelbe Wagen, die in Schienen fuhren und auf denen in großen Buchstaben ‚Pferde-Straßenbahn' stand; auf anderen Strecken waren sie bereits durch solche ersetzt worden, die ohne Muskelkraft auskamen und auf denen ‚Elektrische Straßenbahn' zu lesen war. Drei Mal beobachtete er auch einen Wachtmeister seines Weges ziehen oder an einer Straßenecke stehen: mit einer Pickelhaube auf dem Kopf, einem Schlagstock am Gürtel und einem Lederband mit Trillerpfeife um den Hals. Ganz instinktiv ging er einen Bogen um jeden der Männer, die am Oberarm ein schwarzweißrotes Wappen trugen, darunter einen stilisierten schwarzen Bären.

Später, noch deutlich vor der Mittagsstunde, traf er am Friedhof neben der Dreifaltigkeitskirche ein. Seine Kopfschmerzen waren vergangen.

Es war kein sehr großer Friedhof, der dort hinter den weit geöffneten schmiedeeisernen Toren vor ihm lag. Doch die Gräber reihten sich dicht an dicht und Frank schätzte, dass es wohl mehrere Stunden dauern würde, um ein Grab zu finden, von dem er nur den Namen wusste, der auf dem Grabstein stand.

Vorausgesetzt, der vermeintliche Name war überhaupt der richtige.

Vorausgesetzt, dieser Name war überhaupt auf einem Grabstein eingraviert worden.

Wie Frank nämlich sah, stand auf vielen der Gräber nur ein schlichtes, neutrales Holzkreuz.

Wenn die Frau, von der Nansen als Franks Mutter gesprochen hatte, tatsächlich im Moment auf dem Friedhof war, war es durchaus möglich, sie zu verpassen. Sie brauchte sich nur in einem anderen Abschnitt aufzuhalten, während Frank in diesem hier die Reihen abklapperte. Langes Überlegen nutzte nichts. Frank musste irgendwo anfangen, einen weiteren Hinweis hatte er nicht. Das Eisentor passierend, wandte er sich nach links:

‚Viel zu früh von uns gegangen – mein lieber Mann, unser lieber Vater, mein lieber Bruder – August Nolte * 13.12.1970 - + 16.8.2003',

‚Unsere liebe, kleine Susanne – nur kurze Zeit auf Erden – nun zurückgekehrt in den Schoß der lieben Jungfrau Maria - * 12.2.2002 - + 14.2.2002',

‚Im Leben wie im Tod – mit Christus vereint – Albert Eduard Karl, Beamter a. D., * 1924 - + 2004 - Gertrude Karl, geb. Fürbringer, * 1921 - + 2004'.

In ähnlicher Art ging es weiter, Grab für Grab, Inschrift für Inschrift. Fast alle Grabsteine waren mit christlicher Symbolik verziert: Kreuze, Marienbildnisse, eingravierte Zitate aus Altem und Neuem Testament. Dazwischen, immer mal wieder, Gräber jüdischer Verstorbener, kleinere und etwas größere Steine ruhten auf dem oberen Rand der Grabsteine. Andere Konfessionen sah oder erkannte Frank nicht.

Da, ‚Miller': ‚Edwina Maria Miller – Schwester des Ordens der Unbefleckten Empfängnis - * 1932 - + 1992'

Nein, Frank entschied, dass das wohl nicht das gesuchte Grab war und suchte weiter.

Als er um die Ecke der nächsten Gräberreihe bog, sah er, etwa dreißig Meter entfernt, eine Frau mit Kopftuch an einem Grab knien, die Erde vor ihr mit einen Handrechen bearbeitend. Sie trug ein sommerliches Kleid mit blass-blauen Blumen gemustert, darüber hatte sie eine Schürze gebunden. Hinter ihr stand ein schwarzes Fahrrad, auf dessen Gepäckträger ein ovaler Korb eingeklemmt war.

Frank spürte sofort das unsichtbare Band zwischen dieser Frau und sich. Er war fündig geworden. Bevor Frank auf die Frau zugehen konnte - es verstrichen nur wenige Augenblicke - fühlte auch die Frau die Anwesenheit ihres Beobachters. Sie drehte ihren Kopf zur Seite und sah Frank geradewegs in die Augen. Der Rechen glitt aus ihren Fingern, ihre Lippen öffneten sich zitternd, sie schien leicht zu schwanken. Für einen Moment dachte Frank, sie würde umkippen, direkt auf das frisch geharkte Grab fallen. Er wollte loslaufen, da hatte sich die Frau auch schon wieder unter Kontrolle. Beherrscht und ruhig stand sie auf, immer noch zu dem Mann starrend, der da soeben um die Ecke und in ihr Leben getreten war. Sie flüsterte etwas, ihre rechte Hand machte die Kreuzzeichen über Stirn, Mund und Brust.

Frank verharrte. Da war er hierher gekommen, an einen Ort, von dem er gehofft hatte, dort seine Mutter und mit ihr seine Erinnerung wieder zu finden und wusste nun nicht, wie er dieser Frau begegnen sollte. Sie ergriff die Initiative und kam auf ihn zu.

Als die Frau, bei Frank angekommen, seinen Namen aussprach, klang das alles andere als fragend.

»Mutter?«

Franks ungläubige Entgegnung hörte die Frau nicht. Sie hatte ihn bereits mit beiden Armen umschlungen und drückte ihn fest an sich. Jede andere Möglichkeit, als sie ebenfalls in die Arme zu nehmen, war Frank augenblicklich genommen.

»Ich wusste es. Ich habe es immer gewusst«, murmelte die Frau, hin und her gerissen zwischen erlittenem Schmerz und wieder gewonnener Freude. Minutenlang erstarrten die beiden in Nähe und Enge.

Frank fährt auf seinem Kinderfahrrad. Er hat es zu Ostern bekommen. Es ist sein ganzer Stolz. Im Hinterhof dreht er seine kleinen Kreise. Seine Eltern stehen unweit entfernt, ihres Sprösslings erste Fahrt ohne Stützräder freudig beobachtend. Doch so ganz klappt das noch nicht mit der Aufrechterhaltung des Gleichgewichts. Frank knickt mitsamt seinem Rad nach links weg, reißt die Hände von der Lenkstange, um beim Sturz aufs Kopfsteinpflaster das Schlimmste zu verhindern. Auf den Boden gefallen, begutachtet er die aufgeschürften Handflächen, an den Knien nässt Blut seine Hose. Er weint. Seine Mutter rennt zu ihm. Hinter einem Schleier von Tränen sieht er sie Hilfe suchend an.

Seine Mutter blickte ihn immer noch an, die Gesichtszüge seiner Mutter älter und faltiger als eben noch vor Franks geistigem Auge, verbrauchter, aber auch erfahrener. Ihr Haar, früher dunkelblond und lockig, war nun komplett ergraut, die Locken waren ihr geblieben. Sie kämpften links und rechts des Kopftuchs um ihre Freiheit.

»Frank!«

Sie holte ihn zurück aus seinem kurzen Augenblick der Versunkenheit.

»Ich kann mich nicht erinnern.«

Franks Mutter Luise sah den verzweifelten Ausdruck in seinen Augen, spürte die Leere, tief in ihm.

Das unsichtbare Band zwischen der Mutter und ihrem Kind, war zu einer dünnen, feinen Faser verkümmert.

Er war es, daran bestand nicht der geringste Zweifel für sie. Weiter in ihn zu dringen, hieße für sie, ihn zu quälen, diesen magischen Moment zu zerstören.

Er benötigte Zeit, sie wollte sie ihm geben.

So nahm sie ihn bei der Hand und führte ihn die paar Meter zurück zum Grab, an dem sie bis gerade eben gearbeitet hatte.

Frank sah die Stiefmütterchen, die noch jungen Pflanzen waren so gesetzt, dass sie erblüht ein Kreuz ergeben würden; in den vier Ecken des Grabs: Efeu. Ein Schaudern überkam Frank, als er die geschwärzte Gravur auf dem weißen Marmor des Grabsteins las:

‚Frank Miller - * 24.10.1978 - + 23.5.2005

Ernst Marian Miller - *12.3.1942 - + 1.6.2005'

Danach etwas Platz für einen weiteren Namen und dann:

‚Die Wege unseres Herrn sind unergründlich'.

Luise kniete wieder. Sie fingerte die Triebe des Efeus links vorne so zurecht, dass sie, wie von ihr gewünscht an der Einfassung des Grabs weiterrankten und nicht etwa nach innen zu den Stiefmütterchen oder nach außen auf den Weg oder ins Nachbargrab. Ausgewachsen sollte der Efeu den Blumen einen würdigen Rahmen bieten. Vorne, zum Weg hin, war der Sockel einer Weihwasserschale in die Erde eingelassen. Den Deckel der Schale zierten zwei betende Hände.

Frank las die Namen, wieder und wieder.

Er suchte ein Echo tief in sich drin. Irgendeine Emotion sollten die Buchstaben doch hervorrufen, dachte er. Sie taten es aber nicht.

»Nachtfrost sollte ja jetzt keiner mehr kommen, ist ja schon Mai …«, meinte Luise.

Dann, als ob sie sich noch einmal vergewissern wollte, dass da kein Geist neben ihr stand oder sie sich die Wiederkehr ihres Sohnes nur einbildete, sah sie zu ihm auf und folgte seinem Blick.

»Herzinfarkt!«, sagte sie. »Das war zumindest die offizielle Erklärung.«

Sie stand auf, griff in den Korb auf dem Fahrrad und kümmerte sich dann, mehrere kurze Drähte in der linken Faust haltend, wieder um den Efeu.

»In Wahrheit ist er bereits eine Woche vorher gestorben, an dem Tag, als die beiden Männer von der Gendarmerie bei uns vor der Tür standen.«

Sie bog einen der Drähte zu einer Schlaufe und fixierte einen besonders widerspenstigen Efeutrieb.

»Ich musste ihn stützen, als die beiden uns ihre schreckliche Vermutung mitteilten. Ab diesem Zeitpunkt hat er kaum noch ein Wort geredet.«

Mutter und Sohn hatten so viele Fragen und schwiegen sich doch erst einmal an. Der Absurdität der Situation nicht bewusst, arrangierte Luise weiter die Pflanzen, gerade so, als wäre nur der Besitzer des Nachbargrabs neben ihr stehend und hätte ihr etwas über die neueste Wettervorhersage erzählt, und nicht etwa ihr seit fast drei Jahren tot geglaubter Sohn.

»Er ist hier. Ich kann ihn spüren«, sagte Luise, und dann ergänzend: »Dein Vater!«

Einen der Triebe, der sich partout nicht zähmen lassen wollte, knickte sie mit ihren Fingernägeln ab.

»Dich konnte ich nie spüren. Deshalb wusste ich, dass du nicht tot sein konntest.«

Und dann – endlich – realisierte sie, dass der so lange Vermisste leibhaftig neben ihr stand und dass sie nicht, wie an jedem Tag der vergangenen Jahre zu jemandem sprach, der vor ihr in der Erde tot und vergraben lag.

Bisher ruhig und gelassen geblieben, zitterten nun ihre Hände, die Drähte fielen zu Boden.

Sie blickte auf und sah ihn an.

»Wo warst du?« Ihre Stimme bebte. »Wo warst du, Frank?«

Genauso hilflos und fragend wie die ihren, waren auch seine Augen.

»Ich weiß es nicht! Ich weiß es nicht … Mutter.«

Luise sammelte die Drähte und den Rechen ein, stand auf und packte die Sachen in ihren Korb. Dann wischte sie sich die Hände an ihrer Schürze ab.

Schließlich öffnete sie die Weihwasserschale, nahm den Wedel heraus und spritzte einige Tropfen der kostbaren Flüssigkeit auf die Ruhestätte.

Frank tat es ihr gleich.

»Kommst du mit nach Hause?«

Frank hatte keine Ahnung, wo ‚nach Hause' war. Dennoch ging er zum Fahrrad, griff nach der Lenkstange, klappte mit einem kurzen Druck seines Fußes den zweibeinigen Fahrradständer nach hinten weg, so dass es nun auf beiden Reifen stand, und gab Luise eine Antwort.

»Ja. Ich komme nach Hause.«

4

Das Fahrrad neben sich her schiebend, wies ihm Luise den Weg zwischen den Grabreihen. Die zwei gingen zu einem Portal hinaus, das auf der anderen Seite des Friedhofs lag, sie passierten die Dreifaltigkeitskirche, einen grauen, eher nüchtern wirkenden Bau.

»Ich gehe jeden Morgen um neun Uhr zur Frühmesse«, erzählte sie, »danach auf den Friedhof.«

Und dann: »Es ist nicht weit. Wir sind gleich da.«

Es dauerte auch keine zehn Minuten, bis Luise stoppte und den eingeklemmten Korb vom Gepäckständer nahm. Frank hatte die Hoffnung gehabt, dass das Ziel dieses kurzen Wegs irgendeine Assoziation bei ihm wecken könnte. Doch der Wohnblock, vor dem sie anhielten, löste genau so wenige Erinnerungen bei ihm aus, wie jeder andere, den er heute Morgen passiert hatte.

»Hier habe ich gewohnt?«, fragte er ungläubig.

»Nein, Frank. Weißt du das nicht mehr?«

Luise erkannte die Antwort selbst in Franks Gesicht.

»Dein Vater und ich haben hier gewohnt. Du hast doch da schon alleine gelebt, in der Jüterboger, gleich um die Ecke. In deiner ‚Bude', wie du es immer genannt hast. War eine nette, kleine Ein-Raum-Wohnung. Zum Abendessen bist du dennoch immer zu uns rüber gekommen.«

Sie lächelte.

»Und in der Großbeerenstraße?«

»Da haben wir davor zusammen gelebt: Dein Vater, du und ich. Wir sind dann dort ausgezogen und du wolltest dein eigenes Leben führen. Warst ja schließlich alt genug.«

»Wann war das?«

»Lass mich überlegen, das muss etwa zwei Jahre gewesen sein, bevor du …«

Sie hielt inne und lenkte ab: »Aber wollen wir nicht rein gehen?«

»Können wir nicht kurz noch rüber in die Jüterboger Straße?«

»Wenn du das möchtest.«

Sie kettete das Fahrrad an einen Fahrradständer vor dem Haus und führte ihn zum gewünschten Ort.

»Hier!«, sagte sie, nur ein paar Häuser weiter.

Frank blickte auf einen Kinderspielplatz.

»Hier?«

»Ja. Hier stand es. Leider abgebrannt. Vorletztes Jahr. Gasexplosion.«

Franks Hoffnung, an einem Ort, an dem er bis zum Zeitpunkt seines ‚Verschwindens' gelebt hatte, etwas aus der Unergründlichkeit seines Verstandes zu fischen, zerplatzte.

»Ich mach' uns zu Hause erstmal einen schönen, heißen Tee. Komm!«

Frank stand vor der Kommode in der Wohnung seiner Mutter. Er begutachtete die Fotos in schwarz-weiß, die darauf aufgestellt waren. In zumeist hölzernen Rahmen erkannte er seinen Vater bei der Armee; seinen Vater, eine Pfeife schmauchend, auf einem Stuhl sitzend; seinen Vater, die Ärmel hoch gekrempelt, beim Holz hacken; seinen Vater im Frack, Hand in Hand mit seiner Luise im weißen Brautkleid.. Auf weiteren Bildern ein etwa achtjähriger Junge, eine Kerze in der Hand haltend und derselbe Junge dieselbe Kerze in der Hand haltend, mit den stolzen Eltern dahinter. ‚Heilige Erstkommunion' las er darunter in verschnörkelter Schrift. Ein weiteres Foto zeigte den Jungen, nun zum Mann gereift, lachend, eine junge, fröhlich dreinblickende Frau an seinem Arm untergehakt. Auf ihrer anderen Seite befand sich wiederum ein kleiner Schirm, dessen gebogener Griff in ihrer Armbeuge ruhte. Dahinter Wasser, ob es ein See war oder ein Fluss, das erkannte Frank nicht.

Er hörte seine Mutter auf dem Gang etwas vor sich hin murmeln, dann kam sie auch schon zur Tür herein, ein Tablett in den Händen haltend. Sie setzte das Tablett auf dem niedrigen Wohnzimmertisch ab und nickte Frank freundlich zu; eine stille Aufforderung, er solle Platz nehmen.

Da saßen sie nun, Luise auf einem abgenutzt, aber nicht schäbig wirkenden Sessel mit weinrotem Stoffüberzug, Frank auf dem dazu gehörenden Sofa. Und als Frank sah, dass seine Mutter nicht nur das Teeservice hereingebracht hatte, sondern auch etwas zu Essen, da meldete sich auch sein Magen. Nicht so laut wie gestern Abend vor der Haustür in der Großbeerenstraße, doch laut genug, dass seine Mutter es hören konnte.

»Du hast noch nichts gefrühstückt heute?«

Frank nickte.

»Greif zu, mein Junge. Das Brot habe ich erst gestern selbst gebacken, die Erdbeermarmelade ist von Tante Ursel aus Schönow.«

Der Name sagte ihm nichts.

Sie nippte selbst nur wenige Male an ihrer Teetasse, während Frank drei Scheiben Brot, zwei mit Käse, eins mit Marmelade, verzehrte und sie ihm zwei Mal schwarzen Tee nachschenkte.

Sie beobachtete ihn, ununterbrochen.

Frank war sich dessen bewusst. Jede Geste, jede Gesichtsbewegung sog sie in sich auf. Fast genau auf den Tag drei Jahre hatte sie ihren Sohn nicht gesehen. Wie schmerzlich hatte sie ihn all die Zeit vermisst und wie oft hatte sie sich gewünscht, er möge bei ihr sein.

Und jetzt saß er leibhaftig vor ihr.

Frank empfand ihre Blicke als Freude und wunderte sich nur, dass seine Mutter seine eigene Skepsis ob der ungewöhnlichen Situation in der sie sich befanden, nicht teilte. Für sie schien es keinen Zweifel an seiner Identität zu geben.

»Ich erinnere mich nicht an dieses Zimmer, und ich erinnere mich nicht an den Mann auf den Fotos.«

»Dein Vater«, bestätigte Luise. »Das wird bestimmt wieder werden. Wir müssen einen Arzt aufsuchen!«

Frank lehnte sich satt zurück.

Luise entdeckte einen Marmeladenfleck auf Franks Hemd, befeuchtete ein Taschentuch, das sie aus der Schürze gezogen hatte, beugte sich vor und begann zu rubbeln.

»Ist besser, du ziehst es aus. Ich gebe dir eins von deinem Vater.«

Frank vermutete, sie habe auch gerochen, dass er die Nacht darin geschlafen hatte, und wäre nur zu höflich, ihm das als den Grund zu nennen, denn von dem Fleck war kaum noch was zu sehen, als Luise, das Taschentuch wieder einsteckte.

»Müsste dir eigentlich passen, ihr hattet ja immer eine ähnliche Statur. Gut, dass ich nichts weggeworfen habe.«

Sie führte ihn in ihr Schlafzimmer, in dem immer noch das Ehebett stand, eine Tagesdecke lag über beide Seiten ausgebreitet. Über dem Kopfende hing ein großes Marienbildnis in achteckigem, goldenem Rahmen: die Jungfrau mit dem Heiligenschein, ihr Neugeborenes glücklich in Händen haltend. Aus einem Kleiderschrank fischte Luise ein Hemd, kleine schwarze und rote Karos darauf. Hätte Frank seine Nase sehr nahe dran gehalten, hätte sie den leichten Geruch von Mottenkugeln aufgenommen. Frank befühlte den Stoff: Baumwolle, wie bei seinem eigenen Hemd, vielleicht etwas gröber. Sicherheitshalber drückte Luise ihm auch Unterhose, Hose, Hosenträger und frische Socken in die Hand. Dann zeigte sie ihm das Bad und ließ ihn alleine.

Nach ein paar Minuten kehrte er ins Wohnzimmer zurück. Er hatte sogar noch ein eindeutig für Männer gedachtes Duftwasser im Bad entdeckt und fühlte sich sichtlich wohler. Rasierzeug war keines da gewesen.

Luise saß wieder im Sessel, ihr Blick war auf das Hochzeitsbild auf der Kommode gerichtet. Sie sprach zu sich selbst und Frank meinte, den Namen ‚Ernst' gehört zu haben. Dann sah sie Frank in der Tür stehen und musterte ihn.

»Passt dir ausgezeichnet«, lobte sie.

Frank lächelte und setzte sich.

»Sagen dir die Initialen ‚SG' etwas?«, fragte er.

»'SG'? ‚SG'? Lass mich überlegen! – Simon Ganser, das war ein Freund aus meiner Jugendzeit, lange bevor ich deinen Vater kennen lernte.«

Frank glaubte nicht, dass das der richtige ‚SG' war.

Luise überlegte weiter.

»Mein Vater, dein Großvater, hatte auch diese Initialen. Sein Vorname war Stephan, und mein Mädchenname war ja Gohlke. Warum willst du das wissen?«

Frank zog das Medaillon hervor. Er führte die dünne goldene Kette über sein Haupt und reichte das Medaillon seiner Mutter. Mit leisem Klicken sprang der Deckel in Luises Hand auf.

»Nein, das kenne ich nicht. Von meinem Vater ist es sicher nicht. Was ist denn das? Ist das ein Knopf?«

Sanft entwand Frank das Kettchen mitsamt dem Medaillon den Händen seiner Mutter und legte es sich wieder um.

Frank seufzte.

»Ich kann mich an das Medaillon nicht erinnern. Ich kann mich auch nicht erinnern, wo und wann ich meine Kleidung gekauft habe, geschweige denn, wo und wann ich sie angezogen habe.«

»Aber du erinnerst dich doch an mich, oder?«

»Vage.«

Man sah Luise an, dass ihr eine eindeutigere Antwort willkommener gewesen wäre.

»Woran erinnerst du dich noch – vage?«

»So gut wie nichts, keine Menschen, ein paar Gebäude hier, das Stadtschloss, die Schlossbrücke, der Dom, das Haus in der Großbeerenstraße.«

Und dann nach einer Pause: »Ich war dort.«

»In der Großbeerenstraße?«

»Ja, das war das erste, was mir wieder einfiel. Da habe ich auch Nansen gesprochen.«

»Nansen? Hätte gar nicht gedacht, dass der noch lebt. Seine Leber scheint ja einiges vertragen zu können. Ich habe ihn zuletzt vor anderthalb Jahren getroffen, da war er am Friedhof gewesen - sturzbetrunken.«

»Ja, er hat mir davon erzählt. Deswegen war ich heute dort.«

»Ich hätte nicht gedacht, dass ihm das im Gedächtnis geblieben ist. Wären wir nicht am Friedhof gewesen, ich hätte ihm ordentlich die Leviten gelesen.«

Dann wurde sie etwas versöhnlicher.

»War natürlich ein schwerer Schlag damals, für ihn und seine Frau, als sich ihre Tochter mit siebzehn das Leben nahm. Kein Abschiedsbrief. Nichts. Danach fing er zu Trinken an, ist über Tage gar nicht aus seinem Rauschzustand rausgekommen. Seine Frau hat das wohl irgendwann nicht mehr ertragen und ist ausgezogen. Aber das ist alles passiert, nachdem wir schon aus der Großbeerenstraße weg waren. Ich weiß es nur vom Hörensagen.«

Sie überlegte.

»Du warst am Friedhof, davor warst du in der Großbeerenstraße. An was kannst du dich davor erinnern?«

»Ich bin in der Stadt umher geirrt.«

»Und davor?«

»Ich war an einem Bahnhof!«

Luise erbleichte und Frank bestätigte: »Ich war am Görlitzer Bahnhof!«

Für einen Augenblick erschien seine Mutter wie erstarrt, dann ging ein Zittern durch ihren Körper. Schnell setzte sie die Teetasse in ihrer Hand auf die Untertasse, bevor ihre Finger nicht mehr die Kraft hatten, sie festzuhalten.

»Was ist los, Mutter? Was sagt dir das?«

Er griff nach ihrer Hand, um sie zu halten.

Als ob er ihr die Last einer Antwort abnehmen könnte, sah sie Hilfe suchend zu dem Mann auf dem Hochzeitsfoto, dann zurück zu Frank.

»Sie haben dich damals dort gefunden, deinen Leichnam; das, was davon übrig geblieben war.«

Nachdem etwas Zeit und der Nachhall der Worte vergangen waren, brach Frank das Schweigen. »Erzähl es mir, Mutter, bitte!«

»Es war spät abends, etwa gegen zehn Uhr, dein Vater saß hier im Sessel, in dem ich jetzt sitze. Ich sehe ihn noch deutlich vor mir. Er hatte sich zurück gelehnt und las in einem Buch, einem Buch über Marco Polo. Auf deinem Platz hatte ich gesessen, ich strickte. Eigentlich nur aus Langeweile. Ich hätte mich viel lieber mit deinem Vater unterhalten. Aber man hat ihn ja nur schwer von seinen Büchern wegbekommen.

Es klopfte an der Wohnungstür. So spät bekamen wir äußerst selten Besuch. Auch war es nicht deine Art, um diese Uhrzeit noch bei uns vorbeizuschauen. Außerdem warst du an diesem Abend, wie meist, zum Essen da gewesen. Ernst stand auf und ging zur Tür. Neugierig bin ich hinterher, blieb aber in einem Abstand stehen, sodass man mich von der Tür aus nicht sehen konnte. Dein Vater öffnete und gleich darauf hörte ich eine Stimme, die ihn fragte, ob er Herr Miller sei. Nachdem Ernst bestätigt hatte, fragte die gleiche Stimme: ‚Der Vater von Herrn Frank Miller?' Dazu nannte die Stimme noch deine Adresse in der Jüterboger Straße, um eine Verwechslung auszuschließen. Dein Vater bestätigte wieder. Die Worte, die dann folgten, haben sich mir ins Gedächtnis eingegraben. Sie tauchen immer wieder auf, wenn ich am Grab stehe, wenn ich in der Küche arbeite, wenn ich bete, selbst nachts in meinen Träumen. Sie waren das Todesurteil für deinen Vater.

‚Wir haben leider die traurige Pflicht, Ihnen mitteilen zu müssen, dass Ihr Sohn einen Unfall hatte.'

Wir spürten wohl beide, dass die Stimme noch ‚Er ist tot!' ergänzen wollte. Da ging Ernst auch schon in die Knie. Ich sprang auf ihn zu, um ihn zu stützen. Von vorne kam der Sprecher - den ich nun als einen Gendarmen erkannte - um es mir gleich zu tun. Gemeinsam mit einem weiteren Uniformierten führten wir deinen Vater hierher in die Stube und halfen ihm zurück in seinen Sessel. Ich bot den beiden Gendarmen Platz an und sie setzten sich.

Ernst stierte nur geradeaus, der Beamte wandte sich nun an mich, stellte sich und seinen Kollegen vor und fuhr fort: ‚Wir können einem von Ihnen beiden leider nicht ersparen, sich den Toten noch einmal anzusehen. Es ist nur eine Formsache. An seiner Identität gibt es so gut wie keinen Zweifel. Dennoch, wenn Sie bestätigen könnten, dass es sich um Ihren Sohn handelt, wäre das für uns äußerst hilfreich.'

Ich nickte.

‚Eigentlich hatten wir gehofft, Sie gleich mitnehmen zu können.' Dann blickte er auf deinen Vater. ‚Aber ich denke, dass das auch bis morgen Zeit hat. Wir schicken Ihnen gegen neun Uhr jemanden vorbei, der Sie abholt. Ist das in Ordnung für Sie?'

Mehr als ein ‚Ja' brachte ich nicht heraus. Die Gendarmen verschwanden und ich kümmerte mich um deinen Vater. Es war sehr mühevoll für mich, ihn auszukleiden und zu Bette zu bringen. Er war völlig teilnahmslos.«

Luise nahm einen Schluck Tee.

»Ich hatte ein schlechtes Gewissen, als ich Ernst am nächsten Tag alleine in der Wohnung ließ. Doch ich hatte die Hoffnung, diesem Spuk vielleicht ein Ende bereiten zu können und so stieg ich in die Kutsche, die pünktlich um neun vor dem Haus stand. Geradewegs zum Leichenschauhaus, bei dem mich der Uniformierte von gestern Abend bereits erwartete.

‚Machen Sie sich auf das Schlimmste gefasst!' sagte er, als er das Tuch von dem dort aufgebahrten Körper wegzog.

‚Nein, das ist nicht mein Sohn!' sagte ich sofort.

Vor mir lag ein Mensch, nur mit großer Mühe konnte ich erkennen, ob es eine Frau oder ein Mann war. Mehrere Wunden, der Brustkorb war eingedrückt, man konnte teilweise die Rippen sehen. Der linke Arm lag da, in einem unnatürlichen Winkel abgeknickt, der rechte Arm und das rechte Bein fehlten gänzlich.

‚Sie haben ihm noch gar nicht ins Gesicht gesehen.'

Ich blickte an ihm hoch und sah in das völlig entstellte Gesicht. Blutunterlaufene Augen, aufgedunsene Wangen, aufgesprungene Lippen, an der Stelle, an der das rechte Ohr gewesen war, war eine formlose Fleischmasse.

‚Das ist nicht mein Sohn!' wiederholte ich.

Der Gendarm verdeckte den Körper wieder und führte mich in ein angrenzendes kleines Büro.

‚Wir haben den Ausweis Ihres Sohnes bei der Leiche gefunden.'

Er glaubte mir nicht.

‚Wann haben Sie Ihren Sohn zum letzten Mal gesehen?'

‚Gestern war er bei meinem Mann und mir beim Abendessen.'

‚Welche Kleidung trug er da?'

Ich kam nicht umhin, ihm exakt die Kleidungsstücke aufzulisten, die ich an der Leiche wieder erkannt hatte.

‚Wie ist es passiert?'

‚Der Tote wurde gestern Abend auf den Gleisen am Görlitzer Bahnhof von einem Schaffner entdeckt. Ein Zug muss ihn kurz davor erfasst und etliche Meter mitgerissen haben. Die entsprechenden Spuren konnten wir an der Lokomotive finden. Hatte Ihr Sohn Selbstmordabsichten?'

Ich sah zur Tür, in Richtung der Leichenhalle.

‚Das ist nicht mein Sohn.'

Dann stand ich auf und ließ mich zurück zu deinem Vater fahren. Er saß genau so im Sessel, vor sich hin starrend, wie ich ihn etwa zwei Stunden vorher verlassen hatte. Das

Buch über Marco Polo lag aufgeschlagen auf dem Beistelltisch, so wie er es am Abend davor hingelegt hatte, als es an der Tür klopfte. Er hat nie wieder darin gelesen.«

»Wie ging es weiter?«, wollte Frank wissen.

»Ich habe jeglichen Kontakt mit den Behörden gemieden. Alles unternommen, damit dein Vater nicht mehr mit dem Thema konfrontiert wird. Sein Zustand wurde nicht besser. Ich habe gebetet, du mögest endlich vor unserer Tür stehen, so als wäre nichts gewesen, und deinen Vater aus seiner Lethargie befreien. Ich hörte es in meiner Fantasie mehrmals an der Tür klopfen, öffnete sie und stierte doch nur ins leere Treppenhaus. In Gedanken malte ich mir aus, du wärest überfallen worden. Irgendein Dieb hätte dir deinen Ausweis und deine Kleidung geraubt und wäre auf der Flucht vor den Zug gerannt. Wo du selbst abgeblieben warst, konnte ich mir nicht erklären.«

»Wie ist Vater gestorben?«

»Einfach nicht mehr aufgewacht, eine Woche später. Er lag morgens kalt und steif neben mir. Er muss bei meinem Erwachen bereits mehrere Stunden tot gewesen sein. Dr. Anklamer meinte, er habe wohl unter keinen körperlichen Schmerzen gelitten. Danach war mir erst mal alles egal. Widerstandslos habe ich zugestimmt, dass der immer noch nicht bestattete Tote aus dem Leichenschauhaus zusammen mit meinem Mann begraben wurde. Du bliebst verschwunden, schweren Herzens, und unter Druck aus der Gemeinde, ließ ich neben Ernsts auch deinen Namen auf den Grabstein gravieren. An deinen Tod wollte ich niemals glauben.«

5

Mittlerweile war es früher Nachmittag geworden und Franks erschöpfter Zustand war Luise nicht unbemerkt geblieben. Sie bot ihm an, sich ein wenig hinzulegen und Frank nahm den Vorschlag dankend an.

»Eine Fotografie?«

Der Mann, der sie freundlich anlächelte, hatte sein Stativ mitten auf der viel belebten Uferpromenade aufgebaut. Gute Geschäfte hatte er sich vom sonnigen Wetter versprochen und seine Rechnung war aufgegangen.

Mehrfach war seine Ansprache heute schon erfolgreich gewesen. Immer wieder postierte er die hier Flanierenden so, dass er sie, den See im Hintergrund, gut im Licht hatte. Dann verschwand er unter der Abdeckung seiner Apparatur, drückte auf einen Knopf und löste damit die notwendige chemische Reaktion aus: Es blendete für einen Moment die Augen der Fotografierten, es knallte und qualmte.

Auch Frank war wie der Großteil der heute Angesprochenen guter Laune und willigte ein.

»Am Besten ist es - wegen der Lichtverhältnisse - wenn Ihr Fräulein Braut den Sonnenschirm schließt. Ansonsten sehen Sie einfach zu mir. ‚Bitte lächeln' muss ich bei Ihnen ja nicht erst sagen, bei dem Glück, das sie ausstrahlen.«

Ob der Fotograf dies aus einem Kalkül heraus sagte, oder, weil er wirklich dieses Gefühl hatte, war für das Pärchen unerheblich.

Hinter dem Fotografen stand ein älterer Mann, der in stoischer Gleichmäßigkeit an seinem Leierkasten kurbelte.

Nach getaner Arbeit drückte der Fotograf Frank ein Kärtchen mit einer Adresse in die Hand, bevor er sich neuen Spaziergängern zuwandte.

»Morgen können Sie es dann bei mir abholen. Ab fünf Uhr nachmittags wird es fertig sein. Eine wunderschöne Erinnerung an einen wunderschönen Tag.«

Franks erster Eindruck nach seinem Auftauchen aus einem tiefen und geruhsamen Mittagsschlaf war der Geruch von Eierkuchen. Er stieg aus dem elterlichen Ehebett, zog sich wieder an und folgte dem verführerischen Duft. Luise stand am Herd und bemerkte ihn sofort.

»Die hast du früher immer geliebt!«

Sie blickte auf die Pfanne vor ihr, die sie vorsichtig hin und her schwenkte, um die Teigmasse gleichmäßig zu verteilen.

»Das glaube ich dir gerne«, grinste er, »mir läuft das Wasser im Mund zusammen.«

»Weißt du, dass du gerade zum ersten Mal wieder gelächelt hast? Heute Vormittag warst du so ernst. Ist ja kein Wunder. Aber früher warst du ein sehr fröhlicher Mensch.«

Gesagt und gleich wieder um die Pfanne gekümmert, damit der Eierkuchen nicht einbrannte.

Frank setzte sich an den Küchentisch.

»Ich kann auch in der Stube decken!«

»Ist schon gut so!«

Den frischen Eierkuchen auf den Teller vor ihrem Sohn bugsierend, sagte Luise: »Ich hatte eigentlich gedacht, dass es das Beste wäre, wenn du baldmöglichst einen Arzt aufsuchst.«

Frank nickte.

»Dr. Anklamer! Bei dem bist du früher auch gewesen. Jetzt ist es zu spät für die Sprechstunde. Iss, sonst wird er kalt!«

Während sie sich wieder zum Herd umdrehte, um die Pfanne erneut mit Teig zu füllen, redete sie weiter.

»Zuerst wollte ich dich ja wecken, aber du hast so selig geschlafen. Und du brauchst ja deinen Schlaf. Siehst schon viel besser aus. Du gehst am besten gleich morgen früh hin. Vielleicht hat er auch noch Akten über dich, von damals.«

»Eine gute Idee, Mutter. Und die Eierkuchen schmecken hervorragend, auch die Marmelade von Tante …«

»Ursel!«

Über der Küchentür entdeckte Frank eine Uhr: Es war bereits nach fünf, er hatte mehr als vier Stunden geschlafen. Sein Körper hatte sich geholt, was er gebraucht hatte.

»Eine wunderschöne Erinnerung an einen wunderschönen Tag!«

»Wie bitte?«

Luise streckte ihm die Pfanne erneut entgegen, sah, dass er den ersten Eierkuchen erst zur Hälfte gegessen hatte und legte sich den gerade fertig gewordenen auf den eigenen Teller. Dann drehte sie das Gas ab und setzte sich.

»Die junge Frau auf dem Foto auf der Kommode. Wer ist sie?«

Es fiel ihr sichtlich schwer, die Frage zu beantworten.

»Claire.«

Kein Echo in Franks Geist bei der Nennung des Namens. Obwohl Luise ihr Gegenüber abwartend beobachtete und eine Reaktion erhoffte: Franks Mimik zeigte keine.

»Ihr wolltet euch verloben. Du hattest es mir erzählt, ‚ganz im Vertrauen'. Ich war sehr glücklich darüber, ich hatte sie immer gemocht, dein Vater auch.«

Hatte sie all das heute Geschehene gefasst ertragen - zu gefasst nach Franks Einschätzung – wuchs nun eine erste Träne in ihrem linken Auge. Sie wischte sie beiseite und machte damit doch nur einer neuen Platz. Verlegen starrte sie auf ihren Teller.

»'Am Wochenende', hattest du mir zugeflüstert, abends, in einer stillen Minute, ‚am Wochenende werde ich um ihre Hand anhalten. Wir machen einen Ausflug und ich wünsche mir so sehr, dass sie ‚ja' sagt. Aber sag Vater nichts davon. Es soll eine Überraschung sein. Eigentlich wollten wir es niemandem erzählen. Aber du weißt ja, dass ich kein Geheimnis vor dir haben kann.' Und dann hast du mir zugezwinkert und gegrinst. Ernst hatte unser Tuscheln bemerkt und es war ihm überhaupt nicht Recht, dass er nicht eingeweiht wurde. Das hat er mich den Rest des Abends spüren lassen. Er war äußerst wortkarg und gereizt, ich habe ihm dennoch nichts verraten. Das war mir die Überraschung wert. Aber nach dem Wochenende war alles ganz anders, als du und ich gedacht hatten.«

Über den Tisch greifend, nahm Frank ihre Hände in die seinen.

»Ich wollte deinem Vater dann mehrmals von deinen Verlobungsplänen erzählen. Ich war aber immer unschlüssig, ob es gut für ihn wäre. Irgendwann war mir die Entscheidung abgenommen …«

Frank sagte nichts.

Nach einer Weile stand er auf, kippte neuen Teig aus der Schüssel in die Pfanne und drehte das Gas wieder an. Schweigend aßen beide einen weiteren Eierkuchen.

Frank sprach danach als erster wieder.

»Was ist aus ihr geworden?«

»Zunächst hatten wir uns fast täglich gesehen. Vereint im Schmerz. Die Verluste gemeinsam zu tragen, hat uns die Kraft gegeben, das alles durchzustehen. Doch die wechselseitigen Besuche wurden irgendwann weniger. Der Alltag hatte uns eingeholt. Es musste weiter gehen. Auch das hatten wir gemeinsam: Aufgeben wollten wir beide nicht. Ich überlebte auf meine Weise, sie auf die ihre.«

»Was meinst du damit?«

»Sie ist heute verheiratet. Mit einem ehemaligen Studienfreund von dir: Dieter Wiegand. Er hat sie, genau wie ich, getröstet in jenen Tagen. Und daraus ist dann wohl mehr geworden. Sie hatte mich zur Hochzeit eingeladen. Hingegangen bin ich nicht. Hätte wahrscheinlich viel zu viele Erinnerungen in uns beiden geweckt.«

Obwohl er sich an Claire nicht erinnern konnte, verkrampfte sich etwas in Frank. Er spürte ein Echo, tief drinnen, im Innersten seiner Seele.

»Ich werde zu ihr gehen!«, sagte er entschlossen.

»Ich halte das für keine gute Idee.«

»Ich muss zu ihr gehen. Vielleicht finde ich dort eine Antwort auf die vielen Fragen.«

Luises eigener Schreck war schon groß genug gewesen, als sie Frank am Morgen gegenüber gestanden hatte. Im Gegensatz zu Claire jedoch, hatte sie Franks Tod nie akzeptiert. Welch Auswirkungen mochte es auf Claire haben, stände sie Frank, dem Totgeglaubten, plötzlich gegenüber?

Und welche Rückwirkung hätte dies auf ihren Sohn?

»Ich werde heute noch zu ihr fahren! Wo wohnt sie?«

Auf der einen Waagschale Franks quälende Ungewissheit, auf der anderen die Angst vor der Konfrontation mit seiner Vergangenheit. Luise spürte, dass sie Frank nicht aufhalten konnte. Er musste seine Entscheidung selbst treffen.

»Unten in Dahlem«, gab sie nach, »ich gebe dir die Adresse.«

Luise ging hinüber in die Stube und Frank hörte, wie sie eine Schublade aufzog und wieder schloss.

Zurück in die Küche kam sie mit einem kleinen Adressbuch, einem Notizzettel und einem Bleistift. Danach setzte sie sich, suchte im Adressbuch nach der gewünschten Anschrift und übertrug sie auf den Zettel, den sie an Frank weiter gab.

»Du fährst am besten mit der Elektrischen nach Dahlem runter, die haben die Strecke inzwischen bis dorthin verlängert, du musst zwei Mal umsteigen. Ich schreib dir alles auf.« Dann korrigierte sie sich. »Nein, du nimmst dir besser eine Droschke. Kostet ein paar Pfennige mehr, ist aber sicher einfacher für dich, du kennst dich ja nicht aus. Du wirst Geld brauchen.«

Sie blätterte in ihrem Adressbuch nach hinten, dort kamen mehrere Geldscheine zum Vorschein, drei grüne drückte sie Frank in die Hand.

‚Die Bank von Preußen verpflichtet sich, dem Überbringer dieser Banknote einen Betrag von zehn Reichsmark auszuzahlen.' konnte Frank auf jedem der Scheine lesen. Daneben sah er das Konterfei eines ihm unbekannten, jungen Mannes mit Glatze und Oberlippenbart.

»Georg Friedrich«, erklärte Luise, als sie Franks fragenden Blick bemerkte, »unser Kaiser.«

Bevor Frank losging, drückte Luise ihm noch eine Jacke und einen Schlüsselbund in die Hand.

»Falls es später wird. Ich glaube zwar nicht, dass ich schlafen kann, aber sicher ist sicher. Der kleinere Schlüssel ist unten für die Haustür, der größere für die Wohnungstür. Du kommst doch hierher zurück, heute Nacht?«

Frank nickte, küsste seine Mutter einem Instinkt folgend auf die Wange und machte sich auf den Weg.

»Sei vorsichtig«, flüsterte sie ihm hinterher.

Er ging ein paar Schritte zu Fuß und als er an eine etwas belebtere Straße kam, sah er auch schon drei Droschken ohne Fahrgäste am Straßenrand stehen. Er nahm sich eine davon und nannte dem Kutscher Claires Adresse. Die Augen des Kutschers glänzten, als er das Pferd in Trab setzte. Die Strecke schien ein gutes Geschäft zu sein. Und in der Tat, Frank schätzte, dass sie beinahe eine Stunde unterwegs waren.

Dann endlich Dahlem. In der Straße, die ihm seine Mutter aufgeschrieben hatte, angekommen, bezahlte Frank den gewünschten Fahrpreis und stieg aus. Er sah fast ausschließlich Villen mit kleinen Vorgärten. Die beginnende Dämmerung verdrängte das Tageslicht und die Gaslaternen, die die Straße flankierten, flackerten kurz, um dann mit voller Kraft die vornehme Gegend zu erhellen.

Die gesuchte Hausnummer 27 gehörte zu einem allein stehenden Haus mit zwei Stockwerken, das den Vergleich mit den anderen hier nicht zu scheuen brauchte. Haus und Vorgarten waren gepflegt. Hinter zwei Fenstern im Erdgeschoss brannte Licht. Es war aber keine Bewegung hinter den Gardinen zu erkennen.

Frank drückte die Klinke der Gartentür nach unten und ging auf das Haus zu. Drei Stufen führten nach oben zur Haustür, die ein eiserner Türklopfer in Form eines Löwenkopfes zierte. Er atmete noch einmal tief durch und betätigte ihn.

Leise Schritte waren hinter der Tür zu hören, bevor sie sich öffnete.

Ein Mann stand vor ihm. Augenkontakt. Es war eine für Frank undeutbare Emotion, die da für den Bruchteil einer Sekunde in seinem Gegenüber zu erkennen war. Da war sie auch schon wieder verschwunden und nicht mehr zu fassen.

Der Mann, Dieter Wiegand, hatte schwarzes, an den Schläfen bereits frühzeitig ergrauendes Haar, an der Seite gescheitelt. Sein Oberlippenbart war fast fünfzehn Zentimeter breit, sauber gepflegt und endete an beiden Seiten zu einem nach oben führenden Halbbogen gezwirbelt. Er trug ein Monokel im rechten Auge, in der Hand hielt er eine noch rauchende Pfeife. Wiegand war ordentlich gekleidet, er trug ein makelloses weißes Hemd und eine Fliege, die er der Bequemlichkeit halber etwas gelockert hatte. Frank schätzte ihn auf vierzig Jahre oder knapp darunter.

»Ja, bitte?«

Frank stutzte.

»Sie wünschen?«, drängte Wiegand kurz darauf.

Von hinten, nur unweit entfernt, war nun eine weibliche Stimme zu hören.

»Wer ist denn da, Dieter?«

Frank sah, wie sein Gegenüber versuchte, die Tür so weit zu schließen und sich so zu postieren, dass die Sicht zwischen Wohnungsinnerem und draußen versperrt war.

Zu spät. Eine Hand hatte bereits nach der Türkante gegriffen und zog die Tür nun zu sich nach innen.

Die schlanke Frau, die jetzt zum Vorschein kam, trug einen langen blauen Rock, eine hellblaue Bluse dazu, mit kurzen gebauschten Ärmeln. Ein goldenes Halskettchen verschwand im züchtig wirkenden Dekollete, zwei eher unauffällige schwarz-goldene Ohrringe wurden vom langen braunen Haar fast verdeckt, das ihr zartes Gesicht umrahmte.

Es war tatsächlich die Frau auf dem Foto, die Frank nun hinter Wiegand erkannte.

Ein wenig älter zwar, aber das hatte ihre Attraktivität eher noch erhöht.

In den blauen Augen spiegelte sich Erkennen.

»Frank?«

Frank spürte eine Verbindung zu dieser Frau, ein unsichtbares Band, wie er es auch wahrgenommen hatte, als er seiner Mutter gegenüber gestanden hatte. Aber er war zu keiner Antwort fähig. Viel zu viele Gedanken stritten in seinem Kopf um die Vorherrschaft. Er deutete ein Nicken an.

Die scharfen Worte, die folgten, zerschnitten dieses vereinende Band wie ein Rasiermesser.

»Nein! Ich weiß nicht, wer Sie sind. Aber Sie sind nicht Frank Miller!«

Und dann, als Frank sich immer noch nicht rührte: »Weg! Gehen Sie weg!«

Da er nicht die Konsequenzen zog, zog Claire sie.

Mit einem entschiedenen Ruck drehte sie sich um und verschwand im Hausinnern. Jetzt konnte sich Frank endlich wieder rühren und versuchte, ihr zu folgen, doch Wiegand versperrte ihm den Durchgang.

»Nein! Sie haben meine Frau gehört! Gehen Sie!«

Frank verharrte vor der drohend vor ihm aufgerichteten Gestalt. Für einen Moment schien die Zeit still zu stehen. Frank rang mit sich, ob er den Kontrahenten einfach umrennen oder niederschlagen sollte. Doch sein Verstand, der ihm sagte, dass es besser wäre, sich erst einmal zurück zu ziehen, siegte. Schließlich drehte auch er sich um und ging ruhigen Schrittes durch den Vorgarten und passierte die Gartentür.

Er hatte den Rückzug angetreten.

Bereits nach wenigen Minuten fand er eine freie Droschke. Als er einstieg und die Adresse seiner Mutter nannte, glaubte er aus den Augenwinkeln eine Gestalt an einer Häuserecke zu erkennen, er spürte deren Blicke. Doch als er sich danach umdrehte, sah er nur noch einen Schatten, der hinter der Ecke verschwand.

Das eben Geschehene beschäftigte seine Gedanken. Etwas war merkwürdig. Sowohl bei Dieter als auch bei Claire hatte er in der ersten Schrecksekunde ein Wiedererkennen gespürt, das sich dann in ihrer folgenden Reaktion nicht mehr wieder gespiegelt hatte.

Wieso hatte Claire ihn verleugnet?

Und wie ein ehemaliger Kommilitone, wie seine Mutter ihn bezeichnet hatte, hatte Dieter nicht auf Frank gewirkt.

Die Einstellung Dieters ihm gegenüber war eher als ‚abwartend, abschätzend' zu spüren gewesen. Warum?

Als er sich zurücklehnte, spürte er das Metall seines Medaillons auf der Brust. Einem Gefühl folgend, korrigierte er beim Kutscher sein Fahrtziel und ließ sich zum Dreifaltigkeitsfriedhof fahren. Dort angekommen, fand er das Familiengrab der Millers mühelos wieder. Es war inzwischen dunkel geworden und Frank konnte gerade noch so die Gravur auf dem Grabstein erkennen. Er sah um sich und vergewisserte sich, dass er nicht beobachtet wurde. Dann zog er die Halskette mit dem Medaillon über seinen Kopf, ging in die Knie und vergrub es inmitten des Efeus in der linken unteren Kante des Beets. Mit den Fingerspitzen verwischte er die Spuren. Gut, die Oberfläche sah wieder so unberührt aus wie zuvor.

Abschließend spritzte er noch etwas Weihwasser aufs Grab und eilte dann davon.

Gerade noch rechtzeitig gelangte er ans Tor. Ein Friedhofsgärtner wollte es eben schließen. Er musterte Frank mit hoch gezogenen Augenbrauen, doch dann war Frank auch schon in der Dunkelheit verschwunden.

Ein Mann mit einem verbundenen Arm war vor ihm da gewesen, und eine Frau mit einem übergewichtigen Jungen. Der Junge hatte die Wangen dick aufgebläht und ein Tuch um den Kopf gewickelt, das oben verknotet war. Er rutschte unruhig auf seinem Stuhl hin und her. Die Frau hatte zuerst einem Wasserfall gleich auf den Mann eingeredet und als die schwere Eichentür aufgegangen und eine etwa fünfzigjährige Frau in weißem Kittel mit den Worten »Der Nächste, bitte!« erschienen war, war der Mann, Erleichterung in seinem Blick, im Sprechzimmer verschwunden. Danach wandte sich die Frau an Frank, berichtete ihm in hastigen Worten und ohne Zusammenhang Geschichten aus ihrer Nachbarschaft, Jugenderinnerungen und über Probleme bei der Kindererziehung. Luft zu holen schien sie nicht, jedoch gelang es ihr, mit etwa jedem fünften Satz, ihren Jungen zu Recht zu weisen, was dieser wiederum vollkommen ignorierte. Frank gelang dies nicht und quälte sich immer mal wieder ein ‚ja' oder ein ‚mhmm' hervor. Ein buntes Sammelsurium, das da auf ihn einprasselte. Vergleichbar mit all dem anderen scheinbar Unbekannten, das seit zwei Tagen auf ihn einströmte.

Als die Tür nach ein paar Minuten wieder aufging und der Mann mit frischem Verband im Türrahmen erschien, packte die Frau ihren Jungen am Arm und zog ihn, ohne eine weitere Aufforderung abzuwarten, ins Sprechzimmer hinein. Franks Gesichtsausdruck glich nun dem des anderen Patienten von vorhin.

Kurz darauf ging die Tür schon wieder auf und es machte auf Frank den Eindruck, dass die Arzthelferin die Mutter mit ihrem Jungen regelrecht vor sich her schob. Diese hatte nun ein braunes Medizinfläschchen in der Hand und redete mit einem imaginären Gesprächspartner. Hilfe suchend blickte die Arzthelferin zu Frank und bat ihn mit einem entschlossenen Kopfnicken, schnell einzutreten. Frank folgte ihrem stillen Wunsch und die Arzthelferin schloss eilig die Tür zwischen sich und der anderen Frau.

Frank sah einen an einem Schreibtisch sitzenden Mann, ebenfalls mit einem weißen Kittel bekleidet. Er hatte die Ellbogen auf den Tisch und das Haupt zwischen seine Hände gestützt, vereinzelt war noch weißer Flaum zu erkennen, wo früher sein Haupthaar gewesen war. Sein Blick war nach unten gesenkt und richtete sich nun nach oben, als er Frank bemerkte.

»Diese Frau Stepanek«, er schüttelte den Kopf. »Und was kann ich für Sie tun?«

Dann, er hatte die Frage kaum ausgesprochen, wurde er mit einem Schlag aschfahl; er stand auf und fiel wieder zurück in seinen Stuhl.

»Was ist los, Konrad?«

Die Frau eilte zu ihm, tätschelte ihm die Hand und beobachtete hoffnungsvoll, ob das Blut wieder in sein Gesicht zurückkehrte.

»Nein. Das gibt es nicht.«

»Konrad.«

»Erinnerst du dich an Frank Miller, Martha, den Sohn von Luise Miller?«

Jetzt verschwand auch bei der Arzthelferin jegliche Farbe aus dem Gesicht und sie stützte sich am Schreibtisch ab.

»Dr. Anklamer.« Frank nickte den beiden zu.

»Entschuldigen Sie, Sie sehen einem meiner früheren Patienten unglaublich ähnlich.«

»Sie müssen sich nicht entschuldigen, Dr. Anklamer, ich denke, ich bin Ihr früherer Patient.«

»Aber das kann nicht sein«, erwiderte der Arzt, »ich habe selbst den Totenschein ausgestellt.«

»Ich kann es nicht erklären. Vielleicht haben Sie sich damals getäuscht; ich hatte gehofft, bei Ihnen ein paar Antworten zu finden.«

Und Frank erzählte ihm von seinem Auftauchen auf dem Bahnhofsgelände, wie er zu seiner Mutter gefunden hatte und dass er an die Zeit vor vorgestern so gut wie keine Erinnerung mehr hatte.

Dr. Anklamer schüttelte ungläubig seinen Kopf, gerade so, als wolle er Frank mitteilen, er habe Unrecht und sei nur ein Phantom, das jeglichem klaren Menschenverstand widerspräche und schleunigst dahin zurückkehren solle, wo es hergekommen war: ins Niemandsland.

Die Arzthelferin, Anklamers Frau, starrte Frank mit offenem Mund an.

Seine Mutter habe vorgeschlagen, endete Frank, er solle sich untersuchen lassen, ob mit seiner Gesundheit alles in Ordnung wäre. »Und ich halte das ebenfalls für unerlässlich«, ergänzte er.

Dr. Anklamer schloss seine Augen und atmete laut ein und aus. Als er sie wieder öffnete, stand das Phantom immer noch vor ihm und ihm blieb nichts anderes übrig, als sich mit der Situation auseinanderzusetzen.

»Ja, das scheint mir auch sinnvoll zu sein« bestätigte der Arzt und ergänzte nach kurzem Zögern: »Unter den gegebenen Umständen.«

Dr. Anklamer wandte sich an seine Frau.

»Holst du die Akte ‚Frank Miller'? Es muss etwa im Frühjahr 2005 gewesen sein, als... « er unterbrach sich und suchte nach den passenden Worten. »... ich den Totenschein ausgestellt habe.«

»Dreiundzwanzigster Mai 2005«, präzisierte Frank und Martha Anklamer sah ihn mit großen Augen an, bevor sie in einem Nebenzimmer verschwand.

»Machen Sie sich bitte frei!« Dr. Anklamer deutete hinüber zu einem hölzernen Paravent.

Frank ging dahinter, zog sich aus und legte seine Kleider über einen Hocker. Der Arzt erschien nun ebenfalls hinter dem Paravent. Zuerst maß und wog er Frank. Dann sah er ihm in Augen, Mund und Ohren und klopfte ihm den Rücken ab. Ein Stethoskop zu Hilfe nehmend, überprüfte er Herztöne und Atemgeräusche der Lunge. Immer wieder rief er die neuen Untersuchungsergebnisse über den Paravent hinweg seiner Frau zu. Er befingerte Franks Geschlechtsteile und ließ ihn husten. Abschließend begutachtete er noch ein beinahe handtellergroßes Muttermal auf Franks rechtem Oberschenkel und prüfte mit einem Hämmerchen die Reflexe an Ellbogen und Knien.

»Sie können sich wieder anziehen.«

Als Frank wieder hinter dem Paravent hervorkam, legte Frau Anklamer gerade den Stift zur Seite und beendete ihre Arbeit an der vor ihr liegenden Akte. Sie stand auf, ihr Mann nahm an ihrer Stelle Platz und las und verglich die vor ihm liegenden Daten.

Frank setzte sich ihm gegenüber.

»Herr Miller.« Dr. Anklamer sah auf und Frank bemerkte, dass er ihn zum ersten Mal mit seinem Namen ansprach.

»Ich bin seit über dreißig Jahren Arzt und so etwas ist mir noch nie passiert. Wenn diese Tage, damals im Mai 2005, nicht wären, ich würde mit hundertprozentiger Überzeugung und vor jedem Gericht der Welt unter Eid bestätigen, dass ich Sie für Frank Miller halte. Sie waren bereits als kleiner Junge mein Patient und alle Fakten passen absolut zusammen. Sie haben exakt die Größe, die Sie bei der letzten Routineuntersuchung im Herbst 2004 hatten. Sie haben das Muttermal am Oberschenkel, das sie von kleinauf hatten und auch die leichte Herzrhythmusstörung, die ich Ihnen mit Anfang zwanzig attestiert hatte. Sie wiegen etwas weniger als damals, aber es ist ja auch ein paar Jahre her und wer weiß, was Ihnen widerfahren ist, Herr Kollege.«

»Wie bitte? Was sagten Sie eben? Herr Kollege?«

»Oh, entschuldigen Sie bitte, Sie waren gerade mit dem Medizinstudium fertig, als … Na, Sie wissen schon, als der Unfall passierte. Ich empfehle Ihnen dringend, einen Psychiater aufzusuchen. Martha, schreibst du Herrn Miller die Adresse von Dr. Hohmann auf? Danke. Hoffentlich macht mir die Ärztekammer keine Schwierigkeiten. Da kommen eine Menge Formulare auf mich zu. Auf Sie auch, Herr Miller. Immerhin sind Sie nach wie vor offiziell tot.«

Auf ein mit seinem Briefkopf versehenen Bogen bestätigte der Arzt, dass Frank bei ihm gewesen war. Dazu schrieb er, dass aus medizinischer Sicht kein Zweifel an Franks Identität bestand. Er unterschrieb, stempelte das Schreiben und drückte es Frank in die Hand.

»Wie war das damals?«, wollte dieser wissen.

»Ein Wachtmeister kam hierher und holte mich ab. Er berichtete mir, eine Leiche wäre gefunden und die Identität bereits bestätigt worden. Es war eine Formsache. Als ich mir die Leiche ansah, konnte man das entstellte Gesicht kaum erkennen. Dennoch war ich mir sicher, dass da Frank Miller vor mir lag; man hatte mir Ihren Namen ja vorher genannt und Größe, Statur und was vom Gesicht und Haar zu erkennen war, passten zweifellos zu Ihnen. Das Muttermal konnte ich leider nicht mehr überprüfen, da vom Oberschenkel nicht mehr viel übrig war. Ich beurkundete Ihren Tod.«

»Wer hatte die Identität bestätigt?«

»Warten Sie. Ich muss mal überlegen. Ihre Mutter war es nicht, sie hat ja nie an Ihren Tod geglaubt und ich bin mehr als überrascht, dass sie Recht behielt. Ihr Vater war es auch nicht, der war ja kaum noch ansprechbar, seit der schrecklichen Nachricht …«

Er überlegte.

»Es war Ihre damalige Verlobte. Ihre Mutter war sehr ungehalten deswegen.«

7

Am Großen Müggelsee wäre die Fotografie entstanden, hatte ihm seine Mutter beim Mittagessen erzählt. Und dorthin zog es ihn nun auch. Luise schwärmte verträumt, dachte an frühere Tage dort und hätte ihn am liebsten begleitet, doch Frank zog es vor, alleine zu sein. Er war etwas länger unterwegs als gestern Abend, es dauerte über anderthalb Stunden, ehe er mit der Droschke an der bewohnten Nordseite des Sees eintraf. Von dem Geld, das ihm Luise gegeben hatte, war mittlerweile fast die Hälfte aufgebraucht.

Die Sonne hatte ihren Zenit schon vor knapp drei Stunden überschritten und der Himmel war genau so wolkenlos wie an den beiden Tagen zuvor.

Kinder spielten an der Uferpromenade, wachsam beäugt von auf Bänken sitzenden Müttern und Gouvernanten; Boote waren am Kai vertäut und warteten darauf, angemietet und hinausgerudert zu werden, nur aus der puren Lust heraus, diesen herrlichen Frühlingstag zu genießen. Einigen war dies vergönnt und sie schaukelten nun gemächlich auf dem Wasser hin und her. Möwen und Tauben buhlten um die Gunst einer älteren Dame, die, auf einem Mäuerchen sitzend, altes Brot zerkrümelte und vor sich verstreute.

In der Ferne konnte Frank das Südufer des Sees erkennen.

Er entdeckte auch ein paar Jugendliche, die sich da draußen auf dem See ein Wettrennen lieferten; er sah junge Frauen mit Sonnenschirmen in den Booten, Männer, die Ärmel hoch gekrempelt, sich kräftig in die Riemen legend. War er wie sie gewesen, an jenem Tag, als Claire und er fotografiert wurden?

Wohin ihn seine Schritte führen sollten, wusste er noch nicht. Einen neuen Hinweis, eine Anregung, das wünschte er sich.

Gemächlich ging er die Promenade entlang und sog die frische Seeluft ein. Irgendwann gelangte er an das Ende des befestigten Bereichs und nach einem Tunnel, der die Spree, die hier den See verließ, unterquerte, wurde aus dem gepflasterten Weg nicht mehr als ein Trampelpfad, der zwischen Laub- und Nadelbäumen weiter um den See herum führte. An einer Stelle, an der sich der Wald zum See hin wieder lichtete, beobachtete er erneut das bunte Treiben auf dem Wasser. Ein Stück hinter ihm bemerkte er einen anderen Spaziergänger, der kurz zu ihm herüber sah, und sich dann nach unten beugte, um sich die Schuhe zu binden.

Nach einiger Zeit hatte Frank den See beinahe zur Hälfte umrundet und gelangte an die Südseite des Müggelsees. Auch sie war befestigt, aber es waren nur vereinzelt Menschen zu sehen. ‚Werktags geschlossen' las Frank an einem Schild an einer kleinen Hütte, die ansonsten Getränke verkaufte, wie er aus der plakatierten Preisliste schloss.

Und dann sah er Claire!

Sie saß in einigen Metern Entfernung auf einer Parkbank im Schatten und trug ein ockerfarbenes hochgeschlossenes Kleid und einen dazu passenden, eleganten Hut. Ihr Blick war auf den See hinaus gerichtet, doch er endete in viel weiterer Ferne, denn ihre Augen waren ausdruckslos. Er konnte sich einfach neben sie setzen, ohne dass es ihr auffiel. Jetzt sah er die feste Schnur mit Perlen in ihren Händen, einige große und viele kleine waren aufgereiht.

Ihre Fingerspitzen von Daumen, Zeige- und Mittelfinger ruhten zwischen zwei der kleinen Kugeln, schoben eine Perle weiter, um dann zwischen den zwei nächsten zu verweilen.

Als Frank Claire genau anblickte, bemerkte er die sanfte Bewegung ihrer Lippen und er wusste, dass sie gerade ein neues tonloses ‚Ave Maria' formten. Trotz der Entrücktheit ihres Blickes, erfasste er die Schönheit ihrer Augen. Seine Finger sehnten sich danach, ihre Haut zu berühren, ihr über Stirn, Nase, Lippen, Kinn und Hals zu gleiten.

Doch Frank beherrschte sich. Er saß einfach nur da, beobachtete sie und wartete.

Immer wieder wanderte eine Perle zwischen ihren Fingern weiter und seit Franks Ankunft hatte jede Kugel mindestens zwei Mal ihre Fingerspitzen passiert, da kam allmählich der Glanz in ihre Augen zurück.

Ohne zur Seite zu blicken, wusste sie, dass Frank neben ihr saß. Darüber schien sie keineswegs überrascht zu sein. Sie sah auf den See hinaus, Frank tat es ihr gleich.

»Am Wochenende ist hier deutlich mehr los«, begann sie.

»War es an einem Wochenende, als die Fotografie entstand?«

Claire nickte, was Frank nur aus den Augenwinkeln heraus wahrnahm.

Wie lange es tatsächlich dauerte, ehe Claire das Gespräch fortsetzte, wusste Frank nicht; er blieb geduldig.

Sie deutete mit der Hand nach rechts.

»Dort hinten am Steg war es!«

Und als Frank genau hinsah, erkannte er die Stelle wieder, an der das Pärchen fotografiert worden war.

»Warum sind Sie heute hierher gekommen?«, wollte Frank wissen.

Die Frage brachte sie aus der Fassung. Ihre Souveränität verlierend, spielte sie nervös an ihrem Rosenkranz herum, bis sie ihn schließlich in ihrem Handtäschchen verstaute und ihre Hände ineinander gefaltet in ihrem Schoß wieder zur Ruhe fanden.

»Diese Frage stelle ich mir auch …«

Nach einer Weile fuhr sie fort: »Vielleicht aus Sehnsucht nach jenem Frühlingstag.«

»Eine wunderschöne Erinnerung an einen wunderschönen Tag«, sagte Frank, ohne jegliche Betonung oder Theatralik.

Claire schluckte, öffnete erneut ihre Handtasche und kramte ein seidenes weißes Taschentuch hervor.

»Sie sind nicht Frank Miller!«, wiederholte sie unvermittelt und stoisch die Worte, die sie ihm schon gestern Abend entgegen geschleudert hatte. Ob der Satz für ihn bestimmt war, oder für sie selbst, das konnte Frank nicht heraushören.

Anscheinend hatte sie auf eine Widerrede gewartet, denn als diese nicht kam, sagte sie es abermals: »Sie sind nicht Frank Miller!«

Wieder vergingen lange Sekunden, ehe Frank reagierte: »Wer bin ich dann?«

Zum ersten Mal drehte sie sich zu ihm und schaute ihn an. Sie musterte ihn, sein Gesicht, sein Haar, die Ungewissheit und das Flackern in seinen Augen.

»Sie sind ihm äußerst ähnlich. Wie ein eineiiger Zwilling.«

»Nur, dass Frank Miller keinen Zwillingsbruder hatte, oder?«

Verlegen blickte Claire wieder über den Kai hinaus aufs Wasser.

»Nein, Frank war ein Einzelkind. Das heißt, eine jüngere Schwester hätte er gehabt. Sie ist im Alter von zwei Jahren gestorben.«

Frank folgte ihrem Blick.

Irgendwann fragte er sie, ob sie ihm etwas erzählen möchte, über jenen Frühlingstag und irgendwann willigte sie ein und begann damit.

»Es war ein Sonntag. Frank holte mich schon frühmorgens von zu Hause ab. Meine Eltern mochten Frank sehr und hatten großes Vertrauen in ihn. Ich musste sie nicht lange überreden, mich mit ihm ziehen zu lassen. Außerdem war ich ja zweiundzwanzig und seit mehr als einem Jahr volljährig. Ich freute mich sehr auf diesen Ausflug und die Aussicht, den ganzen Tag mit Frank zu verbringen. Die Droschke stand schon unten im Innenhof, als wir – ich hatte mich bei Frank untergehakt – das Treppenhaus verließen. Ich sah, wie an zahlreichen Fenstern des Mietshauses neugierige Gesichter hinter den Gardinen hervorschauten; ich war stolz darauf und genoss es. Jeder konnte und sollte es sehen - dass ich mit meinem Frank einen Ausflug machte!«

Sie machte eine Kopfbewegung in Richtung des Wassers.

»Den Müggelsee hatte Frank als Ziel gewählt. Ich war erst einmal zuvor dort gewesen, in meiner Kindheit, und hatte schöne Erinnerungen daran. Gutgelaunt trafen wir ein, gingen spazieren, ließen an einem Steg die Füße ins Wasser baumeln, um sie anschließend von den Sonnenstrahlen wieder trocknen zu lassen. Wir redeten über Gott und die Welt; kehrten mittags in eine Gaststätte ein, wo wir draußen, unter freiem Himmel aßen und tranken. Frank machte Scherze und brachte mich zum Lachen; und manchmal konnte ich nur noch den Kopf über ihn schütteln, so ausgelassen gab er sich. Nach dem Essen sind wir hier gelandet und dieser Fotograf überredete uns zu dem Bild. Ab dem Zeitpunkt, als der Fotograf mich Franks ‚Fräulein Braut' nannte, war die Stimmung eine andere. Wir machten uns lustig über die Aussage, obwohl für uns beide der ernste Hintergrund unverkennbar war. Mit einem Schlag wurde uns klar, was Familie und Bekannte wahrscheinlich schon längst wussten: Wir waren ein Paar! Darüber sprechen wollte keiner von uns beiden.«

Sie ließ ihre Worte nachhallen, bevor sie fortfuhr.

»Wir setzten unseren Spaziergang fort, gingen hinunter zum Teufelssee und weiter zum Langen See und dort entlang bis zur Großen Krampe. Wir lachten und wir träumten weiter, doch alles war plötzlich anders und der Ausflug hatte sich zu einem Vorspiel verwandelt, das nur noch auf den einen Höhepunkt zusteuern konnte. Erst als die Droschke spätabends, es dämmerte bereits, wieder im Innenhof meines Zuhauses ankam, hatte Frank all seinen Mut gesammelt und fragte mich. Und ich? Ich sagte ‚ja'! - Nein, ich schrie es geradezu heraus, denn alle Leute hinter den Fenstern sollten es hören. Dann fielen wir uns in die Arme und küssten uns.«

Frank beobachtete, wie ihre Finger mit dem Taschentuch spielten und dann ihr Gesicht. Obwohl Claires Stimme zitterte, erschienen keine Tränen.

»Seinen Eltern wollte Frank es so lange wie möglich geheim halten, es sollte eine Überraschung werden. Ich lachte darüber und sagte ihm, die Stadt wäre zwar groß, aber dennoch viel zu klein für all die Schwatzhaftigkeit der Leute, die bei mir zuhause neugierig an ihren Fenstern klebten. Außerdem, so scherzte ich, könne er vor seiner Mutter sowieso nichts verbergen.«

»Ich verstehe, was Sie meinen ...« sagte Frank mit einem breiten Grinsen, das ihm gleich wieder verging.

»Am nächsten Abend war Frank tot.«

Frank hätte am liebsten nach Claires Hand gegriffen, um sie zu halten, doch fehlte ihm der nötige Mut dafür.

»Tief in der Nacht dann das Klopfen an der Wohnungstür. Noch heute werde ich nachts oft wach und bilde mir ein, das Geräusch wieder gehört zu haben. Ich liege dann da und warte, ob es sich wiederholt. Ob ich die tiefe, ungeliebte Stimme des Mannes auf der anderen Seite der Tür wieder höre. Doch sie erscheint allein in meinem Geist: ‚Öffnen Sie bitte die Tür. Hier ist die Gendarmerie'. Als ich aufstand und aus dem Spalt der leicht geöffneten Zimmertür schaute, sah ich zuerst wie in einem Spiegel meine Mutter im Zimmer gegenüber, die es mir gleich tat. Marie und Anne, meine beiden kleinen

Schwestern, schlüpften nur mit ihren Nachthemdchen bekleidet aus ihrem Schlafzimmer und tippelten barfuß zu meiner Mutter, um sich an sie zu drücken. Dann schauten wir alle vier zur Wohnungstür, in der mein Vater stand, der nur schnell in Morgenmantel und Pantoffeln geschlüpft war. Obwohl mir die Zeit danach heute wie ein Traum vorkommt, an den man nur noch schemenhafte Erinnerungen hat, war es leider keiner. Es sind heute nur noch Bruchstücke da, und vielleicht ist das gut so. Irgendwie verstand ich schließlich, was passiert war und was man von mir wollte. In einer Droschke hat man mich mitgenommen, die Fahrtzeit verging wie im Fluge und dauerte gleichzeitig eine Ewigkeit. Ich fand mich in einem Raum wieder, in dem sich einzig und allein ein Bett befand. Die Umrisse unter dem Leintuch erinnerten nur noch entfernt an einen Menschen. Ich befürchtete das Schlimmste und meine Ängste verwandelten sich in Gewissheit, als der Gendarm das Tuch langsam vom Kopfende anfangend nach unten wegzog. Warum ich nicht auf der Stelle zusammenbrach, weiß ich nicht. Das kam erst Tage später. Trotz des Schmerzes war mein Kopf wieder klar. Der Beamte hielt mir die blutverschmierte Fotografie vom Müggelsee unter die Nase: ‚Ist das dieser Mann?' Und ich antwortete mit demselben kleinen Wort, das ich gestern für die ganze Welt hinausgebrüllt hatte; leise flüsternd bestätigte ich.«

Claire gab sich äußerst gefasst. Sie hatte sich sehr im Griff, doch Frank war sensibel genug, ihre Anspannung und Aufgewühltheit zu spüren.

»Es gab keinen Zweifel für Sie?«, wollte er wissen.

»Nein. Keinen.«

Völlig unverwandt drehte sie sich zu ihm um, starrte ihm ernst in die Augen.

»Wer sind Sie? Und was wollen Sie?«

Sie fragte hart und unerbittlich.

Einem reuigen Sünder gleich, senkte Frank seinen Blick.

»Ich weiß es nicht«, gestand er nach einer Pause. »Ich weiß es nicht.«

Und Claire glaubte dem Unbekannten, der da neben ihr saß.

Viele der Boote draußen auf dem See waren inzwischen zurück gerudert worden, schaukelten nun wieder, an den Molen vertäut, sanft hin und her. Auch für die restlichen war es bald Zeit, den Heimweg anzutreten, bevor die Dämmerung ihren Schatten über den Müggelsee zog.

Auf dieser Seite des Sees waren kaum noch Leute zu sehen.

»Franks Leiche war verstümmelt und sein Gesicht schwer entstellt«, fuhr Claire tonlos fort.

»Aber Franks Mutter ...«, begann Frank zu widersprechen, doch als er merkte, dass er ganz unbewusst ‚Franks Mutter' und nicht ‚meine Mutter' formuliert hatte, verstummte er.

Claire ließ sich nicht anmerken, ob ihr die Feinheit aufgefallen war.

»Franks Mutter hätte den Toten auch nicht als ihren Sohn identifiziert, wenn sein Gesicht unverletzt gewesen wäre. Sie klammerte sich mehr als alles andere an die unbegründete Hoffnung, ihr Sohn könnte noch am Leben sein, irgendwo, in einer anderen Stadt, in einem anderen Land. Vom ersten Moment, als die Gendarmerie ihr und ihrem Mann die Nachricht überbracht hatte, hatte sie wohl gespürt, dass Franks Ende auch der Todesstoß für Franks Vater sein würde. Deswegen hätte sie sich nie eingestanden, dass Frank nicht mehr am Leben sei. Auch nachdem ihr Mann gerade mal eine Woche nach seinem Sohn starb, blieb sie dabei. Ich glaube, sie hat den Tod von beiden niemals akzeptiert. In der Zeit nach den Begräbnissen haben wir uns oft besucht, später wurde der Kontakt immer weniger. Ich habe mehrmals gehört, wie sie in ihrer Wohnung mit ihrem toten Mann und ihrem toten Sohn sprach, als wären sie noch am Leben.«

Frank ließ die Worte auf sich wirken, wollte Claire auf keinen Fall reizen und dennoch widersprach er ihr.

»Vielleicht war ihre Hoffnung doch nicht so unbegründet: Ich bin hier!«

Claire drehte sich zu ihm und Frank zuckte zusammen, so ernst war ihr Blick.

»Sie sind nicht Frank Miller!«

Ruckartig stopfte sie ihr Taschentuch zurück in ihre Handtasche, stand auf und ging davon, ruhigen, normalen Schritts, ohne sich noch einmal umzusehen.

Ein Rabe landete auf einem Mülleimer, nahe der Bank. Den dort sitzen Gebliebenen misstrauisch beäugend, begann er damit den Müll fachmännisch mit seinem Schnabel herauszuzerren, um ihn kraftvoll fort zu schleudern. Hin und wieder war er erfolgreich und fand etwas Essbares. Bald war der ganze Umkreis mit Müll bedeckt.

Frank schloss seine Augen und in seinen Gedanken war der Rabe auf seinem Haupt gelandet und pickte aus seinem Gehirn all die Erinnerungsfetzen hervor, um sie in weitem Bogen und ohne System auf den Boden zu werfen. In seiner Vorstellung griffen seine Hände danach und stopften die Teile wieder in seinen Kopf, doch der Rabe ließ sich das nicht gefallen, pickte nach seinen Fingern und ließ sich nicht an seiner Arbeit hindern. Franks Kopf blieb mit Fragmenten gefüllt, die ohne inneren Zusammenhang schienen.

Plötzlich hörte Frank ein Knacken hinter sich, vielleicht ein Ast, der zerbrach.

Rasch drehte er sich um.

War Claire doch noch einmal zurückgekehrt?

Gerade noch sah er einen Schatten, wie er hinter einer Kiefer verschwand.

Es war nicht Claire, es war der Mann, den er heute schon einmal beobachtet hatte. Der Mann, der sich gebückt hatte, um seine Schuhe zu binden, als Frank zu ihm hinüber geblickt hatte. Er erkannte die schwarze Cordhose wieder und auch das beigefarbene Hemd. Einen Zufall hielt Frank für sehr unwahrscheinlich.

Frank wollte herausfinden, ob er Recht hatte.

Er erhob sich und folgte dem Weg, den auch Claire vor ein paar Minuten gegangen war.

Aufmerksam, aber dennoch unauffällig, wollte er sich verhalten. Bei jeder Biegung sah er sich um und bemühte sich, es so aussehen zu lassen, als sei er einfach sehr an der Natur interessiert. Einmal beobachtete er einen Zeisig, der auf einem Ast vor sich hin pfiff, das andere Mal roch er an einer Blüte am Wegesrand oder befühlte die Rinde einer alten Eiche. Den Unbekannten entdeckte er nicht mehr.

Entweder er hatte sich getäuscht oder der Verfolger war nun vorsichtiger geworden.

Schließlich erreichte Frank den Spreetunnel. Hier wollte er Gewissheit erlangen. So lange Frank im Tunnel war, würde sich der Fremde sicher nicht hineinwagen. Also hatte er auf der anderen Seite ein wenig Zeit, um ihm eine Falle zu stellen.

Den Tunnel verlassend, kletterte Frank die Böschung hinauf und versteckte sich hinter einem Busch. Als er sich hinkauerte und alles still war, abgesehen der leisen abendlichen Waldgeräusche, da hörte er Schritte. Sie hallten nach im Tunnel, erzeugten ein deutliches Echo. Die Tonfolge wurde immer schneller und Frank wurde klar, dass die Person nun rannte.

Die Schritte wurden lauter und Frank holte noch einmal tief Luft und hielt dann den Atem an.

Da erschien der Mann wieder, beigefarbenes Hemd, schwarze Hose. Er bremste ab - sein Gesicht war von Frank abgewandt - und blickte in die Richtung, in die der Weg zurück zum Nordufer des Müggelsees führte.

Jetzt sah er auch nach links und rechts.

Anscheinend sagte ihm seine Intuition, dass der Verfolgte noch irgendwo in der Nähe war.

Frank wurde klar, dass ihn der Fremde trotz der Dämmerung früher oder später entdecken würde und ergriff kurz entschlossen die Initiative. Er sprang die Böschung hinab und landete direkt hinter dem Mann, der sich, das Geräusch hörend, sofort umgedreht hatte.

Auge in Auge standen sie sich nun gegenüber, zwei Duellanten gleich.

»Wer sind Sie? Was wollen Sie von mir?«

Doch Franks Fragen vergeudeten nur Zeit. Es wirkte nicht so, als ob die Worte den Fremden überhaupt interessierten, er griff mit der Rechten in eine Seitentasche am Oberschenkel seiner Cordhose und zog ein Messer hervor.

Frank erschrak und wich zurück.

Das war auch gut so, denn sein Gegenüber hatte das Messer, gerade aus der Tasche heraus, direkt nach vorne zu Frank gestoßen und nach oben über dessen Brust gezogen.

Sein Hemd, ein weißes seines Vaters, wurde links der Knopfleiste von unten bis fast zum Kragen hinauf aufgeschlitzt. Nur Franks schnelle Reaktion, nach hinten auszuweichen, hatte verhindert, dass das Messer tief in seinen Körper drang.

Geistesgegenwärtig setzte Frank nach, ballte seine Linke und schlug mit der Rückseite seiner Faust auf die Waffenhand seines Kontrahenten, in dem Augenblick, in dem sie für einen Lidschlag links oberhalb seines Kopfes verharrte. Damit hatte der Verfolger nicht gerechnet, sein Messer glitt aus seiner Hand und wirbelte in hohem Bogen durch die Luft, um dann in einem Gebüsch zu verschwinden. Doch dieser hatte sich schnell wieder im Griff. Mit seiner anderen Hand griff er nach vorn, packte in den Schlitz, den er geschnitten hatte und riss Frank mit einem beherzten Ruck das Hemd vom Leib. Frank wusste nicht, wie ihm geschah, da drehte sich der Unbekannte auch schon um und rannte davon, den Weg entlang zum Nordufer.

Frank glaubte nicht, dass ein Verfolgen seinerseits sinnvoll wäre, zumal die abendliche Sicht immer schlechter wurde. Sich bückend griff er nach seinem zerfetzten Hemd und spürte dabei in der Bauchgegend ein Kribbeln auf seiner Haut: Das Messer hatte ihn doch erwischt. Aus einem etwa fingerlangen Kratzer sickerte Blut hervor. Er presste das Hemd auf die Wunde, um sie zu stillen und wandte sich dem Gebüsch zu, in dem das Messer verschwunden war. Doch er fand es nicht mehr wieder und gab die Suche bald auf: Er wollte nur noch nach Hause.

Der bärtige Droschkenkutscher, zu dem Frank einstieg, zog die rechte Augenbraue nach oben, als er den Zustand seines Fahrgasts musterte. Dennoch hielt er seine Neugierde im Zaum und Frank gab ihm, dankbar dafür, ein angemessenes Trinkgeld, als er sicher und wohlbehalten zu Hause ankam.

Seiner Mutter erzählte er nichts von dem Überfall. Ein Ast, auf dem er gestanden hatte, sei unerwartet hoch geschnellt, habe ihm das Hemd zerrissen und seinen Oberkörper verletzt. Das war seine Version der Geschichte beim Abendessen, danach ging er bald zu Bett.

8

»Sollte ich mich nicht irgendwo auf ein Sofa legen?«

Frank beugte sich nach vorn und sah sich im Behandlungszimmer um.

Dr. Hohmann zwinkerte ihm zum wiederholten Male zu und Frank fragte sich, ob es ein Augenleiden sei oder ob der Psychiater es bewusst anwandte, um seine Patienten aufzuheitern und zu ihrer Entspannung beizutragen.

»Möchten Sie das denn?«, wollte er freundlich wissen.

Frank lachte.

»Nein, eigentlich nicht!«, sagte er und lehnte sich wieder bequem in seinem hellbraunen Ledersessel zurück. Der Arzt saß auf der anderen Seite seines eichenen Schreibtischs in einem ähnlichen Sessel, der seinerseits etwas abgenutzter aussah als der von Frank.

»Fassen wir noch einmal zusammen«, lächelte Dr. Hohmann.

Frank kam der Arzt wie ein großer Junge vor, hager, volles dunkelbraunes Haar, jugendliche Gesichtszüge, keinerlei Falten. Vorne im Wartezimmer hing ein Dokument über die Verleihung seines Doktor-Titels. Daraus hatte Frank entnommen, dass Dr. Hohmann schon deutlich über vierzig sein musste. Zu sehen war davon nichts.

»Vor drei Jahren ist ein Mann am Görlitzer Bahnhof ums Leben gekommen. Die Umstände sind ungeklärt. Erwiesene Tatsache ist nur, dass ihn ein Zug erfasst, mitgeschleift und verstümmelt hat. Es kommen Selbstmord, Unfall oder Mord in Frage. Eine vierte Möglichkeit sehe ich nicht.«

Frank war über den Pragmatismus seines Gegenübers überrascht.

»Wenn es Selbstmord war«, ergänzte Dr. Hohmann, »käme das einem sehr überraschenden Sinneswandel gleich, nach all dem, was Ihnen seine Verlobte über den Vorabend des Unglücks erzählte. Da fällt mir ein: Wissen Sie, warum er überhaupt auf dem Bahnhofsgelände war?«

»Ja. Meine Mutter erzählte mir, dass sich der Laden des Fotografen in der Bahnhofsvorhalle befand. Ein guter Ort für so ein Geschäft. Erhöht sicher seine Chancen, die gemachten Fotografien auch verkaufen zu können.«

»Gut. Das macht die Selbstmordthese eher noch unwahrscheinlicher. Denn es hieße ja, Herr Miller hätte das Bild abgeholt, das ihn an den wohl glücklichsten Tag seines Lebens erinnerte, und sich unmittelbar danach vor einen Zug geworfen. Was könnte einen solchen Sinneswandel schon verursachen?«

Frank hob kurz die Achseln an.

»Für einen Mord benötigen wir ein Motiv und einen Mörder. Haben Sie in dieser Richtung schon nachgeforscht?«

»Nein«, entgegnete Frank und kratzte sich durchs Hemd an seiner Wunde, die seine Mutter morgens versorgt hatte. Zur Praxis war er danach zu Fuß gegangen, sie lag keine fünf Minuten entfernt.

»Könnte man vielleicht über ehemalige Freunde in Erfahrung bringen. Bleibt noch der Unfall: War er eventuell so berauscht und in solcher Hochstimmung, weil er das Foto mit sich und seiner Braut gesehen hatte, dass er seine Umwelt nicht mehr wahrnahm? Dass ihm gar nicht bewusst war, dass er über die Gleise ging oder dass er vom Bahnsteig einfach auf die Gleise hinunterstolperte?«

Das freundliche Zwinkern war wieder da.

»Sind das die Fragen, die Ihnen im Kopf umhergehen, Herr Miller?«

Frank nickte.
»Nun, es ist natürlich verständlich, dass Sie sich in Ihrer derzeitigen Situation auch damit beschäftigen. Sie sollten dabei aber nicht den einzigen unumstößlichen Fakt übersehen, den wir haben.«
Dr. Hohmann musterte Frank von oben nach unten und wieder zurück.
»Sie sitzen vor mir«, sagte er triumphierend, »Ich zweifle nicht an meinem Verstand. Sie sind kein Geist. Ihre Mutter hat sie erkannt und auch ihr damaliger Hausarzt. Daraus wiederum gibt es nur eine mögliche Schlussfolgerung.«
Franks Gesicht blieb ausdruckslos.
»Der Mann, der vor drei Jahren am Görlitzer Bahnhof vom Zug mitgerissen wurde, war nicht Frank Miller.«
»Wer war er dann?«
»Möglicherweise ein Ganove, der im Schatten auf dem Bahngelände auf der Lauer gelegen hatte. Da treibt sich ja stets einiges an Gesindel herum auf unseren Bahnhöfen. Möglicherweise hatte er es auf Ihre Brieftasche abgesehen und dann, nachdem er Ihnen eins mit dem Schlagstock über den Schädel gezogen hatte, stellte er fest, dass auch die Kleider, die Sie trugen, besser als seine eigenen waren und Sie beide erfreulicherweise eine ähnliche Statur hatten.«
Unwillkürlich fasste sich Frank an seinen Kopf und tastete ihn nach verheilten Narben ab.
»Vielleicht haben Sie durch den Schlag Ihr Gedächtnis verloren und sind umhergeirrt.«
»Nackt?«
»Na ja, der Dieb hätte ja wohl seine eigenen Kleider zurück gelassen. Die haben Sie dann angezogen, unbewusst oder aus Schamhaftigkeit. Unwahrscheinlich, dass Sie beobachtet wurden, es hat ja damals niemand eine entsprechende Aussage gemacht.«
»Und dann?«
»Auf jeden Fall ist er geflüchtet – vielleicht weil Sie gerade wieder zu sich kamen oder weil er eine andere Person zu hören glaubte – und ist dabei vor den Zug gerannt.«
»Aber Claire hat die Leiche identifiziert und behauptete auch gestern wieder Stein und Bein, ich sei nicht Frank Miller!«
»Ihre Aussage wiegt nicht mehr und nicht weniger als die Ihrer Mutter. Damals hatten die Behörden mehr Ihrer Braut geglaubt als den Worten Ihrer Mutter. Da kurz darauf Ihr Vater starb und man das in unmittelbarem Zusammenhang mit ‚Ihrem Verschwinden' sah, ergibt es aus meiner Sicht durchaus Sinn, die Identifikation durch Ihre Mutter in Zweifel zu ziehen. Ein Fehler, wie man heute zugeben muss. Möglicherweise war Claire viel labiler in jenen Tagen als Ihre Mutter, konnte ihren Zustand jedoch besser verbergen!«
Das klang für Frank durchaus einleuchtend.
»Aber, wo bin ich in den drei Jahren gewesen?«
Dr. Hohmann schüttelte den Kopf.
»Ich habe in einer Fachzeitschrift von einem Fall gelesen, da ist ein junger Mann, der sein Gedächtnis verloren hatte, in Karlsruhe verschwunden und erst fünf Jahre später wieder aufgetaucht - in Nürnberg! Er war fein gekleidet und hatte die Taschen voller Geld. Zufälligerweise hat ihn dort ein Vetter, der geschäftlich in Nürnberg zu tun hatte, auf der Straße wieder erkannt. Sobald sie sich gegenübergestanden hatten, hatte das Gehirn des jungen Mannes spontan eine seltsame Reaktion in die Wege geleitet. Plötzlich konnte er sich wieder an alles erinnern, was vor seinem Gedächtnisverlustes vor

fünf Jahren war, an alles danach - dass er es in Nürnberg zu großem Wohlstand gebracht und in eine einflussreiche Familie eingeheiratet hatte - hatte er vergessen. Möglicherweise, Herr Miller, ist Ihr Fall ähnlich gelagert.«

»Sie meinen, ich hätte die vergangenen drei Jahre irgendwo mit einer anderen Identität ein ganz normales Leben geführt?«

»Das kann zumindest nicht ausgeschlossen werden.«

»Und als ich, aus welchen Gründen auch immer, den Görlitzer Bahnhof wieder sah, den Ort, an dem die Misere ihren Anfang nahm, da war die Erinnerung an die letzten drei Jahre verschwunden und Fragmente aus der Zeit davor tauchten wieder an die Oberfläche?«

»Zum Beispiel!«

Frank dachte an das seltsame Medaillon, das er getragen hatte.

Waren SG nun doch seine eigenen Initialen?

Die Initialen eines Namens, unter dem er Gott-weiß-wo gelebt hatte?

»Sigmund Freud lässt grüßen«, sagte Frank, bei weitem nicht überzeugt von den Theorien des Psychiaters.

»Sigmund, wer?«

»Sigmund Freud, der große Meister Ihres Faches«, und als Dr. Hohmann ihn immer noch die Stirne runzelnd ansah, ergänzte er: »Aus Wien!«

»Sigmund Freud«, murmelte der Psychiater. »Sigmund Freud. Aus Wien. Soll mir das irgendetwas sagen?«

Frank ignorierte die Frage und beschäftigte sich wieder mit seiner eigenen Geschichte.

»Was kann ich am Sonntagvormittag am Görlitzer Bahnhof gewollt haben?«

»Nun, aus Ihrer Kleidung lässt sich ja nicht gerade viel schließen. Sie könnten überprüfen, welche Züge dort am Morgen eintrafen. In der Regel kommen da hauptsächlich Züge aus Dresden und dem Spreewald an, doch über Dresden fahren beispielsweise auch die Züge, die aus Wien kommen. Vielleicht sind Sie vor drei Jahren, geistig verwirrt, bis Dresden oder Wien gefahren und haben sich dort in den vergangenen Jahren eine neue Existenz aufgebaut. Dann wird man Sie vermutlich inzwischen dort vermissen. Sie müssen sowieso zur Gendarmerie und zum Bürgeramt, damit man Sie auch offiziell wieder von den Toten zu den Lebenden holt. Sie sollten den Beamten vorschlagen, ihre Kollegen in Dresden und in Wien zu kontaktieren, ob dort jemand vermisst wird, auf den Ihre Beschreibung zutrifft.«

Dann sah er kurz auf die Patientenkarte, die vor ihm auf dem Schreibtisch lag.

»Wo wohnen Sie im Moment, Herr Miller?«

»Bei meiner Mutter.«

»Das ist gut. Sie benötigen Strukturen. Wenn die Strukturen wachsen, erhellen sich automatisch auch die dunklen Kammern dazwischen.«

Dr. Homanns Optimismus steckte an.

»Ich danke Ihnen sehr, Herr Dr. Hohmann. Sie haben mir sehr geholfen und mich auf viele neue Gedanken gebracht. Zum ersten Mal habe ich das Gefühl, zumindest eine grobe Ordnung in meinen Überlegungen gefunden zu haben. Vor dem Besuch hatte ich eine ganz andere Erwartung und hatte kaum Hoffnung, dass er mich in irgendeiner Weise vorwärts bringt.«

»Tja, wenn man vorhersehen könnte, wie der Psychiater einem hilft, dann bräuchte man ihn nicht, oder?«

Da war es wieder, das obligatorische Zwinkern.

»Und Sie mussten sich nicht mal auf ein Sofa legen!«, grinste er.

Frank fragte sich, ob er ihm noch von dem gestrigen Überfall erzählen sollte.

»Etwas beschäftigt Sie noch, Herr Miller?«

»Da ist dieses Symbol«, fiel Frank da ein. »Ich habe vorletzte Nacht davon geträumt und letzte Nacht schon wieder.«

»Was für ein Symbol?«

»Ein Kreuz mit abgewinkelten Enden: ein Hakenkreuz. Es ist schwarz und in einem weißen Kreis. Außerhalb des Kreises ist in meinem Traum alles rot.«

Dr. Hohmann überlegte kurz.

»Nein, ich kenne so ein Symbol nicht!«

Und als er Frank zur Tür brachte und ihm beherzt die Hand schüttelte, ergänzte er: »Gott sei mit Ihnen!«

9

Draußen, auf der Straße vor der Praxis, fuhr gerade ein Bus an und verließ seine Haltestelle. Es war einer von jenen, die bereits motorgetrieben waren und die Frank schon öfter im Stadtbild gesehen hatte. Der Bus fuhr nach Norden und da das genau die Richtung war, in die Frank wollte, sprang er beherzt hinten aufs Trittbrett. Der dort stehende Schaffner schüttelte nur den Kopf, enthielt sich aber eines Kommentars zu Franks gewagter Aktion.

»Fahren Sie zur Charité?«

Der Schaffner nickte und brummelte etwas in seinen Bart.

Frank wollte schon an ihm vorbei gehen und über die Treppe nach oben die zweite Etage des Busses erreichen, da hielt ihn der Schaffner am Arm fest.

»Halt! Das macht zwei Groschen!«

Frank kramte in seiner Hosentasche, holte eine Handvoll Münzen hervor, aus denen er zwei heraussortierte. Er hatte sich die Geldstücke inzwischen eingeprägt. Auf den beiden abgegriffenen, ockerfarbenen zwei Zehn-Pfennig-Münzen, die er nun dem Schaffner übergab, prangte vorne die Zahl ‚10' über der ‚Deutsches Reich' zu lesen stand und unter der die Währungseinheit ‚Pfennige' geprägt worden war, die Rückseite zierte Eichenlaub. Der Schaffner drückte ihm nun seinerseits ein briefmarkengroßes Billet in die Hand. Dann ging es für Frank hinauf auf die unverkleidete obere Plattform, er setzte sich dort auf eine der Bänke und genoss den erhöhten Ausblick auf die Straßen der Stadt. Etwas bewölkter und dadurch auch kühler war es heute im Vergleich zu den vorangegangenen Tagen. Zum Glück hatte Frank heute Morgen eine Jacke mitgenommen, die er nun im Fahrtwind fröstelnd überzog.

Er war der einzige, der bei dem Wetter nach oben gegangen war, was beim Schaffner ein erneutes Kopfschütteln provozierte.

Falls heute wieder ein Verfolger hinter ihm war, so dachte Frank, so hatte er ihn mit seinem spontanen Sprung auf die Plattform des Busses sicher abgehängt. Zumindest hatte er niemanden beobachtet, der ihm gefolgt wäre.

Da Frank nicht so recht wusste, wo er aussteigen musste, lehnte er sich, ein paar Haltestellen später – der Bus stand gerade - über die Brüstung und rief nach unten.

Eine korpulente Frau, die gerade einstieg, war schneller als der Schaffner: »Zwe Stationen noch, dann müssen Se 'raus.«

Sie grinste ihn breit an und zwei auffällige Zahnlücken kamen zum Vorschein. Sie hatte ein Kostüm an, das sicher einmal elegant gewesen war, nun aber nur noch verschlissen und schmutzig wirkte. Der Geruch eines auffälligen und billigen Parfüms schlug Frank entgegen und er wich schnell zurück, bevor die etwa fünfzigjährige Frau auf die Idee kam, sich zu ihm nach oben zu gesellen.

Er hatte Glück! Wenige Minuten später war das Ziel erreicht und Frank stieg aus. Um eine Häuserecke müsse er noch herum, antwortete ihm der Passant, den er nach dem Weg gefragt hatte, und als er diese passierte, blieb er stehen.

‚Arzt im Praktikum' wäre er gewesen und an der Charité habe er gearbeitet, hatte ihm seine Mutter erzählt, nachdem er sie heute Morgen beim Frühstück darauf angesprochen hatte, dass ihn Dr. Anklamer als ‚Herr Kollege' bezeichnet hatte.

Wieder einmal hatte er gehofft, die Konfrontation mit einem Stück aus seiner Vergangenheit würde die schmerzlich vermisste Erinnerung zurückholen, Verschollenes und Vergessenes wieder aus den Tiefen seines Bewusstseins auftauchen lassen.

Und wieder einmal wurde seine Hoffnung enttäuscht.

Auch mit größter Anstrengung konnte er nichts an dem vor ihm liegenden Gebäudekomplex identifizieren.

Ein großes, gemauertes Torhaus, über dem in Großbuchstaben der Name der Anlage prangte, bildete den Eingang zum Gelände, breit genug, um Krankentransporte hindurch zu lassen. Links und rechts des Tores führten Mauern um die Anstalt herum, in Abständen sah Frank auch kleinere Seitenportale, mittels derer man ins Innere gelangte. Dem Torhaus anschließend war ein kleineres Gebäude angebaut; ein Pförtner erteilte dort Auskunft über die vielen medizinischen Abteilungen und Bettenhäuser der Charité. Im Moment gingen nur wenige Menschen durchs Tor ein und aus. Deren Kleidung war unterschiedlicher Art: Straßenkleidung und elegante, vornehme Zivilkleidung wechselten einander ab mit weißen Arztkitteln und schwarzen Schwesterntrachten.

Immer noch stand Frank an der Hausecke und einem Mann im Weg, der plötzlich hinter ihm um die Ecke bog. Der Mann, wie viele andere auch, an seinem Kittel als Arzt erkennbar, hatte den dort stehenden Frank viel zu spät entdeckt und war prompt in ihn hineingerannt.

Frank hätte sein Gleichgewicht verloren, hätte der Mediziner ihn nicht geistesgegenwärtig gepackt. Doch dessen Griff lockerte sich sofort wieder und Frank packte nun seinerseits zu, um nicht doch noch zu Boden zu gehen. Franks Finger krallten sich in den weißen Stoff und es gelang ihm gerade noch, sich auf den Beinen zu halten.

Der Mann vor ihm war aschfahl im Gesicht, sah ihn mit großen erschrockenen Augen an.

»Was ist los mit Ihnen?«

Franks Gegenüber schluckte und befeuchtete seine Lippen, zu einer Antwort war er nicht fähig.

Seine Augen sahen erschrocken nach unten auf seine Brust, an der immer noch Franks rechte Hand an seinem Kittel festhielt, und zurück in Franks Gesicht.

»Erkennen Sie mich? Mein Name ist Frank Miller!«

Das war zu viel für den Mann im weißen Kittel und für einen kurzen Augenblick schwanden ihm die Sinne. Franks Linke stützte den Rücken und seine eingekrallte Rechte hielt den Arzt aufrecht. Kurz darauf spürte Frank, dass sich der andere wieder gefangen hatte und selbständig stehen konnte. Er ließ ihn los.

Eine Frau, die neben ihnen angehalten hatte und sie beobachtete, blickte rasch zur Seite und ging weiter, als Frank ihr streng in die Augen sah.

»Das gibt es nicht«, murmelte der Arzt. »Frank?«

»Ja«, bestätigte dieser.

»Aber, du bist … tot.«

»Ganz ruhig. Es ist eine lange Geschichte. Ich kann alles erklären.«

Nun, letzteres stimmte zwar ganz und gar nicht, aber Franks Absicht, den anderen zu beruhigen, funktionierte.

Frank wollte schon mit »Sagen Sie mir doch bitte erst mal, wer *Sie* sind!« fortfahren, korrigierte sich aber gerade noch rechtzeitig auf »Sag mir doch bitte erst mal, wer du bist!«

»Aber Frank, ich bin 's doch: Jakob. Jakob Levy!«

»Ich kann mich nicht erinnern«, sagte Frank frei heraus. »Mein Gedächtnis. Es hat Lücken.«

Eine gnadenlose Untertreibung, dachte Frank.

»Wie gesagt: eine lange Geschichte.«

Der Totgeglaubte stand leibhaftig vor ihm; Jakob kam nicht umhin, dies zu akzeptieren.

Noch einmal wiederholte er seinen Vor- und Zunamen und redete nun zunehmend beschwörend auf ihn ein.

»Wir haben zusammen studiert. Dass das alles vergessen sein soll. Wir waren dicke Freunde, Frank, das ist ja furchtbar.«

Wieder war jemand neben den beiden stehen geblieben, der die beiden auffällig Artikulierenden neugierig ansah.

»Können wir irgendwohin gehen, wo wir ungestörter sind?«, schlug Frank vor.

»Hier drüben. Die ‚Bürgerstube', sie hat mittags geöffnet.« An einem Kettchen zog Jakob eine goldene Taschenuhr aus einer Kitteltasche hervor, klappte sie auf und las die Zeit ab. »Um eins muss ich allerspätestens wieder auf der Station sein. Tut mir Leid. Die Pflicht. Du kennst das ja.«

Erst als er den letzten Satz ausgesprochen hatte, wurde ihm der Fauxpas bewusst. Verlegen sah er zu Boden.

»Schon gut«, meinte Frank. »Ja, lass uns in die ‚Bürgerstube' gehen.«

Der Geruch von Fett und Bier schlug Ihnen entgegen, als sie den Gastraum betraten, durchmischt von den Aromen diverser Tabaksorten. Sie nahmen an einem der rustikalen Tische Platz. Jakob bestellte sich Eisbein mit Sauerkraut und nachdem er Frank davon überschwänglich vorschwärmte, schloss sich dieser der Wahl an. Die Bedienung in kurzem schwarzen Rock und weißer Schürze notierte für Jakob eine Fassbrause und starrte Frank die Stirn runzelnd an, als er sich für ein Malzbier entschied.

»Det ham wer nich'!«, sagte die junge Frau keck und Frank wählte ohne weitere Diskussion ebenfalls eine Fassbrause.

In knappen Sätzen erzählte Frank von seiner Flucht vom Gelände des Görlitzer Bahnhofs vom Sonntag-Abend als dem Zeitpunkt, bis zu dem sein Gedächtnis zurückreichte, von der Suche nach seiner Mutter und dass er dort untergekommen war. Auch die Vermutungen Dr. Hohmanns unterbreitete er ihm. Er versuchte, ihm nur das Notwendigste zu berichten, verschwieg beispielsweise den Überfall auf ihn und unterließ es, ihn etwa nach dem mysteriösen Medaillon zu befragen.

Obwohl er instinktiv Vertrauen zu Levy hatte; er wusste nicht, wer früher seine Freunde und wer seine Feinde waren oder wie die Bekannten von damals heute zu ihm standen.

Als Frank Claire erwähnte, erhöhte sich Jakobs Aufmerksamkeit.

»Sie ist mit einem Dieter Wiegand verheiratet, einem Studienfreund von uns.«

Das letzte Wort kam Frank mit zeitlicher Verzögerung über die Lippen, der ganze Satz war gleichzeitig Aussage und Frage.

»Studienfreund? Wer hat den ehrenwerten Doktor denn so bezeichnet?«

Frank stutzte ob des sarkastischen Tonfalls seines Gegenübers.

»Meine Mutter. Warum?«

»Nun, wir waren alle im gleichen Studiengang, das ist richtig. Zu Wiegand hatte ich aber während des Studiums dennoch so gut wie keinen Kontakt. Und du ebenso wenig. Ich wüsste es, wenn es anders gewesen wäre. Er war ein Einzelgänger und Sonderling, seltsame Thesen, die er vertreten hatte, sowohl was die Medizin betrifft, als auch, was die Tagespolitik angeht. Ihn als einen ‚Freund' zu bezeichnen, käme mir absolut nicht in den Sinn.«

Ihr Essen wurde serviert und Frank war überrascht über die Größe der Portion, das Eisbein ragte auf beiden Seiten über den Tellerrand hinaus.

»Seltsam, wie kommt meine Mutter dann zu dieser Bezeichnung? Ich hatte daraus geschlossen, dass ich ihn gut gekannt hatte. Schließlich scheint er ja dann auch Claire sehr nahe gekommen zu sein, als ihr alle in Trauer um mich wart.«

»Ich habe Claire nur zwei Mal gesehen: als wir drei zusammen auf der Rennbahn waren und als wir uns gemeinsam diesen Vortrag über das Frauenwahlrecht angehört hatten. Ich hatte dich damals schon in Verdacht, dass du sie mir absichtlich vorenthältst«, grinste Jakob. »Du hattest mir so viel und so oft von ihr vorgeschwärmt, dass ich richtig neidisch auf dich wurde. Bin immer noch Junggeselle. Na ja, als Gynäkologe trifft man ja auch immer nur Frauen, die schon vergeben sind.«

Er schnitt sich ein Stück Fleisch ab.

»Du kannst dir vorstellen, wie überrascht ich war, als ich von der Verlobung mit Wiegand erfuhr. Bis zu dem Zeitpunkt hatte ich keine Ahnung, dass da überhaupt eine Verbindung bestand. Ich habe mich danach oft gefragt, ob sie heute ‚Frau Doktor Jakob Levy' wäre, wenn ich sie getröstet hätte.«

Beide aßen weiter, Frank nippte an seiner Fassbrause.

»Hat eine große Karriere gemacht, der Sonderling von damals«, fuhr Jakob fort. »Die Thesen, die wir seinerzeit als ‚seltsam' erachtet haben, verwandelten sich zunehmend in bahnbrechende Entdeckungen und Neuerungen, die ihn plötzlich zu einem viel gefragten Mann gemacht hatten. Er ist heute mit vierunddreißig Jahren kurz davor, Chefchirurg des renommiertesten Krankenhauses des Reichs zu werden. Seine Schriften sind in mehrere Sprachen übersetzt. Er hat ein eigenes Automobil! Man stelle sich das vor! Unglaublich!«

In seinen Worten schwang weder Verbitterung noch Neid mit.

Frank lachte ihm zu.

»Was ist schon Ruhm und Geld gegen ein wieder gewonnenes Leben oder eine gute Portion Eisbein mit Sauerkraut im Beisein eines tot geglaubten Freunds?«

»Das ist wahr«, lächelte Jakob und erhob dabei sein Glas wie zu einem Trinkspruch.

Danach wurde Jakob wieder ernster. »Abgesehen von Claire. Um sie beneide ich ihn in der Tat. Und du wirst es auch tun, wenn du dich erst wieder an alles erinnerst!«

»Weißt du, ob sie glücklich ist, Jakob?«

»Vorstellen kann ich es mir nicht. Trotz aller Erfolge, Wiegand ist ein Sonderling und Außenseiter geblieben. Die Kollegen, die mit ihm zusammen arbeiten, reden kaum Gutes über ihn. Was seine Arbeit angeht, sind alle sehr respektvoll und voller Hochachtung. Doch man kann es mit der Disziplin und den guten, alten preußischen Tugenden sicherlich auch übertreiben. Auf sein Betreiben hin wurden durchaus schon Kollegen versetzt oder entlassen. Ich - für meinen Teil - bin jedenfalls froh, nicht in der Chirurgie zu sein und unmittelbar mit ihm zusammen arbeiten zu müssen. Dass irgendjemand mit ihm klarkommt, kann ich mir nicht vorstellen, geschweige denn, dass eine Frau mit ihm glücklich ist.«

»Aber Claire ist eine intelligente Frau?«

»Nach dem, was du mir damals berichtet hattest: ja. Macht ihre Entscheidung umso unverständlicher.«

Keinem von beiden war es gelungen, seinen Teller leer zu essen.

Jakob bezahlte ‚der guten, alten Zeiten wegen' beider Essen und notierte dem wieder gefundenen Freund seine Adresse auf einem Bierdeckel.

Er drückte Frank kräftig an sich, als sie sich vor der ‚Bürgerstube' trennten.

»Es tut mir sehr leid, was mit dir geschehen ist und ich möchte dir helfen und dir zur Seite stehen, wo ich nur kann!«

Frank spürte, dass dieser innige Abschied von Herzen kam und Jakobs Worte mehr als Floskeln waren. Er freute sich schon darauf, Jakob bald wieder zu sehen.

Dann drehte er sich um und ging zurück zur Bushaltestelle, während Jakob zu seinem Dienst im Krankenhaus eilte.

10

Etwa auf halber Strecke zum Müggelsee musste Frank den Bus verlassen, der seine Endstation erreicht hatte. Er stieg um in die ‚Städtische Straßenbahn Cöpenick', wie er vor dem Betreten der hinteren Plattform auf dem Wagen lesen konnte. Er entrichtete beim Schaffner den Fahrpreis von zwanzig Pfennigen und nahm im Inneren des Wagens Platz. Je mehr er sich dem Müggelsee näherte, desto mehr klarte der Himmel über ihm auf und als die Trambahn auf Höhe des Nordufers stoppte, waren nur noch vereinzelte Wolken zu sehen.

Am Müggelsee herrschte fast die gleiche Betriebsamkeit wie gestern und Frank sog zufrieden die feuchte Seeluft ein. Welch Kontrast zur verrauchten ‚Bürgerstube', die er vor knapp zwei Stunden verlassen hatte!

Sogleich machte er sich auf, schnelleren Schritts als gestern, weniger bummelnd und Landschaft und Leute beobachtend. Nur beim Gebüsch, in welches das Messer am vergangenen Abend geflogen war, machte er kurz Halt. Da aber mehrere Spaziergänger in der Nähe waren, unterließ er es, den Strauch erneut zu untersuchen. Am anderen Ende des Spreetunnels blieb er wachsam, ob ihm wieder jemand folgte, konnte jedoch niemanden entdecken.

Dann kam er am Südufer an.

Und da saß sie wieder, nur ein paar Meter von ihm entfernt, als hätten sie sich beide insgeheim und ohne die Notwendigkeit einer mündlichen Absprache zu einem weiteren Rendezvous verabredet.

Frank wünschte sich, der Fotograf von damals wäre hier und würde Claire in dieser ihrer Position genau so für die Ewigkeit festhalten, wie er es auf der Momentaufnahme von jenem Frühlingstag vor drei Jahren getan hatte: Sie gab ein so wunderbares Motiv ab.

Ihr Blick ging geradeaus, sie wirkte ruhig und in sich gekehrt.

Weder Glück noch Unglück, weder Leid noch Freude konnte Frank herauslesen, Raum für jegliche Interpretation.

Ob die Hände in ihrem Schoß wieder ihren Rosenkranz umschlossen, sah er nicht.

Das Kleid, das sie für heute ausgewählt hatte, war heller und ging mehr ins Gelbliche, als das, welches sie am Vortag getragen hatte. Die Ärmel waren lang und um ihren Hals hatte sie eher dekorativ als vor der leichten Brise schützend ein vielfarbiges Seidentuch gelegt. Dieselbe kleine Bast-Handtasche wie gestern stand neben ihr auf der Bank.

Franks Begrüßung war ein freundliches Lächeln, das sie sah aber nicht erwiderte; Frank wollte zumindest ein freundliches Blitzen ihrer Augen erkannt haben.

Er setzte sich neben sie.

»Es tut mir Leid, wenn ich Sie gestern zu sehr aufgeregt haben«, begann er.

Keine Antwort, und er versuchte es leise von neuem: »Ich freue mich sehr, dass Sie heute wieder hier sind!«

Als sie sich zu ihm umdrehte, entdeckte er unter ihren Augen überschminkte dunkle Schatten; aus der Ferne waren sie nicht zu erkennen gewesen.

»Obwohl mir mein Verstand mehr als deutlich abgeraten hat. Er hat die ganze Nacht mit meinem Herzen gekämpft. Ich habe mich über Stunden hin und her gewälzt und kaum ein Auge zu getan.«

»Sie sind hier! Ihr Herz hat gesiegt.«

»Nennen wir es eher einen Waffenstillstand«, relativierte Claire ernst.

»Mich lässt der Gedanke nicht los«, ergänzte sie nach einer Weile, »dass es sich bei Ihnen um nicht mehr und nicht weniger als einen Hochstapler handelt. Franks Mutter mag darauf hereinfallen, Dieter und ich nicht. Und doch frage ich mich, was Ihre Motivation sein könnte. Welche Absichten verfolgen Sie?«

Frank unterließ es, sich in irgendeiner Weise zu rechtfertigen und Claire ließ ihren Gedanken weiter freien Lauf.

»Ihre Mutter hat kein Vermögen und meines Wissens existiert auch keine reiche Erbtante, für die es sich lohnt, in die Identität eines anderen zu schlüpfen. Was kann es dann sein? Erpressung? Der Meinung war Dieter vorgestern Abend. Er war – gelinde gesagt - ganz schön aufgebracht wegen Ihres Erscheinens. Ich sagte ihm, dass es nichts in meinem Leben gäbe, womit man mich erpressen könnte. Er schimpfte vor sich hin, fluchte sogar, was sonst nur äußerst selten vorkommt. Dann hat er ohne ein Wort des Abschieds das Haus verlassen und ist erst spät in der Nacht wieder zurückgekehrt. Ich weiß nicht, wer von Ihnen beiden mir vorgestern mehr Angst gemacht hat.«

Sie stutzte, dann, peinlich von sich selbst berührt, wechselte sie zurück zum vorangegangenen Thema.

»Eine Laune der Natur lässt Sie aussehen wie einen eineiigen Zwilling von Frank Miller. Wer weiß, vielleicht haben Sie denselben Vater?«

Ihrer Stimme hörte man an, dass sie von letzterem selbst nicht überzeugt war.

»Alles was Sie über mich wissen, können Sie von Ihrer Mutter erfahren haben. Und alles über ihre Mutter davor von jemand anderem. Ich habe gestern ja auch sehr freigiebig von Frank und mir erzählt.«

Frank war überrascht, wie sehr diese These seiner Vorgehensweise entsprach.

»Nehmen wir den Ausflug von Frank und mir von vor drei Jahren. Sie haben den Abzug gesehen, den ich vor drei Jahren für Franks Mutter anfertigen ließ. Sie holen sich hier eine Information, da eine Information, zählen eins und eins zusammen und hast-du-nicht-gesehen leben Sie in der Identität eines anderen weiter. Vielleicht ist Ihre Absicht auch weniger, die Identität Frank Millers anzunehmen, als Ihre eigene erfolgreich abzulegen. Was haben Sie aus Ihrem Vorleben zu verbergen?«

Statt einer Antwort, summte Frank eine Melodie.

Claire wurde bleich.

»Ich erinnere mich an den Leierkastenmann, der hinter dem Fotografen stand und an jeden Takt des Liedes, das er gespielt hat.«

Claire schüttelte den Kopf: Es durfte nicht sein, was nicht sein konnte!

»Wieder ist es der Verstand, der Sie leitet«, sprach Frank offen aus. »Dem meinen kann ich nicht vertrauen. Er gibt mir Informationen, die nicht zusammen passen, Tatsachen, die sich widersprechen, Bilder und Töne aus meiner Vergangenheit, die mir gehören und gleichzeitig einem anderen.«

Seine Stimme wurde eindringlicher.

»Claire«, nannte er sie zum ersten Mal bei ihrem Vornamen, »irgendwie muss das Ganze doch einen Sinn ergeben. Helfen Sie mir! Bitte!«

Und Claire spürte, dass seine Verzweiflung nicht gespielt war und dass alles viel verzwickter war, als sie gehofft hatte.

»Also gut, ich werde meinen Teil dazu beitragen, Ordnung in Ihre Gedanken zu bringen, und in die meinen.«

»Die ersten Tage und Wochen nach dem Zeitpunkt, als ich im Leichenschauhaus war, verschwimmen in meinen Gedanken. Wie oft ich mich in mein Zimmer eingesperrt hatte, wie lange ich weinend auf meinem Bett gelegen hatte, ich weiß es nicht mehr. Spaziergänge mit meiner Mutter, Gespräche mit meinem Vater: alles war vergebens. Besuche bei Franks Eltern und der Tod von Franks Vater machten alles nur noch schlimmer. Ich sehe immer noch das offene Grab vor mir, mit den beiden Särgen, die hinab gelassen wurden, doch wer die Trauernden waren, sehe ich nicht. Mir wurden Hände geschüttelt von einer diffusen schwarzen Masse und immer wieder stach dieser Spaten in den Boden, um die Erdbrocken aufzunehmen und sie hinunter auf den Sargdeckel zu stoßen. Dumpfe Töne. Rosen, die hinterher geworfen wurden.«

Frank, der zunächst taktvoll nach unten geblickt hatte, sah vorsichtig zu Claire hinüber.

»Nein«, deutete sie seinen Blick. »Ich habe keine Tränen mehr. Vielleicht habe ich damals alle herausgeweint, die ich hatte. Irgendwann waren sie versiegt. Der Schmerz blieb.«

Sie atmete tief durch.

»Zu welchem Zeitpunkt Dieter in mein Leben trat, kann ich heute nicht mehr sagen. Ich ging alleine spazieren und er hat mich einfach angesprochen. Ein Zufall habe ihn, genau wie mich, in den Park geführt, sagte er später; vielleicht war es auch die Vorsehung. Er erkannte mich, ich ihn nicht. Sehr rücksichtsvoll und herzlich sprach er mir sein Beileid aus und erzählte mir, dass er ein guter Freund von Frank war, und wie sehr er ihn vermisse. Er war ein Mensch, der unbefangen und sachlich blieb, wo Franks Mutter uneinsichtig und verbittert reagierte, obwohl sie beide - genau wie ich - die gleiche Trauer zu empfinden schienen. Seinen Beistand nahm ich dankend an und die Treffen mit ihm wurden häufiger. Auch als ich lernte, mit meinem Verlust zu leben, blieb er bei mir. Und mehr als zwei Jahre nachdem die große Liebe meines Lebens um meine Hand angehalten hatte, war ich frei, einem anderen Mann mein Herz zu öffnen. Mein Leben hatte endlich seinen notwendigen Halt wieder gefunden ...«

Vorwurfsvoll führte sie den Satz zu Ende: »...und da tauchen Sie auf!«

Frank ließ sich Zeit für eine Entgegnung. »Ich habe es mir nicht ausgesucht.«

»Ich weiß.«

Und mit diesen zwei Worten war Frank klar, dass sie ihn nicht länger für einen Hochstapler hielt. Ein erstes Zeichen für ihre Bereitschaft, sich mit der Situation auseinanderzusetzen.

Kurz legte er seine linke Hand auf Claires rechte, die neben ihm auf der Sitzfläche ruhte, und zog sie rasch wieder zurück, ehe sie das gleiche mit der ihren tun konnte.

»Ich habe heute Mittag Jakob Levy getroffen«, lenkte er schnell ab.

»Oh, wie geht es ihm? Ich habe oft an ihn gedacht, in all den Jahren ...«

»Eigentlich gut«, und er lachte. »Abgesehen von der Tatsache, dass ihm heute ein Gespenst über den Weg gelaufen ist ...«

Das erste Lächeln auf Claires Lippen machte Frank sehr glücklich.

»Er wird die Begegnung mit dem Gespenst überleben, denke ich«, fuhr Frank fort. »Ich werde ihn wiedersehen. Er ist Arzt an der Charité, ebenso wie Ihr Mann. Wie es scheint, hat er einen nicht ganz so steilen Aufstieg hingelegt.«

»Dieter hat mir gar nicht erzählt, dass er mit ihm zusammen arbeitet.«

»Jakob ist nicht in der Chirurgie.«

Frank zögerte, doch seine Neugierde siegte über sein Taktgefühl.

»Außerdem behauptet er, dass sie sich möglichst aus dem Weg gehen.«

»Ich weiß, dass mein Mann nicht sonderlich beliebt ist«, kam die für Frank überraschende Antwort. »Auch damit habe ich zu leben gelernt.«

»Es macht mich stutzig, dass Jakob weiterhin sagt, dass er und Dieter Wiegand schon zu Studienzeiten keine guten Freunde waren und für Frank und Dieter träfe das genauso zu.«

Claire begriff nicht, worauf Frank hinaus wollte.

»Sowohl Sie als auch meine Mutter sprechen davon, er wäre früher ein guter Freund von Frank gewesen. Meine Mutter habe ich heute Morgen danach gefragt und sie sagte mir, sie habe erst durch Ihre Erzählung von ihm erfahren. Dass Frank ihn einmal erwähnt hätte, daran kann sie sich nicht mehr erinnern.«

»Vielleicht hat sie es schlicht und einfach vergessen. Sie ist ja auch nicht mehr die Jüngste.«

»Glaube ich nicht. Sie hat mir heute früh über dreißig Namen genannt und ich habe sie alle aufgeschrieben; Leute, mit denen Frank im Laufe der Jahre befreundet war. Ein Jakob Levy steht auf der Liste, ein Dieter Wiegand nicht.«

»Aber ...«

»Verstehen Sie denn nicht? Er hat Ihnen vorgemacht, er trauere mit Ihnen, als er Sie im Park ansprach. Er trauere um einen sehr guten Freund, nur dass Frank das nicht für ihn war.«

Claire glaubte Frank nicht. »Warum hätte er das tun sollen?«

Darauf wusste Frank keine Antwort.

Ein Rascheln. Franks Sinne waren geschärft - seit dem gestrigen Vorfall.

Und da stand er: sein Verfolger vom Vortag.

An einer anderen Stelle, aber Frank hatte ihn entdeckt; hinter einer Birke.

Er sprang auf und rannte los. Der andere Mann ergriff die Flucht und Frank folgte ihm, quer durch das bewaldete Ufergebiet. Brechende Zweige. Knackende Äste. Mehrere hundert Meter liefen sie zwischen den Nadel- und Laubbäumen hindurch. Franks Atem ging nur noch stoßweise. Er musste anhalten, das wurde ihm klar. Ein paar Meter konnte er noch schaffen, er wollte ihn kriegen und endlich zur Rede stellen. Seitenstechen. Ein gefällter Baum. Hinsetzen.

Frank sah den Unbekannten in der Ferne im Grün verschwinden.

Keuchend schleppte er sich zurück und Claire, die bereits aufmerksam den Waldrand beobachtend auf seine Rückkehr gewartet hatte, lief ihm entgegen, um ihn zu stützen.

»Es war der selbe Mann wie gestern«, keuchte er.

»Wie bitte?«, fragte Claire, als sie ihm half, sich wieder auf die Bank zu setzen.

»Er hat uns beobachtet, gestern. Und er hat mich verfolgt, nachdem Sie gegangen waren. Ich habe ihn am Spreetunnel gestellt.«

Er öffnete ein wenig sein Hemd, um ihr den Wundverband zu zeigen, den ihm seine Mutter angelegt hatte.

»Mein Gott! Ist es schlimm?«

»Nur ein Kratzer!«

»Aber wer ist er?«

»Ich werde es herausfinden«, sagte Frank mit großer Überzeugung. »Viel wichtiger ist im Moment eine andere Frage.«

»Was meinen Sie?«

»Wie kam er hierher?«

»Er ist Ihnen heute wieder nachgegangen!«, antwortete Claire.

»Das ist die eine Möglichkeit, doch ich war äußerst wachsam und bin mir hundertprozentig sicher, dass niemand hinter mir war, als ich hier ankam. Die andere Möglichkeit ...«

Und nicht Frank sprach den Satz zu Ende, sondern Claire.
»Er ist *mir* gefolgt!«
Erst als sie ihre eigenen Worte hörte, wurde ihr deren Bedeutung bewusst.
Ein Zittern ging durch ihren Körper, ihre Wangen verloren ihre sanfte Röte.
»Wer könnte ein Interesse haben, Sie oder mich zu verfolgen?«
»Oder verfolgen zu lassen«, ergänzte Frank. »Ich hatte gehofft, dass Sie mir darauf eine Antwort geben könnten ...«
Claire überlegte.
»Also, aufgefallen ist mir in den letzten Tagen niemand.«
»War sonst etwas anders als sonst?«
Sie sah ihn mit hochgezogenen Augenbrauen an.
Frank verstand den Gesichtsausdruck: »Abgesehen von mir!«
Claire schüttelte den Kopf.
»Ich selbst«, begann Frank von neuem, »hatte vorgestern Abend das erste Mal den Eindruck, beobachtet zu werden. Waren Sie das an der Häuserecke, als ich dem Droschkenkutscher die Adresse meiner Mutter nannte?«
»Nein. Dazu wäre ich überhaupt nicht in der Lage gewesen. Ich muss mehrere Minuten lang nur apathisch im Sessel gesessen haben. Das erste, an das ich mich wieder erinnere, ist ...«
Für einen Moment blieben ihr die Worte weg.
» ..., dass Dieter zur Haustür hereinkam. Er wäre noch einmal um den Block gegangen, sagte er.«
Unvermittelt stand sie auf.
»Ich muss los. Ich möchte zu Hause sein, wenn Dieter aus der Klinik kommt.«
Diesmal gingen sie gemeinsam den Rückweg zum Nordufer. Dass ihr Verfolger immer noch hinter ihnen war, hielten sie für nahezu ausgeschlossen. Dafür waren sie nun viel zu wachsam. Dennoch blieb Frank am Droschkenstand noch eine Weile stehen, nachdem Claire abgefahren war, um sicher zu gehen, dass ihr niemand folgte.
Dann dachte er daran, wie er heute Vormittag gerade noch rechtzeitig auf den Bus aufgesprungen war. Er schlenderte zur Haltestelle der Städtischen Straßenbahn Cöpenick. Als eine Tram anhielt, gab er sich weiterhin uninteressiert und erst als sie anfuhr, sprang er auf die hintere Plattform. Nach hinten blickend, entdeckte er niemanden, der ihm nacheifern wollte und war sich sicher, dass sowohl Claire als auch er selbst nun unbehelligt waren.
Jemand stupste ihn an.
Frank drehte sich um und sah direkt dem Schaffner in die Augen.
Es war natürlich ein anderer als heute Vormittag im Bus, der missmutige Gesichtsausdruck aber war der gleiche.

11

Als ob allein über dem Müggelsee ein Hoch gewesen wäre, wurde das Wetter während der Heimfahrt zunehmend schlechter. Der Himmel verfinsterte sich, die letzten Reste in blau verschwanden hinter schweren, dunklen Wolken. Noch hielten sie ihre Wassermassen zurück, doch zusammen mit der einbrechenden Dämmerung, ließen sie Frank schnellen Schritts von der Haltestelle zur Wohnung seiner Mutter eilen, um trocken nach Hause zu kommen.

Der schnelle Schritt wurde zum Sprint, als Frank im dunklen Grau der Straße ein schwarzes Automobil vor dem Haus stehen sah, auf dem in großen weißen Buchstaben GENDARMERIE zu lesen stand.

Er rannte die Treppen hoch und vor lauter Aufregung misslang sein erster Versuch, den Schlüssel ins Schlüsselloch zu bugsieren. Da öffnete sich die Tür auch schon vor ihm: Ein Uniformierter packte ihn am Arm und zog ihn ins Wohnungsinnere.

»Wer sind Sie? Was wollen Sie hier?«

Und dann rief der Gendarm nach hinten: »Herr Kommissar! Hier ist jemand!«

Ein etwa sechzig Jahre alter Mann tauchte aus dem Schlafzimmer von Franks Mutter auf, er trug einen grauen Anzug und eine rote Fliege. Seine Augen waren hinter einer dicken Brille zusammengekniffen.

»Meine Mutter!«, schrie ihn Frank an. »Was ist mit meiner Mutter?«

Frank versuchte sich loszureißen, um selbst nach dem Rechten zu sehen, doch der Wachtmeister hielt ihn unbarmherzig fest.

»Sie sind Herr Frank Miller, der Sohn von Frau Luise Miller?«

Der Kommissar blieb ruhig und gelassen, dennoch meinte Frank einen Unterton aus der Stimme herauszuhören, den er nicht einzuordnen vermochte.

»Ja, verdammt! Lassen Sie mich los!«

Mit seiner ganzen Kraft machte Frank einen Schritt nach vorn auf den Kommissar zu, da hatte ihn der Wachtmeister aber schon wieder im Griff und es gelang ihm, Frank zu stoppen.

Doch Frank war nun weit genug im Flur, um das Schlafzimmer einsehen zu können.

Er atmete auf. Da saß sie, seine Mutter, auf der Bettkante, in sich zusammengesunken. Sie war am Leben. Ein weiterer Uniformierter war neben ihr, hielt ihr die Hand und redete auf sie ein, mit der Situation war er sichtlich überfordert.

»Sie hat einen schweren Schock erlitten!«, hörte er die Stimme des Kommissars, als er des Tohuwabohus um seine Mutter herum gewahr wurde. Die Schranktüren standen alle geöffnet; dort wo vor wenigen Stunden noch Schubladen waren, gähnten nur noch Löcher in den Kommoden und Schränken. Die Schubladen ihrerseits lagen am Boden herum, teilweise zertrümmert, ihr Inhalt lag in wildem Durcheinander über den ganzen Raum verteilt. Wie Frank jetzt erkannte, erstreckte sich das Chaos weiter in den Gang hinein, auch vor der Garderobe und dem Schuhschrank im Flur war nicht Halt gemacht worden. Franks Blick ging hinüber in die Küche, sämtliche dort und im angeschlossenen Wandschrank verwahrten Nahrungsmittel, Haushaltsgeräte und Reinigungsmittel lagen herausgezerrt über Boden, Tisch und Spülbecken verstreut, vermischten sich zum Teil zu übel riechenden Gemengen.

Nachdem ihn der Wachtmeister los gelassen hatte, setzte sich Frank zu seiner Mutter aufs Bett.

Er sprach sie an, berührte sie, doch sie reagierte nicht auf ihn. Sie starrte nur stumpf zu Boden.

»Wir sind noch nicht lange hier, aber so sitzt sie wohl schon seit mindestens einer Stunde«, wandte sich der Kommissar an Frank. »Ein Nachbar hatte Verdacht geschöpft, weil die Wohnungstür sperrangelweit offen stand, als er nach Hause kam. Er ging hinein und entdeckte Ihre Mutter und die Wohnung in diesem Zustand. Dann hat er uns alarmiert. Ich denke, wir sollten so schnell wie möglich einen Arzt hinzuziehen, am Besten einen Psychiater.«

Der Kommissar wandte sich um zu dem Wachtmeister, der Frank fest gehalten hatte, um ihn los zu schicken, da fiel Frank seine morgendliche Sitzung ein.

»Hier um die Ecke ist gleich einer: Dr. Hohmann.«

Rasch beschrieb er den Weg und nachdem der Kommissar dem fragend dreinblickenden Uniformierten bestätigend zugenickt hatte, verschwand dieser eilig aus der Wohnung.

Von draußen drang kaum noch Tageslicht herein, doch für einen kurzen Moment tauchte ein Blitz das Schlafzimmer in eine gespenstische Helligkeit. Luise zuckte zusammen, Frank griff nach ihrer Hand.

»Ist eigentlich eine vergleichsweise sichere Gegend hier«, meinte der Kommissar. »Ein Einbruch im Monat, wenn's hoch kommt.«

Er drehte die Deckenbeleuchtung an, entdeckte etwas auf dem Boden und bückte sich danach. Zuerst fischte er eine goldene Halskette aus dem Durcheinander am Boden, dann einen Ohrring, der mit einem kleinen, weißen Edelstein besetzt war.

»Auf Schmuck war der Einbrecher jedenfalls nicht aus! Seltsam. Haben Sie eine Ahnung, was er gesucht haben könnte, Herr Miller?«

Frank schüttelte den Kopf und redete weiter sanft auf seine Mutter ein.

»Auch scheint ihn Geld nicht interessiert zu haben.«

Frank erkannte das Adressbuch seiner Mutter wieder, als der Kommissar es gerade aus einem Kissenbezug herauszog. Ein grüner und ein roter Geldschein lugten aus dem Adressbuch hervor.

Erneut erhellte für einen Augenblick ein greller Blitz die Wohnung.

Der Kommissar und der neben Franks Mutter sitzende Wachtmeister verließen das Schlafzimmer, untersuchten die anderen Räumlichkeiten. Doch auch mit ihrem Sohn allein gelassen, fand Luise nicht in die Realität zurück. Frank konnte nichts tun, als abwarten.

Ein paar Minuten später hörte er ein Klopfen an der Wohnungstür und das Knacken der Türklinke. Gleichzeitig ein gewaltiges Donnern, das diesmal nicht nur seine Mutter, sondern auch ihn selbst erschrecken ließ.

»Das ist Dr. Hohmann«, hörte er von draußen eine Stimme. »Ich habe ihn gerade noch angetroffen, als er seine Praxis verließ.«

»Guten Abend. Hier entlang«, erkannte Frank dann die Stimme des Kommissars und kurz darauf erschien der jugendlich wirkende Psychiater im Türrahmen und nickte Frank zur Begrüßung zu.

Frank grüßte zurück.

Hohmann stellte seinen Arztkoffer aufs Bett, legte seine Jacke ab und setzte sich auf die andere Seite von Luise aufs Bett.

Die ersten dicken, schweren Regentropfen prasselten gegen das Fenster.

»Am besten, Sie lassen uns allein«, wandte er sich an Frank.

Frank folgte der Bitte, verließ das Schlafzimmer und schloss die Tür hinter sich.

»Kommen Sie, setzen Sie sich zu mir«, winkte ihm der am Küchentisch sitzende Kommissar zu.

Frank empfand es als äußerst merkwürdig, dass ein Fremder ihn bat, in der Küche seiner Mutter Platz zu nehmen.

»Ich hatte noch keine Gelegenheit, mich vorzustellen«, wandte sich der Gendarm an Frank, der sich ihm Gegenüber auf den Stuhl setzte. »Ich bin Kommissar Gröber.«

Hinter dicken Brillengläsern kniff Gröber die Augen zusammen.

»Der Nachbar, der Ihre Mutter gefunden hat, erzählte mir, dass Sie noch nicht lange zurück sind.«

Täuschte sich Frank oder hörte sich das ‚zurück' des Kommissars vorwurfsvoll an?

»Ja, das ist richtig!«

»Merkwürdig auch die Begleitumstände, die er mir erzählt hat. Da kursieren ja hochinteressante Gerüchte hier im Haus. Sie sind von den Toten auferstanden?«

Wieder dieser provozierende Unterton.

»Wenn Sie es so bezeichnen wollen!«

»Bisher habe ich nur von einem gehört, dem dies geglückt ist!«

Gröbers Blick wanderte zum Kruzifix, das Franks Mutter über den Türrahmen gehängt hatte.

»Worauf wollen Sie hinaus?«

»Ein seltsamer Zufall, oder? Ein Mann, der eigentlich seit drei Jahren begraben unter der Erde liegen sollte, taucht plötzlich wieder auf, er quartiert sich bei ‚seiner Mutter' ein, deren Wohnung nur wenige Tage später von einem oder mehreren Unbekannten aufgebrochen und durchwühlt wird.«

»Ich kann Ihr Misstrauen nachvollziehen, Herr Kommissar. Trotzdem – ich wäre selbst sehr froh, wenn ich mehr Licht in diese Sache bringen könnte.«

»So oder so. Ich müsste Sie eigentlich verhaften.« Gröbers Blick fixierte Frank. »Denn, ich gehe mal davon aus, dass Sie sich nicht ausweisen können.«

»Das ist richtig. Doch meine Mutter wird Ihnen bestätigen, wer ich bin, wenn sie erst wieder ansprechbar ist. Und mein früherer Hausarzt, Dr. Anklamer, ebenso. Ich gebe Ihnen gerne seine Adresse.«

Mit Unbehagen dachte Frank daran, wie skeptisch Claire bezüglich seiner Identität war.

»Wir werden das überprüfen, ‚Herr Miller'. Verlassen Sie sich drauf! Mein Instinkt sagt mir, dass hier etwas mehr als faul ist.«

»Es tut mir leid, dass ich noch nicht die entsprechenden Behörden aufgesucht habe. Sie können mir glauben, dass es mir nicht gerade leicht fällt, mich zu Recht zu finden. Ich werde morgen Vormittag sofort aufs Amt gehen, um die notwendigen Dinge zu erledigen«, sagte Frank und ergänzte: »Vorausgesetzt, der Zustand meiner Mutter lässt das zu.«

»Das möchte ich Ihnen auch geraten haben! Wenn Ihre Geschichte der Wahrheit entspricht, haben wir eine nicht identifizierte Leiche. Es muss alles seine Ordnung haben im Staate Preußen.«

Das Stakkato der auf das Fensterglas hämmernden Regentropfen begleitete nun das Gespräch.

»Aus Rücksicht auf den Zustand Ihrer Mutter, verzichte ich darauf, dass Sie uns begleiten. Ich möchte Sie aber morgen auf der Wache sehen, mit einer Bestätigung der Meldebehörde, dass Sie dort vorgesprochen haben. Danach melden Sie sich spätestens alle achtundvierzig Stunden bei uns, bis Ihre Identität geklärt ist.«

Ein Befehl, keine Bitte.

»Ja«, antwortete Frank kleinlaut.

Für einen Augenblick spielte er mit dem Gedanken, dem Kommissar vom Handgemenge mit seinem gestrigen Verfolger zu erzählen, ihn auf den Mann aufmerksam zu machen, der Claire und ihn heute am Müggelsee beobachtet hatte. Er unterließ es. Das hätte nur Claire weiter in die Sache hineingezogen und das wollte er ihr nicht auch noch zumuten.

»Gibt es noch etwas, das Sie mir mitteilen möchten, Herr Miller?«

Frank schüttelte den Kopf und war höchst erleichtert, als Dr. Hohmann im Türrahmen erschien, den Arztkoffer in der Hand, die Jacke wieder angezogen.

»Wie geht es ihr?«

»Sie schläft jetzt. Ich habe ihr ein Beruhigungsmittel gegeben.«

»Hat sie noch etwas erzählt?«

»Der Hauptauslöser ihres Schocks war wohl, dass sie den Einbrecher auf frischer Tat ertappte, als sie vom Wochenmarkt nach Hause kam. Als er sie bemerkte, ist er vor Schreck einfach aus der Wohnung gerannt und hat sie dabei beinahe umgerissen. Die Aufregung der letzten Tage war wohl zu viel für sie.«

Beim letzten Satz blickte er Frank an.

»Konnte sie den Täter beschreiben?«, fragte Gröber. »Hat sie eine Idee, was er gesucht haben könnte?«

»Ich denke, das alles muss Zeit bis morgen haben.«

Kommissar Gröber zeigte Einsicht. Er stand auf und verabschiedete sich.

»Wir sehen uns dann morgen, Herr Miller.«

Er nickte dem Psychiater noch einmal zu, blickte noch einmal missmutig durchs Fenster hinaus in den Regen und verließ zusammen mit seinen beiden Kollegen die Wohnung.

»Ich danke Ihnen, Dr. Hohmann.«

»Schon in Ordnung. Zugegebenermaßen ein interessanter Fall, Ihre Geschichte. Sagen Sie Herr Miller, kann es sein, dass Sie sich - früher - mit Psychiatrie oder Psychologie beschäftigt haben?«

»Ich weiß es nicht. Ich habe heute mit einem ehemaligen Kommilitonen zu Mittag gegessen. Tatsächlich habe ich wohl seinerzeit Medizin studiert. Mag sein, dass ich mich auch mit Psychiatrie oder Psychologie beschäftigt hatte. Warum fragen Sie?«

»Nun, Sie hatten bei Ihrem Besuch einen gewissen Sigmund Freud erwähnt. Mir war gleich so, als hätte ich den Namen schon einmal gelesen und habe etwas nachgeforscht. Es gab jemand dieses Namens in Wien im vorletzten Jahrhundert. Er praktizierte als Facharzt für Nervenleiden. Im Jahr 1900 hat er ein Buch veröffentlicht: ‚Die Traumdeutung'. Hoch gelobt in allen Fachkreisen rund um den Globus - leider ist er noch im selben Jahr gestorben. Die Begleitumstände eher mysteriös: Er war vor einen Fiaker gestürzt, dessen Kutscher die Kontrolle verloren hatte, die Pferde haben ihn zu Tode getrampelt. Es war ein großer Verlust für die Wissenschaft. Was hätte dieser Mann noch leisten können!«

Dr. Hohmann sah Frank neugierig und eindringlich an, gerade so als hätte er die Macht, die Geheimnisse seiner Patienten förmlich aus ihnen herauszureißen. Dann zwinkerte er Frank zu, wie er es auch bei dessen Besuch in der Praxis so oft getan hatte.

»Mich wundert, dass Sie ihn kennen«, fuhr der Psychiater fort. »Gehört nicht unbedingt zur Allgemeinbildung und ist für mich eher ein Anhaltspunkt, dass Sie, wenn schon nicht vor Ihrem Verschwinden, dann doch innerhalb der letzten drei Jahre mit

Psychologie oder verwandten Wissenschaftsgebieten zu tun hatten. Vielleicht hilft Ihnen das ja weiter.«

Doch Frank sah leider nicht so aus, als ob ihm der Hinweis nützlich wäre.

»Und noch etwas!«

Der Psychiater zog eine zusammen gefaltete Zeitung aus der Innentasche seine Jacke.

»Auch das könnte Sie interessieren. Ich bin zufällig darauf gestoßen.«

Er breitete die aktuelle Ausgabe des ‚Tagesspiegels', wie Frank auf der Frontseite las, auf dem Küchentisch aus und blätterte bis zur Rubrik ‚Stadtleben' vor. Dann deutete er mit dem Zeigefinger auf einen kleinen Artikel rechts unten:

> In der Gaststätte ‚Preußens Glanz und Gloria' im Grunewald fand gestern die Gründungsveranstaltung einer neuen Partei statt.
>
> Die Partei erhielt den Namen ‚Nationalsozialistische Deutsche Arbeiter-Partei', kurz ‚NSDAP', und will bereits bei der kommenden Wahl antreten.
>
> Sie wolle sich für die Belange der Arbeiterschaft im Reiche einsetzen und zudem ihr Hauptaugenmerk auf die Durchsetzung deutscher Interessen richten, so die Aussage der Versammlung. Als Parteisymbol wurde ein schwarzes Hakenkreuz in einem weißen Kreis mit rotem Rand gewählt.
>
> Als erforderliche Gründungsmitglieder waren anwesend: Konrad Berger, Dr. Wolf Bigus, Franz Dobermann, Helmut Feldmeier, Peter Karbowy, Bert Rohrmeier und Dr. Dieter Wiegand.

Dank des Beruhigungsmittels schlummerte Franks Mutter selig neben ihm, ab und zu hörte er sogar ein schwaches Schnarchen aus ihrer Richtung. Rings ums Ehebett herum hatte er, als Dr. Hohmann die Wohnung verlassen hatte, möglichst leise zumindest die gröbste Unordnung beseitigt. Immer wieder quälte Frank die Frage, ob es nicht besser gewesen wäre, in eine Pension oder ein Hotel zu ziehen. Der Einbrecher hatte wahrscheinlich nicht gefunden, was er gesucht hatte, vermutete Frank, und es war nur eine Frage der Zeit, dass er zurückkehrte. Dennoch hielt er es für unwahrscheinlich, dass er nur wenige Stunden später wieder aufkreuzte. Ein Blick aus dem Fenster überzeugte Frank zudem, dass die Gendarmerie den Fall noch nicht für abgeschlossen hielt: Auf der anderen Straßenseite, unter einem Vordach vom Regen geschützt, stand ein Wachmann und hielt den Hauseingang aufmerksam unter Beobachtung.

Gegen drei Uhr fiel Frank endlich in einen tiefen traumlosen Schlaf, aus dem er etwa viereinhalb Stunden später wieder erwachte. Er drehte sich auf die andere Seite: Der Platz neben ihm war leer. In der Küche hörte er Geräusche. Als er barfuß und noch im Schlafanzug hinüberging, war seine Mutter gerade dabei, Ganzes von Kaputtem zu trennen, Verdorbenes von noch Verwertbarem. Mit Wehmut musterte sie eine Scherbe, auf der man die Überreste einer roten Rose nur dann erkennen konnte, wenn man wusste, wie die Tasse in heilem Zustand ausgesehen hatte. Es klirrte im Jutesack in ihrer rechten Hand, als sie die Scherbe schließlich hineinwarf.

Frank räusperte sich vorsichtig, damit seine Mutter nicht erschrak.

»Wie geht es dir, Mutter?«

Sie zögerte.

»Zumindest etwas besser als gestern Abend. Ich kann mich gar nicht mehr an alles erinnern. Es sind nur noch Bruchstücke da.«

Es duftete nach Kaffee. Der Herd war von Luise frei geräumt worden und auch der Tisch sah schon wieder sehr manierlich aus. Sie hatte ihn abgewischt und mit den wichtigsten Dingen gedeckt, die sie in dem Chaos am Boden gefunden und gereinigt hatte. Sogar das Glas mit der Marmelade aus Schönow war ganz geblieben.

Die beiden versuchten das Durcheinander am Boden möglichst zu ignorieren, als sie sich an den Frühstückstisch setzten. Während Frank seiner Mutter Kaffee einschenkte, fasste er ihr den Verlauf des gestrigen Abends noch einmal zusammen.

»Es tut mir leid«, schloss er.

Luise antwortete nicht.

»Vielleicht ist es besser«, begann sie nach einer kurzen Pause, »wenn ich für ein paar Tage zu Ursel nach Schönow raus fahre.«

»Eine gute Idee.« fand Frank. »Ich bleibe hier und werde mich um alles kümmern. Wenn du zurückkommst, wird die Wohnung wieder sein wie früher.«

»Frank?«

»Ja?«

»Was hat er gesucht, dieser Mann gestern?«

»Ich weiß es nicht, wirklich.«

»Dein Hemd vorgestern; es sah für mich nicht so aus, als hätte es ein Ast aufgeschlitzt, dafür waren der Riss im Stoff und auch deine Wunde viel zu gerade und gleichmäßig.«

Und dann - Frank war äußerst überrascht - zog sie den Schluss aus beiden Vorfällen, noch ehe Frank den Zusammenhang erkannte.

»Hast du herausgefunden, was es mit dem Medaillon auf sich hat, das du mir gezeigt hast?«

Frank griff sich instinktiv an den Hals.

»Du hast es doch noch, oder?«, wollte Luise wissen.

»Es ist in Sicherheit«, meinte Frank und hoffte, dass es so war.

»Begleitest du mich aufs Amt, Mutter, und zur Gendarmerie?«

Sie nickte.

»Danach fahre ich sofort mit der Bahn nach Schönow.«

Als sie vom Küchentisch aufstand und ins Schlafzimmer ging, um ihren Koffer zu packen, bemerkte Frank, dass sie an ihrem Kaffee nur genippt hatte, gegessen hatte sie gar nichts.

Bevor auch er die Küche verließ, um sich anzukleiden, überprüfte er mehrere Messer, die am Vorabend gemeinsam mit der Besteckschublade zu Boden gegangen waren, auf ihre Schärfe. Das Schärfste steckte er ein.

Verständnislosigkeit, Kopfschütteln und ungläubiges Staunen erntete Frank, als er der zuständigen Behörde sein Anliegen vortrug. Die junge Frau am ersten Schalter, etwa zwanzig Jahre alt, adrett gekleidet, war der Situation nicht gewachsen und auch der grauhaarige Bürovorsteher, den sie rasch dazu holte, meinte, so etwas sei ihm noch nie vorgekommen und er müsse sich erst kundig machen. Aufmerksam und mit gerunzelter Stirn las er das Schreiben von Dr. Anklamer und hörte sich sowohl Franks als auch Luises Erzählung an. Aber auch der preußisch-disziplinierte Bürovorsteher konnte sich dem Faktum nicht verschließen, dass die Person, um die es hier ging, schlicht und ergreifend leibhaftig vor ihm stand. Er ließ die junge Frau an ihrer Schreibmaschine die Daten, die er noch einmal zusammenfasste, auf ein Blatt Papier tippen und setzte seinen Namen darunter, Luise und Frank die ihren. Dann stellte er Frank einen vorläufigen und auf vierzehn Tage befristeten Ausweis aus.

Kurz darauf befand sich das Dokument in den Händen von Kommissar Gröber, der es genauso sorgfältig musterte wie dessen Inhaber. Auch hier, auf der Gendarmerie, klapperte bald eine Schreibmaschine und fasste noch einmal schriftlich zusammen, was gestern in Luise Millers Wohnung passiert war, einschließlich ihrer vagen Beschreibung des Täters. Luise und Frank unterschrieben ihre Aussagen. Gröber gab Frank den Ausweis zurück und erinnerte ihn noch einmal an die gestern von ihm verhängte Auflage, sich alle zwei Tage zu melden.

Auch vergaß er nicht zu erwähnen, dass es da immer noch eine drei Jahre alte Leiche gab, deren Identität es zu klären galt, falls ‚das' hier – und mit dem ‚das' hielt er Frank den Ausweis unter die Nase – rechtens wäre.

Frank erläuterte dem Kommissar die Theorie Dr. Hohmanns, er habe eventuell in den drei Jahren in einer anderen Stadt gelebt und würde dort nun vermisst. Gröber versprach, Amtsersuchen an andere Gendarmerien einzuleiten.

Dann begleitete Frank Luise, ihren Koffer tragend, zum Nordbahnhof.

Außer Luise stieg kein weiterer Fahrgast in die Bahn nach Schönow ein und Frank war sich sicher, dass seiner Mutter nun keine Gefahr mehr drohte.

Dass er auf sich aufpassen solle, sagte sie, und, dass sie es nicht überleben würde, sollte sie ihn noch einmal verlieren. Und dass sie für ihn beten wolle.

Dann schlossen sich die Einstiegstüren zwischen den Beiden.

Wieder war es früher Nachmittag, als Frank am Müggelsee eintraf. Geregnet hatte es seit den frühen Morgenstunden nicht mehr. Doch der Himmel blieb bewölkt und es hatte sich deutlich abgekühlt. Ein leichter Wind ließ die Bäume um Frank herum rascheln und wispern. Voller Sehnsucht hatte er erwartet, dort, am Südufer des Sees auf der bekannten Bank sitzend, Claire anzutreffen. Aber die Bank war leer. Ihn fröstelte.

Etwas mehr als eine Stunde verharrte er in der Hoffnung, Claire werde noch kommen. Doch sein Wunsch blieb unerfüllt.

Dabei hatte er sie heute weiter über ihren Mann befragen wollen. Die Zusammenhänge, die sich nach und nach ergaben, konnten nicht zufällig sein. Irgendwie musste ein Sinn hinter all dem stecken. Doch mit jeder Antwort, die er erhielt, stellte sich eine neue, tiefer gehende Frage.

Wie war Wiegand in die Sache verwickelt? Was war der Hintergrund seiner politischen Aktivitäten?

Warum war gerade Wiegand, nach Jakob Levys Aussage nicht gerade ein angenehmer Zeitgenosse, heute mit der Frau verheiratet, mit der Frank selbst vor drei Jahren verlobt gewesen war?

Wieso wurde er, Frank, verfolgt und überfallen, die Wohnung seiner Mutter durchwühlt?

Was war in den vergangenen drei Jahren zwischen dem ‚Unfall' am Görlitzer Bahnhof und Franks Auftauchen am selben Ort geschehen? Wo war Frank gewesen?

Und Frank erinnerte sich an den Blick, den Wiegand ihm an seiner Haustür in Dahlem zugeworfen hatte und erkannte nun auch, was in ihm zu lesen gewesen war.

Wiegand hatte zunächst erstaunt gewirkt und dann gerade so, als ob er eine gewisse Verhaltensweise von ihm erwartet hätte, eine Aktion, einen bestimmten Satz.

Wenn Wiegand vielleicht auch nicht die Antwort auf alle seine Fragen hätte, er besaß den Schlüssel dazu; er spielte eine zentrale Rolle, das wurde Frank nun klar.

Und plötzlich überkam ihn auch die Angst. Doch er fürchtete nicht um sich selbst, sondern um die Frau, von der er erwartet hatte, dass sie heute wieder hier wäre, wie an den zwei Nachmittagen davor. Warum nur war sie nicht gekommen?

»Claire!«

Erschrocken sprang er auf.

Für den Rückweg zum Nordufer des Müggelsees benötigte er diesmal nur halb so lange wie an den Vortagen. Ohne ein Wort des Grußes stieg er in die erstbeste leere Droschke und nannte sein Fahrtziel in Dahlem.

»Fahren Sie, so schnell Sie können!«

Frank fror, als er in Dahlem eintraf, trotz der Lederjacke seines Vaters, die er heute Morgen übergezogen hatte.

Als ob der Himmel ihn warnen wollte, hatte er sich weiter zugezogen. Der Wind gewann immer mehr an Stärke und trieb die grauen, schweren Wolken mit hoher Geschwindigkeit vor sich her.

Eigentlich wirkte das Heim der Wiegands unter diesem Himmel nicht bedrohlicher als die anderen Häuser, dennoch flößte es ihm Angst ein.

Nur der Gedanke daran, dass Claire in Gefahr schwebte, ließ ihn seine Furcht überwinden und das Gartentor öffnen. Doch diesmal ging er nicht zum Haus, um den Türklopfer zu betätigen. Er schlich vorsichtig drum herum. Durchs erste Fenster spähend, erkannte er eine nobel eingerichtete Küche. Was genau er zu finden hoffte, wusste er nicht. Er ging weiter. Das zweite Fenster bestand aus einer Milchglasscheibe, was dahinter war, konnte Frank nicht erkennen. Um die Hausecke herum, ein Doppelfenster, groß und breit, daran anschließend eine Glastür, die in den Garten auf eine Terrasse führte.

Vorsichtig spähte er hinein und zwischen zwei nicht sorgfältig genug zusammen gezogenen Vorhängen, entdeckte er sie: Claire.

Sie lag auf einer Couch, eine Wolldecke über sich ausgebreitet und schien zu schlafen.

Frank konnte nur einen Bruchteil des Raums einsehen und wusste nicht, ob noch jemand zugegen war.

Dieter wäre tagsüber immer in der Klinik, hatte ihm Claire bei einem ihrer Treffen erzählt. Dass sie zum Müggelsee gefahren war, habe sie vor ihm geheim gehalten. Es wäre selten, dass er vor acht Uhr abends zu Hause sei.

So hoffte Frank, dass wirklich nur Claire ihn hören konnte, als er mit den Fingern an die Scheibe trommelte.

Seine Zuversicht wurde enttäuscht.

Claire hatte keine Reaktion gezeigt, doch dafür erschien das Gesicht einer Frau hinter der Scheibe.

Sie war gewiss zehn Jahre älter als Frank, hatte streng zurück gekämmtes, braunes Haar und starrte ihn mit böse funkelnden Augen an. Dann war sie auch schon wieder verschwunden.

Ein Geräusch neben Frank: die Terrassentür. Sie öffnete sich und die Frau, die eben noch am Fenster war, kam einen Schritt nach draußen und zog die Tür hinter sich ein Stück weit wieder zu.

»Was wollen Sie? Hauen Sie ab!«, fauchte sie ihn halblaut an. »Ich werde um Hilfe rufen!«

Frank ließ sich seine Aufregung nicht anmerken.

»Ich möchte gerne Frau Wiegand sprechen!«

»Aber Frau Wiegand möchte Sie nicht sprechen.«

Nur nicht abwimmeln lassen.

»Das soll sie mir bitte selbst sagen!«

»Was erlauben Sie sich eigentlich? Schleichen hier im Garten umher wie ein Einbrecher …«

»Ich möchte nur Frau Wiegand sprechen«, unterbrach Frank die Frau.

»Ich habe Ihnen schon einmal gesagt, dass sie verschwinden sollen! Frau Wiegand ist krank.«

»Bitte, nur einen kurzen Augenblick!«, beharrte Frank und erfasste dann erst ihre Worte.

»Krank?«, fragte er.

»Ja, und ich fordere Sie jetzt zum letzten Mal auf, zu gehen!«

Frank rührte sich nicht von der Stelle und gerade als die Frau tief Luft holte, um nach Hilfe zu schreien, glitt die Glastür einen Spalt auf und eine Hand griff heraus und packte die Frau auf der Terrasse sanft am Oberarm.

Frank und die Frau blickten überrascht zur Tür.

Claire stand da, in einem weißen Nachthemd. Mit bleichem Gesicht und Augen, die in die Unendlichkeit zu schauen schienen, wirkte sie geradezu ätherisch, einem Geist gleich.

»Claire«, erschrak Frank.

»Da sehen Sie, was Sie angerichtet haben«, keifte die Frau und drehte sich schnell zu Claire, um sie zu stützen.

Claire hatte sichtlich Mühe, sich auf den Beinen zu halten und die Frau war nicht kräftig genug, um zu verhindern, dass Claires Knie nachgaben und sie nach vorne schwankte. Claire drohte auf das Pflaster der Terrasse zu fallen und nur die rasche Unterstützung Franks verhinderte das.

Mit einem deutlichen Ausdruck des Missfallens im Gesicht, musste die Frau nun zulassen, dass Frank Claire gemeinsam mit ihr stützte und das Wohnzimmer betrat.

Sie führten Claire zurück zur Couch, auf der sie auch vorher schon gelegen hatte.

»Entschuldigen Sie, dass ich Ihnen nichts anbieten kann«, faselte sie mit schwerer Stimme und wie in Trance. »Ich bin eine schlechte Gastgeberin.«

Sie legte sich hin und die fremde Frau breitete wieder die Decke über ihr aus.

Frank bemerkte das Tischchen neben der Couch, auf dem eine Vielzahl an Medikamenten stand, Fläschchen, Tabletten, Spritzen.

»Ach«, sagte Claire und starrte dabei an die Decke. »Wie unaufmerksam. Ich habe Sie einander ja noch gar nicht vorgestellt.«

Eine von Claires Händen kämpfte sich wieder unter der Wolldecke hervor. Mit einer völlig ungelenken Bewegung zeigte Claire in eine Ecke des Zimmers und sagte: »Margarete Feldmeier, die Gattin eines Freundes meines Mannes.« Sie sah dabei weder in die Richtung, in die sie zeigte, noch auf die Frau, von der sie gerade gesprochen hatte.

»Und hier haben wir«, fuhr sie theatralisch fort, ihr Arm kreiste umher, um dann abschließend auf die Zimmerdecke zu deuten. »Frank Miller. Auferstanden von den Toten. Mein ehemaliger Verlobter!«

Dann sackte ihr Arm nach unten und Margarete stopfte ihn schnell wieder unter die Decke.

»Ich habe Ihnen doch gesagt, dass sie krank ist«, flüsterte Margarete giftig zu Frank.

»Claire«, sagte Frank mit fester Stimme. Er erkannte, dass Claire kurz davor war, wieder das Bewusstsein zu verlieren. »Claire!«, wiederholte er etwas lauter, doch sie war schon eingeschlafen.

»Sie verlassen augenblicklich dieses Haus!«, befahl Margarete leise, doch äußerst resolut. »Das ist alles nur Ihre Schuld! Es reicht, was Sie den Wiegands angetan haben!«

Frank wusste, dass er im Augenblick nichts ausrichten konnte und fügte sich.

»Richten Sie Wiegand aus, dass ich wieder kommen werde!«, zischte er Margarete zu und verließ das Zimmer durch die Terrassentür. Margarete schloss sie rasch hinter ihm, ehe er es sich anders überlegen konnte.

Es kam Frank wie eine Ewigkeit vor, als er mehr als zwei Stunden lang zwischen den Bäumen auf- und abging, die die Straße säumten, an der die Wiegands wohnten. Zuerst hatte er in die Charité fahren wollen, um Wiegand zur Rede zu stellen, was er Claire angetan und mit welchen Medikamenten er sie voll gepumpt habe. Doch vielleicht würden sie sich dann gerade verpassen, beide auf dem gleichen Weg, aber in unterschiedlichen Richtungen. Sicherer, ihn zu erwischen, war es, so meinte Frank, wenn er ihm unmittelbar hier vor seiner eigenen Haustür auflauerte.

Obwohl es permanent so aussah, als wolle der Himmel seine Schleusen öffnen, hielt das Wetter. Der Wind war nicht stärker geworden, aber auch nicht abgeflaut.

Frank hatte den Kragen seiner Lederjacke hochgeklappt und hielt den Vorgarten der Wiegands unter Beobachtung.

Ob Margarete ihn ihrerseits hier stehen sah, wusste er nicht.

An den Fenstern war keine Bewegung zu sehen.

Die Gaslaternen flammten auf und tauchten die Straße in ein unwirkliches Licht.

Und irgendwann hielt ein Automobil am Straßenrand an und der Mann, auf den Frank gewartet hatte, stieg aus.

»Wiegand!«, rief er ihm quer über die Straße zu und dieser drehte sich erschrocken zu ihm um, erkannte sofort, mit wem er es zu tun hatte.

Hastig lief Frank hinüber, um endlich zu erfahren, was los war.

Wiegand griff ins Innere seines Mantels und gerade als Frank bei ihm war, hatte er auch schon eine kleine Pistole in der Hand.

Frank zuckte zusammen. Damit hatte er nicht gerechnet.

Wieder trug Wiegand sein Monokel, das rechte Auge hielt es zusammengekniffen am Platz.

»Es wird so aussehen, als hätte ich in Notwehr jemanden erschossen, der mich überfallen wollte!«, sagte Wiegand gelassen.

»Damit werden Sie nicht durchkommen. Genau so wenig, werden Sie damit durchkommen, dass Sie Ihre Frau unter Drogen setzen und sie am Sprechen hindern!«

Wiegand lachte überheblich auf.

»Du glaubst ernsthaft, sie hätte dir etwas zu sagen?«

Er schüttelte den Kopf.

»Frank, Frank. Es steht schlimmer mit dir, als ich gedacht hatte!«

Frank fiel auf, dass ihn Wiegand duzte.

»Was meinen Sie damit, Wiegand?«

Wiegand lächelte überlegen, die Enden seines gezwirbelten Oberlippenbartes wanderten ein paar Millimeter nach oben.

»Wenn ich nicht etwas von dir bräuchte, würde ich keine Minute zögern, dir eine Kugel durch den Kopf zu jagen!«

»Sie haben mich verfolgen lassen!«, warf ihm Frank entgegen. »Und die Wohnung meiner Mutter, das waren Sie auch!«

»Oh, das logische Denken kehrt zurück. Na, hoffentlich kein Zeichen dafür, dass es auch mit dem Gedächtnis wieder etwas wird. Hm, vielleicht sollte ich dich auch einfach in die geschlossene Abteilung bei mir in der Klinik einweisen lassen. Es würde so manchem Kollegen in der Gehirnforschung eine Freude sein!«

Wiegands Siegessicherheit nahm ein Ende, als es laut aus der Richtung eines Nachbarhauses knallte.

Ein Fenster war vom wieder stärker werdenden Wind zugeschlagen worden. Dieser Augenblick nachlassender Aufmerksamkeit genügte Frank. Er schnellte nach vorn und schlug mit der Faust auf Wiegands Waffenhand. In weitem Bogen flog die Pistole über einen Gartenzaun. Frank verlor dabei das Gleichgewicht, prallte gegen Wiegand und riss ihn mit sich nach unten. Sie wälzten sich auf dem Trottoir hin und her. Wiegands Körpermasse machte Frank durch seine Verbissenheit wett. Irgendwann saß er auf Wiegand und dieser lag auf dem Rücken, laut und schwer keuchend. Frank zog das Messer, das er sich morgens in der Küche eingesteckt hatte. Er drückte es Wiegand an die Kehle, um die Wahrheit aus ihm heraus zu pressen, doch dieser mobilisierte erneut seine Kräfte, stemmte sich nach oben und schleuderte Frank von sich herunter. Wieder am Boden. Im Handgemenge. Frank hielt das Messer fest in der Hand, Wiegand wollte es ihm entwinden: Es gelang ihm nicht. Da schrie Wiegand plötzlich auf. Frank sah das Blut, das aus Wiegands Seite hervorquoll, Mantel, Anzugjacke und Hemd Wiegands waren der Länge nach aufgeschnitten, bis über die Achsel hinaus. Eine Wunde dahinter, nicht tief, wie es schien, aber von der Hüfte bis zur Schulter führend. Noch etwas sah Frank unterhalb der Achselhöhle: eine kleine Tätowierung, sah aus wie ein ‚A'.

Er hatte Wiegand so, wie er ihn wollte: hilflos.

So glaubte er zumindest.

Als er Wiegand ins Gesicht sah, spiegelte sich Zufriedenheit in dessen Augen.

Warum?

Es war jemand hinter ihm!

Frank drehte sich herum. Schnell. Gerade noch rechtzeitig, bevor der Kolben einer Waffe auf ihn niedersauste.

Der Mann, der die Waffe in der Hand hielt, torkelte.

Rasch stand Frank auf.

Er erkannte den Mann, der vor ihm um sein Gleichgewicht kämpfte. Es war der Mann, gegen den er auch am Müggelsee gekämpft hatte.

Gegen zwei Gegner hatte Frank keine Chance. Das wusste er.

Er gab Fersengeld.

Er hoffte, dass sie ihm nicht einfach so auf offener Straße in den Rücken schießen würden und behielt Recht.

Mehrere Minuten lang rannte er die Straßen entlang, bog wahllos um Häuserecken, bis er sich irgendwann sicher war, dass er nicht verfolgt wurde.

Dann setzte er sich in eine Droschke und sagte dem Kutscher, wohin er ihn bringen sollte.

Frank rüttelte sanft am Friedhofstor. Zu spät. Es war bereits verschlossen.

Er sah sich um: Düster und bedrohlich zeichnete sich der graue Turm der Dreifaltigkeitskirche vor dem dunklen Himmel ab. Keine Menschenseele war zu dieser späten Stunde noch auf dem Kirchhof.

Ein Geräusch. Frank sah eine schwarze Katze, die sich durch das Gitter des schmiedeeisernen Zauns schlängelte und dann im Friedhof verschwand. Er kletterte ihr hinterher. Nur wenig Restlicht leuchtete von den Gaslampen außerhalb des Friedhofs herein bis auf die Gräber. Dennoch fand Frank die Grabstätte, die er suchte.

Ernst und Frank Miller lagen laut Inschrift hier begraben.

Frank kniete sich nieder und grub mit den Fingern zwischen dem Efeu im Boden.

Nach kurzer Zeit schon hielt er das Gesuchte in seinen Händen.

Er streifte die braune Erde von den Kettengliedern und dem Anhänger ab.

Dann lag es vor ihm, das Medaillon, in seiner Handfläche. Fühlend fand er den seitlichen Mechanismus und betätigte ihn. Das Medaillon klickte leise und öffnete sich. Die beiden Buchstaben im Deckel sah er nicht, dafür war es zu dunkel.

Nun wusste er endlich, was er zu tun hatte. Er wusste, was er schon vor vier Tagen hätte tun sollen.

Frank spürte die weiche Oberfläche des schwarzen Knopfs unter seiner Fingerkuppe.

Er schloss die Augen und drückte ihn.

Zwischenspiel

»Soldaten, Seeleute, Luftwaffensoldaten,

Ihr steht kurz davor, euch auf den großen Kreuzzug einzuschiffen, auf den wir so viele Monate hingeeifert haben. Die Augen der Welt sind auf euch gerichtet. Die Hoffnungen und Gebete der freiheitsliebenden Völker überall marschieren mit euch. Zusammen mit unseren tapferen Alliierten und Waffenbrüdern an anderen Fronten werdet ihr die Zerstörung der deutschen Kriegsmaschine, die Beseitigung der Nazi-Tyrannei über Europas Völker und Sicherheit für uns selbst in einer freien Welt bringen.
Eure Aufgabe wird keine einfache sein. Euer Feind ist gut ausgebildet, gut ausgerüstet und kampferprobt. Er wird wild kämpfen.

Aber dies ist das Jahr 1944! Seit den Nazi-Triumphen 1940-41 ist viel passiert. Die vereinigten Nationen haben den Deutschen große Niederlagen beigebracht, in offener Schlacht, Mann gegen Mann. Unsere Luftoffensive hat ihre Kampfstärke in der Luft und am Boden ernsthaft reduziert. Unsere Heimatfront hat uns eine überwältigende Überlegenheit in Waffen und Munition beschert und uns eine große Reserve an kämpfenden Männern zur Verfügung gestellt. Die Gezeiten haben gewechselt! Die freien Menschen der Welt marschieren gemeinsam zum Sieg!

Ich habe volles Vertrauen in euren Mut, euer Pflichtbewusstsein und eure Kampffähigkeiten. Wir werden nichts akzeptieren, außer einem vollständigen Sieg!

Viel Glück! Und lasst uns alle den Segen des allmächtigen Gottes erflehen für dieses großartige und edle Vorhaben.«

General Dwight D. Eisenhower
Portsmouth, Südengland
6. Juni 1944
Tagesbefehl: ‚Operation Overlord'

»Mit unseren Landungen im Gebiet von Cherbourg-Havre haben wir es nicht geschafft, einen ausreichenden Brückenkopf zu bilden, und ich habe die Truppen zurückgezogen. Meine Entscheidung, zu dieser Zeit und an diesem Ort anzugreifen, basierte auf den besten Informationen, die verfügbar waren. Die Truppen, die Luftwaffe und die Marine taten alles, was an Tapferkeit und Pflichthingabe von ihnen verlangt werden konnte. Falls dem Versuch irgendein Tadel oder Fehler anhaftet, ist dies allein meine Schuld.«

General Dwight D. Eisenhower
Portsmouth, Südengland
5. Juni 1944
Bleistift-Notiz für den ‚Case of Failure' – den ‚Fall des Scheiterns'

II.

Deutschland, Deutschland über alles, über alles in der Welt,
wenn es stets zu Schutz und Trutze brüderlich zusammenhält
Von der Maas bis an die Memel, von der Etsch bis an den Belt
Deutschland, Deutschland über alles, über alles in der Welt!

‚Das Lied der Deutschen'
Deutsche Nationalhymne von 1922 bis 1945

1

Als Frank Miller im Schnellzug der Deutschen Reichsbahn von London kommend seinem Ziel, dem Bahnhof von Oxford, entgegenfuhr, war der zuletzt doch noch heiße Sommer des Jahres 2004 gerade vorüber. Die ersten Blätter schwebten zu Boden; die Menschen, die Frank durch die Fenster seines Zugabteils sah, hatten schon ihre Pullover und Jacken herausgekramt und angezogen: Der Herbst hielt Einzug in den Cotswolds.

Wie saftig noch die Wiesen waren, wie lieblich sich ihm die Landschaft darstellte: das sanfte Auf und Ab der grünen Hügel; Schafe und Kühe, die zufrieden grasten.

Frank war überrascht.

Nach all dem Leid der letzten vier Jahre, hatte er nicht mehr daran geglaubt, dass es irgendwo noch solch ein Idyll geben könnte.

Ja, die letzten vier Jahre: sie waren schlussendlich auch der Grund dafür, dass er nun hier im Zug nach Oxford saß, um sein Studium der Physik zu beginnen.

Oxford hatte zum einen immer noch einen außerordentlich guten Ruf, beinahe so, wie es ihn zu britischen Zeiten genossen hatte; zum anderen war es für Frank weit genug weg, vom Tagesgeschehen, der aktuellen Politik und dem Zentrum des Reiches: Germania.

Physik war immer seine zweite Wahl gewesen. Physik, die sich möglichst nicht mit Waffentechnik, Ballistik oder gar Kernspaltung beschäftigte, wollte er gerne studieren, was gar nicht so einfach war, wenn man bedachte, dass dies die von der Regierung geförderten Ausrichtungen waren. Alleine an den Universitäten von Germania, Prag oder Oxford war er fündig geworden: Hier boten die Vorlesungsverzeichnisse das gesamte Spektrum der modernen Physik. Eine dauerhafte Rückkehr nach Germania kam für ihn nicht in Frage, zwischen Prag und Oxford hatte er schließlich das Los entscheiden lassen.

Er hatte keinerlei Wartesemester in Kauf zu nehmen. Außerdem konnte er frei wählen, an welcher Universität er studieren wollte. Dies war der Preis, den er für die vier Jahre bei der Wehrmacht erhalten hatte. Doch der Preis stand in keinem Verhältnis zum Erduldeten.

Sanitätsoffizier war er gewesen, drei Jahre im Gotengau auf der Krim, das letzte Jahr in der Stadt des Endsiegs. ‚Endsieg', zu den vielen Bedeutungen, die das Wort vor seiner Dienstzeit gehabt hatte, gesellte sich nun eine weitere, seine eigene persönliche Sichtweise dazu. ‚Endsieg' - die Stadt, die früher einmal Stalingrad geheißen hatte und ursprünglich wie Moskau und Petersburg dem Erdboden gleich gemacht werden sollte - und das Reich hatten auch Frank Miller besiegt, seine Ehre, seine Moral und seine Selbstachtung. Die drei Jahre davor waren schon bitter und erschreckend genug für ihn gewesen: Das Jahr in der Stadt des Endsiegs hatte ihm den Rest gegeben. Wie alle anderen Soldaten dort, war auch er erst im letzten Jahr seiner vierjährigen Dienstzeit dorthin versetzt worden. Aus gutem Grunde von der Armeeführung so arrangiert, denn die Selbstmordrate unter den deutschen Soldaten dort war immer noch um ein Vielfaches höher als an anderen Standorten. Nur Soldaten, die schon in anderen Gebieten gedient und ein gewisses Maß an Erfahrung hatten, so die offizielle Bezeichnung, oder Abstumpfung, so Franks Deutung, wurden dorthin beordert. Hätte man sie direkt zu Dienstbeginn dorthin abkommandiert, die Suizidfälle innerhalb der Wehrmacht wären deutlich angestiegen.

Unglaublich waren auch die Zustände, die dort herrschten. Frank hatte nicht den Mut gefunden, sie irgendjemandem nach seiner Rückkehr zu erzählen, denn viel zu sehr war er selbst darin verfangen, trug Mitverantwortung und auch Mitschuld. Wogen Zusehen und Schweigen weniger schwer, als ein Verbrechen selbst zu begehen?

Er wusste, dass ihm die Leute zu Hause in Germania, Bekannte und Verwandte, nicht geglaubt hätten. Fernsehen und Tageszeitungen erzählten von einer anderen Welt, als der, die Frank im Osten des Reiches erfahren hatte. Es war einfacher, das zu glauben, was man glauben wollte.

Der Propaganda war auch er vor vier Jahren aufgesessen. Wie naiv und unschuldig er doch gewesen war! Doch ohne die entsprechenden Kontakte in der Partei verblieb nur der Armeedienst, um einen Studienplatz zu ergattern, so war das eben.

Frank war dankbar, dass er ‚nur' im Sanitätswesen gewesen war. So war es ihm zumeist vergönnt gewesen, nur in der zweiten Reihe zu stehen, wenn andere ihre Befehle ausführen mussten. Befehle, die sie auf ihren Eid auf Führer und Vaterland gründeten. Befehle, die in Willkür, Folter, Tod endeten.

Wofür die hehre Kunst der Medizin jedoch missbraucht wurde, hatte Frank an anderer Stelle erlebt. Es hatte ausgereicht, ihm das ursprünglich angestrebte Medizinstudium zu vergällen.

Frank verdrängte die Gedanken, sie würden früh genug wieder auf ihn einströmen. Das taten sie immer, ob tagsüber, ob nachts, in der Freizeit oder während er arbeitete. In sicherer Beständigkeit kamen sie wieder und immer trafen sie ihn unvorbereitet.

Lieber durchs Fenster starren, auf die romantische Heidelandschaft. Verdrängen. Vergessen.

Einen weiteren Unterschied gab es hier in Angelsachsen: Zum großen Teil waren die historischen Namen hier erhalten geblieben. Im Osten des Reiches zeugte nichts mehr davon, dass Orte und Landstriche vor hundert Jahren keine deutschen Namen gehabt hatten. Den Bestrebungen im letzten Jahrhundert nach dem Deutschen Krieg, auch hier etwa aus Cotswolds eine Cottische Heide oder aus Oxford Ochsenfurt zu machen, war kein Erfolg beschieden gewesen. Auch aus Anerkennung und Respekt den verwandten Germanen von der Insel gegenüber, hatte man von diesen Plänen Abstand genommen. Schließlich hatte die Bevölkerung Londons genauso gejubelt, wie ein paar Jahre zuvor die in Wien, als Adolf Hitler im offenen Wagen im Triumphzug über den damaligen Trafalgar Square gefahren war.

»Sieg Heil!«, hatten sie ihm auf deutsch zugerufen und »Willkommen«.

Seither hatten sie nur noch deutsch gesprochen, das ‚Gesetz zur Angleichung im Deutschen Volksraum' wollte es so. Doch während englisch zu reden nur verpönt war, war beispielsweise russisch oder rumänisch im Osten des Reiches unter Strafe verboten. Das polnische hatte sich quasi von selbst erledigt. Es lebten keine Nachkommen derer mehr auf jenem Gebiet, das vor dem Deutschen Krieg den Namen ‚Polen' getragen hatte. Umsiedlungen und Geburtenkontrolle waren noch zwei der harmloseren Ursachen dafür. In den sogenannten ‚Siedlungszonen erster Ordnung' hatte im Laufe der Jahre eine vollständige Germanisierung stattgefunden. Die Gaue waren vorwiegend landwirtschaftlich strukturiert, weitgehend friedlich und sicher. Ganz anders als das ehemalige Sowjet-Territorium weiter östlich, in das Frank Miller sechzig Jahre nach dem offiziellen Kriegsende und dem Endsieg gekommen war. Weder das Kriegsende noch den Endsieg hatte er dort vorgefunden.

Wieder waren seine Gedanken abgeschweift.

Dass er nicht vergessen konnte, wusste er.

Aber war es ihm nicht einmal vergönnt zu verdrängen?

Der Herbst, die Heide, die Kühe und Schafe, Idylle, dachte er, *freu dich auf Oxford, Frank, freue dich doch!*

Frank stieg aus dem Taxi, das ihn vom Bahnhof zum Campus gebracht hatte, und stellte seine olivefarbene Reisetasche neben sich auf den Asphalt. Sie beinhaltete alles, was ihm wichtig und wert genug war, mitgenommen zu werden.

In Ruhe betrachtete er von außen das Hochschulgelände. Es war so groß wie eine eigene kleine Stadt, die Gebäude darauf größer als die meisten, die außerhalb des Campus' standen. Der Plan dafür war auf dem Reißbrett entstanden. Frank hatte Bilder der Universitäten von Straßburg, Düsseldorf, Litzmannstadt und aus vielen anderen Städten gesehen. Alle glichen sich wie ein Ei dem anderen. Sie waren effektiv und funktionell, Lernfabriken, ganz so, wie das Reich es wollte. Es gab nur den einen Unterschied: Das Motto, das in großen Buchstaben auf dem hohen Rundbogen prangte, der auf den Campus führte.

IN CAPTIA VITALITAS war der Sinnspruch Oxfords: Leben heißt jagen.

Das Hochschulgelände lag mitten in der Stadt und dominierte in seiner modernen, zweckdienlichen Wuchtigkeit das Zentrum. Zahlreiche historische Gebäude hatten dem Neubau und anderen staatlichen und kommunalen Einrichtungen seinerzeit weichen müssen. Das alte, ehrwürdige und beschauliche Oxford war nicht mehr, es existierte nur noch einem lebendigen Museum gleich, als Schatten seiner selbst in der Peripherie der Stadt.

Die vielen Universitäten waren zu einer großen Reichs-Universität zusammen geführt: kontrollier- und steuerbar; die früher zahlreichen eigenständigen Hochschulen waren heute zu Außenstellen degradiert.

Leben heißt fliehen, dachte Frank. Doch wohin?

Er packte den Griff seiner Tasche, schritt zum Pförtner und ließ sich den Weg zum Sekretariat erklären. Alles hier war ordentlich ausgeschildert, die Gehwege sauber, die Hauswände ohne irgendwelche Schmierereien. Sprüche wie ‚Rache für unsere Toten', ‚Tod allen Ariern', ‚Herrenrasse verrecke' waren dagegen zu lesen gewesen in den vor Schmutz starrenden Straßenzügen im Osten, in denen er patrouilliert, gekämpft und Verwundete versorgt hatte. Er schüttelte den Kopf und verscheuchte damit die roten Buchstaben vor seinem inneren Auge.

Vor dem Sekretariat befand sich ein Wartesaal mit Platz für etwa einhundert Studenten. Obwohl der Saal leer war, zog sich Frank eine Nummer am Ausgabeautomaten und setzte sich.

Es dauerte nicht lange, bis eine Stimme »Sie können gleich hier herein kommen« rief. Frank entdeckte vier durchnummerierte Türen an einer Front des Saals: die mit der Nummer zwei war halb geöffnet.

»Heil Hitler!«, murmelte die Frau missmutig hinter dem Schreibtisch, als Frank das Büro betrat. Sie sah ihn dabei nicht an, tippte weiter auf der Tastatur ihres Rechners.

Die obligatorischen Bilder des ersten Führers und der Hitler nach ihm hingen hinter ihr an der Wand.

»Heil Hitler!«, grüßte Frank zurück.

»Moment noch!« Sie blickte ein paar Mal auf ein Schriftstück neben der Tastatur und dann immer wieder prüfend auf den Bildschirm. Zum Schluss drückte sie eine Taste, die das Programm beendete und legte das Schriftstück in ein Ablagekörbchen, auf dem vorne das Wort ‚erledigt' stand.

»Setzen Sie sich!«, sagte sie, als sie erkannte, dass Frank immer noch verlegen abwartend im Türrahmen stand.

Frank nickte und nahm Platz.

»Sie wissen, dass das Semester bereits begonnen hat, ja?«

Sie sah ihm direkt in die Augen.

»Ja!«

»Und Sie wissen, dass nach Semesterbeginn nur in Ausnahmefällen noch immatrikuliert werden kann?«

Dass sie mit diesen Ausnahmen nicht einverstanden war, war unschwer zu erkennen. Auch, dass am liebsten sie es gewesen wäre, die bestimmte, für wen die Ausnahmen gemacht würden und für wen nicht.

Frank entdeckte ihr metallenes Namensschild an der Schreibtischkante: »Ja, Frau Kolp!«

Warum fühle ich mich nur wie ein Bittsteller, fragte sich Frank, wie ein Schüler, der zu spät kommt?

Nervös fingerte er ein zusammengefaltetes Schreiben der Wehrmachtsführung aus dem Seitenfach seiner Reisetasche. Es dokumentierte seinen Anspruch auf einen Studienplatz und er streckte es der Sekretärin entgegen.

Sie faltete es auseinander und las. Ihre Augen wurden größer, ihre Haltung aufrechter.

»Oh, Sie haben gedient, Herr Miller, im Osten, die ganzen vier Jahre! Ja, klar. Natürlich sind Sie herzlich willkommen hier in Oxford. Warum haben Sie das nicht gleich gesagt?«

Hastig, sich von ihm abwendend, widmete sie sich wieder ihrem Rechner.

Mehrere Exemplare des Vorlesungsverzeichnisses lagen zur Mitnahme an einer Seite des Schreibtisches, Frank steckte sich eines davon ein.

»Herr Miller«, wiederholte sie, als sie seinen Namen tippte.

»Vorname: Frank, Geburtsdatum: 24.10.1978, Geburtsort: Germania« verglich sie die Daten der Wehrmachtsbescheinigung mit denen auf ihrem Bildschirm.

»Da haben wir Sie ja. Es ist bereits alles arrangiert. Ich drucke ihnen gleich Ihre Studienbescheinigung aus, Herr Miller. Sie wurden im Studentenwohnheim IX einquartiert. Ihre Zimmernummer ist die IX-4-15. Ich erkläre Ihnen gerne den Weg dorthin!«

2

Eine schlichte und zweckdienliche Einrichtung erwartete er: einen Schreibtisch, einen von der Universität gestellten und mit den Hochschuldatenbanken vernetzten Rechner, einen ergonomischen Schreibtischstuhl, ein Bett, einen Schrank, ein Regal und ein Waschbecken.

Wenig; aber mehr, als er die letzten vier Jahre gehabt hatte. Im Gotengau waren sie zu viert auf der Stube gewesen, in der Stadt des Endsiegs gar zu acht.

Für Intimität und Individualität war dort kein Platz gewesen.

Frank hatte einen Schlüssel für das Zimmer mit der Nummer 15 erhalten, vor dessen Tür er nun stand. Dennoch, er erwartete nicht, dass abgeschlossen war und drückte die Klinke.

Ja, das Zimmer war genau so eingerichtet, wie er vermutet hatte.

Dass allerdings jemand mit dem Rücken zu ihm vor dem Fenster stand und hinausblickte, hatte er nicht erwartet.

Zunächst hatte er die schmale, aber kräftige Gestalt in Hemd und Hose mit dem kurzen knabenhaften Schnitt ihres brünetten Haars für einen Mann gehalten, doch als sie sich umdrehte wurde er eines Besseren belehrt.

Es war eine junge Frau, die ihn jetzt lausbübisch anlächelte.

Frank kontrollierte, immer noch im Türrahmen stehend, ein weiteres Mal die Nummer auf der Tür.

Dann sah er wieder zu der Frau, die ihn neugierig abwartend musterte.

Am liebsten hätte er sie gefragt, warum sie ihn so angrinste.

»Entschuldigen Sie!«, blieb Frank höflich. »Man sagte mir, ich hätte die Nummer 15!«

Die Frau ging nicht darauf ein.

Frank kniff die Augen zusammen und musterte ihr Gesicht.

»Karen?«, fragte er schließlich.

Sie nickte, dann ging sie auf ihn zu, schloss ihn in die Arme und drückte ihn.

Franks einzige Reaktion war, seine Reisetasche los zu lassen, die neben ihm zu Boden plumpste. Seine Arme hingen einfach zu beiden Seiten seines Körpers nach unten.

Die Frau war irritiert, ließ sich aber nicht von ihrer Umarmung abbringen.

Frank spürte die Kraft ihrer Arme, die seinen Körper länger pressten, als ihm lieb war. Als sie ihn endlich frei ließen, atmete er erleichtert auf.

»Eigentlich wollte ich dir ja ein Begrüßungsküsschen auf die Wange geben, aber ich lasse es dann mal lieber!«

»Ich danke dir dafür!«

Er schloss die Zimmertür hinter sich. »Karen Degner. Ich muss schon sagen: Du bist die Person, die ich am wenigsten hier vermutet hätte.« Und für einen Moment zeigte sich auch ein Lächeln auf seinen Lippen. »Die Überraschung ist dir wirklich geglückt.«

Er sah unters Bett und unter den Schreibtisch, danach tastete er die obere Leiste des Türrahmens ab, da sie vom normalen Sichtwinkel aus nicht einzusehen war.

»Wie primitiv« sagte Karen und zog ein handtellergroßes Gerät aus einer Gürteltasche. Sie knipste es an und hielt Frank die Anzeige darauf unter die Nase. »Es ist alles sauber hier. Ich habe das Zimmer überprüft, bevor du gekommen bist.«

»Du weißt, dass diese Geräte verboten sind?«

»Abhöreinrichtungen in Privaträumen offiziell auch«, antwortete sie und ergänzte mit einem schelmischen Gesichtsausdruck, den er aus der Zeit kannte, als die Frau ihm gegenüber noch ein kleines Mädchen gewesen war: »Außerdem ist das hier ja nur ein mobiles Telefon.«

Sie drückte eine andere Taste und nach zwei lang gezogenen Brummtönen war eine weibliche Stimme zu hören, die sich mit ‚Fernsprechauskunft Oxford' meldete.

Karen legte wieder auf.

»Ein Physikstudium hat so seine Vorteile.«

»Du hast es also tatsächlich geschafft, Karen, trotz aller Widrigkeiten!«

»Ja«, strahlte sie.

»Ich beginne auch mit dem Physikstudium.«

»Ich weiß, Frank! Denkst du immer noch, der guten Karen bliebe irgendetwas verborgen?«

Erneut stahl sich ein Lächeln in Franks Gesicht.

Ihm fiel ein, wie sie ihn damals aufgeklärt hatte, sie waren beide erst zehn Jahre alt gewesen. Glauben geschenkt hatte er ihr erst vier Jahre später!

»Im Ernst: Ich arbeite in der Fachschaft mit und uns wurden vorab die Namen der Erstsemester mitgeteilt«, sagte Karen. »Du weißt, dass ich dir eigentlich sehr böse sein müsste!«

Frank schob die frische Bettwäsche, die zusammengefaltet auf dem Bett lag zur Seite, damit sie beide Platz hatten und setzte sich auf die Bettkante.

»Du hast dich seit Beginn deiner Dienstzeit nicht mehr bei mir gemeldet, mein Lieber, kein einziger Brief!«

»Ich war auf dem Mars, Karen!«, spielte er auf die fürs kommende Jahr geplante erste bemannte Mars-Mission des Reichs an.

Karen nahm neben ihm Platz und schwieg.

»Jemand anders hätte jetzt gesagt ‚Ich hatte dich gewarnt!'« sagte er und sah ihr in die Augen. »Du nicht, Karen. Du warst immer schon in der einen Situation ohne jeglichen Respekt und in der anderen voller Rücksichtnahme. Und das Wichtigste: Du hast immer gewusst, wann die Zeit für das eine ist und wann der Bedarf für das andere.«

»Du hast das Beste aus deiner damaligen Lage gemacht. Ohne Armeezeit kein Studium, so einfach war das in deinem Fall. Wie versessen du doch auf das Medizinstudium warst, schon als kleiner Junge.«

Er nickte.

»Obwohl du bei den Doktorspielen, die ich vorgeschlagen hatte, immer abgewinkt hattest.«

Der Versuch ihn aufzumuntern fruchtete nicht.

»Ich habe niemandem geschrieben«, fuhr Frank fort. »Weder dir, noch meinen Eltern, noch anderen Freunden. Ich glaube, ich bin ziemlich bald nach meiner Vereidigung im Gotengau zu dem unbewussten Schluss gekommen, diese ganze Wehrmachtszeit als losgelöst von meinem restlichen Leben hinzunehmen. Augen zu und durch! Nur an Weihnachten bin ich nach Hause zu meinen Eltern gefahren. Dies nicht zu tun, hätte meiner Mutter sicher das Herz gebrochen. Sie hat geweint, als ich anreiste; sie hat geweint, als ich abflog; und während der Feiertage hat sie ebenso geweint. Ich habe ihr jedes Mal versprochen zu schreiben und habe ihr dennoch keinen einzigen Brief geschickt. Augen zu und durch: geklappt hat das natürlich nicht. Man ist eben keine Maschine, die am Anfang der Armeezeit eingeschaltet und am Ende wieder ausgeknipst wird.«

»Obwohl man zuweilen gerne eine wäre«, ergänzte Karen. »Und obwohl es denen da oben vermutlich manchmal lieber wäre.«

»Erzähl mir von dir«, lenkte Frank ab. »Du warst im Sozialen Dienst, ja?«
»Oh, woher weißt du das? Das war doch erst, nachdem unser Kontakt abgebrochen war.«
»Meine Mutter hat die deine getroffen, das muss aber auch schon mindestens zwei Jahre her sein. Mutter erzählte mir Weihnachten 2002 davon. Lieber wäre es deiner Mutter wohl gewesen, du wärest wie die meisten anderen Frauen in deinem Alter unter die Haube gekommen.«
Karen verzog das Gesicht; »Und die Frauen, die nicht heiraten, gehen in den Sozialen Dienst, um die Familienehre zu retten.«
»Deine Mutter meinte, du wärst in einem Seniorenheim in Sachsen, um danach studieren zu können.«
»Ja, wenn wir auch sehr verschieden waren als Kinder: In Willensstärke und Ehrgeiz standen wir uns in nichts nach. Du lachtest immer, wenn ich sagte, ich wolle einmal Physikerin werden und etwas Weltbewegendes erfinden: wie die Dampfmaschine oder den Ottomotor. Du sagtest immer, die einzige Möglichkeit für mich, Frau Doktor zu werden, wäre dich zu heiraten, wenn du mit deinem Medizinstudium fertig wärst! Nun, du hast dich getäuscht, Frank! Ich bin hier: in Oxford!«
Karen breitete ihre Arme aus, als wolle sie den ganzen Campus umarmen und strahlte übers ganze Gesicht, dann wurde sie wieder ernster.
»In der Tat, es war nicht einfach, hierher zu kommen. Von hundert Studierenden im Reich sind im Durchschnitt weniger als zehn weiblich. Im ganzen Physikstudium in Oxford sind, auf alle Semester verteilt, ganze sieben Frauen, Frank, und ich bin eine davon.«
»Ich gratuliere dir, Karen.«
»Na ja, zur Mutter und Hausfrau hätte ich sowieso nicht getaugt. Da hat das Reich keinen Verlust erlitten!«
»Du sagtest, du studierst bereits. Im wievielten Semester?«
»Im dritten.«
»Wie denn das? Der Soziale Dienst dauert die gleichen vier Jahre wie der Dienst bei der Wehrmacht. Als ich in den Gotengau abkommandiert wurde, hattest du noch überlegt, wie du am besten vorgehen wolltest.«
»Ja. Und dass ich einen Weg finden wollte, die Pflichtzeit zu verkürzen, war das Ziel meiner Überlegungen. Ich habe es geschafft, sie zu halbieren.«
»Die Pflichtzeit halbieren? Wie hast du das denn hingekriegt? Ich habe noch von keiner Frau gehört, die mit nur zwei Jahren davon gekommen ist. Es sei denn, sie hätte während ihrer Dienstzeit geheiratet.«
Karen tippte mit der Spitze ihres Zeigefingers an Franks Nase.
»Habe ich dir nicht früher immer schon gesagt, dass Karen einen Weg finden würde?«
»Ja, die waren nur nicht immer nützlich, deine Wege. Ich erinnere mich an die Erdbeerbowle, die meine Mutter zubereitet hatte, weil mein Vater Geburtstag hatte. Du hast mich dazu angestiftet, sie gemeinsam mit dir auszutrinken. Das war der erste Rausch unseres Lebens. Du sagtest zu mir, wir müssten das irgendwie vertuschen und ich musste drei Mal nachfragen, was du meintest, weil ich dich so schwer verstehen konnte, was entweder an deiner Aussprache oder an meinem beeinträchtigten Hörvermögen lag - oder an beidem. Und dann kamst du auf die glorreiche Idee, in der Bowleschale eine rote Tablette meines Wasserfarbkastens in Wasser aufzulösen und ein paar Erdbeeren aus dem Garten dazu zu werfen. Ich sehe heute noch vor mir, wie meine Mutter beim ersten Schluck das Gesicht verzieht und ihr Blick unheilschwanger auf uns

fällt, während wir da stehen und mit unserem Gleichgewicht kämpfen. Ich hatte dich angesehen: Du sahst so unschuldig aus wie ein Lamm; mir hatte meine Mutter mein schlechtes Gewissen gleich angemerkt und ich habe alles gestanden. Wir durften uns danach vier Wochen nicht sehen.«

»Getroffen haben wir uns trotzdem!«, triumphierte Karen lachend. »Und glaub mir: Meine Pläne sind im Laufe der Jahre besser geworden!«

»Also, wie hast du es arrangiert? Jemanden vergiftet? Das Seniorenheim angezündet?«

»Viel besser, Frank, viel subtiler. Ich habe mich wegloben lassen!«

»Wegloben?«

»Ja. Erinnerst du dich an General Georg Heider, Frank?«

»Natürlich erinnere ich mich an ihn. Er hat seinerzeit den Aufstand in Belgrad niedergeschlagen, ich habe die ganzen Meldungen damals mit meinen Eltern im Fernsehen verfolgt.«

»Es sah wie all die anderen Berichterstattungen aus. Die bösen Slawen rebellieren gegen die guten Arier, die doch ihr Land erst lebenswert gemacht haben und ohne die sie in tiefster Barbarei vegetieren müssten. Unvorstellbar, warum ein halbwegs vernünftiger Mensch etwas gegen die Deutschen haben könnte, die doch Zucht und Ordnung auf den Balkan gebracht hatten. Die Bilder in unseren Medien zeigten schwer bewaffnete serbische Milizionäre, die von Hügeln herab oder hinter Häuserecken hervor den Wehrmachtssoldaten auflauerten, ihnen feige und hinterrücks in den Rücken schossen. Heider hatte das Oberkommando über die deutschen Truppen dort.«

»Ja, ich weiß.«

Frank hätte damals nicht gedacht, dass er das, was er als Jugendlicher im Fernseher mitverfolgt hatte, als Erwachsener selbst erleben sollte. Und er hätte damals auch nicht gedacht, wie groß der Unterschied zwischen bunten flimmernden Bildern und der Realität war.

»Wie so oft nur die halbe Wahrheit«, fuhr Karen fort. »Warum der Aufstand ausbrach, wurde der Öffentlichkeit nicht mitgeteilt. Die Wehrmachtssoldaten hatten gefoltert und vergewaltigt. Einer hat einer Serbin ihr Neugeborenes aus den Armen gerissen und vor ihren Augen wie einen Fußball hin- und hergekickt, um sie zu einem Geständnis zu zwingen.«

»Karen, wir wissen *beide* um solche Verbrechen. Du weißt, wofür ich mich die vergangenen vier Jahre verkauft habe.«

Er wollte nichts mehr hören.

»Warte doch ab! Der ehrenwerte General Heider, mit zahlreichen Orden ausgezeichnet, ein Held des Deutschen Volkes, heute demenzkrank im Seniorenheim in Bad Schandau in der Sächsischen Schweiz hat alles im Film dokumentiert. Eines Tages hat er mich ganz geheimnistuerisch in sein Zimmer gewinkt. Ich befürchtete Schlimmes. Ich dachte, er wolle etwas von mir. Er sah mich äußerst verschmitzt an, als er die Scheibe einlegte und plötzlich diese schrecklichen Bilder aus seiner Belgrader Zeit auf dem Monitor erschienen. Mit großen Augen ergötzte er sich an den Szenen, die er wahrscheinlich über die Jahre hundertfach, tausendfach gesehen hat. Aufmunternd blickte er mich an. Ich versuchte, Haltung zu bewahren. Als er sich dann wieder dem Bildschirm widmete, bin ich schnell aus dem Zimmer gerannt. Heute glaube ich, dass er tatsächlich etwas von mir wollte. Er hat sich an den Folterexzessen geradezu aufgegeilt.«

Frank wusste immer noch nicht, worauf Karen hinaus wollte.

»Als ich ihn das nächste Mal traf - es war bei der Abendessenausgabe - da verhielt er sich so, als wäre nichts geschehen. Ich weiß nicht, ob er sich nicht die Blöße geben wollte, dass er bei mir nicht landen konnte, oder ob er schlicht und einfach schon wieder vergessen hatte, dass er mir seine Aufnahmen gezeigt hatte. Erst ein paar Tage später vernahm ich zufällig, wie Hilde sich bei Doreen ausweinte, beide zwei Sozialdienstleistende wie ich. Am Rande hörte ich Worte fallen, die eindeutig darauf hinwiesen, dass auch Hilde bei Heider war und die Bilder gesehen hatte. Und aus Doreens tröstlicher Reaktion war eindeutig zu schließen, dass auch sie Bescheid wusste. Ich blieb vorsichtig, forschte aber weiter. Nach und nach recherchierte ich, dass eigentlich das komplette Klinikpersonal involviert war. Da wuchs in mir der Plan, wie daraus für meine Zwecke Kapital zu schlagen war.«

Jetzt wurde Frank doch neugierig.

»In meiner Freizeit bereitete ich Plakate vor, telefonierte mit mehreren örtlichen Behörden in Bad Schandau, verabredete Termine, buchte mehrere Säle in der ganzen Sächsischen Schweiz. Zu Beginn nannte ich meine Kampagne nur ‚Vortrags- und Filmreihe zu Ehren unseres Generals a. D. Georg Heider', ohne näher auf den Inhalt einzugehen. Bad Schandau ist ja nicht gerade als ein kulturelles Zentrum bekannt und die Menschen dort sind dankbar für alles, was sie aus ihrem Alltag reißt. Und einen renommierten Wehrmachtsgeneral in ihrer Mitte zu haben, erfüllt sie verständlicherweise mit großem Stolz. Daher stieß ich bei den meisten Stellen, allen voran die örtliche Parteiführung, auf ein offenes Ohr. Sie unterstützten mich sogar, druckten die Plakate, die ich entworfen hatte und verteilten sie im ganzen Stadtgebiet und darüber hinaus. Bis zu diesem Zeitpunkt hatten sie keine Ahnung, was genau ich zum Inhalt der Veranstaltungen machen wollte. Als ich dann einen freien Tag hatte, klapperte ich die ganzen Stellen, mit denen ich gesprochen hatte, noch einmal ab und führte ihnen eine Kopie von Heiders Scheibe vor, die ich zwischenzeitlich heimlich erstellt hatte. Entsetzen spiegelte sich auf den Gesichtern der Leute wider, als sie die schrecklichen Szenen sahen. ‚So was kann man doch nicht zeigen!', ‚Was wirft denn das für ein Licht auf unseren Herrn General?' und ‚Das ist nicht im Sinne der Partei, solche Bilder von der Wehrmacht zu zeigen!', schlug mir entgegen. Ich reagierte darauf mit dem naivsten Gesichtsausdruck, den du dir vorstellen kannst. Erinnere dich an die Erdbeerbowle! Nüchtern und nach zehn Jahren Übung gelang mir die Mimik bei weitem glaubwürdiger. Dass es doch überhaupt keinen Grund gäbe, an den ehrenwerten Motiven des Generals zu zweifeln, entgegnete ich und weiter mit gespielter Unschuld, dass es doch außerhalb jeglichen Zweifels stände, dass die Wehrmacht so etwas nur machen würde, wenn die Menschen dort in Serbien es auch verdient hätten. Als ich abends zurück ins Seniorenheim kam, wurde ich sofort an der Pforte abgefangen und in einen Sitzungssaal zitiert. Dort saß die komplette Heimleitung versammelt, in einer Atmosphäre, wie ich sie noch nie erlebt hatte. Besorgte, aufgebrachte, rote Gesichter, und alle richteten sich auf mich, als ich eintrat. Mann, war ich aufgeregt! Ich dachte, jeder im Saal müsste hören können, wie mein Herz rast, jeder müsste sehen können, wie meine Hände schwitzten, jeder müsste die Vibrationen meiner Stimme spüren können.«

Karen setzte sich kerzengerade und ihr Gesicht zeigte eine völlig unschuldige und naive Mimik.

»Doch Karen Degner gelang es ganz vorzüglich und überzeugend, ihre Rolle weiter zu spielen. Ich tat ganz so, als wüsste ich überhaupt nicht, wie mir geschah und was die Ursache der ganzen Aufregung hier wäre. Die Telefone wären den ganzen Tag nicht zur Ruhe gekommen, begann Frau Adam, die stellvertretende Heimleiterin. ‚Sie bringen uns in Teufels Küche!', bellte ein kleiner mir unbekannter Mann dazwischen, bevor Frau Adam ihren Satz zu Ende hatte. Ich solle an den guten Ruf des Seniorenheims denken, appellierte Herr Barthel, der Heimleiter. Was denn überhaupt los sei, fragte ich schüchtern. Und nach einem Durcheinander von mehreren weiteren Beschimpfungen und Anfeindungen, auf die ich mich stets unwissend und dumm stellte, begriff auch der Letzte in der Versammlung, dass ich wirklich nicht zu begreifen schien, was ich heute los getreten hatte. Ich ließ es mir von Barthel väterlich und in aller Ruhe erklären.«

Sie wurde ernst und verstellte ihre Stimme.

»,Mein liebes Fräulein Degner, zweifellos hatten Sie den guten Willen, dem ehrenwerten General a. D. Heider die ihm gebührende Aufmerksamkeit zu verschaffen. Doch die sehr privaten Dokumente, die Sie heute vorab verschiedenen Leuten in Bad Schandau vorgestellt haben, sind dem Ruf des Generals nicht gerade zuträglich.'«

Sie wechselte wieder zu ihrer Unschuldsmiene und ihrer normalen Tonlage.

»,Aber er hat sie mir doch selbst gezeigt und ist sehr stolz darauf. Und das mit gutem Recht, wie ich finde. Auf seine vorbildlichen Leistungen und Taten in Belgrad hat das Reich doch immer wieder hingewiesen.'«

Erneuter Rollenwechsel.

»,Aber erkennen Sie denn nicht die Brisanz dieser Bilder?'«

»,Aber es ist doch richtig und wichtig, was der Herr General in Belgrad gemacht hat, oder?'«

»,Ja, natürlich, mein Kind, das zweifelt doch auch niemand an.'«

»,Dann sollten es doch auch alle sehen. Wissen Sie, Herr Barthel, er ist ein Held gewesen und heute ist er so traurig und einsam. Ich wollte ihm etwas Gutes tun ...'«

Karen gelang es sogar, die imitierte Stimme Barthels verzweifelter klingen zu lassen.

»,Aber doch nicht so. Sie werden genau das Gegenteil bewirken, erkennen Sie das nicht, Fräulein Degner? Abgesehen von dem Schaden, den Sie dem Heim anrichten.'«

»,Aber der General ist doch ein guter Deutscher, er hat doch nichts falsch gemacht!'« Eine kleine Träne erschien in Karens linkem Auge. »'Ich habe es doch nur gut gemeint!'«

»,Gut gemeint ist nicht immer gut gemacht. Haben Sie zum Beispiel daran gedacht, dass das Material des Generals auch von Feinden des Reichs für ihre Zwecke verwendet werden könnte?'«

Karen sah Frank mit großen Augen an: »'Feinde? Welche Feinde? Hier in der Sächsischen Schweiz gibt es doch keine Feinde! Sind doch alles gute Deutsche hier!'«

»,Fräulein Degner, wir haben uns da etwas für Sie überlegt. Ihren Akten haben wir entnommen, dass Sie gerne studieren wollen, wenn Sie den Sozialen Dienst abgeleistet haben. Ist dem immer noch so?'«

Karen senkte demütig den Blick.

»,Ja, Herr Barthel.'«

»,Sie wären doch bestimmt froh, wenn Sie früher als erwartet mit Ihrem Studium beginnen könnten?'«

»,Ja, Herr Barthel.'«

»,Und Sie wären doch bestimmt auch sehr glücklich, wenn wir Ihnen, auch im Namen des Partei-Ortsverbandes, ein Empfehlungsschreiben ausstellen würden, das Ihnen Tür und Tor an einer von Ihnen gewünschten Universität öffnet?'«

»,Ja, Herr Barthel.'«

»,Nun, mein Kind, dann sind wir uns einig. Sie müssen einzig und allein versprechen, dass Sie Ihre Kampagne General Heider betreffend sofort einstellen und uns alle Unterlagen, die Sie diesbezüglich in Händen halten, umgehend übergeben.'«

»‚Das verspreche ich, Herr Barthel. Bei meiner Liebe zu Führer und Vaterland.'«

Sie grinste.

Frank schüttelte den Kopf. Hätte der Hintergrund ihrer Geschichte nicht diese Tragweite gehabt: Er hätte sicher mit ihr gelacht.

»Karen, Karen, dir ist es als Kind gelungen, mich ständig zu überraschen und dir gelingt es heute noch.«

»Du bist ja gerade mal eine Stunde hier. Warte erst mal ab, mein Lieber, was ich noch alles für dich habe!«

Mehr als zwei Stunden vergingen wie im Fluge, während sie weitere Jugenderinnerungen austauschten und einander erzählten, was sie in den letzten Jahren erlebt hatten. Schließlich beschlossen sie, ihre Unterhaltung in einer dem Campus nahe gelegenen Kneipe fortzusetzen. Dort plauderten sie weiter, bis der Wirt sie auf die mitternächtliche Sperrstunde aufmerksam machte. Frank blieb zumeist ernst und selbst Karens lebensfrohe Art war nicht in der Lage, seine frühere Unbekümmertheit wieder aus seinem Innersten hervor zu holen. Aber sie spürte, dass die Lebensfreude noch in ihm war und hoffte, dass es nur eine Frage der Zeit war, sie wieder zu erwecken.

Anschließend machten sie noch einen Rundgang über den mit Straßenlaternen beleuchteten Campus und Karen erklärte ihm, an welcher Stelle sich welche Einrichtungen befanden. Dann trennten sie sich und gingen ihrer Wege.

Frank war sehr müde. Erst der Lufthansa-Flug von Germania nach London, dann die Bahnfahrt nach Oxford und schließlich das Wiedersehen mit Karen. Dass er Karen endlich wieder getroffen hatte, freute ihn sehr. Dennoch, es war sehr anstrengend gewesen. Er legte sich hin und war sofort eingeschlafen.

3

Dem Vorlesungsverzeichnis konnte Frank entnehmen, dass er die ersten Vorträge - allgemeine Fragen das Universitätsleben betreffend - wegen seines verspäteten Studienbeginns bereits verpasst hatte. Über die relevanten Themen würde ihn sicherlich Karen informieren, da hatte er keine Bedenken.

Die Einführungsveranstaltung speziell für Physik war für den heutigen Tag angekündigt, 11:00 Uhr. Die Zeit davor nutzte Frank, seine wenigen Habseligkeiten in seinem Zimmer zu verstauen. Wie er es sich während seiner Armeezeit angeeignet hatte, wurden all seine Kleidungsstücke, durch die Flughafen-Kontrolle und den Transport in seiner Reisetasche verknittert und durcheinander gekommen, akkurat und passgenau in seinen Kleiderschrank eingeordnet. Zahnbürste, Zahnpasta, Rasierer und Rasierwasser fanden ihren Platz auf dem Bord über dem Waschbecken.

Bereits kurz nach zehn klopfte es an der Tür. Frank schloss auf, draußen stand Karen.

»Guten Morgen, ich wollte dich abholen!«

»Guten Morgen. Aber ich gehe gleich zu meiner ersten Vorlesung.«

»Ja, ich weiß. Und ich begleite dich! Ich habe selbst heute keine Verpflichtungen und da dachte ich mir, ich heitere meinen guten alten Freund Frank weiter auf. Außerdem höre ich Professor Gothaer äußerst gerne zu. Ich entdecke immer wieder Neues in seinen Ausführungen, selbst wenn ich die entsprechende Vorlesung schon einmal besucht habe.«

»Auf den hast du mich gestern Abend ja richtig neugierig gemacht.«

Sie hatte ihm erzählt, dass allein seine Schriften, die sie vor Studienbeginn in die Finger bekommen hatte, den Ausschlag für sie gegeben hatten, sich für Oxford zu entscheiden.

»Aber es ist noch eine knappe Stunde Zeit«, sagte Frank.

»Wie ich dich einschätze, hast du noch nichts gefrühstückt.«

Frank nickte.

»Na, dann lade ich dich doch vorher noch auf einen Kaffee ein. Dann kannst du auch gleich unsere Mensa kennen lernen. Glaub mir, es ist besser, man versucht, sich langsam an sie zu gewöhnen, in möglichst kleinen Dosen.«

Da war es wieder, dieses schelmische Lächeln, das er schon als Kind so sehr an ihr gemocht hatte.

Achthundert Studenten passten in den Hörsaal III der Universität von Oxford. Karen und Frank kamen fast eine viertel Stunde vor dem Vorlesungsbeginn und hatten Mühe, noch zwei benachbarte Plätze zu ergattern.

Die Treppen nach unten hatten frei zu bleiben. Wer zu spät kam, um noch in den Sitzreihen fündig zu werden, verließ den Hörsaal wieder: mürrisch und mit langem Gesicht, aber widerspruchslos.

Professor Robert Gothaer erschien pünktlich.

Frank fiel auf, dass er die Versammelten mit einem schlichten und unpolitischen ‚Guten Tag' begrüßte.

Es war seine erste Vorlesung vor den neuen Erstsemestern und er hieß alle noch einmal herzlich auf dem Campus willkommen.

Er hatte eine offene und ehrliche Art und war Frank vom ersten Moment an äußerst sympathisch.

Gothaer hatte schwarzes, an der Seite gescheiteltes Haar, das an zahlreichen Stellen bereits ergraute. Auch in seinem kurzen, gepflegten Vollbart dominierten mittlerweile die helleren Töne. Eine Brille mit dickem, dunklem Rand und großflächigen Gläsern verstärkte die Klarheit und Offenheit seines Blickes. Frank wunderte sich, denn es gab nur wenige Menschen, die ihre Sehschwächen nicht durch eine entsprechende Laseroperation beseitigen ließen. Gothaer trug einen dunkelblauen Rollkragenpullover und eine dunkelgraue Hose. Er wirkte auf Frank, als habe er überhaupt nichts zu verbergen und wolle all sein Wissen mit der Welt teilen.

Gothaer begann in großer Ausführlichkeit über die großen Physiker der Antike zu referieren. Von den Erkenntnissen Eratosthenes' und Ptolemäus' sprach er, von den Entdeckungen eines Archimedes und eines Aristoteles. Er schweifte ab zu zahllosen Ägyptern, Persern, Griechen und Römern, deren Namen Frank noch nicht gehört hatte. Das Wissen würzte Gothaer mit einer Vielzahl an Details und Querverweisen, mit Hintergrundinformationen, die man lange in Büchern hätte suchen müssen und er stellte immer wieder Fragen, um die Anwesenden mit einzubeziehen. Dies gelang ihm ganz vortrefflich. Abgesehen vom Vortrag war es mucksmäuschenstill im Saal. Keiner der Studenten war mit etwas anderem beschäftigt, als Professor Gothaer zuzuhören.

Per Rechner projizierte Gothaer an die hintere weiße Hörsaalwand Grafiken und Tabellen; er verdeutlichte damit die vorgetragenen Fakten und Thesen.

Sein Vortrag war lehrreich ohne oberlehrerhaft zu wirken, seine Rede war fundiert und ausführlich ohne die Zuhörer zu überfordern.

Weiter ging es mit Galilei, Kepler, Newton und all den anderen, die die Grundlagen für die moderne Physik der Neuzeit gelegt hatten, deren Ziel die Reise mit Gothaers Vortragskunst war.

Als Franks Nebenmann einen Apfel aus seiner Aktentasche fingerte und beim Hineinbeißen darauf acht gab, möglichst kein Geräusch zu verursachen, machte sich auch Franks fehlendes Frühstück bemerkbar. Er blickte auf seine Armbanduhr. Erstaunt nahm er zur Kenntnis, dass es inzwischen fast zwei Uhr war. Karen sah Franks Blicke und hörte das leise Grummeln in seinem Magen. Sie griff in ihre Tasche und holte zwei in Butterbrotpapier verpackte belegte Brote hervor. Leise wickelte sie sie aus und ließ Frank die Entscheidung zwischen Geflügelsalami und Emmentaler. Dankbar nahm er das Salamibrot und nickte ihr lächelnd zu.

Unten im Hörsaal spannte der Professor gerade den Bogen weiter zu den Erkenntnissen des 19. und 20. Jahrhunderts. Er referierte - unter besonderer Betonung ihrer nationalen Herkunft - über Max Planck, Werner Heisenberg und Albert Einstein. Plancks Quantentheorie, Heisenbergs Unbestimmtheitsrelation und Einsteins Allgemeiner Relativitätstheorie als Grundpfeiler der heutigen Forschungen widmete er besondere Zeit und Ausführlichkeit.

Beispiele und über die bekannten Theorien hinaus gehende Fragestellungen rundeten das Einführungsreferat ab und hielten die Aufmerksamkeit der Zuhörer aufrecht. Diese getrauten sich kaum, den Saal für einen Toilettenbesuch zu verlassen, aus Angst etwas Wichtiges zu verpassen. Gothaer gönnte seinen Studenten keine Pause und als er gegen 17:00 Uhr seinen Vortrag beendete, war die Verwunderung groß, dass so viel Zeit vergangen war. Erst zum Ende des Referats war Frank aufgefallen, dass der Professor mit einem kaum noch wahrnehmbaren englischen Akzent sprach.

Zum Zeichen ihrer großen Zufriedenheit applaudierten einige der Zuhörer, andere klopften mit ihren Fingerknöcheln laut auf die Reihenabgrenzungen des Hörsaals. Auch Karen und Frank ließen sich davon anstecken. Anschließend leerten sich die Reihen nur allmählich, überall bildeten sich Grüppchen, in denen über das Gehörte diskutiert wurde. Vereinzelt trauten sich auch Erstsemester, auf den Professor zuzugehen. Sie wollten diese oder jene These noch einmal erläutert bekommen, stellten Fragen und suchten Antworten zu eigenen Theorien. Geduldig und ohne Zeitdruck versuchte Gothaer jedem gerecht zu werden.

»Na, habe ich dir zu viel versprochen?«, wollte Karen wissen.

»Sicher nicht. Ich bin beeindruckt«, meinte Frank. »Sowohl was seine Kenntnisse betrifft, als auch seine bescheidene, aber resolute Art, sein Wissen weiterzugeben.«

»Ja, er ist eine Wohltat - im Gegensatz zu anderen Professoren hier am Campus. Die wirst du auch noch kennen lernen. Manche spulen ihren Lehrstoff einfach so herunter. Unreflektiert und unkommentiert. Manchmal stelle ich mir die Frage, ob sie wirklich *wissen*, wovon sie reden, oder ob sie schlichtweg eine Pflicht erfüllen, die ihnen die Hochschulleitung auferlegt hat. Ich habe noch keine Frage gehört, auf die Professor Gothaer keine Antwort gehabt hätte.«

Langsam leerte sich der Saal, was Karen und Frank weniger der fehlenden Wissbegierde als dem erwachenden Hungergefühl der Studenten zuschrieben.

Als die letzten Kommilitonen den Professor an seinem Pult verließen, erhob sich auch Karen und bat Frank, mit ihr nach unten zu kommen.

Gothaer saß inzwischen an seinem Rechner und überprüfte einige Daten auf dem Bildschirm. Sein Assistent hatte den Hörsaal durch eine rückwärtige Tür verlassen.

»Guten Tag, Herr Gothaer«, begrüßte ihn Karen freundlich.

»Ah, Fräulein Degner, guten Tag.« Er sah von seinem Monitor auf und sein Gesichtsausdruck wirkte auf Frank gerade so, als würde er an Karen eine stumme Frage richten. Und als er Karen sofort seinen Blick zuwandte, meinte er die Andeutung eines Nickens und einen bestätigenden Lidschlag bei Karen festzustellen.

»Dann sind Sie sicher Herr Miller, ja«, wandte sich Gothaer an Frank. »Fräulein Degner hat mir bereits von Ihnen erzählt.«

Frank, der äußerst überrascht über diese unerwartete Vertrautheit war, brachte nur ein gestottertes »Ähm, j-ja, Herr Professor Gothaer« zustande.

Gothaer streckte Frank auffordernd seine Hand entgegen und dieser schlug ein.

»Ich freue mich sehr, Sie hier willkommen zu heißen, Herr Miller. Und es ist in Ordnung, wenn Sie den ‚Professor' weglassen, kostet alles nur Zeit. Und die Zeit ist ein knappes Gut.«

Bevor Frank etwas entgegnen konnte, fuhr Gothaer fort. »Sie waren vier Jahre bei der Wehrmacht, ja? In Osteuropa? Sicher nahm man es da sehr streng mit Dienstgraden, Funktionen, formalen Redewendungen und so weiter.«

Frank nickte. »Ich weiß, dass es schwer fällt: Versuchen Sie, das Ganze hinter sich zu lassen. Machen Sie sich locker und sehen Sie nach vorne, so weit es Ihnen möglich ist.«

»Sie haben auch gedient, Herr Gothaer?«

Karen mischte sich ein. »Wir wollen aber hier keine Armee-Anekdoten austauschen, oder?«

»Das liebe Fräulein Degner, ungeduldig wie immer. War sie als Kind auch schon so, Herr Miller?«

»Oh, ja. Ich erinnere mich daran, als meine Eltern an Weihnachten – ich glaube, es war 1988 oder 1989 – einen Weihnachtsbaum mit echten Wachskerzen im Wohnzimmer aufstellten, direkt am Fenster, neben einem Vorhang, der bis zum Boden reichte. Karen wollte unbedingt schon vor dem Fest sehen, wie die Kerzen brennend wirkten und hatte eine Packung Streichhölzer …«

»Jetzt ist aber gut!«, unterbrach ihn Karen ungestüm. »Wir sind hier weder um Frontgeschichten zu hören, noch um Jugenderinnerungen auszutauschen.«

Gothaer lachte laut und dröhnend auf.

»Sie haben mir noch gar nicht erzählt, dass Ihre Leidenschaft für Physik sich schon so früh zeigte, Fräulein Degner. Na, da bin ich aber froh, dass wir sie hier an der Universität in die richtige Richtung lenken konnten. Wer weiß, wenn Sie in Germania geblieben wären, wäre jetzt möglicherweise ein riesiger Krater inmitten des Kontinents, auf der linken Seite von Hamburg flankiert und auf der rechten von Königsberg.«

Frank, der Karen nicht länger schmollend sehen wollte, lenkte ab.

»Ihr Vortrag hat mich ganz außerordentlich beeindruckt, Herr Gothaer.«

Der Professor wurde wieder ernster und bedankte sich.

»Es war eine kurze Zusammenfassung dessen, was Ihnen in den ersten beiden Semestern begegnen wird. Und? War alles Neuland für Sie oder eher eine Wiederholung?«

»Nun, ich habe mich zu Schulzeiten viel mit Physik beschäftigt, auch über das Pensum hinaus, das der Lehrplan vorgesehen hatte. Die Medizin und die Physik, das waren schon immer die Gebiete, die mich besonders interessierten. So gesehen, war mir sehr vieles aus Ihrem Vortrag vertraut. Dennoch, die Jahre vor meiner Dienstzeit erscheinen mir weit weg, manchmal wie ein früheres Leben und dementsprechend kommt mir das Ganze so vor, als müsste ich das verschüttete Wissen erst wieder ausgraben.«

»Ich verstehe, was Sie meinen!«, sagte der Professor. »Und ich freue mich natürlich sehr, wenn sich ein junger Mensch für die Physik entscheidet. Aber sagen Sie mir: Was hat letztendlich das Pendel für die Physik und nicht für die Medizin ausschlagen lassen?«

»Eine lange Geschichte, Herr Gothaer, bitte verzeihen Sie, wenn ich im Moment nicht darüber reden möchte.«

Der Professor respektierte Franks Antwort.

»Haben Sie heute Abend schon Verpflichtungen, Herr Miller?«

»Äh, nein …«

»Es wäre mir eine Ehre, Sie heute Abend in meiner Wohnung begrüßen zu dürfen.«

Frank verstand nicht.

»In regelmäßigen Abständen führen wir bei mir zu Hause wissenschaftliche Diskussionen«, erklärte der Professor. »‚Wir': das sind Fräulein Degner, zwei weitere Studenten und ich. Es ist ganz zwanglos, keine Angst. Wir unterhalten uns und philosophieren, über alles, was uns bewegt, die Physik betreffend. Wir spinnen Theorien weiter, die im Lehrplan enthalten sind, für deren weitere Erörterung im Hörsaal aber leider keine Zeit bleibt. Außerdem glaube ich, dass die meisten Studenten mit unseren abendlich diskutierten Themen überfordert wären.«

»Und Sie meinen, ich wäre da der richtige Gesprächspartner?«, fragte Frank ungläubig. »Ich beginne gerade das erste Semester, Herr Gothaer!«

»Ich weiß, ich weiß! Aber lassen Sie es mich so ausdrücken: Ich vermag durchaus zu erkennen, wer einen wichtigen Beitrag zu unseren abendlichen Debatten leisten könnte.«

Der Professor blinzelte hinter seiner überdimensionierten Brille seinem Gegenüber zu.

»Natürlich kommt er mit«, antwortete Karen für Frank.

Und Frank konnte seiner Freundin aus Kindheitstagen nicht widersprechen.

Er wollte es auch gar nicht.

Seine Neugier war geweckt.

4

»Ich weiß gar nicht, was du hast«, begegnete Frank beim Abendessen Karens vormittäglicher Warnung vor der Mensa. »So, wie zu Hause bei meiner Mutter schmeckt es sicher nicht. Aber vier Jahre Armee-Essen machen die Geschmacksnerven zunehmend anspruchsloser. Ich finde das Schnitzel sehr gut, und auch der Kartoffelsalat ist in Ordnung.«

»Ja, alles ist relativ«, zitierte Karen den berühmten Satz Albert Einsteins. »Ein Haar in der Suppe ist relativ viel, ein Haar auf dem Kopf relativ wenig. Und unter den Blinden ist der Einäugige König.«

Frank ließ sich nicht beirren und aß unbeeindruckt seinen Teller leer, während Karen nur ein paar Bissen aß und den Rest verschmähte. Als er sich dann auch noch einen Nachschlag holte, ersparte sie sich einen Kommentar dazu und schüttelte nur den Kopf.

Danach, es war noch etwas Zeit bis zum vereinbarten Treffen bei Professor Gothaer, verließen sie den Campus und spazierten durch die historischen Straßen und Gassen Oxfords. In früheren, besseren Tagen hatten die Häuser hier ihre Erker, ihre Kapitelle, ihre Farben dem Besucher stolz dar geboten. Sich das heute vorzustellen, benötigte viel Fantasie. Die Gebäude waren dem Verfall preisgegeben; schmutzige, verwahrloste Ruinen, größtenteils unbewohnt. Sie waren traurige Zeugen eines anderen Zeitalters: einer alten britischen Epoche, die längst vergangen war. Wie in beinahe ganz Europa und teilweise darüber hinaus, hatte die ehemalige, regional geprägte Architektur zum größten Teil einem modernen, nüchternen und zweckdienlichen deutschen Baustil weichen müssen.

Karen erzählte Frank von den Cotswolds. Dass sie beinahe so schön wären wie der Spreewald, schwärmte sie und dass sie ideal seien für lange Spaziergänge und Wanderungen; in den in der Nähe liegenden Dörfern Burford und Woodstock habe sich in den letzten hundert Jahren bei weitem weniger verändert als hier, berichtete sie und sie wolle sie ihm unbedingt einmal zeigen, und die beiden beschlossen, dass sie die Umgebung von Oxford so bald wie möglich gemeinsam besuchen und erkunden wollten.

Um neun, zur verabredeten Zeit, erreichten Karen und Frank einen vierstöckigen Wohnblock auf dem Campus, in dem neben Professor Gothaer auch andere an der Universität Beschäftigte lebten. Der Professor wohnte allein in einer Zwei-Zimmer-Wohnung und lächelte einladend, als er den beiden die Tür öffnete. Dann führte er sie in ein Zimmer, das trotz eingeschalteter Deckenlampe dunkel und bedrückend wirkte. Von den Wänden war kaum etwas zu sehen, vor diesen stand ohne jegliche Lücke ein Regal neben dem anderen: voller Bücher, Hefter und Ordner. Vor dem linken der beiden Fenster, die der Tür gegenüber lagen, stand ein schwerer mit Dokumenten und Mappen überhäufter Schreibtisch. Eine braune Ledergarnitur, bestehend aus einem Sofa und zwei Sesseln, stand in der Mitte des Raums um einen Tisch gruppiert, daneben ein schwerer, verschlissen aber bequem wirkender Fernsehsessel, der zu einem hüfthohen Schrank ausgerichtet war, der wie die Regale und der Schreibtisch aus Kirschholz gearbeitet war und hinter dessen beiden geschlossenen Türen Frank ein Fernsehgerät vermutete.

Zwei Männer waren anwesend.

Der eine, etwa in Franks Alter, saß zurückgelehnt auf einer Seite des Ledersofas und musterte Frank von oben bis unten. Selbst Frank, der auf Äußerlichkeiten nur wenig acht gab, erschien der Sitzende außerordentlich attraktiv. Er hatte blondes, kurz geschnittenes, in der Mitte gescheiteltes Haar, sein markantes Kinn war glatt rasiert. Dem Blick seiner klaren blauen Augen konnte man kaum ausweichen. Seine Schultern waren breit und Frank schätzte seine Körpergröße auf mindestens ein Meter neunzig. Der Sitzende trug einen anliegenden weißen Pullover, der seinen muskulösen Oberkörper betonte. Er glich einem Hünen und schien geradezu einem Propaganda-Film des Rasse-Ministeriums entstiegen zu sein. Vor ihm auf dem Tisch stand ein Glas Wasser.

Der zweite Mann war, genauso wie alle anderen Anwesenden, kleiner als der Mann auf dem Sofa. Er stand mit dem Gesicht zum rechten der beiden Fenster und drehte sich nun um. Er kniff die Augen zusammen, als er Frank fixierte. Er hatte ein volles Gesicht, schwarzes Haar, Seitenscheitel und Vollbart und war leicht untersetzt; er trug ein kurzärmliges, graues Hemd. In der Hand hielt er ein Glas mit einer gelbbraunen Flüssigkeit. Frank schätzte, dass er der mit Abstand älteste der im Raum anwesenden Studenten war.

»Heil Hitler, Herr Soldat!«, grüßte der Mann am Fenster und grinste süffisant.

»Guten Abend«, entgegnete Frank irritiert und schwenkte seinen Blick von dem einen Mann zu dem anderen.

Der auf dem Sofa Sitzende nickte ihm nur zu, sagte aber nichts.

»Ich möchte Sie gerne miteinander bekannt machen«, begann nun Professor Gothaer.

Er schaute zu Frank. »Das ist Herr Frank Miller. Eine nähere Erläuterung ist wohl nicht notwendig, Fräulein Degner hat uns ja schon viel von ihm erzählt.«

Frank fragte sich, was Karen da über ihn berichtet hatte, während der Professor fort fuhr. »Ich möchte noch einmal betonen, dass ich mich sehr freue, dass Sie meiner Einladung Folge geleistet haben und heiße Sie in meinen Räumlichkeiten herzlich willkommen.«

Der Professor wandte sich zum Sofa um. »Das ist Herr Tristan Hartwig.«

Frank ging zu ihm; der Vorgestellte stand nicht auf, sondern streckte Frank im Sitzen die Hand zum Gruß entgegen und drückte schweigend die Rechte seines Gegenübers. Frank spürte eine gewisse Nervosität dabei.

»Und schließlich der freundliche Kommilitone am Fenster: Herr Dieter Wiegand.«

Frank streckte Dieter seine rechte Hand entgegen und nach kurzem Zögern schlug Dieter ein und drückte kraftvoll zu: »Dann auch von mir ein herzliches Willkommen«, seine Betonung sagte etwas anderes.

»Ich war selbst sehr überrascht über die Einladung Herrn Gothaers«, begann Frank, im Wesentlichen in die Richtung Wiegands. »Es ist mir eine große Ehre, hier bei Ihnen zu sein, auch wenn ich nach wie vor nicht so recht weiß, was ich hier soll. Falls Sie, Herr Wiegand, also irgendwelche Bedenken bezüglich meiner Anwesenheit haben, so sei Ihnen versichert …«

Der Professor fiel ihm ins Wort.

»Langsam, Herr Miller, immer langsam. Es ist alles in Ordnung, so wie es ist. Und es ist auch mit allen hier abgestimmt, nicht wahr, Herr Wiegand?«

Wiegand knurrte so etwas wie eine Zustimmung.

»Ist manchmal etwas *kritisch*, unser ‚Herr Wiegand'!«, warf Karen ein und boxte Wiegand freundschaftlich auf den Oberarm, was dieser mit einem bösen Blick und einem deutlichen Schritt zur Seite quittierte.

»*Kritisch* zu sein, ist ja nicht immer von Nachteil«, beschwichtigte der Professor. »Was darf ich Ihnen zu trinken anbieten, Herr Miller? Wasser? Limonade? Malzbier?«

»Ein Malzbier. Gerne.«

»Ich habe auch richtiges Bier!«

»Danke, nein. Ich möchte gerne einen klaren Kopf behalten.«

»Sehr schön«, sagte der Professor, wandte sich einem Beistelltisch mit Getränken zu, an dem er eine Flasche öffnete und dann aus einer Karaffe mit Wasser und Zitronenscheiben ein Glas einschenkte. Er reichte Karen das mit Wasser gefüllte Glas und Frank die geöffnete Malzbierflasche und ein leeres Glas.

»Nehmen Sie doch Platz!«

Frank setzte sich in einen der beiden Sessel, Wiegand in den anderen, ihm gegenüber. Karen gesellte sich zu Tristan Hartwig aufs Sofa, während der Professor seinen Fernsehsessel so drehte, dass er sich in Blickrichtung zu den anderen befand.

»Um die Situation etwas zu entspannen und unsere Diskussion in Gang zu bringen, sollten wir den Stier bei den Hörnern packen und einfach anfangen«, meinte Professor Gothaer und strich sich dabei durch seinen Vollbart.

»Entschuldigung, dass ich Sie gleich unterbreche, Herr Gothaer«, sagte Karen, »nur ganz kurz vorweg, Frank: Wir hatten uns alle hier auf Vornamen und aufs ‚du' geeinigt. Mit Ausnahme von Herrn Gothaer, es schien uns allen, hm, *angemessener* so. Ist das auch für dich in Ordnung?«

Frank sah zu Dieter und Tristan, die Karen nicht widersprachen, und erklärte sich einverstanden.

»Damit wir eine Ahnung davon bekommen, auf welchem Kenntnisstand Sie sich befinden, Herr Miller«, begann der Professor von neuem. »Heute Nachmittag habe ich ja unter anderem über die Chaostheorie referiert. Was können Sie uns darüber erzählen?«

Frank empfand es als seltsam und unangenehm, hier vor ihm fremden Leuten seinen Wissensstand offen zu legen. Er fühlte sich zurückversetzt in seine mündlichen Abiturprüfungen. Doch Karens aufmunternder und auffordernder Blick und seine eigene Neugier, was diese abendliche Zusammenkunft betraf, ließen ihn antworten.

»Ich war auf den heutigen Abend nicht vorbereitet. Wie Sie wahrscheinlich wissen«, er sah dabei auf Karen, »war ich gestern Mittag noch in Germania und bin erst abends hier in Oxford eingetroffen, um mein Physikstudium zu beginnen.«

Vier Augenpaare sahen ihn abwartend an.

»Was die Chaostheorie betrifft«, kam er auf des Professors Fragestellung zurück, »da fällt mir zu allererst das Beispiel mit dem Schmetterling ein.«

»Erzählen Sie es uns«, munterte ihn Gothaer lächelnd auf.

»Der Vergleich besagt, dass der Flügelschlag eines Schmetterlings, beispielsweise eines Schmetterlings hier in den Cotswolds, Auswirkungen darauf haben kann, ob es morgen in Germania regnet oder nicht.«

»Sehr gut«, lobte der Professor, »die Kernaussage wissen Sie ja noch. Sind Sie auch in der Lage, es etwas wissenschaftlicher zu formulieren?«

»Ich möchte es gerne versuchen: In einem zusammenhängenden System wie beispielsweise dem globalen Wettersystem kann eine minimale Veränderung einen großen Effekt bewirken, denn alles innerhalb des Systems steht in Bezug zueinander.«

Gothaer nickte zustimmend und Frank überlegte weiter.

»Eine spezielle Eigenheit der Chaosforschung, und daraus leitet sich auch ihr Name ab, ist ihr Mangel an Vorausberechenbarkeit.«

»Ja. Weiter?«

»Die Betonung im obigen Vergleich liegt auf ‚kann'. Es ist äußerst unwahrscheinlich, dass unser angelsächsischer Schmetterling tatsächlich dafür verantwortlich ist, ob morgen die Menschen in Germania ihre Häuser mit Regenschirmen verlassen müssen. Da unzählbar viele Faktoren für Klima und Wetter verantwortlich sind und im Wechselspiel ihre Wirkungen aufs System ausüben, wird unser Schmetterling zur vernachlässigbaren Größe. Dennoch: Theoretisch könnte er das Zünglein an der Waage werden.«

»Herr Miller, Sie haben die Grundaussage der ‚Theorie der nichtlinearen Systeme', wie die Chaostheorie höchst wissenschaftlich tituliert wird, erfasst und uns sehr anschaulich erläutert. Ich danke Ihnen. Lassen Sie uns die Gedanken der Vorausberechenbarkeit etwas weiter spinnen. Wie geht man wissenschaftlich vor, um sich an das Ergebnis einer Gleichung anzunähern, deren Komponenten vor dem Gleichheitszeichen nicht exakt bestimmbar sind?«

»Um bei unserem Beispiel zu bleiben: Sie möchten gerne wissen, wie man mit hoher Wahrscheinlichkeit das morgige Wetter in Germania bestimmen kann?«

»Ja.«

»Ich meine, die klassischen Wetterprognosen im Fernsehen und in den Tageszeitungen erzielen schon sehr respektable Ergebnisse.«

»Lösen Sie sich von den ‚klassischen Wetterprognosen'. Wir wollen dem Problem wissenschaftlich und mit Hilfe der Chaostheorie zu Leibe rücken.«

Frank trank einen Schluck Malzbier und dachte angestrengt nach.

»Ich vermute, die hundertprozentige Lösung gibt es nur in der Theorie. Wer sollte schon sämtliche Variablen in einer Formel erfassen können? Jeden Schmetterling von hier bis Feuerland?«

»Ich versuche, es etwas abstrakter zu formulieren, Herr Miller. Was macht der Wissenschaftler, wenn es ihm nicht möglich ist, ein Ergebnis zu errechnen?«

»Klar«, sagte Frank sofort. »Er führt Versuche durch!«

Und fügte nach kurzem Überlegen hinzu: »Wie soll das funktionieren? In einem System wie dem globalen Wettersystem, in dem unzählbar viele Variable sind, ist ständig und unaufhaltsam Veränderung. Ein wissenschaftlicher Versuch, der diesen Namen verdient, kann nur durchgeführt werden, wenn die Rahmen- und Versuchsbedingungen stets dieselben sind.«

»Oh, wenn ich die Lösung hätte, dann hätte mir der Führer sicher schon eine Medaille verliehen«, lachte Gothaer. »Mir ging es einzig und allein um eine theoretische Lösung. Die ist Ihnen geglückt.«

»Mit etwas Nachhilfe«, meinte Frank.

»Macht nichts. Du bist ja erst seit gestern in Oxford, wie du anfangs sagtest!«, mischte sich Karen ein und lächelte dabei.

Dieter tippte ungeduldig mit seinen Fingerspitzen auf die Tischplatte.

»Wie weit wollen wir noch gehen, Herr Gothaer? Bevor wir fortfahren, möchte auch ich mir sicher sein, mit wem ich es zu tun habe. Karens Wort in Ehren, aber wann hat sie ihn das letzte Mal gesehen?«

Er beantwortete die Frage selbst: »Vor mehr als vier Jahren! Vier Jahre, die er in osteuropäischen Kasernen verbracht hat! Er kann ein völlig anderer Mensch sein!«

Frank unterbrach ihn laut und unerwartet: »Ich bin ein völlig anderer Mensch! Du kennst weder den alten Frank Miller noch den heutigen. Du kannst ihn gerne kennenlernen. Aber vielleicht sagt ihr mir nun erst mal, was dieses Treffen hier soll? Ich bin doch nicht hier, um zu erzählen, was ich aus Schulzeiten noch von der Chaostheorie weiß?«

Für einen Moment war alles ganz ruhig, nur Tristans Knie zitterten leicht.

Dieter sah aus wie ein Tiger vor dem Sprung, gerade so, als wolle er im nächsten Augenblick aus der Wohnung verschwinden.

Karen zog ihr mobiles Telefon aus seiner Halterung an ihrem Gürtel.

»Es ist alles sauber hier«, sagte Gothaer, bevor sie es einschaltete und sie steckte es wieder zurück.

»Karen!«, sagte Frank bestimmt. »Was ist hier los?«

»Sie sind hier«, begann Gothaer an ihrer Stelle, und seine Augen wirkten hinter den großen Brillengläsern besonders eindringlich, »weil ich Sie, nun ja, in *gewisse Dinge* mit einbeziehen möchte.«

Er machte eine Pause, suchte nach den richtigen Worten.

»Sie erfüllen bestimmte Voraussetzungen, Herr Miller, die notwendig sind, um meine Forschungen voran zu bringen!«

»Forschungen? Welche Forschungen?«

»Langsam, Herr Miller, alles zu seiner Zeit. Herr Wiegand sieht für mich nicht so aus, als habe er im Moment die nötige Geduld, meinen Ausführungen zuzuhören, deren Inhalt er selbst zudem schon genauestens kennt. Er möchte wissen, und wir anderen möchten das auch, wo sie politisch stehen, wie ihr Verhältnis zu Staat und Partei ist!«

»Ich soll mich offenbaren?«, sagte Frank ruhig, aber bestimmt. »Außer Karen kenne ich Sie alle nicht! Warum sollte ich das tun?«

Er sah dabei nicht in die Runde, sondern einzig und allein auf Dieter. Sie saßen sich gegenüber, Auge in Auge, ein Kräftemessen. Keiner wich dem Blick des anderen aus.

Ganz unerwartet brach Tristan das Schweigen.

Und Frank hörte zum ersten Mal Worte aus dem Mund des blonden Hünen.

»A-am besten, ich f-fange an.«

Welch ein Kontrast! Überrascht wandte sich Frank dem nervös hin und her rutschenden Tristan zu.

»Entschuldige b-bitte. Wenn ich aufgeregt bin, stottere ich ein w-w-wenig.«

Tristan versuchte, seine Verlegenheit mit einem Lächeln zu kaschieren. Es gelang ihm nicht.

»Es ist alles in Ordnung«, entgegnete Frank schnell. »Du brauchst dich nicht zu schämen!«

»Danke!«

Tristan fuhr fort: »Ich w-wurde 1979 in Germania geboren, meine Eltern sind Theodor und Elfriede Hartwig, mit deutschen Ahnen, nachweisbar bis ins 15. Jahrhundert. V-vielleicht hast du von ihnen g-gehört, Frank?«

»Ehrlich gesagt: nein.«

»M-macht nichts!«, meinte Tristan. »Mein Vater war in seiner Jugend ein sehr erfolgreicher F-fußballspieler, später wechselte er in den Vorstand des R-reichs-Fußball-Komitees. Meine M-mutter war Eiskunstläuferin, sie hat zahlreiche Auszeichnungen b-b-b-b…«

»Bekommen«, half ihm Karen. »Soll ich für dich weiter erzählen?«

»G-gerne. Danke, Karen«, antwortete Tristan erleichtert und zu Frank gewandt ergänzte er: »R-reden ist nicht gerade meine Stärke, weißt du! Und K-karen und die anderen kennen die Geschichte.«

»Mich wundert nicht, dass du nichts von seinen Eltern gehört hast, Frank«, begann nun Karen, »Du hast dir ja nie etwas aus Sport gemacht. Und die Höhepunkte ihrer sportlichen Karrieren lagen schon vor unserer Geburt. Jedenfalls waren sie aufgrund ihrer sportlichen Vorbildfunktion zudem auch rasch innerhalb des Parteiapparates zu Amt und Würden gekommen. Tristan gleicht seinem Vater äußerlich sehr und auch seine Mutter sieht aus, als wäre sie einem Lehrbuch der Rassenklassifizierungen entstiegen: nordischer Typus, helle Haut, blondes Haar, blaue Augen, überdurchschnittlich groß; Bilderbuch-Arier eben. Man könnte fast meinen, Tristans Eltern wären im Auftrag der Partei genetisch konstruiert worden. Als Elfriede Hartwig dann schwanger wurde, war die Freude nicht nur bei den Eltern groß. Die Schwangerschaft wurde von Rasse-Ministerium und Ärztekammer strengstens überwacht und protokolliert: Sie lief vorbildlich und ohne jeglichen Zwischenfall. Das Kind kam zur Welt, wurde auf den Namen ‚Tristan' getauft und weiterhin wurden sämtliche Entwicklungsschritte dokumentiert.«

»W-wenn ich an meine K-kindheit denke, erinnere ich mich nur an weiße K-kittel, und an Gesichter, die mich anstarren. An Geräte, die meinen K-körper vermessen, meine Beine, mein Becken, meinen Brustumfang, mein Jochbein, meine Stirn. Alles wurde statistisch ausgewertet, d-damals.«

»Und alle Werte wurden freudig begrüßt von den Ärzten. Es lief alles zur vollsten Zufriedenheit von Eltern und Partei. Vater und Mutter waren stolz auf ihren Sprössling. Tja, nur sprechen wollte der Kleine nicht. Da die Ergebnisse von Intelligenz- und Reaktionstests äußerst viel versprechend waren und er sich ansonsten körperlich überdurchschnittlich schnell entwickelte, und damit die erneute Bestätigung der Rassen-Doktrin lieferte, hatten alle erwartet, er müsse selbstverständlich viel früher zu reden beginnen, als andere Kleinkinder. Aber der kleine Tristan wollte und wollte einfach nicht sprechen! Die Arzttermine wurden weniger und die Eltern begannen sich für ihren Sohn zu schämen, sie fürchteten sogar Konsequenzen, was ihren Status und ihre Karriere innerhalb der Partei und der Sportorganisationen betraf. Letzten Endes waren sie unfähig gewesen, den Nachwuchs zu zeugen, den sie für Führer und Vaterland gerne gehabt hätten. Schließlich schoben sie Tristan in ein Heim ab. Seine ersten Worte, die er dann schließlich mit sieben Jahren sprach, hörten sie nicht mehr.«

Gothaer erzählte weiter.

»In seiner sprachlichen Entwicklung hinkte er seinen Altersgenossen weiterhin erheblich hinterher. Sein Stottern hat er nie gänzlich besiegen können. Das kompensierte er mit seinen sonstigen schulischen Leistungen und schloss die Oberstufe mit einem Abitur ab, wie es nur wenige vorweisen können, die in einem Heim aufgewachsen sind. Versuche, mit seinen Eltern in Kontakt zu treten, scheiterten. Sie hatten ihn vollständig aus ihrem Leben gestrichen.«

Gothaer nickte Tristan aufmunternd zu.

»Er studiert im Hauptfach Informatik und im Nebenfach Physik und schreibt gerade seine Diplomarbeit. Sein Wissen in der Informatik geht weit über die Studieninhalte der Universität hinaus. Für Oxford, und insbesondere für meine Forschungen, ist Tristan ein sehr großer Gewinn.«

Der Hüne errötete.

»Danke, Herr Gothaer. Jetzt ist aber g-gut.«

»Mein Lebenslauf«, meldete sich Karen wieder zu Wort, »ist ja allen hinlänglich bekannt. Aus meinem Ehrgeiz, es stets besser machen zu wollen als meine männlichen Altersgenossen, habe ich noch nie ein Geheimnis gemacht. Meistens war er von Erfolg gekrönt. Sicher kann der eine oder andere von euch da noch eine köstliche Anekdote aus der Reihe ‚Karen legt sich mit Gott und der Partei an' zum Besten geben. Aber ich glaube, wir sparen uns das für einen entspannteren Abend auf.«

»Was mich mit Fräulein Degner verbindet«, richtete der Professor nun seine Worte an Frank, »ist meine Leidenschaft für die Physik. Wie auch bei ihr, war sie bereits in meinen jungen Jahren sehr ausgeprägt und es kristallisierte sich bei mir schon früh heraus, dass dies der Weg war, den ich gehen wollte. Geboren wurde ich 1946 in Hampshire, mein Vater hatte ursprünglich noch unseren alten, englischen Namen getragen: ‚Gothare'. Er war übrigens ein Namensvetter von Ihnen, Herr Miller, er hieß ‚Frank Gothare'. Nach der Kapitulation Großbritanniens und der Machtübernahme durch die NSDAP hatte mein Vater, wie damals viele andere auch, seinen Namen regermanisiert, wie es seinerzeit genannt wurde. Als Schuljunge lernte ich deutsch, von Lehrern, deren Muttersprache noch eine andere gewesen war, zu Hause unterhielten wir uns in Englisch. Natürlich war ich in der Hitlerjugend. Zum Armeedienst wurde ich herangezogen, obwohl mein Vater im Deutschen Krieg bei der Königlichen Luftwaffe des Vereinigten Königreichs gedient hatte und dieser Makel wie ein Schatten über unserer Familie hing; meine Militärzeit verbrachte ich als Techniker an Bord eines U-Boots, dessen Aufgabe es war, die amerikanischen Flottenbewegungen im westlichen Atlantik zu beobachten. Hinterfragt habe ich den Militärdienst nicht, er war ein notwendiges Übel. Abends in der engen Koje des U-Boots las ich physikalische Abhandlungen, während Kameraden sich eher solchen Publikationen zuwandten, in denen es mehr um Formen als um Formeln ging. Manchmal glaube ich, ich habe früher wie in einer eigenen Welt gelebt. Ich hatte nur Augen und Ohren für die Physik. Alles andere interessierte mich nicht, es fand in meinem Alltag einfach nicht statt. In vertraulicher Runde erhobene Vorwürfe gegen die Partei, über die Einflussnahme des Staates und die tatsächliche Lage im Osten des Deutschen Reichs nahm ich stillschweigend zur Kenntnis: Es betraf mich nicht, es interessierte mich nicht. Zu meiner Schande muss ich heute gestehen, dass ich erst sehr spät, genauer gesagt, vor etwas mehr als fünf Jahren, also zu Beginn des Jahres 1999, Konsequenzen gezogen habe, die ich hätte viel früher ziehen müssen. Als ich aufstehen hätte müssen, um meine Stimme zu erheben, war ich stets in meinem bequemen Fernsehsessel sitzen geblieben und hatte geschwiegen.«

»Wie die meisten anderen auch«, sagte Frank. »Was war die Ursache für Ihren Gesinnungswandel vor fünf Jahren?«

»Die Gestapo begann sich plötzlich für meine Arbeit zu interessieren. Zwei Männer waren nach einer meiner Vorlesungen auf mich zugekommen und hatten mich nach hinten in mein Campus-Büro begleitet. Sie schlossen die Tür hinter uns und stellten mir etliche Fragen, meine Forschungen betreffend. Zunächst stellten sie sich äußerst naiv: Ich musste ihnen einige physikalische Zusammenhänge erklären und erläutern. Im Laufe des Gesprächs wurde mir zunehmend klar, dass sie weitaus mehr Fachwissen hatten, als sie mir offenbaren wollten. Schließlich verlangten sie von mir, ihnen vollständigen Zugang zu meinen Daten und Forschungsinhalten zu gewähren und ich bemerkte, dass sie informierter über meine Forschung waren, als sie es hätten sein können. Sie hatten sich Zugang zu den Universitätsdatenbanken verschafft, darüber gab es für mich keinen Zweifel mehr. Ich war, wie bereits gesagt, immer ein Mann der Forschung. Wie die Ergebnisse meiner Arbeit verwendet werden könnten, darüber hatte ich mir nie Gedanken gemacht. Damit war ich leider in bester Gesellschaft mit vielen Wissenschaftlern vor mir, stellvertretend sei hier nur Herr Oppenheimer genannt. Die Geister, die ich gerufen hatte, waren nun meine ständigen Wegbegleiter. Sie schwirrten fortan um meine Rechnerkonsole und um meine Versuchsaufbauten. Ich wurde sie nicht mehr los, diese Geister, die synonym waren zu meinen Befürchtungen und Selbstvorwürfen. Sie sehen mich fragend an, Herr Miller! Meine Ängste werden Ihnen klar werden, wenn Sie erst den Inhalt meiner Forschungen kennen. Doch dazu später.«

Er trank einen Schluck Wasser. »Die zwei Männer von der Gestapo waren nun fast täglich bei mir. Sie fragten mich etwas über diesen Algorithmus, den sie in einer Datenbank entdeckt hatten oder wollten etwas über jenen Versuch wissen, den ich gerade durchführte. Dazwischen immer wieder Fangfragen, um meine Verbundenheit zu Führer, Partei und Vaterland auf die Probe zu stellen. Da ich - unpolitisch wie ich eben war - nichts zu verbergen hatte, waren meine Antworten wohl halbwegs zu ihrer Zufriedenheit. Die Gestapo hatte sehr wohl die richtigen Leute für diese Aufgabe ausgewählt, sie verfügten über einen überdurchschnittlichen Sachverstand. Dennoch fehlte ihnen das entsprechende Detailwissen. Heute glaube ich, sie hätten meine Forschung an meiner Stelle weiter geführt, wenn sie die Hoffnung gehabt hätten, sie selbst zu Ende bringen zu können. So begnügten sie sich damit, sämtliche Daten zu kopieren und an die Universität in Germania zu transferieren. Dort wird seitdem im gleichen Gebiet geforscht und ich bekam die Anweisung, mich permanent mit meinen dortigen Kollegen über Neuigkeiten auszutauschen. Wie ich sehr bald festgestellt hatte, waren sie dort nicht in der Lage meine Forschungen in der gleichen Geschwindigkeit fortzuführen wie ich. Ich hatte sie zwar wie befohlen über meine Erkenntnisse auf dem Laufenden gehalten, aber ihnen stets nur soviel an Daten weitergeleitet, wie ich für richtig hielt. Dass auch meine Rechner bei ungewünschten Fremdzugriffen nicht mehr als von mir gewünscht freigeben, habe ich nicht zuletzt Herrn Hartwig zu verdanken. Ich glaube, ohne ihn wäre ich schon längst aufgeflogen und meine Arbeit würden nun Parteisoldaten in Germania zu Ende bringen.«

Tristan freute sich sichtlich über die anerkennenden Worte Gothaers.

»Vier Jahre bei der Wehrmacht«, sagte Frank, »bringen einem auch bei, sich in Geduld zu üben, Herr Gothaer. Aber so gespannt wie jetzt, war ich lange nicht mehr. Ich brenne darauf, endlich mehr über ihre mysteriöse Forschungsarbeit zu erfahren.«

»Erst ist Dieter dran«, bremste ihn Karen.

»Wie beim größten Teil der Bevölkerung, begann die politische Früherziehung auch bei mir im Kindergarten«, erzählte Dieter nun seine Lebensgeschichte. »Danach ging es in die Hitlerjugend, in der ich sehr gerne war. Voller Stolz trug ich Uniform und Abzeichen. Ich verstand mich als wichtigen Bestandteil des Volkskörpers und meine Eltern bestärkten mich darin. Sie waren beide selbst innerhalb der Parteistrukturen zu hohen Ämtern gelangt und hatten es als richtig und wichtig erkannt, ihren Sprössling entsprechend zu integrieren. Sehr früh schon erreichte ich die Führungsriege der HJ. Ich verschaffte mir Respekt und Anerkennung, sogar bei größeren und älteren Kindern. Dass ich in meiner Militärzeit dann einer Ausbildungseinheit zugewiesen wurde, war dann nur die logische Konsequenz. Mit großer Freude und Genugtuung brachte ich den Rekruten bei, was es tatsächlich hieß, den Eid auf Führer und Vaterland geleistet zu haben.«

»Was es tatsächlich heißt?« Frank stand auf und seine Stimme überschlug sich. »Du warst einer von diesen unmenschlichen Schindern? Allein in meiner Wehrmachts-Ausbildung haben sich drei Männer meiner Kompanie im Manöver eine Kugel in den Kopf geschossen, weil sie nicht mehr weiter wussten!«

Karen stand auf, legte Frank die Hand auf die Schulter.

»Langsam, Frank, beruhige dich. Gib ihm etwas Zeit.«

Widerwillig setzte Frank sich wieder aufs Sofa.

Dieter unternahm keinen Versuch der Rechtfertigung und fuhr unbeirrt fort.

»Dennoch war es nicht mein Wunsch gewesen, für längere Zeit in der Armee zu dienen.«

Beim nächsten Satz klang er sogar versöhnlich. »Und jetzt kommen wir zu Parallelen zu deiner Geschichte, Frank, so weit sie mir bekannt ist. Schon sehr früh hatte ich mich für ein Medizinstudium entschieden. Mit dem Nachweis über vier abgeleistete Dienstjahre bei der Armee bekommt man ja ohne Probleme einen Studienplatz zugeteilt. Und meine herausragenden und vorbildlichen Beurteilungen von HJ und Wehrmacht ermöglichten mir, am renommiertesten Universitätsklinikum des Reichs meine berufliche Karriere zu starten: an der Charité. Zehn Semester vergingen, in denen ich mit großem Ehrgeiz all das lernte, was ein guter Chirurg wissen musste. Stets waren meine Leistungen – verglichen mit anderen Studenten - im oberen Drittel und schließlich nahm ich meine Doktorarbeit in Angriff. ‚Karzinom und Metastasen – Erkennung und operative Entfernung', so lautete der Titel meiner Dissertation. Krebs hatte mich immer schon fasziniert. Ein ansonsten gesunder Körper, der vom Krebs befallen wird, schien mir ein Synonym zu sein, für unser Deutsches Volk, das sich in einem permanenten Kampf immer wieder den Geschwüren stellen muss, die es von innen und außen befallen. Doch auch bei mir kam, wie bei Herrn Gothaer, ein Zeitpunkt, an dem meine Loyalität ins Wanken geriet und schließlich kippte.«

Es fiel ihm schwer, weiter zu reden.

»Das dreißigstöckige Hauptgebäude der Charité, das in den Achtzigern fertig gestellt wurde, besitzt, was viele gar nicht wissen, auch acht Etagen unterhalb des Erdgeschosses. Man erreicht sie nur über spezielle Fahrstühle und den Studenten ist es in der Regel verboten, sich dort aufzuhalten. Meine Neugierde, was es mit den geheimen Stockwerken auf sich habe, hatte sich im Laufe der Jahre ins Unermessliche gesteigert und mein Doktorvater ermöglichte mir endlich den Zugang zu den Räumlichkeiten, damit ich weiteres Material für meine Doktorarbeit sammeln konnte. Er kündigte mein Erscheinen den dort unten arbeitenden Ärzten an und ein gewisser Dr. Martin Ballentin begrüßte mich mit einem zackigen ‚Heil Hitler', als er mich direkt am Fahrstuhl abholte; seinen Namen hatte ich noch nie vorher gehört. Er berichtete mir, dass die hier unterhalb der Charité stattfindenden Forschungen und Experimente natürlich alle legal und von oberster Stelle genehmigt seien. Dennoch schien es der Klinikleitung der bessere Weg zu sein, die Stationen hier im Verborgenen zu halten. Ansonsten liefe man Gefahr, dass sie zu unverhältnismäßiger Aufmerksamkeit führten und es gäbe ja genügend Gesindel im Reich, das nur darauf warten würde, Wissen zu erlangen, das es für seine Zwecke nutzen könnte. Mir war immer noch nicht klar, worauf er hinaus wollte. Doch dann führte er mich in ein Krankenzimmer, in dem ein Patient auf einem Bett lag; erst bei genauerem Hinsehen erkannte ich, dass es sich um eine Frau handelte. Sie lag nackt und unbedeckt vor mir. Über diverse Kabel war sie an die verschiedensten Maschinen angeschlossen; Schläuche führten ihrem Körper die benötigten Nährflüssigkeiten zu. Ihre Bauchdecke war geöffnet worden und ihre Organe lagen offen und bloß vor uns. Es wirkte gerade so, als hätten die Operateure gerade den OP-Saal verlassen. Es war selbstverständlich nicht das erste Mal, dass ich ins Innere eines menschlichen Körpers blickte, doch was ich hier sah, ließ mich erschaudern. Ihre Organe waren zum größten Teil vom Krebs zerfressen, der Rest war über und über voller Metastasen. Unter normalen Umständen hätte diese Frau längst tot sein müssen. Ich habe immer noch Dr. Ballentins nüchtern-zynische Worte in den Ohren: ‚Wir halten den Krebs künstlich am Leben. Die Beobachtung seiner Ausbreitung am lebenden Objekt gibt uns erstaunliche neue Erkenntnisse über seine wahre Natur.' Da sah ich der Frau ins Gesicht. Ihre Augen waren geöffnet, sie starrten ausdruckslos an die Zimmerdecke. Ich erschrak. Sie war bei vollem Bewusstsein, soweit man es noch so nennen konnte. ‚Zudem erhalten wir wertvolle Ergebnisse, was das Schmerzempfinden betrifft; trotz der rassischen Unterschiede durchaus auch für Vergleichsmaßstäbe sehr nützlich.'«

Dieter stockte kurz und fuhr dann fort.

»Nur mit Mühe unterdrückte ich all die Emotionen, die auf mich einströmten und ein Ventil suchten: Fassungslosigkeit. Unglauben. Unverständnis. Wut. Zorn. Ekel. Hass. Gleichzeitig dachte ich an all den Enthusiasmus und die Ergebenheit, die ich in Bezug auf die Partei hatte. Ich redete mir ein, dass das, was ich da vor mir sah, nicht wahr sein konnte. Ich fand keine logische Begründung dafür, aber diese vom Krebs zerfressene Frau konnte nicht der Realität entspringen. Wo war ich? War ich wirklich im Universitätsklinikum der Charité? Oder doch nur in einem schrecklichen Traum? Wirkte dieser nüchtern schlachtende Halbgott in Weiß tatsächlich mit Zustimmung der Klinikleitung? ‚Kommen Sie! Wir haben noch andere interessante Anschauungsobjekte!', riss Dr. Ballentin mich aus meinem beginnenden Selbstmitleid und führte mich zurück in den hell erleuchteten Krankenhausflur und von dort aus in ein anderes Zimmer. Es war ein etwa sechzig Quadratmeter großer Raum und an den Wänden befanden sich vier Käfige. Der erste war leer, im zweiten befanden sich drei noch nicht ausgewachsene Schimpansen. Zwei blickten zu uns, als wir eintraten, verharrten aber in ihrer sitzenden Position und näherten sich dem Gitter nicht. Das dritte Affenjunge lag mit dem Bauch auf dem Boden; zuerst hielt ich es für tot, entdeckte dann aber, dass es atmete. Den dritten Käfig bevölkerten zwei Negerkinder, sie waren nackt, ein Mädchen und ein Junge, beide maximal vier Jahre alt. Sie saßen apathisch aneinandergekauert in einer Ecke und nahmen uns gar nicht wahr. Im letzten Käfig schließlich drei Kinder im ähnlichen Alter wie die im dritten Käfig und mit ähnlichem Verhaltensmuster. Ihre Hautfarbe war heller als die von den Kindern im Käfig daneben, aber weitaus dunkler als unsere. Obwohl ich nie im Leben Zigeuner gesehen hatte, hielt ich sie sofort dafür. Eines der Zigeunerkinder bemerkte uns nun, seine Augen wurden groß und es löste sich von seinen Altersgenossen. Es näherte sich hinkend dem Gitter und blickte mich an. Ich erkannte, dass es ein Mädchen war. Weiterhin erkannte ich, dass es an mehreren Stellen des Körpers Geschwüre hatte: am Fuß, am Oberschenkel, am Hals. An der Stelle, an der das linke Ohr sein sollte, war nur noch eine formlose Masse zu erkennen. Als mein Blick nun über die anderen vier Kinder und auch über die Affenjungen schweifte, sah ich, dass sie alle von Geschwüren gezeichnet waren. Das Mädchen öffnete den Mund und es befanden sich lediglich zwei Zähne im Kiefer. Es stieß unverständliche Buchstabenkombinationen aus, hauptsächlich R-, K- und Ch-Laute, dazwischen immer wieder Vokale. Es hörte sich schrecklich an. ‚Die können nicht reden', sagte Dr. Ballentin. ‚Manchmal wäre es schon besser, wir könnten uns mit ihnen über ihre Beschwerden austauschen, dann könnten wir schnellere und exaktere Ergebnisse erhalten. Aber andererseits schafft es so auch die gebührende Distanz.' Ich stand fassungslos am Gitter und lauschte der krächzenden Stimme des gemarterten Kindes, während der Arzt neben mir einfach weiter redete. ‚Worauf wir besonders stolz sind, ist, dass sie alle hier im Klinikum zur Welt gekommen sind. Sie haben noch nie das Tageslicht gesehen. Sie sollten sich unbedingt auch das Untergeschoss IV zeigen lassen. Da arbeiten unsere Kollegen von der Genetik, sie haben außerordentliche Fortschritte gemacht in den letzten Jahren. Vor uns sehen Sie die Ergebnisse. Das Reichs-Forschungsministerium ist sehr stolz auf die Charité. Sie haben ja keine Ahnung, was da demnächst noch auf uns zukommt.'«

Gothaer schenkte Dieter noch Wasser nach.

»Der Rundgang mit Dr. Ballentin sollte fast eine Stunde dauern. Ich erspare mir und euch die weiteren Details. Die darauf folgenden Tage verbrachte ich ausschließlich auf meinem Zimmer im Studentenwohnheim und verließ es nur, um zu essen und zu trinken. Die starren Augen der Frau, die zum Sterben verdammt war, aber der der Tod nicht vergönnt war, verfolgten mich rund um die Uhr, in ständiger Begleitung von den heiser anklagenden Lauten des kleinen Mädchens. Meine Doktorarbeit war vollständig aus meinem Denken verschwunden. Meine Kommilitonen begannen sich zu sorgen, klopften an die Zimmertür, kamen herein und versuchten, mich aufzumuntern. Nichts half. Bis eines Tages meine beiden Studienkollegen Friedhelm und Walter, die ebenfalls kurz vor der Promotion standen, sich zu mir gesellten und mich ganz konkret verdächtigten, ich wäre in den unteren Stockwerken der Charité gewesen. Niemand hatte Bescheid gewusst, dass ich die Untergeschosse aufgesucht hatte, und da dort unten die höchste Geheimhaltungsstufe herrschte, war ich sehr überrascht, dass Friedhelm und Walter diese Vermutung äußerten. Dennoch: Ich war viel zu verzweifelt, um es zu leugnen. Sie wären ebenfalls dort gewesen, flüsterten sie dann, und sie wüssten, wie es mir gerade ginge. In ihnen war die gleiche Welt zerbrochen wie in mir. Wir tauschten uns aus, diskutierten, wie wir den Menschen dort unten helfen könnten und wie wir die Verantwortlichen zur Rechenschaft ziehen könnten. Die Öffentlichkeit musste darüber informiert werden: Das war unser Plan. Und obwohl ich selbst so lange ein funktionierendes Rädchen in unserem geordneten System war, unterschätzte ich die Situation. Im Verborgenen bereiteten wir Pressetexte vor, druckten Flugblätter, die wir an öffentlichen Plätzen verteilen wollten und sondierten unter Kommilitonen, wer sich uns anschließen könnte. Nach Wanzen und Überwachungskameras hatte ich stets Ausschau gehalten, war stets wachsam geblieben. Dass mich jemand aus den eigenen Reihen ans Messer lieferte, damit hatte ich nicht gerechnet. Als wir – wieder einmal – zu einer Besprechung beisammen saßen, stürmten plötzlich fünf Männer ins Zimmer, zwei waren in Zivil, die anderen drei uniformiert. Schnell war klar, dass Friedhelm auf deren Seite stand. Er trat auf einen der beiden Zivilisten zu, schlug die Hacken zusammen, stand vor ihm stramm und rief lauthals ‚Heil Hitler!'. Walter und ich wurden von den Gestapo-Schergen gepackt und abgeführt. Dass ich nicht hingerichtet wurde, verdankte ich wohl nur meiner tadellosen Vergangenheit bei Hitlerjugend und Wehrmacht. Nach achtzehn Monaten in Haft, wurde ich entlassen. Von Walter habe ich nie wieder etwas gehört, ich wage auch nicht, nach ihm zu forschen. Dass ich hier in Oxford nun Physik studiere, verdanke ich meinem Vater. Er selbst wolle mit mir nichts mehr zu tun haben, sagte er nach meiner Haftentlassung. Doch meine Mutter habe sich für mich stark gemacht und er habe sich für mich eingesetzt. Wie er es arrangiert hatte, brauche ich nicht zu wissen, meinte er. Er habe alles meiner Mutter zu liebe veranlasst und nicht meinetwegen. Ich solle nach Oxford gehen und jeglichen Versuch einer Kontaktaufnahme zu ihm oder meiner Mutter unterlassen. Sie hätten ab sofort keinen Sohn mehr, das war das letzte, was ich von ihm hörte.«

Mehreren Minuten der Stille folgten.

»Auch wenn ich Dieters Lebensgeschichte zum ersten Mal höre«, begann Frank, »sie überrascht mich keineswegs.«

Die Blicke der anderen wendeten sich ihm zu.

»Meinen eigenen Erfahrungen sind ähnlich.«

Er sah betreten zu Boden.

»Da war dieser russische Junge, er mochte so um die siebzehn gewesen sein. Mit einem Blinddarmdurchbruch war er zu uns ins Militärhospital eingeliefert worden. Bis zu diesem Zeitpunkt hatte ich nicht verstanden, warum wir, die Wehrmacht, auf der einen Seite so rigoros und brutal mit der Bevölkerung auf der Krim umsprangen und uns andererseits tatsächlich um ihre gesundheitlichen Belange kümmerten. Als ich den Jungen am nächsten Tag im Bett liegen sah, schien es ihm unverhältnismäßig schlecht zu gehen und als ich ihn näher untersuchte, entdeckte ich, dass er mehrere Operationsnarben hatte; eine erstreckte sich sogar über mehr als dreißig Zentimeter. Da es mir nicht zustand, fragte ich nicht nach. Verwundert war ich dennoch und so blätterte ich in seiner Krankenakte. Akribisch war dort festgehalten, dass ihm eine Niere entnommen worden war und dass auch weitere Organe auf ihre Qualität überprüft und als entnahmetauglich katalogisiert worden waren. Ein Schreiben war den Hospital-Entlassungsurkunden angeheftet, dass der Junge unterzeichnen sollte und dass ihn verpflichtete, wöchentlich im Hospital vorzusprechen, um sich ‚nachuntersuchen' zu lassen. Als ich heimlich weitere Krankenakten durchblätterte, entdeckte ich weitere Frauen, Männer und Kinder, die unter ‚unerklärlichen Umständen des Nachts verstorben waren', ‚einer Lungenentzündung erlegen waren' oder ‚aus der Operationsnarkose nicht mehr erwacht waren'. Dass vom Militärhospital Organe in verschiedene Kliniken des Reichs geliefert wurden, wusste ich bereits und als ich die Lieferdaten der Kurierdienste mit denen der unerklärten Todesfälle verglich, stimmten sie überein. Das war zu einem Zeitpunkt, als ich noch voller Enthusiasmus Medizin studieren wollte.«

Frank blickte stur geradeaus, um den Anwesenden nicht in die Augen sehen zu müssen.

»Alle schwangeren, slawischen Frauen sind dazu verpflichtet, in die Militärhospitäler zu vorbeugenden Untersuchungen zu kommen. Eigene Krankenhäuser hat die Bevölkerung dort ja seit Jahrzehnten nicht mehr, geschweige denn eigene ausgebildete Ärzte. Die Wehrmachtsärzte spritzen den Schwangeren dort ein Medikament, das mit hoher Wahrscheinlichkeit zu einem Abgang führt. Besonders perfide wird es, wenn Frauen zudem behaupten, sie wären von Deutschen geschwängert worden. Diese bekommen das Medikament nicht zugeführt. Sie werden jedoch registriert und ihre Kinder nach ihrer Geburt auf ihre Rassetauglichkeit überprüft. Werden sie für ausreichend arisch gehalten, nimmt man sie ihren Müttern weg und sie werden den Maßgaben des Rasseministeriums entsprechend erzogen. An Tresen, an denen die Väter oder andere männliche Patienten dazu angehalten werden, mehrseitige Formulare auszufüllen, sind auf Beckenhöhe Röntgengeräte installiert, die über mehrere Minuten lang die Leistengegend bestrahlen und so zur Unfruchtbarkeit führen. Das sind die wahren Ursachen der ‚Minderwertigkeit anderer Rassen, die deren Aussterben verursacht.'«

Frank schluckte.

»Einer meiner Vorgesetzten, Dr. Berndt, zeigte mir einmal seine persönliche Sammlung an Kinderköpfen, teils präpariert, teils in großen Gläsern in Formalin eingelegt. An manchen erkannte man noch Narben, Entstellungen und Deformationen, die nur erahnen ließen, welche Torturen die Kinder vor ihrem Tod erlitten hatten. Stolz erzählte mir Dr. Berndt, dass er sie glücklicherweise vor ihrer Vernichtung retten konnte. Die Köpfe, wohlgemerkt, nicht die Kinder.«

Frank saß kerzengerade, seine Lippen bebten.

»Ihre Augen, sie starren mich immer noch an!«

Karen drückte Franks Hand und er zog sein Resümee.

»Sie haben mich eingangs gefragt, wo ich politisch stehe, wie mein Verhältnis zu Staat und Partei ist. Ich werde es Ihnen sagen: Wenn ich die Gelegenheit hätte, dieses System, in dem wir zu leben gezwungen sind, zu zerstören, so würde ich dies auch tun!«

Und nach einer kurzen Atempause fügte er etwas verhaltener hinzu: »Vorausgesetzt, ich brächte den nötigen Mumm dafür auf.«

»Sie beide, Herr Miller und Herr Wiegand, verbindet mehr, als Ihnen lieb ist. Sie sollten das anerkennen!«, meinte der Professor.

»Sie haben Recht, Herr Gothaer«, sagte Dieter und Frank nickte.

»Ich möchte nicht noch mehr darüber erzählen«, schloss Frank beschämt und alle respektierten dies stillschweigend.

»Es ist spät«, sagte Gothaer, »und ich glaube nicht, dass es angemessen wäre, jetzt noch über meine Forschungen zu sprechen. Ich danke Ihnen allen für Ihre Offenheit und bin überzeugt, dass Herr Miller einer von uns ist. Herr Miller, Sie werden nicht nur die Gelegenheit erhalten, zukünftige Verbrechen zu verhindern, sondern auch dazu, bereits geschehene ungeschehen zu machen!«

Frank hatte keine Ahnung, was Gothaer damit meinte und sollte es an diesem Abend auch nicht mehr erfahren. Der Einladung Gothaers Folge geleistet zu haben, hatte mehr Fragen aufgeworfen als beantwortet.

5

Die schrecklichen Bilder ließen Frank die Nacht und den ganzen nächsten Tag über nicht los. Er besuchte eine Vorlesung, die den Studenten den aktuellen Stand der Atomphysik zusammenfasste. Professor Schöner verstand es, seine Zuhörer zu fesseln - beinahe ebenso gut wie am Vortag Professor Gothaer. Dennoch fehlte Frank jegliche Konzentrationsfähigkeit. Die gestrigen Erzählungen hatten von ihm Besitz ergriffen; auch seine eigenen Erlebnisse - wieder einmal. Nach einer Pause kehrte er nicht in den Hörsaal zurück. Er ging nach draußen und setzte sich unter einer Eiche auf eine Bank. Hoch oben am Himmel sah er einen Mäusebussard gelassen seine Kreise ziehen. Er schloss die Augen. Die von Tag zu Tag kraftloser werdende Herbstsonne schien ihm ins Gesicht und wärmte es. Ohne sie selbst je gesehen zu haben, hatte er die Frau vor Augen, von der Dieter gesprochen hatte. Und den Jungen mit dem Blinddarmdurchbruch. Ob sie noch lebten? Die Frau sicher nicht. Der Junge? Vielleicht …

‚Vorausgesetzt, ich brächte den nötigen Mumm dafür auf', hörte er sich selbst immer wieder sagen.

Er sinnierte über die Forschungen, über die Gothaer gesprochen hatte.

Welcher Natur waren sie? Was meinte er damit, das Geschehene ungeschehen zu machen?

Frank bildete sich ein, die beschriebenen Krächz-Laute des malträtierten Mädchens zu hören. In seinem Geiste wurden sie so real, dass er beinahe die Augen geöffnet und sich umgesehen hätte.

Eine Menschenfabrik, dachte er, *alleine für Versuchszwecke erschaffene Kinder.*

‚Vorausgesetzt, ich brächte den nötigen Mumm dafür auf.'

Er saß in der Sonne und fror.

Seine Gedanken drehten sich seit dem Zu-Bett-Gehen am gestrigen Abend in einer nicht enden wollenden Spirale.

Krebsgeschwüre überwucherten vor seinem inneren Auge in unglaublicher Geschwindigkeit alles, woran er sich erinnerte, und alles, woran er je geglaubt hatte.

Seine Kindheit, seine Jugend, seine Militärzeit …

Seine Mutter, seinen Vater, seine Kameraden, Karen und schließlich ihn selbst.

‚Vorausgesetzt, ich brächte den nötigen Mumm dafür auf.'

Gestohlene Organe, Gestapo, Versuche an Kindern, Gewalt, zerfressene Frau, Willkür, befohlene Schwangerschaftsabbrüche, Terror, Staatsterror, Militär, besetzte Gebiete, Vertreibung, Folterungen, Exekutionen, Völkermord, ‚am deutschen Wesen soll die Welt genesen'.

‚Herr Miller, Sie werden nicht nur die Gelegenheit erhalten, zukünftige Verbrechen zu verhindern, sondern auch dazu, bereits geschehene ungeschehen zu machen!'

‚Vorausgesetzt, ich brächte den nötigen Mumm dafür auf.'

6

»Wir begannen gestern mit einem Diskurs zur Chaostheorie«, begann Gothaer nach der obligatorischen Überprüfung seines Wohnzimmers auf Wanzen, »und damit möchte ich auch heute wieder in den Abend einsteigen.«

Gothaer saß wieder in seinem Fernsehsessel, während von den anderen Anwesenden niemand an derselben Stelle Platz genommen hatte, wie gestern.

Karen hatte als erste einen der Sessel ausgewählt und mit einem kurzen Nicken Frank neben sich aufs Sofa gebeten.

Frank erinnerte sich: So hatte sie auch früher schon bewusst versucht, keine Strukturen entstehen zu lassen, um die Gruppendynamik zu fördern und besonders in größeren Kreisen die Bildung informeller Gruppen zu behindern.

Unbewusst setzte sich sonst jeder meist automatisch auf den ihm schon vertrauten Platz.

Karens Trick hatte mal wieder funktioniert.

Ein kurzer Moment der Irritation war die einzige Reaktion.

»Wir sprachen davon, dass eine nicht messbare Anzahl von Einflüssen Auswirkungen auf - zum Beispiel - das Wetter haben kann. Und wir kamen zu der Erkenntnis, dass nur mittels Versuchen herausgefunden werden könnte, wie hoch die Wahrscheinlichkeit ist, dass der Flügelschlag unseres angelsächsischen Schmetterlings tatsächlich Einfluss aufs Wetter in Germania nimmt.«

»Eine zugegebenermaßen hypothetische Erkenntnis«, führte Frank fort, »da waren wir uns einig.«

»Was Sie jedoch nicht wissen, Herr Miller«, und Gothaer sah ihm dabei freundlich lächelnd durch seine Brille an, »dass wir der Durchführung einer solchen Versuchsreihe viel näher sind, als Sie glauben.«

»Wie meinen Sie das?«

Auf Franks fragendem Gesichtsausdruck ruhten die wissend-lächelnden Mienen seiner Kommilitonen.

»Bereits 1999, vor über fünf Jahren, konnte ich erstmalig den wissenschaftlichen Beweis für etwas erbringen, wofür Einstein, Lorenz, Mandelbrot und viele andere die theoretische Basis formuliert hatten.«

Er machte eine Pause. Wann hatte er schon einmal die Möglichkeit, die Früchte seiner Arbeit, die strengster Geheimhaltung unterlagen, mit vor Stolz geschwellter Brust darzureichen?

»Die Existenz paralleler nichtlinearer Systeme.«

Frank benötigte einige Sekunden, um das Gehörte zu verdauen.

»Sie meinen alternative Ebenen, parallele Welten?«, fragte er ungläubig.

Gothaer bestätigte.

»Lassen Sie mich mit einem Zitat von Albert Einstein fortfahren: ‚Zwei Dinge sind unendlich: Das Universum und die Dummheit der Menschen.'«

»Ein weiser Satz.«

»Und ich selbst füge heute noch ein drittes *Ding* hinzu: die Anzahl alternativer Welten.«

Frank konnte und wollte es immer noch nicht glauben.

»Sie haben tatsächlich den wissenschaftlichen Beweis für die Existenz paralleler Welten?«

»Ja!«, sagte Karen.

Mit einem Schlag wurde Frank bewusst, was das bedeutete, sollte es wirklich der Wahrheit entsprechen. So etwas Banales wie eine Wetterprognose, war da die harmloseste Fantasie, die Frank im Kopf herumschwirrte.

»Erzählen Sie mir mehr!«

»Wir Menschen«, dozierte Gothaer, »haben nur eine begrenzte sinnliche Wahrnehmung. Ähnlich wie mit der Zeit, die wir nicht wahrnehmen, sondern nur schätzen oder messen können, verhält es sich mit den parallelen nichtlinearen Systemen. Am anschaulichsten wird es, wenn ich auf unsere anfängliche hypothetische Versuchsanordnung zurückkomme. Es scheint so, als unternähme irgendjemand oder irgendetwas just in diesem Augenblick exakt diesen Versuch; seit Menschengedenken und auch vorher; bis zurück zum Urknall und möglicherweise auch darüber hinaus.«

»G-gott«, beantwortete Tristan die nicht laut formulierte Frage.

»Die Natur«, widersprach Karen.

»Diesen Versuch, mit sich chaotisch verhaltenden Systemen«, redete Gothaer weiter. »Vor über fünf Jahren, ich sagte es bereits, maß ich eine dieser parallelen Welten an. Die wissenschaftlichen Details erläutere ich Ihnen gerne später, doch glauben Sie mir, sie füllen Bücher und würden daher den Rahmen des heutigen Abends sprengen. Es gelang mir jedenfalls, ein anderes Universum zu entdecken, das eine minimale Realitätsabweichung zu unserem eigenen aufwies.«

»Eine minimale Realitätsabweichung? Ich verstehe nicht.«

»Nicht nur das parallele Universum war nachweisbar, sondern auch der Grad der Abweichung, sozusagen die Entfernung zu unserem eigenen.«

»Wie zwei Geraden, die parallel verlaufen«, erläuterte Dieter nun. »Sie verlaufen im übertragenen Sinne nicht in einem Abstand von tausend Kilometern, sondern berühren sich fast.«

»Danke, Herr Wiegand«, sagte Gothaer, »diese minimale Realitätsabweichung mochte bedeuten, dass sich das angemessene parallele Universum so gut wie in allen Bereichen mit unserem eigenen deckte. Es unterschied sich nur in einem winzigen Punkt; beispielsweise könnte mein Schreibtisch hier einen Kratzer haben, dort eben nicht; beispielsweise könnte eine Seerose in einem Teich hier eine geöffnete Blüte haben und dort eine geschlossene; beispielsweise könnte ein Delfin im Mittelmeer hier einen Freudensprung im Sonnenschein machen, dort eben keinen. Einen größeren Unterschied, eine bedeutsamere Abweichung konnte es nicht geben, das bewies mir mein Untersuchungsergebnis.«

Frank schwirrte bereits der Kopf, doch Gothaer, voller Elan und Enthusiasmus, nahm darauf keine Rücksicht.

»So viel Zeit, mir über die Art der Realitätsabweichung Gedanken zu machen, blieb mir seinerzeit nicht, denn unmittelbar nach meinem ersten Messergebnis hatte ich fünfzehn weitere und gleich darauf, ich hatte nicht mal die Zeit mir die Augen zu reiben, blinkte dort die Zahl ‚348' auf dem Monitor. Das war gleichzeitig die letzte Ziffernfolge, die das menschliche Auge aufgrund seiner Trägheit erkennen konnte. Die Anzahl erhöhte sich mit einer Geschwindigkeit, die die Einerstelle, die Zehner-, Hunderter- und Tausenderstelle nicht mehr als Einzelziffer erkennbar darstellen ließ. Dann war die Zehntausenderstelle da: 1, 2, 3, 4, 5, 6, 7, 8 und 9. Ich hatte mittlerweile einhunderttausend parallele Universen angemessen, obwohl seit der Entdeckung des allerersten keine Minute vergangen war. Und in jeder dieser einhunderttausend alternativen Realitäten stand wohl in jenem Augenblick ein mitfiebernder Professor Gothaer vor dem Monitor, das Ergebnis seiner Forschungsarbeit beobachtend. Vielleicht hat er auch in dem einen oder anderen Universum vor Freude einen Herzinfarkt erlitten.«

Gothaer lehnte sich zurück und ließ seine Worte wirken.

»Wie verhielt sich der Grad der Realitätsabweichung?«, wollte Frank wissen.

»Ich bin angenehm überrascht, Herr Miller, dass Sie trotz Ihrer deutlich erkennbaren Aufgeregtheit, diese doch so wissenschaftliche Frage stellen. Ich will Sie Ihnen gerne beantworten: Der maximale Grad der Abweichung wuchs linear zum Anstieg der Universen-Anzahl.«

»Um beim Beispiel mit der Seerose zu bleiben«, erklärte Karen, »plötzlich gab es vier Alternativen: eine Seerose mit geöffneter Blüte; eine Seerose mit geschlossener Blüte; eine Seerose mit geöffneter Blüte, auf der gerade eine Fliege zu landen versucht; eine Seerose mit geschlossener Blüte, auf der gerade eine Fliege zu landen versucht. Und unmittelbar darauf waren es acht Alternativen: die vier gerade geschilderten und vier neue, in denen jeweils ein Frosch seinen Kopf neben der Seerose aus dem Wasser streckt. Daraufhin, wiederum, wird der Frosch die Fliege fangen, oder eben auch nicht. Und so weiter, und so weiter.«

»Das heißt«, hakte der Professor wieder ein, »etwa anderthalb Stunden später, als die gemessene Zahl gerade achtstellig wurde, gab es in der Tat zehn Millionen Realitäten, die sich alleine ab dem Zeitpunkt der Entdeckung des ersten parallelen Universums sozusagen aufgefächert hatten, die Realitätsabweichung variierte entsprechend zwischen dem Bruchteil einer Sekunde und neunzig Minuten.«

»Wo befinden sich diese Realitäten?«, wollte Frank wissen und erntete mehrere Gegenfragen.

»Wo endet das Universum?«

»Was war vor dem Urknall?«

»Wo befindet sich G-gott?«

»Ihre Frage, Herr Miller, kann ich ebenso wenig beantworten, wie die anderen. Die alternativen Realitäten scheinen sich zeitgleich denselben Raum zu teilen. Das ist aber nicht mehr und nicht weniger als eine These.«

Da fielen Frank siedendheiß die Worte des Professors vom Vorabend ein.

»Das darf auf keinen Fall der Reichsführung in die Hände fallen.«

»Dafür ist es leider bereits zu spät«, antwortete Gothaer nüchtern, »das Auftauchen der Gestapo-Leute, von denen ich Ihnen bereits gestern erzählt hatte, erfolgte nur wenige Stunden nach meinem Forschungsdurchbruch. Was sie nicht schon selbst ausspioniert hatten, musste ich ihnen bloß legen. Mir blieb nichts anderes übrig, als sämtliche meiner Daten zu enthüllen. Die Konsequenzen, die auf mich zugekommen wären, hätte ich mich nicht offenbart, muss ich Ihnen nicht erläutern. Ganz wegnehmen wollte man mir meine Arbeit nicht, erstens gab es keinen Grund dafür, da ich politisch immer unauffällig gewesen war, und zweitens, hätte sich die Partei damit ins eigene Fleisch geschnitten. Ich wurde dazu verpflichtet, sämtliche weitere Forschung in engster Zusammenarbeit mit Professor Doktor Lothar Hemmbacher, Leiter der Technischen Universität in Germania und Parteivorsitzender des Bezirkverbands Charlottenburg, zu betreiben, dem meine gesammelten Untersuchungsergebnisse zugegangen waren und der auf dieser Basis fortan unabhängig von mir weiter forschte. Zu meinem großen Glück lernte ich bereits ein Jahr später, 2000, Herrn Hartwig kennen und schätzen.«

Tristan lächelte stolz.

»Herr Hartwig ermöglichte mir durch seine umfangreichen Kenntnisse in der Datenverarbeitung, meine Forschungsergebnisse in den Datenbänken zu verbergen und zu verschlüsseln. Ab diesem Zeitpunkt bestimmte ich selbst, welche Daten nach Germania gelangten und welche nicht!«

»War k-kein Problem.«

»Stellen Sie Ihr Licht mal nicht unter den Scheffel, Herr Hartwig, immerhin foppen Sie die Gestapo nun schon mehr als vier Jahre mit Ihren Programmierkünsten.«

»Man muss nur auf dem L-laufenden bleiben.«

»Untertreiben Sie mal nicht, Herr Hartwig, ‚auf dem Laufenden bleiben', Fakt ist, dass Sie Ihren Gegnern immer einen Schritt voraus sind.«

»W-wie Sie selbst auch, Herr Gothaer.«

»Ja, das ist wahr«, lachte der Professor, »Hemmbacher in Germania ist heute auf meinem Forschungsstand von etwa Sommer 2002. Natürlich füttere ich ihn nach wie vor mit neuen Erkenntnissen, um keinen Verdacht zu erregen, aber ich kann eben steuern, wann er was erfährt. Ohne unbescheiden wirken zu wollen: Wie sich auch sehr schnell heraus gestellt hatte, war er ohne meine Person hilflos. Trotz seines unbestrittenen Renommees musste ich ihm die Thesen, Versuchsanordnungen und Beispielrechnungen oft mehrfach und auf diverse Art und Weise erklären.«

»In Ihrem Forschungsgebiet gibt es eben keine Erfahrungswerte.«

»Das ist richtig, Herr Wiegand.«

»Ich kann das alles nicht glauben«, meinte Frank.

»Das ist keine Glaubensfrage«, entgegnete Karen, »du wirst die Ehre haben, den Beweis serviert zu bekommen.«

Frank runzelte die Stirn.

»Und an welcher Stelle komme ich ins Spiel, Herr Gothaer? Und Karen? Und Dieter? Wieso Sie Tristan mit ins Boot geholt haben, sagten Sie ja bereits.«

»Oh«, meinte der Professor, »für Herrn Hartwig hatte auch noch etwas anderes gesprochen. Er teilt mit Ihnen anderen dreien eine mir wichtige Parallele im Lebenslauf. Vielleicht finden Sie ja selbst heraus, welche Gemeinsamkeit dies ist. Ich werde später darauf zurückkommen. Mein heutiger Bericht ist nämlich noch genau so wenig am Ende, wie meine Forschungen es sind.«

Es wurde wieder mucksmäuschenstill im Wohnzimmer und der Professor erzählte weiter.

»Damaliger Stand der Dinge war also, dass ich an diesem 14. März 1999 bewiesen hatte, dass es alternative Welten gab. Die Crux daran aber war, dass all jene angemessenen Welten ihren Ursprung just an jenem 14. März 1999 hatten. Ihnen war allen gemeinsam, dass sie die gleiche Historie hatten, bis zum Zeitpunkt X, eben jenem 14. März 1999. Dass das nicht alles sein konnte, war mir klar. Es musste alternative Realitäten geben, deren Punkt X - so bezeichnete ich fortan jenen Zeitpunkt, zu dem sich die untersuchte Realität von meiner eigenen abspaltete - vor dem 14. März 1999 lag. Nur: Wie beweisen? Erst dreieinhalb Jahre später, im Oktober 2002 gelangte ich zum entscheidenden Durchbruch. Es war nur eine Kleinigkeit, eine simple Variable, die ich stets in meinen Formeln vernachlässigt und als irrelevant erachtet hatte. Ich hatte tragischerweise über drei Jahre vergeudet, obwohl die Lösung vor meinen Augen lag. Professor Hemmbacher grübelt übrigens immer noch über diesem Problem.«

Beim letzten Satz lächelte er verschmitzt.

»Danach drängten sich mir die Konsequenzen regelrecht auf. Die Situation glich einem Dammbruch. Ich hatte ein winziges Loch in den Damm gebohrt und das Wasser drückte beständig ausbreitende Risse in die Dammmauer, bis diese in einem großen Bersten zerbrach. Es lag alles so klar und offen vor mir. Plötzlich maß ich Ebenen mit negativer Realitätsabweichung an, also Realitäten, deren Zeitpunkte X vor dem 14. März 1999 lagen. Anzahl und Werte wuchsen in weitaus geringerer Größenordnung an wie die bereits angemessenen Ebenen mit positiver Abweichung, denn sie sind deutlich schwieriger zu lokalisieren. Und noch etwas kristallisierte sich heraus: Mir wurde bewusst, dass es möglich sein musste, zwischen den Ebenen hin und her zu reisen.«

»Wie bitte?«, fragte Frank ungläubig. »Ich verstehe nicht. Nehmen Sie mich auf den Arm?«

»Nichts liegt mir ferner«, strahlte der Professor.

Karen beugte sich nach vorn und griff nach einem etwa zwanzig Blätter dicken Stapel Papier, der auf dem Wohnzimmertisch lag und über den Frank sich genauso gewundert hatte, wie über die Stecknadel mit dem roten Kopf, die daneben lag.

»Das Beispiel, Herr Gothaer«, sagte sie und der Professor nahm den Stapel entgegen.

»Stellen Sie sich vor, Herr Miller«, mit dem Daumen fuhr er an der Längskante des Papierstapels entlang und fächerte ihn etwas auf, »jedes dieser Blätter ist eine unserer alternativen Ebenen.«

Er zeigte die Abbildung auf der ersten Seite, die auf der zweiten und die auf der dritten: Sie waren alle identisch.

»Die Dimensionen der Ebenen habe ich mittels dieser Tabelle dargestellt, die Spalten habe ich überschrieben mit Oxford, London, Paris, Köln, Germania, Königsberg und die Zeilen mit 1999, 2000, 2001, 2002, 2003, 2004, 2005, 2006.«

Er ordnete den Stapel, so dass alle Blätter wieder exakt übereinander lagen. Dann griff er zu der Stecknadel und setzte sie im rechten Winkel zum Papier in das Feld, in dem sich die Spalte ‚Oxford' und die Zeile ‚2004' kreuzten.

»Es ist natürlich eine stark vereinfachte Darstellung, aber ich glaube, es veranschaulicht, was ich Ihnen erklären möchte!«

Er drückte die Stecknadelspitze in den Stapel hinein: »Die Stecknadel steht für den Korridor, den ich erschaffen habe. Ein Korridor zwischen den Ebenen.«

»Der G-gothaer-Korridor«, benannte ihn Tristan.

»Beachten Sie, Herr Miller, dass ich die Stecknadel im rechten Winkel führe. Einen Korridor zu schaffen, mittels dessen man gleichwohl Raum und Zeit wechseln kann, ist mir nicht geglückt.«

»*Noch* nicht«, ergänzte Dieter.

»Ja, ich arbeite daran«, bestätigte der Professor.

Frank schwirrte der Schädel.

»Wozu das alles? Worauf wollen Sie hinaus? Warum haben Sie mich eingeweiht?«

»Wir«, begann der Professor und blickte dabei ernst in die Runde, »suchen eine Welt, die der unseren gleicht, mit einem kleinen, aber gewichtigen Unterschied.«

»Und der wäre?«

»Wir suchen eine Welt, in der es keine NSDAP gibt. Wir legen alles daran, den Nationalsozialismus ungeschehen zu machen. Wir wollen ihn schlicht und einfach, mit Stumpf und Stiel aus unserer Geschichte tilgen.«

»Eine Reise in eine Ebene, in der es keine NSDAP gibt? Was soll das bringen, außer der Erkenntnis, dass diese Welt besser wäre als die unsere? Und diese Erkenntnis habe ich auch ohne Ihr Experiment.«

Karen nahm dem Professor die Stecknadel und den Papierstapel aus der Hand.

Sie legte ein leeres Blatt Papier unter den Stapel und setzte die Nadel am selben Feld ‚Oxford/2004' an, steckte sie dann aber im spitzen Winkel völlig willkürlich durch den Stapel. Jetzt nahm sie das unterste Blatt und deutete auf das Loch, das die Nadelspitze erzeugt hatte. Sie zog einen Kugelschreiber aus ihrer Jackentasche und skizzierte um das Loch ein Rechteck mit den gleichen Ausmaßen wie die Ort-Jahreszahl-Felder der Tabelle.

»Wie Dieter gerade sagte, die Möglichkeit mittels des Korridors auch durch Raum und Zeit zu reisen, haben wir *noch* nicht!«

Dann schrieb sie links neben das Rechteck eine Jahreszahl und darüber einen Ort: ‚1889', ‚Braunau am Inn'.

7

»Das ist alles ein bisschen viel, oder?«

Es war zwei Uhr nachts und Karen saß, den Rücken an die Wand gelehnt, auf Franks Bett im Studentenwohnheim. Die Beine hatte sie lang ausgestreckt, auf ihrem Oberschenkel ruhte Franks Haupt. Sanft massierte sie ihm die Schläfen.

»Ja«, bestätigte Frank ihre Frage. »Das kann man wohl sagen.«

»Uns anderen hat es Herr Gothaer auch nicht schonender beigebracht. Wir waren genau so wenig vorbereitet wie du.«

»Wenn du heute Abend nicht dabei gesessen und mir diese abstruse Geschichte bestätigt hättest ...«

»Ja?«

»Ich hätte die ganze Runde für völlig verrückt erklärt. Ich hätte denen den Vogel gezeigt, wäre aufgestanden und gegangen, um den Abend sinnvoller zu verbringen. Dieser Professor Gothaer: ich komme nicht umhin, zuzugeben, dass er eine unglaubliche Ausstrahlung besitzt.«

»Nicht nur das.«

»Aber auch die vielen Napoleons in den Psychiatrien besitzen ein außergewöhnliches Selbstbewusstsein und ein überzeugendes Auftreten.«

»Professor Gothaer ist ein Genie.«

»Bekanntlich verschwimmt die Grenze zwischen Wahnsinn und Genie.«

»Der Professor weiß, wovon er redet.«

»Er *glaubt*, wovon er redet.«

»Nein, er *weiß* es.«

Frank setzte sich auf, sah Karen in die Augen.

»Hast du Beweise, Karen?«

»Nein«, sagte Karen etwas leiser. »Aber wir sind ja immer noch in der theoretischen Phase. Klarheit und Sicherheit bekommen wir erst nach praktischen Versuchen.«

Frank legte sich wieder hin, Karen legte ihre rechte Hand auf seine Stirn.

»Ihr wisst, dass ihr mit dem Feuer spielt.«

»Durchaus.«

»Und dass man euch alle ins Zuchthaus schafft, oder ins KI.«

»Auch darüber sind wir uns im Klaren.«

»Oder man tötet uns auf der Stelle.«

»Oder man tötet uns auf der Stelle«, wiederholte Karen und bemerkte, dass Frank vom ‚ihr' zum ‚uns' gewechselt war.

»Karen«, Frank berührte mit seinen Fingern Karens Rechte, »ich glaube immer, du könntest mich mit nichts mehr überraschen und werde stets eines besseren belehrt.«

Sie schwieg.

»Wie stellst du dir das Ganze vor? Du setzt dich in Gothaers Zeitmaschine, reist ins Jahr 1889 und klopfst bei Mutter Hitler an der Tür? Sie öffnet dir, ihr Neugeborenes auf dem einen Arm, die Hand wischt sie sich an der Kittelschürze ab, weil sie gerade einen Gugelhupf gebacken hat und du sagst zu ihr: ‚Entschuldigung, Frau Hitler, dass ich gleich Ihr Kind liquidieren muss, aber es wird ansonsten der größte und abscheulichste Massenmörder werden, den die Welt je gesehen hat. Da haben Sie sicher Verständnis für meine Vorgehensweise.' Und dann setzt du dem kleinen Jungen eine Pistole an die Schläfe und tötest ihn?«

Da Karen nicht antwortete, setzte sich Frank wieder auf.

»Könntest du das, Karen?«, fragte er eindringlich. »Könntest du das?«

»Wir haben es noch nie so konkret durchgespielt«, antwortete sie kleinlaut, »aber der Zweck heiligt die Mittel!«

»Der Zweck heiligt die Mittel, ja? Wir haben eine theoretische Möglichkeit gefunden, Geschehenes ungeschehen zu machen, ja? Wir stecken mal eben eine Stecknadel durch einen Papierstapel, ja? Ein chirurgischer Eingriff, nicht mehr, nicht weniger.«

»Bitte etwas leiser, Frank. Die Wände haben Ohren.«

Er wurde ruhiger.

»Ich frage dich noch einmal, Karen, ganz konkret, denn, wenn all das heute Abend Besprochene der Wahrheit entspricht, wirst du dich der Antwort früher oder später stellen müssen. Könntest du den kleinen Jungen töten?«

Karen zögerte.

»Ich denke an all das Leid, das er und seinesgleichen über die Welt gebracht haben.«

»Könntest du den kleinen Jungen töten?«

»Die Millionen Menschen, die in seinem Namen umgebracht wurden.«

»Könntest du den kleinen Jungen töten?«

»Die Diktatur, die seit dem Endsieg Europa und die Welt terrorisiert.«

»Könntest du den kleinen Jungen töten, Karen?«

»Ich weiß es nicht!«, flüsterte sie.

Karen hatte erwidert, was Frank erwartet hatte und er legte seinen Kopf wieder in ihren Schoß.

Für ein paar Minuten sprachen beide nicht.

»Wohin würdest du reisen, wenn du eine Zeitmaschine hättest?«, brach Karen das Schweigen und als er nicht antwortete, sagte sie: »Ich würde das Römische Reich besuchen, auf seinen Straßen wandeln, in herrliche Gewänder gehüllt. Oder Christoph Kolumbus zusehen bei seiner Ankunft auf einem neuen Kontinent. Oder ins Jahr 1971, um dabei zu sein, wenn Karl-Herbert Ernsting als erster Mensch den Mond betritt.«

Franks Augen leuchteten.

»Ich würde nach Judäa reisen, zum Vorabend der Kreuzigung Jesu. Und wenn es möglich wäre, würde ich eine Kamera mit mir nehmen und es mir nach meiner Rückkehr zu Hause immer und immer wieder ansehen: Das letzte Abendmahl!«

»Ich wusste noch gar nicht, dass du so gläubig geworden bist.«

»Die Zeit auf der Krim und in der Stadt des Endsiegs hat mich das Beten gelehrt.«

»Und du, Frank? Nach all deinen Erlebnissen in der Wehrmacht: Könntest du?«

»Was?«

»Könntest du den kleinen Jungen töten?«

Frank zögerte keine Sekunde.

»Ja, Karen, ich könnte es!«

Frank hatte sich es weitaus eindrucksvoller vorgestellt, irgendwie futuristischer: alles blitzblank und hell, Stahl und Chrom ringsherum und dazwischen leuchtende Lämpchen.

»Wir wollen Ihnen heute eine praktische Demonstration bieten«, hatten Professor Gothaer und Tristan Hartwig Frank begrüßt.

Dass seine Erwartungshaltung enttäuscht werden sollte, merkte er, als ihn Professor Gothaer und Tristan Hartwig in einen Keller unter einem Nebengebäude der physikalischen Fakultät hinab führten. Treppe und Gang waren aus schlichtem, grauem Beton. Die Lampe an der Gangdecke flackerte, als wolle sie jeden Augenblick ihren Geist aufgeben. An verschiedenen Stellen der schlecht ausgeleuchteten Decke wedelten die Reste von Spinnweben hin und her. Der Boden war mit Schmutz und Staub bedeckt. Aus den Augenwinkeln heraus sah er etwas den Gang entlang huschen und hinter einer Ecke verschwinden.

Verwundert war er auch darüber, dass sie ihn so spät abends hier hinab gebeten hatten. Es war bereits nach Mitternacht und seit dem letzten Treffen bei Gothaer waren mehr als vierundzwanzig Stunden vergangen.

Tristan musste niesen.

»Hier unten werden vor allem ausgemusterte Geräte eingelagert.«

Seine Worten begleitend öffnete der Professor knarrend eine der zahlreichen Türen, die links und rechts des Ganges in weitere Räumlichkeiten führten. Frank erkannte in Regale und übereinander gestapelte Maschinen, deren ursprünglichen Zweck er nicht identifizieren konnte. Teilweise waren Staubschutztücher darüber ausgebreitet. Gothaer schloss die Tür wieder.

Sie passierten weitere fünf Türen, bis Gothaer vor einer innehielt und einen klobigen Schlüssel aus der Tasche zog. Der Professor schloss die Tür auf und knipste das Licht an. Der Raum, der vor den dreien lag, war sauber ausgeleuchtet, die Neon-Röhren an der Decke spendeten gleich bleibende Lichtverhältnisse.

Frank fühlte sich wie im Gefängnis, denn der Tür gegenüber zog sich eine Gitterwand von links nach rechts, in der vier Türen in jeweils gleich große voneinander ebenfalls durch Gitterstäbe getrennte Zellen führten. Die Zellentüren standen alle offen. Frank schätzte die Zellen auf etwa zweieinhalb mal vier Meter, den Abschnitt zwischen der Gitterwand und der Tür, durch die sie eingetreten waren, auf etwa zehn mal drei Meter. In diesem Abschnitt standen sie nun und Frank bemerkte einen Tisch neben sich, der mehr nach Küchen- als nach Schreibtisch aussah. Darauf ein Bildschirm und eine Tastatur, beide durch eine silberfarbene Abdeckung vor Staub geschützt; daneben zwei Rechner, die beide über Kabel sowohl mit dem Monitor, als auch mit der Tastatur verbunden waren. Über Netzstecker erhielten sie ihre Stromversorgung aus in der Wand eingelassenen Steckdosen. Frank schienen es nicht gerade die neuesten Rechnermodelle zu sein und erneut zweifelte er an der Glaubwürdigkeit der Thesen des Professors.

An den Zellentüren erkannte er erste Spuren von Korrosion.

Wanzen befanden sich keine hier, das besagte die Anzeige auf Tristans mobilem Telefon, das er obligatorisch zu Rate zog. Anschließend ging Tristan in die linke Zelle, in der etwas aufgebahrt zu sein schien. Ein großes weißes, leicht verschmutztes Laken verdeckte den Inhalt der Zelle komplett. In der zweiten Zelle bot sich das gleiche Bild dar. In der dritten und vierten Zelle bedeckten große, weiße Stoffbahnen unförmige Massen, die den Zellenraum fast bis zur Decke ausfüllten.

Langsam zog Tristan das Laken ab und Frank dachte schon, es würde ein Sarg zum Vorschein kommen, der auf einem Tisch stand, doch was Tristan da entblößte, war etwas ganz anderes.

Ein großer Metallquader kam ans Licht, etwa zweieinhalb Meter lang, einen Meter hoch und einen Meter breit. Anders als ein Sarg schien er nicht von oben sondern von vorn zu öffnen zu sein, denn es war eine achtzig Zentimeter mal achtzig Zentimeter große Klappe auf der einen Quadtratmeter großen Front erkennbar. Der Quader selbst ruhte auf einem stabilen Eisengestell. Frank trat ein und inspizierte den Zelleninhalt. Das Eisengestell war definitiv neueren Datums als die Zellengitter, die Legierung des Quaders war Frank unbekannt. Als er einmal um den Quader herumlief und sich auch bückte, um ihn von unten zu begutachten, entdeckte er alles in allem mindestens zwei Dutzend Schnittstellen auf der Quaderoberfläche: längliche, runde und quadratische; 8-polige, 24-polige und 36-polige; auch Infrarotschnittstellen waren erkennbar. Einige kamen ihm von der Form her bekannt vor, andere sah er in seinem Leben zum ersten Mal. Schlitze, die ins dunkle Innere führten, sah er ebenfalls; Luftlöcher?

»Enttäuscht?«, fragte Tristan.

»Nun, ich habe versucht, mir möglichst wenige Gedanken zu machen, über das, was mich hier unten erwartet.«

»Sie sind immer noch skeptisch, Herr Miller?«

»Um ganz ehrlich zu sein, Herr Gothaer: ja!«

Der Professor lächelte freundlich.

»Das spricht nur für Sie. Ich glaube, ich wäre es an Ihrer Stelle auch. Was wir Ihnen gestern Abend erzählt haben, erschien Ihnen gewiss wie das Hirngespinst einer Gruppe Geistesgestörter und hat Sie vermutlich heute den ganzen Tag über intensiv beschäftigt. Als ich seinerzeit Fräulein Degner, Herrn Wiegand und Herrn Hartwig ausgewählt hatte, hatten sie es am Anfang ebenfalls vorgezogen, mich für einen unverbesserlichen, wirklichkeitsfremden Fantasten zu halten. Ich glaube, ich kann auch Sie vom Gegenteil überzeugen.«

»Apropos ‚ausgewählt': Ich habe über Ihre gestrige Frage nachgedacht. Was verbindet mich mit Karen, Tristan und Dieter? Welche Gemeinsamkeit gibt es?«

»Ja?«

»Wir stammen alle aus der Hauptstadt!«, triumphierte Frank.

»Sehr gut. Die halbe Antwort haben Sie schon, Herr Miller.«

Tristan lachte, verließ die erste Zelle und trat in die dritte. Dort hob er die Schutzabdeckung an und zerrte eine große zerkratzte Holzkiste darunter hervor. Der Professor ging zu ihm und öffnete mit einem Schlüssel das Vorhängeschloss der Holzkiste. Tristan klappte den Kistendeckel hoch und darunter kam ein Wirrwarr an Kabeln zum Vorschein. Es wirkte gerade so, als hätte jemand überflüssige Kabel völlig willkürlich in die Kiste gestopft. Die Kabel waren von unterschiedlicher Farbe und Stärke und als Tristan die ersten herauszog, wurde ersichtlich, dass sie alle mindestens vier Meter lang waren.

Tristan und Gothaer sortierten sie auseinander und legten sie der Länge nach in den Abschnitt zwischen Tür und Gitterwand. Dann zog Tristan mehrere Kabelenden mit sich, trat wieder in die erste Zelle und stöpselte die Kontakte in die Schnittstellen der Metallquader. Der Professor seinerseits steckte die anderen Enden in die Rückseiten der beiden Rechner. Außerdem zog er mehrere Speicherstäbe aus der Innentasche seiner Jacke und fügte diese in entsprechende Öffnungen der Rechner ein.

Dann schaltete er beide an und zog die silberfarbenen Schutzabdeckungen von Bildschirm und Tastatur.

»In der vierten Zelle befinden sich Bürostühle. Schieben Sie zwei davon hier herüber an den Tisch, Herr Miller.«

Frank ging hinüber und hob die Stoffbahnen an. Er enthüllte in- und übereinander gestapeltes Büromobiliar, darunter mehrere sehr abgenutzte Drehstühle, von denen er sich zwei Stück herausgriff und zu den Rechnern rollte. Der Professor nahm auf einem Platz und bot Frank den anderen an.

»Und Tristan?«

Frank wollte schon losgehen, um einen dritten Stuhl zu holen, doch Gothaer hielt ihn zurück.

»Oh, der braucht keinen, der darf sich gleich hinlegen.«

Frank verstand nicht, setzte sich aber neben den Professor, während Tristan noch einmal alle Kontakte in der Zelle überprüfte.

Mittels eines eher behelfsmäßig wirkenden Kippschalters neben der Tastatur schaltete Gothaer zwischen den beiden Rechnern hin und her. Der Bildschirm flackerte dann jeweils kurz und änderte seine Darstellung. Frank saß einfach da und beobachtete. Der Professor startete auf beiden Rechnern verschiedene Programme.

Überrascht identifizierte Frank, um welche Art von Programmen es sich auf dem linken Rechner handelte.

»Das sind ja alles medizinische Daten!«

»Ja, wir müssen sicherstellen, dass niemand zu Schaden kommt. Ich bin ganz froh, dass wir mit Ihnen und Herrn Wiegand auch Leute dabei haben, die etwas von Medizin verstehen. Na ja, ein bisschen von der Materie verstehe mittlerweile selbst ich.«

Der Professor lächelte.

Um welche Programme es sich auf dem rechten Rechner handelte, erschloss sich Frank auch nach mehrfachem Hinsehen nicht. Sie hatten keinerlei erkennbare Benutzeroberfläche oder optische Spielereien. Dennoch ging der Professor außerordentlich virtuos mit den undurchschaubaren Buchstaben- und Zahlencodes um.

»Ich überprüfe die Kontakte, Herr Hartwig!«

Nach der Eingabe mehrerer Ziffernkombinationen sagte Gothaer: »Alles in Ordnung.«

Frank war nicht ersichtlich, wie Gothaer seine Schlussfolgerung aus der Bildschirmanzeige abgeleitet hatte.

»Ich öffne jetzt den Sarkophag!«

Mit einem leisen Knarren glitt die Klappe auf der Vorderseite des Quaders auf und ein Surren setzte ein.

»Oh, Verzeihung, Herr Miller, wir haben ihm irgendwann scherzhaft den Namen ‚Sarkophag' verliehen. Und dabei ist es dann geblieben.«

Fasziniert beobachtete Frank, wie sich summend eine daumendicke Metallplatte aus dem Quader heraus schob, etwa einen Meter weit, dann verharrte sie lautlos in dieser Position. Auf der Platte war eine dunkelblaue Matte fixiert worden. Frank ging hinüber und testete deren Härte. Es fühlte sich wie Schaumstoff an und erinnerte ihn an die Matten, die man aus Sicherheitsgründen beim Bodenturnen verwendete.

»Sie haben den Signalgeber?«, wollte Gothaer von Tristan wissen und dieser nickte.

Dann kletterte Tristan auf die Matte und ein Stück in den Sarkophag hinein. Anschließend legte er sich auf den Rücken. Öffnung und Matte waren für seinen muskulösen Oberkörper gerade breit genug. Schließlich ragten nur noch seine Beine aus dem Quader heraus.

»Erinnert mich an einen Kernspintomographen.«

Gothaer tippte erneut auf der Tastatur, das Summen setzte wieder ein und die Metallplatte verschwand mitsamt Tristan wieder im Inneren des Sarkophags. Auch die Abschlussklappe glitt schnarrend wieder zu.

»Leiden Sie an Klaustrophobie?«, wollte Gothaer wissen.

»Nein.«

»Gut«, meinte Gothaer und wechselte wieder zu dem medizinischen Rechner, »Herr Hartwig auch nicht: seine Werte sind alle in Ordnung.«

Gemeinsam kontrollierten sie die Daten, die aus dem Quader überspielt wurden: Blutdruck, Herzfrequenz, Herz- und Atemgeräusche, Gehirnaktivitäten und viele mehr. Keine Auffälligkeiten.

»Sie haben mich aber nicht hier herunter geführt, um mir ein medizinisches Gerät zu demonstrieren, das es in dieser oder einer ähnlichen Bauweise in jeder größeren Klinik des Reichs gibt, oder?«

»Nein, Herr Miller, ich wollte Ihnen nur zeigen, dass wir größtmögliche Sicherheitsvorkehrungen getroffen haben.«

»Sicherheitsvorkehrungen wofür?«

»Für die Reise, Herr Miller, für die Reise.«

»Sie wollen Tristan durch die Zeit schicken?«

Frank biss sich auf die Lippen, Gothaer sah ihn vorwurfsvoll an.

»Ach nein, Entschuldigung«, ergänzte Frank dann selbst und wusste selbst nicht mehr, ob er den Worten des Professors nun glauben sollte oder nicht, »das geht ja nicht; Sie schicken ihn in eine andere Realität, ja? Durch den Gothaer-Korridor!«

Und Frank hoffte dabei, dass Gothaer und Tristan wussten, was sie taten.

Der Professor wechselte auf dem rechten Rechner in ein weiteres Programm. Oben links auf dem Monitor erkannte Frank eine lange Zahl die sich permanent erhöhte.

»Sie hat mittlerweile zwölf Stellen«, erklärte Gothaer.

»Sie haben inzwischen alternative Realitäten in dieser Größenordnung angemessen?«

»Ja!«

»Wenn das alles der Wahrheit entspricht – unglaublich.«

»Es entspricht der Wahrheit! Leider ist dies die Anzahl der positiven Realitätsabweichungen. Sämtliche dieser alternativen Welten verliefen bis vor dem 14. März 1999 identisch.«

Der Professor tippte auf die Zahl in der oberen rechten Ecke des Bildschirms: 1.312.

»Viel interessanter und spannender ist die Entdeckung neuer negativer Realitätsabweichungen. Wie ich Ihnen bereits sagte, sind sie viel schwieriger zu lokalisieren und es ist mir hier auch noch nicht gelungen, den Grad der Abweichung zu ermitteln. Es kann sein, dass die eine sich nur unwesentlich von der unseren unterscheidet, während sich in der anderen noch Saurier auf der Erde tummeln.«

Er sprach es so nüchtern, als würde er eine mathematische Formel zitieren.

Ein dumpfes Klopfen war zu hören.

»Oh, Herr Hartwig wird ungeduldig. Ich werde nun willkürlich eine der Ebenen auswählen, die sich heute im Laufe des Tages von unserer Realität abgespalten haben.«

Er tippte etwas auf der Tastatur und wechselte dann wieder zum linken Rechner.

»Unerlässlich für die Reise ist, dass sich ein Resonanzkörper in der anderen Ebene aufhält.«

»Was meinen Sie mit Resonanzkörper?«

»Unser Tristan Hartwig kann nur in die andere Realität eintreten, wenn dort ein Tristan Hartwig ebenfalls existiert. Zudem kann ich sein Alter Ego nur anmessen, wenn es sich auch räumlich hier in der Nähe aufhält. Wäre der dortige Tristan Hartwig beispielsweise nach London gefahren, könnte ich seine Resonanz nicht erfassen, und der Austausch wäre nicht möglich. Da ich aber eine Ebene ausgewählt habe, die sich erst heute im Laufe des Tages von der unseren abgespalten hat, sollte sich der dortige Tristan Hartwig mit hoher Wahrscheinlichkeit hier am Campus aufhalten.«

»Zu den Sauriern könnten wir also nicht reisen, weil wir in dieser Realität nicht existieren?«

»Sie haben es begriffen: Keine Resonanz - keine Reise!«

Frank studierte die Anzeige auf dem Monitor.

»Er ist eingeschlafen!«

»Nein«, widersprach Gothaer und rief in die Zelle hinüber: »Tristan?«

»Ja, Herr G-gothaer?«

»Aber die Anzeige weist zweifellos auf die Tiefschlaf-Phase hin.«

»Ja, Tristan Hartwig schläft tief und fest; aber nicht unser Tristan Hartwig!«

»Sie haben ihn schon gefunden? So schnell?«

»Wie gesagt, die Wahrscheinlichkeit in der gewählten Ebene auf Herrn Hartwigs Alter Ego zu treffen, war fast bei hundert Prozent. Und dass sein Alter Ego schläft, ist Grundvoraussetzung für den Transfer. Das Gehirn ist dann in seiner Ruhephase, der Stress für den Betroffenen um ein Vielfaches geringer. Sind Sie bereit, Herr Hartwig?«

»Ja!«

»Sie bleiben nicht länger als fünf Minuten!«

»Geht k-klar.«

Gothaer betätigte erneut den Kippschalter, um zum rechten Rechner zu wechseln. Er überprüfte diverse Daten, tippte einige Ziffernkombinationen, glich Werte ab und nickte schließlich zufrieden.

»So. Das war's.«

»Das war alles?«

Frank stand auf und schritt in die linke Zelle.

»Tristan?«

Er klopfte erst leise, dann heftiger auf die Außenlegierung des Sarkophags.

Mit dem bereits bekannten Knarren öffnete sich die Verschlussklappe und die Metallplatte fuhr heraus. Der Quader war leer. Ungläubig beugte sich Frank hinein und klopfte an verschiedenen Stellen den Innenraum des Sarkophags ab.

Es schien ihm wie einer dieser ominösen Zaubertricks zu sein, die sich stets als technische Spielerei oder als Täuschung durch geschickte Ablenkung durch den Zauberer entpuppten.

»Ich weiß, was sie jetzt denken, Herr Miller. Ihr Verstand sträubt sich. Er sucht eine näherliegende Erklärung. Suchen Sie nicht nach Lösungen, die es nicht gibt. Ich habe Ihnen bereits eine angeboten.«

Schließlich begann Frank sich damit abzufinden, dass der Professor tatsächlich Recht haben könnte.

»Was passiert mit den beiden Tristans? Verschmelzen sie zu einem?«

»Nein, unser Tristan ersetzt den dortigen, schlafenden Tristan.«

»Und was passiert mit diesem? Er ist nicht hier angekommen!«

»Erinnern Sie sich an das gestrige Beispiel mit dem Stapel Papier? Für unser Auge scheint es, als wäre keinerlei Platz zwischen den Blättern. Ein Atomphysiker erklärt

Ihnen aber das Gegenteil. Der dortige Tristan Hartwig hält sich sozusagen zwischen den Blättern auf. Unser Tristan hat ihn aus seiner Realität ‚verdrängt', er ist, sagen wir mal, zwischengeparkt. Holen wir unseren Tristan wieder hier her, schlüpft sein Alter Ego automatisch an seine alte Position zurück. Sie werden sehen, er befindet sich dann nach wie vor in seiner Tiefschlaf-Phase, seine medizinischen Daten sind alle in Ordnung. Größtmögliche Sicherheitsvorkehrungen gelten nicht nur für uns, sondern auch für die Resonanzkörper, Verzeihung, für die anderen Betroffenen. Es sind ja schließlich alles Menschen.«

Frank machte eine ausholende Geste mit seinem rechten Arm.

»Da draußen gibt es unendlich viele Frank Millers?«

»Unendlich oder eine nicht mehr messbare Anzahl: ja!«

»Was ist mit der Einmaligkeit des Menschen, mit der Individualität des Einzelnen?«

Gothaer zuckte nur mit den Schultern.

»Ich war nie ein Philosoph. Ich verarbeite und erschließe Fakten: Ich interpretiere sie nicht!«

»Holen Sie ihn zurück!«

»Das geht nicht!«

»Wie bitte?«

»Es geht nicht. Das Programm sucht einen Resonanzkörper für die im Sarkophag liegende Person und tauscht diese beiden dann aus. Ich kann Tristan Hartwig von hier aus nicht in unsere Ebene zurückbringen.«

Aus dem rechten Rechner war ein dumpfer Brumm-Ton zu hören.

»Tristan! Er meldet sich. Erst jetzt kann ich ihn zurückholen.«

Die beiden nahmen wieder Platz und Gothaer tippte auf der Tastatur.

Der Sarkophag schloss sich und nach mehreren weiteren Eingaben hörte auch das Brummen wieder auf.

»Tristan?«

»Ja!«

»Alles in Ordnung?«

»Alles B-bestens!«

Bevor er Tristan aus dem Sarkophag befreite, schaltete der Professor noch einmal hinüber zum linken Rechner und überzeugte Frank von der Unversehrtheit des immer noch harmlos schlafenden Tristan Hartwigs, der in seine eigene Ebene zurückgekehrt war.

Die Sarkophag-Klappe glitt auf und als die Metallplatte ausgefahren war, stieg ein breit grinsender Tristan Hartwig aus und kam auf sie zu.

»Na? Angst um mich g-gehabt?«

»Sie sagten, Sie könnten ihn nicht zurückholen.«

»Ohne dass er mit uns in Verbindung tritt, kann ich das auch nicht! Sie haben das Brummen gehört?«

Frank nickte und bemerkte, wie Tristan sich mit beiden Händen an den Hals fasste und etwas über den Kopf zog. Dann hielt er es Frank auffordernd unter die Nase. Frank griff zu und hielt eine dünne, silberne Halskette mit einem ebenfalls silbernen Medaillon in der Hand. Er runzelte die Stirn.

»Öffnen Sie es ruhig, Herr Miller!«

Frank drückte auf den Öffnungsmechanismus auf der einen Seite des Medaillons und das Medaillon klappte auf. Er entdeckte einen schwarzen Knopf und die Buchstaben SG im Deckel des Anhängers.

»Der Signalgeber«, erklärte der Professor, »erst als Tristan diesen gedrückt hatte, war es mir möglich, die Verbindung zu ihm herzustellen und seine Rückholungssequenz einzuleiten. Ohne Signal ist keine Rückkehr möglich!«

»Und? B-bereit für die Reise durch den Gothaer-Korridor?«

Tristan nahm Frank das Silberkettchen wieder aus der Hand, schloss das Medaillon und hängte Frank den Signalgeber um.

Ein kurzes Innehalten, dann nickte Frank zögerlich, stand auf und ging hinüber in die Zelle. Vor dem Sarkophag blieb er stehen, betrachtete ihn sich noch einmal kritisch, blickte in sein dunkles Inneres und legte sich schließlich auf die Schaumstoffmatte.

Sein Blick streifte noch die beiden vor dem Bildschirm Sitzenden, als er sich schließlich auf den Rücken legte und tief durchatmete.

»Der Sarkophag schimmert grünlich«, sagte er, als er des leichten Fluoreszierens innerhalb der Kammer gewahr wurde.

»Es ist eine Legierung, hauptsächlich aus Quarz und Nickel. Ein Londoner Wissenschaftler hat sie bereits 1899 entwickelt und damit Experimente durchgeführt. Er selbst und seine Forschungsergebnisse sind leider verschollen und gerieten größtenteils in Vergessenheit.«

Die Metallplatte beförderte ihn vollends ins Innere des Sarkophags und als sich die Klappe surrend schloss, wurde es finster. Die Matte war hart, aber nicht unbequem. Durch Luftschlitze fiel Restlicht in den Quader und nach wenigen Sekunden gewöhnten sich seine Augen an die Lichtverhältnisse. Als er seine Hand vor sein Gesicht hielt, konnte er zumindest die Umrisse seiner Finger wahrnehmen, wenn er diese bewegte.

Von draußen hörte er Flüstern und Wortfetzen.

»Tiefschlaf-Phase«, »R-reise«, »Alter Ego«, vernahm er, und »Realität«.

Er entspannte sich.

9

Frank lag in seinem Bett im Studentenwohnheim und starrte an die Decke. Trotz der geschlossenen Rollläden drang Licht von der Straßenlaterne vor dem Gebäude in sein Zimmer. Ihm wurde warm und er schlug die Decke zur Seite. Müde fühlte er sich überhaupt nicht. So stand er auf und ging zum Fenster.

Er ließ die Rollläden nach oben und sah hinaus.

Im Trakt gegenüber saß wieder der glatzköpfige, pausbäckige Mann vor seinem Rechner. Ihn hatte Frank auch die Nächte zuvor beobachten können, als er selbst spät nach Hause gekommen war. *Nachtaktiv,* dachte Frank, denn tagsüber waren dessen Rollläden bisher stets geschlossen geblieben.

Von rechts hörte er ein Geräusch und als er sich näher zum Fenster beugte, konnte er die zwei Fahnenmasten entdecken, die er bereits kannte. Den einen zierte die Flagge mit dem Stadtwappen Oxfords: ein roter Ochse, der auf drei blauen Wellenlinien steht, Symbol einer Furt-Passage. Auf der Flagge am Mast daneben: das schwarze Hakenkreuz, in weißem Kreis auf rotem Grund. Ein leichter Wind ließ die Seile der beiden Fahnen immer wieder gegen die Masten flattern.

Etwas irritierte Frank. Sein Gedächtnis schien ihm einen Streich zu spielen.

Er konnte sich nicht entsinnen, sich schlafen gelegt zu haben.

Was ist das Letzte, woran du dich erinnerst, Frank?, fragte er sich.

Ein Gang durch einen Keller, flackerndes Licht, Staub und Schmutz, Gefängniszellen, ein Sarkophag.

Und dann?

Frank sah an sich herab.

Er hatte in seinem Bett gelegen; sollte er da nicht seinen Schlafanzug tragen?

Sollte doch …?

Aufgeregt griff er sich an die Brust.

Seine Hand umfasste ein Medaillon.

Er war tatsächlich gereist!

Seine Finger zitterten, als er das Medaillon öffnete.

Halt!

Geistesgegenwärtig ließ er die Rollläden wieder hinab.

Er war Mediziner genug, um an seinen Kreislauf zu denken. Also legte er sich sicherheitshalber zurück ins Bett.

Dann erst drückte er den schwarzen, weichen Knopf im Medaillon.

»Wie geht es Ihnen, Herr Miller?«, hörte Frank die Stimme des Professors rufen.

»Bedenkt man die Umstände: verhältnismäßig gut!«

Woraufhin auch schon die Klappe zu seinen Füßen aufglitt und das eindringende Neon-Licht seine Augen blendete.

Er blinzelte und spürte, wie er auf der Metallplatte liegend wieder ins Freie befördert wurde.

»Falls Sie besorgt sind: Mit Ihrem Alter Ego ist alles in Ordnung! Und mit Ihren Werten auch, soweit ich das hier bereits beurteilen kann.«

Nun holte Frank doch einen dritten Büro-Stuhl aus der letzten Zelle und schob ihn hinüber zu Professor Gothaer und Tristan. Er war überrascht über sich selbst, mit welcher Gelassenheit er seine Reise zur Kenntnis nahm. Vermutlich würden ihm das Erlebte und die Konsequenzen erst nach und nach klar werden. Seine Mutter hatte immer gesagt, er sei von Kindheit an etwas langsamer gewesen als Gleichaltrige. Dafür sei er stets gründlicher und planvoller vorgegangen, schob sie stets hinterher, um ihn gleich wieder zu trösten.

»Ich war tatsächlich in einer anderen Realität«, bestätigte er sich selbst, während er sich setzte.

Professor Gothaer beendete die Programme beider Rechner; Tristan setzte sich an die Tastatur und überprüfte, kopierte und löschte einige der Daten.

»Wir haben uns so spät nachts getroffen, damit wir nicht so lange suchen müssen, um einen Tristan Hartwig und einen Frank Miller im Tiefschlaf zu finden. Einen Transfer bei vollem Bewusstsein des Resonanzkörpers habe ich noch nicht durchgeführt. Das Risiko, dass etwas schief läuft, ist deutlich höher. Sie haben die Momente der Irritation gemerkt?«

Frank nickte.

»Wir müssen diese Momente auf einem möglichst niedrigen Niveau halten! Stellen Sie sich vor, Ihr Alter Ego steuert gerade einen Wagen, wenn Sie seinen Körper ersetzen. Die Sekunde der Irritation reicht aus, um einen Unfall zu verursachen. Auch haben wir bei Versuchen bereits festgestellt, dass sich Erinnerungsfragmente des Resonanzkörpers während des Tauschs ins eigene Bewusstsein einpflanzen und vermutlich ist es umgekehrt ebenso. Im Regelfall werden sie dann vermutlich für Träume gehalten.«

»Mir stellen sich so viele Fragen!«

»Fragen Sie sie! Einen Teil kann ich sicher beantworten!«

»Karen sprach davon, in die Vergangenheit zu reisen. Wie ist das möglich – ohne Resonanzkörper?«

»Oh, sie war sehr theatralisch und hat den Forschungsergebnissen etwas vorgegriffen. Im Moment ist keine Reise ohne Resonanzkörper möglich. Aber wie heißt es so schön? ‚Wir arbeiten daran!' Und auch eine Reise in die Vergangenheit wird dann früher oder später glücken. Es ist, entschuldigen Sie das Wortspiel, allein eine Frage der Zeit. Ich hoffe nur, dass ich es noch erlebe.«

»Eine Reise ins Jahr 1889 nach Braunau am Inn ist also eher Karens Wunschdenken?«

»Im Augenblick: ja.«

»Es g-gibt gewiss auch neuralgischere Punkte«, meldete sich Tristan zu Wort, nachdem er die Rechner ausgeschaltet hatte.

»Wie meinst du das?«, fragte Frank.

Gothaer erklärte an Tristans Stelle.

»Herr Hartwig ist eher skeptisch, dass ein früher Tod Adolf Hitlers den Nationalsozialismus verhindert hätte. Und ich pflichte ihm bei. Das Gedankengut entstand und wuchs teilweise unabhängig von Hitler. Ich erinnere nur an die Rassenideologie. Hitler war zwar Hauptverantwortlicher, keinesfalls aber Alleinverantwortlicher. Vielleicht gleicht der frühe Nationalsozialismus auch einer Hydra, der sofort ein neuer Kopf wächst, wenn man einen alten abschlägt.«

»Das hört sich weitaus weniger euphorisch an als Karens Worte.«

»Sie kennen Fräulein Degner besser und länger als wir, Herr Miller. Sie ist hitzköpfig, enthusiastisch und erbarmungslos idealistisch. Aber ich kenne niemanden, der leidenschaftlicher und energischer Ziele verfolgt als sie.«

»Sie ist eine Visionärin«, sagte Tristan und Frank glaubte, ein leichtes Glänzen in seinen Augen zu erkennen.

»Karen möchte das Übel an der Wurzel packen und Hitler bereits als Kind beseitigen, Sie beide sind skeptisch, ob das unserer Sache dienlich wäre. Was ist Ihr Alternativ-Vorschlag?«

»Es sind alles Gedankenspiele, Herr Miller, nicht mehr, nicht weniger. Wir sind Wissenschaftler. Was wir brauchen sind Fakten und Gewissheit!«

»Wie bekommen wir diese?«

»Wir müssen schlicht und ergreifend eine alternative Realität finden, in der der Nationalsozialismus im Jahre 2004 nicht existiert. Dann untersuchen wir, was in dieser Ebene anders lief, als in der unseren. Und dann beraten wir, ob und wie wir weiter vorgehen. Vorausgesetzt, wir haben bis dahin die technischen Voraussetzungen geschaffen.«

Frank schien in sich gekehrt. Er war bestrebt, das in den letzten Tagen Erlebte in eine sinnvolle Ordnung zu bringen.

»Die ganze Zeit überlege ich, was die zweite Hälfte der Antwort auf meine Frage sein könnte, warum Sie gerade uns vier ausgewählt haben«, sagte er nach kurzem Zögern, »und ich weiß sie nun: Zum einen stammen wir alle aus der Hauptstadt, zum anderen wären wir auch alle noch dort, wenn der Nationalsozialismus nicht existieren würde. Das ist die fehlende Hälfte.«

»Ich habe erwartet, dass Sie selbst die Zusammenhänge erkennen und Sie haben mich nicht enttäuscht.«

Frank führte seine Gedanken weiter.

»Wir suchen eine alternative Realität, deren Punkt X vor dem 14. März 1999 liegt und in der die Resonanzkörper von Karen, Tristan, Dieter und mir nicht in Oxford leben, sondern in Germania!«

Gothaer nickte bestätigend.

»Aber dazu müssen wir Versuche in Germania durchführen!«

»Ich habe nie behauptet, dass es ungefährlich sein wird.«

Ja, ich könnte es, erinnerte sich Frank an seine Antwort auf Karens gestrige Frage.

»Ich bin dabei«, sprach er leise aus, was dem Professor bereits klar war.

11

Als Karen erfahren hatte, dass Frank hierher nach Oxford kam, hatte sie darauf gedrängt, ihn so schnell wie möglich einzuweihen. Nach den ersten drei Abenden wurden die Treffen, an denen sie zu fünft zusammen kamen, unregelmäßiger. Alle hatten sie ihre Verpflichtungen; seien es Parteiveranstaltungen, bei denen man sich durch Abwesenheit verdächtig machte; sei es eine der vielen sportlichen Leistungen, die ein jeder Student des Reiches zu erbringen verpflichtet war; seien es schlicht und einfach Vorlesungen, die es zu besuchen galt.

Dass immer wieder mal Fremde auf dem Campus auftauchten, verstärkte nur geringfügig ihre Nervosität. Auch schien der eine oder die andere in der Mensa, sie mehr als angemessen über private Dinge und solche das Studium betreffend auszuhorchen. Doch es ging niemals über das Maß hinaus, das sie bereits aus anderen Lebensabschnitten kannten und blieb daher relativ unverdächtig. Die Gestapo und deren Spitzel waren überall, in jeder Stadt, in jedem Dorf, an jedem Arbeitsplatz, in jeder Diensteinheit. Sie wussten das und waren entsprechend vorsichtig.

Weitere ‚Reisen' fanden statt. Sie dauerten nie länger als wenige Minuten und führten sie stets in Ebenen, die mit der eigenen nahezu identisch waren. Besonderes Augenmerk legten sie auch darauf, dass weder die Resonanzkörper noch sie selbst zu Schaden kamen. Gesundheitsüberprüfungen nach den Reisen bewiesen, dass es zu keinen messbaren körperlichen Beeinträchtigungen kam. Dies beruhigte sie und spornte sie an. Reisen in alternative Realitäten, deren Zeitpunkt X vor dem 14. März 1999 lag, blieben tabu. Der Professor wollte erst die gewonnenen Erkenntnisse auswerten, bevor der nächste Schritt gemacht wurde.

Professor Gothaer, der geistige Kopf der Gruppe, blieb auch deren Motor. Die vier Studenten waren sehr bemüht, dem Professor im Rahmen ihrer Möglichkeiten jegliche Unterstützung zu gewähren. Über eine bloße Assistentenrolle kamen sie jedoch häufig nicht hinaus. Je mehr das Forschungsprojekt voran schritt, desto größer wurde der Respekt, den sie ihm zollten. Oftmals führten sie einfach aus, was er ihnen auftrug, ohne die originären und kausalen Zusammenhänge in ihrer Gänze zu verstehen. Falls dem Professor etwas zustoßen sollte, das war Frank bald klar, konnten sie ihren Plan begraben.

Einzig Tristan beeindruckte die anderen mit seinem immensen Wissen, was Rechner, Programme und die reichsweite Datenvernetzung betraf. Einmal kritisierte Frank, dass es sehr unvorsichtig wäre, die beiden Rechner im Keller der Fakultät so offen herumstehen zu lassen, auch wenn in den anderen Kellerräumen ebenfalls alte Rechner lagerten und die Räumlichkeiten dort unten wirklich nicht den Eindruck erweckten, dass in ihnen eine Verschwörung ihren Anfang nahm. Was wohl passieren würde, wenn sie der Gestapo in die Hände fielen, wollte er wissen. Frank hatte Tristan noch nie so laut und schallend lachen hören und Frank starrte irritiert auf ihn und die neben ihm wissend schmunzelnde Karen. Mit einer Vielzahl von Fachbegriffen und beinahe ohne jegliches Stottern erklärte ihm Tristan in einer vorher nicht erlebten Selbstsicherheit, dass die Festplatten auf dem Rechner de facto leere Hüllen wären. Die Gestapo würde ein medizinisches Standard-Programm entdecken, wie es an jeder Reichshochschule Verwendung fand, an der Medizin gelehrt wurde und zudem einen Zugang zu externen Datenbänken. Wo die ganzen Daten abgespeichert wären, hakte Frank nach, und an welcher Stelle der Rechner stehe, der die alternativen Realitäten anmisst. Tristan lächelte triumphierend. Die Datenpakete habe er verschlüsselt, gepackt und geteilt, und das mehrfach, erklärte er. Und er habe sie übers Netz auf sämtliche Hochschulrechner des Reichs ausgelagert. Hier eine Datei und da eine Datei, wie er sagte. Ursprung und Inhalt wäre nicht mehr erkennbar, sollte eine der Dateien einmal per Zufall entdeckt werden. Dies sei auch schon passiert, habe Gothaers Forschung aber nur unwesentlich zurückgeworfen; es sei ein Risiko, das man eben eingehen musste. Besonders wichtige Daten habe er auch in seinen Speicherstäben. Doch auch diese seien für jemanden wertlos, der weder Zusammenhänge noch die angewandte Verschlüsselung kenne. Dass der Rechner zur Anmessung der anderen Ebenen sich direkt an der Universität in Germania selbst befand, inmitten der Löwengrube, das erfuhr Frank erst viel später. Ob Tristan glaube, er könne die Gestapo und sämtliche Spezialisten des Reiches zum Narren halten, fragte Frank skeptisch und Tristan antwortete mit einem einfachen »Ja!« Frank blieb nichts anderes übrig, als ihm zu vertrauen.

Nach einem kurzen Herbst hielt der Winter Einzug in den Cotswolds und weckte unangenehme Assoziationen bei Frank. Dachte er ohnehin schon viel an seine Zeit im Gotengau und in der Stadt des Endsiegs, so wuchsen die Erinnerungen mit der einbrechenden Kälte und dem Schnee noch eindringlicher an. Nicht nur einmal hatte er gesehen, wie der Schnee sich gerötet hatte, von einer Person, die erschossen worden war. Meistens waren es einheimische Männer gewesen, seltener eine Frau, ein Kind oder ein Wehrmachtssoldat. Sein Gewissen quälte ihn. Ein Winter reichte sicher nicht aus, das Erlebte zu verdrängen und wieder die Schönheit verschneiter Zweige, zugefrorener Teiche oder tanzender Schneeflocken zu entdecken. Frank stellte sich seiner Vergangenheit, die oftmals das Gespräch zwischen Karen und ihm beherrschte auf den vielen Spaziergängen, die die beiden durch die malerische angelsächsische Landschaft unternahmen. Nein, er habe niemanden erschossen, er habe keinem persönlich ein Leid zugefügt, beantwortete er Karens Frage. Doch zugesehen habe er sehr wohl und meistens auch gewusst, was um ihn herum passierte. Eingeschritten war er nur dann, wenn für ihn selbst keine Konsequenzen entstehen konnten. Das sei bei weitem an Schuld genug, meinte er. Karen kommentierte dies nicht.

Karen und Frank gingen einfach, wenn die gefallene Schneemenge das erlaubte, querfeldein über die umliegenden Hügel oder besuchten die nahe gelegenen Dörfer Burford und Woodstock, deren historische Bauten genau so wunderschön waren, wie Karen es Frank vorgeschwärmt hatte. Auch die Tagesfahrt nach Stratford-am-Avon beeindruckte ihn sehr, vom alten germanischen Steinkreis schickte er seinen Eltern sogar eine Postkarte. Manchmal begleitete Tristan die beiden auf ihren Ausflügen, durch die dicke, warme Winterkleidung wirkte seine hünenhafte Statur noch weitaus Furcht einflößender. Meist blieb er äußerst schweigsam, beobachtete dafür umso aufmerksamer und erwies sich als guter Zuhörer. Professor Gothaer und Dieter Wiegand gesellten sich seltener zu ihnen.

Mehr und mehr erkannte Frank auch, dass Kontakte zu anderen im Verborgenen arbeitenden Gruppen bestanden, die das gleiche Ziel wie sie verfolgten. Die Kontaktpersonen bekam er das eine oder andere Mal zu Gesicht, über ihre Identität erfuhr er nichts. Er wollte auch gar nichts darüber wissen. So war es sicherer.

Anfang Februar dann kam von Professor Gothaer die überraschende Nachricht, er habe einen weiteren Durchbruch erzielt. Es sei ihm gelungen, den ‚Grad der Abweichung' zu bestimmen, wie er es nannte. Von allen mittlerweile über 1.500 alternativen Realitäten mit negativer Abweichung sei es nun möglich zurück zu rechnen, zu welchem Datum der jeweilige Zeitpunkt X stattfand. Mehrere der jüngeren waren am 14. März 1999 und damit unmittelbar vor Gothaers Entdeckung der anderen Ebenen, den ältesten bestimmte Gothaer mit - sage und schreibe - dem 16. Mai 364, also mitten in der Spätphase des Römischen Reichs. Das Datum beflügelte verständlicherweise die Fantasie aller Beteiligten. Wie mochte eine Welt heute aussehen, deren Geschichte sich, in welcher Form auch immer, seit dem 16. Mai 364 komplett anders entwickelt hatte, als die eigene? Waren überhaupt noch Parallelen erkennbar? Oder unterschied sie sich nur minimal, weil die Veränderung nur eine unwesentliche war? Die Antwort sollte ein Geheimnis bleiben, denn der Versuch ihre fünf Resonanzkörper in dieser negativen Realität zu orten, blieb ergebnislos. Den Spekulationen öffnete dies erst recht Tür und Tor.

Ende Februar flog der Professor verabredungsgemäß nach Germania zu einem Routine-Besuch zu seinem Kollegen, Professor Doktor Lothar Hemmbacher. Wie bereits bei den vorangegangen Treffen informierte Gothaer seinen Kollegen nicht mehr als notwendig. Gothaer nahm an mehreren Sitzungen teil, hielt Gastvorträge an der Technischen Universität und begutachtete die Forschung, die Hemmbacher in Germania betrieb und die, verglichen mit der seinen, in den Kinderschuhen steckte. Nach zehn Tagen kehrte er nach Oxford zurück und beendete seinen Bericht vor Karen, Tristan, Dieter und Frank mit der Ankündigung, dass ein erneuter Termin vereinbart worden war. Es sollte ein zweiwöchiger Erfahrungsaustausch werden und nicht nur er war dazu gebeten worden, sondern er solle auch in seine Forschung und Versuche involvierte Studenten mitbringen. Gemeinsame und universitätsübergreifende Arbeitsgruppen sollten Möglichkeiten und Risiken der Theorien Gothaers und Hemmbachers erörtern. Dass dies im Sinne der Reichsführung geschah, ging aus dem Umstand hervor, dass auch führende Funktionäre der NSDAP geladen waren.

Als Termin vorgesehen war Samstag, der 21. Mai 2005.

12

Mehr als vier Stunden benötigten Frank, Tristan und Dieter, um die beiden Sarkophage in ihre Einzelteile zu zerlegen. Zuerst schraubten sie die Deckplatten ab, dann die einen Quadratmeter großen Vorder- und Rückseiten und schließlich die Seitenplatten. Es war eine harte Arbeit, da die Quaderplatten außerordentlich schwer waren und immer gleichzeitig von allen dreien während ihrer Loslösung stabilisiert und aus der Zelle getragen werden mussten. Dann trennten sie die heraus fahrbaren Liegeflächen und deren Mechanik von der Unterseite. Sämtliche Teile wickelten sie in Leinen ein und stapelten sie übereinander. Schrauben, Muttern und sonstige Kleinteile verschwanden in einem Jutesäckchen. Und auch ihr Werkzeug landete letztendlich darin. In einen größeren Sack steckten sie die vielen Kontakte und Kabel zum Anschluss der Sarkophage an einen Rechner.

Erschöpft - besonders Dieter war ins Schwitzen geraten - aber mit einem gewissen Stolz besahen sie sich die vor ihnen im Kellerflur aufeinander gelagerten, in Leinen gehüllten Metallplatten.

Es klingelte. Tristan griff zu seinem auf dem Tisch neben dem Monitor liegenden Telefon und meldete sich.

»W-wunderbar. W-wir sind gerade fertig geworden. W-wir kommen.«

Dann wandte er sich an Frank und Dieter: »Sie fahren gerade auf den P-parkplatz.«

Dass Tristan mit ‚sie' Professor Gothaer und Karen meinte, wussten die beiden.

Der Professor hatte einen Lastwagen und einen Fahrer organisiert. Den Fahrer hatte er mit dem Namen ‚Gregor' angekündigt. Einen Nachnamen hatte er nicht erwähnt, der tat auch nichts zur Sache. Der Professor meinte nur, er habe absolutes Vertrauen zu Gregor und die Sarkophage wären bei ihm in guten Händen. Das genügte den anderen.

»Na dann: Weiter geht's!«, sagte Frank, der eigentlich auf eine kleine Pause gehofft hatte.

Zu dritt hoben sie die erste der Platten an, trugen sie über die Kellertreppe nach oben und durch das Universitätsgebäude nach draußen. Da des Öfteren Dinge hier ein- oder ausgelagert wurden, blieb dies weitgehend unbeachtet. Auch an dem ausgemusterten Wehrmachtsfahrzeug, auf das die drei ihre Last hievten, störte sich niemand auf dem Campus. Die Klappe der Ladefläche stand bereits geöffnet, sodass die Platte direkt hinauf gewuchtet werden konnte. Danach stellte sich Gregor - ein stämmiger, rothaariger Mann mit dichtem, gepflegtem Vollbart – den dreien vor und alle sechs gingen nach unten, um die restliche Fracht zu holen.

Nach einer knappen halben Stunde waren sie fertig und besahen sich zufrieden, aber auch ein wenig melancholisch, die in Leinen gehüllten Platten, die Gregor nun mit mehreren Seilen festzurrte, damit sie nicht verrutschen konnten. Danach sprang er von der Ladefläche, schloss die Klappe und zog mittels eines herabhängenden Seils die Abdeckplane vom Dach des Lastwagens nach unten und fixierte sie an der Heckklappe.

Gregor verabschiedete sich per Handschlag von den anderen, stieg ein und fuhr los.

Von der Existenz der Platten, ihrer physikalischen Zusammensetzung oder gar den Experimenten wusste niemand aus dem Stab Hemmbachers. So war es notwendig, sie heimlich nach Germania zu transportieren.

Gemeinsam gingen sie noch einmal nach unten, um die Räume abzuschließen.

Beim Anblick der leeren Zellen beschlich Frank die Wehmut und er dachte, wie die anderen auch, an die Reisen, die sie von hier aus versuchsweise unternommen hatten –

alle in Ebenen, die der eigenen äußerst ähnlich waren. Die nächste Reise, das wusste Frank, sollte weiter gehen, in eine Realität, die sich weitaus gravierender von der eigenen unterschied. Frank war sehr neugierig, wie sie aussehen würde, aber auch etwas ängstlich deswegen. Den anderen ging es ebenso.

Bis zu ihrem Flug nach Germania dauerte es noch vier Tage und wenn alles nach Plan verlief, waren die Sarkophag-Platten schon dort, wenn ihre Lufthansa-Maschine auf dem Hermann-Göring-Flughafen in Schönefeld landete. Die restliche Zeit der Woche gingen sie ihren Tagesgeschäften und ihren Studien nach. Über die vor ihnen liegende Zeit in der Hauptstadt sprachen sie kaum miteinander.

Am Freitag, den 20. Mai 2005, bestiegen sie schließlich am örtlichen Bahnhof den Schnellzug, der sie zum Flughafen nach London bringen sollte. Als sie bei strahlendem Sonnenschein aus Oxford hinaus fuhren und die Häuser und Straßen der Stadt ein letztes Mal an sich vorüber ziehen sahen, ahnte keiner von ihnen, dass dieser Abschied von Oxford für sie alle ein Abschied für immer war.

13

Nach einer Flugzeit von knapp zwei Stunden erreichten sie Germania.

Ob Frank es wollte oder nicht: die Reichshauptstadt beeindruckte ihn ein jedes Mal aufs Neue. Wie die anderen Fluggäste auch, versuchte er möglichst viele Eindrücke durch die kleinen Flugzeugfenster zu erhaschen. Zum Glück war auch hier heute ein sonniger und wolkenfreier Tag.

Germania, die größte der fünf Führerstädte!

Die anderen vier: Nürnberg, München, Hamburg und Linz.

Nürnberg - Stadt der Reichsparteitage, mit dem *Reichsparteitagsgelände* auf einer Fläche von sechzig Quadratkilometern, und dem *Deutschen Stadion*, bereits 1945 fertig gestellt, damals bereits mit Platz für mehr als 400.000 Zuschauern, die mit sage und schreibe 264 Fahrstühlen durch die Etagen befördert werden konnten; in den Jahren danach mehrfach erweitert und modernisiert. Die beiden Vorbilder der Antike hatte der damalige Generalbauinspektor Albert Speer damit übertreffen wollen. Über die 124.000 Quadratmeter des Palastbezirks der persischen Könige Darius I. und Xerxes vor zweieinhalbtausend Jahren in Persepolis und die 200.000 Personen, die seinerzeit im Circus Maximus in Rom Einlass fanden, hatte Speer nach der Umgestaltung Nürnbergs Ende der Vierziger Jahre des letzten Jahrhunderts schallend gelacht.

München - Hauptstadt der Bewegung, mit der *Neuen Münchner Oper*, bereits zu Entstehungszeiten, 1952, größer als die Große Oper von Paris und die Wiener Hofoper zusammen und natürlich mit dem großen Siegesdenkmal der Nationalsozialistischen Arbeiterpartei, der *Siegessäule der Bewegung*. Mit ihren weit mehr als zweihundert Metern ragte sie doppelt so hoch wie das frühere Wahrzeichen der Stadt, die Frauenkirche, in den weißblauen Himmel.

Hamburg - Hauptstadt der deutschen Schifffahrt, mit seiner *Arminius-Brücke*, der längsten Brücke der Welt. Noch zu Lebzeiten Hitlers und Speers konzipiert und endlich, am 20. April 1989, dem hundertsten Geburtstag Adolf Hitlers, eingeweiht, nach dem auch die früheren Probleme mit der Statik auf dem weichen Hamburger Untergrund mit deutscher Gründlichkeit und Präzision gelöst worden waren. Im letzten Jahr war hier der größte Flugzeugträger der Erde vom Stapel gelaufen - mit einer Wasserverdrängung von 120.000 Tonnen.

Linz - Stadt der Kultur und des Gedenkens, mit dem *Großen Mausoleum* an der Donau. Es war 219,9 Meter hoch und damit exakt eineinhalbmal so groß wie die Cheops-Pyramide in Deutsch-Ägypten. Mit seiner Konzeption hatte sich Adolf Hitler noch selbst, bereits hoch in den Jahren, bis zuletzt beschäftigt. Dort ruhten auch seine Gebeine. Linz, in jeder Ecke erinnerten Gedenktafeln an die Jahre, die Adolf Hitler in seiner Jugendzeit hier verbracht hatte. Die Stadt war zusammen mit der Grabstätte zu einem Wallfahrtsort geworden. Jeder Deutsche war einmal in seinem Leben hier.

Nürnberg, München, Hamburg und Linz, sie alle verblassten gegen das, was sich Frank durchs Flugzeugfenster darbot.

Die Stadt selbst war in den letzten Jahren über den sie ehemals umgebenden Autobahnring hinausgewuchert. Ihre Einwohnerzahl hatte die Zehn-Millionen-Marke mittlerweile übersprungen.

Bereits aus weiter Ferne zu erkennen: die beiden *DEST-Türme*. An der Stelle, an der die Elsenbrücke das Südufer der Spree im Stadtteil Treptow erreichte, waren - rechtzeitig zum Jahrtausendwechsel - die Zwillingstürme des SS-Konzerns ‚Deutsche Erd- und

Steinwerke' mit imposanten fünfhundert Metern Höhe und jeweils hundertfünfunddreißig Stockwerken fertig gestellt worden. Der Plan der Reichsführung und der DEST, des unangefochtenen Marktführers in der Bauwirtschaft, das World Trade Center in Neu-York als höchstes Gebäude der Welt abzulösen, war grandios erfüllt worden und die zeremonielle Inbetriebnahme der Türme unter Beisein der gesamten Reichsführung war einer der Höhepunkte im Rahmen der offiziellen Jahrtausend-Feierlichkeiten gewesen. Erneut war es gelungen, Rekorde der verhassten Amerikaner zu brechen.

Die *Ewige Reichskanzlei*, nach der Neuen Reichskanzlei die zweite, die nach 1933 entstanden war, ließ ihren Vorgänger verblassen. Ihre Grundfläche betrug das Fünffache der ursprünglichen Kanzlei. Für den zitadellengleichen Bau war zwischen 1950 und 1960 beinahe die komplette Wohn- und Geschäftsbebauung Moabits abgerissen worden. Adolf Hitler hatte sie selbst noch einweihen dürfen, später war sie der Sitz aller Hitler nach ihm geworden.

Der Tiergarten, in dem im 16. und 17. Jahrhundert die preußischen Regenten noch Hirsche, Wildschweine und Hasen gejagt hatten und der später als Volkspark gedient hatte, hatte zu einem großen Teil der *Soldatenhalle* und der *Großen Kuppelhalle* weichen müssen.

Die *Soldatenhalle* glich einem gigantischen Würfel mit einer Kantenlänge von zweihundert Metern und diente der Ehrung und dem Andenken sämtlicher seit 1914 gefallener deutscher Soldaten, deren Namen auf ihren Mauern verewigt standen.

Nordwestlich des Reichstags und wie sein großer Bruder wirkend, die *Große Kuppelhalle*. Diese war mit ihren zweihundertneunzig Metern Höhe und Raum für 250.000 Menschen nach dem Nürnberger *Deutschen Stadion* die zweitgrößte Versammlungshalle der Welt.

Auf der Grenze Schönebergs zu Kreuzberg gelegen: das *Führerpalais*, offiziell die ‚Wohnung' des Führers, mit einer Wohnfläche von einer Million Quadratmeter und noch einmal der gleichen Größe an Grünfläche um den Palast herum. Eigene Kinos, Theater, Versammlungssäle, Besprechungsräume, Sporthallen mit Platz für Tausende Privilegierter waren hier integriert worden. Das weiter östlich gelegene Stadtschloss wirkte im Vergleich dazu wie eine Hundehütte zu einer Villa.

Wie zwei durch die Stadt getriebene Schneisen wirkten die Nord-Süd- und die West-Ost-Trasse, die aus dem Luftraum betrachtet einem gigantischen Kreuz glichen. Südlich des Kreuzungspunktes: der *Triumphbogen*. Das Brandenburger Tor und der als Symbol des Sieges aus Paris hierher gebrachte Arc de Triumphe wären auch übereinander gestellt nicht einmal halb so hoch gewesen. Die Größe und Erhabenheit des *Triumphbogens* über sich, war hier im Jahre 1948 Winston Churchill, der letzte Ministerpräsident des besiegten Großbritanniens, am Strang hingerichtet worden, nachdem er nach kurzem Prozess in Nürnberg zum Tode verurteilt und dann die ganze Strecke von der westlichen Stadtgrenze zu Fuß und in Ketten durch skandierende Menschenmassen getrieben worden war.

All die Monumentalbauten sollten Eindruck und Ehrfurcht auf Einheimische und Besucher erwecken und erfüllten ihren Zweck. Bei ihrem Anblick fühlte sich der Betrachter klein, unwichtig, wie ein kleines Rädchen im Getriebe. Der Macht und der Größe des Deutschen Reiches hatten sich alle unterzuordnen: der Feind, die Welt, das Individuum.

Durch wessen Leid Germanias Glanz und Glorie entstanden war, wusste Frank nicht erst seit seiner Armeezeit im Osten des Reiches. Zu viele Menschen waren aus seinem näheren und weiteren Bekanntenkreis damals in Germania verschwunden, als dass er oder andere es für tatsächlich möglich gehalten hätten, diese wären alle ‚umgesiedelt' worden. Wohin auch? Nur wenige waren zurückgekehrt. Wo sie gewesen waren? Darüber redete man nicht.

Dass die Wörter ‚Sklave' und ‚Slawe' ihren Ursprung im selben Wortstamm hatten, war ihm von Kindesbeinen an in Vorschule und Schule gepredigt worden. Die Jahre im Gotengau auf der Krim und in der Stadt des Endsiegs hatten ihm gezeigt, dass das Reich mit deutscher Gründlichkeit und Grausamkeit die Bedeutungen wieder zusammengeführt hatte. Der üblicherweise verwendete Begriff ‚Zwangsarbeiter' verharmloste die inhumanen, brutalen Lebens- und Arbeitsbedingungen der Menschen im Osten.

All das schwirrte Frank im Kopf herum, als die Lufthansa-Maschine in ihren Landeanflug überging, und ihn überkamen starke Zweifel an der Durchführbarkeit ihrer Pläne.

Auch an seine Eltern dachte er. Er hatte ihnen telefonisch mitgeteilt, dass er für ein paar Tage in Germania wäre. Natürlich wollten sie ihn unbedingt sehen und Frank versprach, dass er versuchen würde, sich dafür Zeit zu nehmen.

Die Flughafenkontrolle nach der Landung war eher nachlässig. Sie war nichts im Vergleich zu dem, was Frank bei der einen zivilen Heimreise aus dem Osten erlebt hatte. Üblicherweise flogen die Soldaten mit Militärmaschinen zum Heimaturlaub, von denen zwei im Jahr genehmigt wurden. Die Lufttransportmaschine, die ihn und seine Kameraden nach Germania hatte bringen sollen, hatte einen Defekt gehabt. Da es sich zufällig ergab, dass eine Sondermaschine der Lufthansa auf dem nahe gelegenen zivilen Flughafen noch Plätze frei hatte, waren sie alle kurzerhand in diese befohlen worden. Frank hatte nach der Landung in der Hauptstadt seinen Koffer komplett auf einem Tisch entleeren müssen. Alles war betastet, durchwühlt und untersucht worden. Eine Porzellantasse, die er seiner Mutter als Geschenk hatte mitbringen wollen, war zu Bruch gegangen; darüber beschwert hatte er sich nicht. Er selbst hatte sich im Beisein von fünf uniformierten Sicherheitsbediensteten splitternackt ausziehen müssen. Sogar unter seine Zunge hatten die Uniformierten mit einer Taschenlampe geleuchtet, und seine Gesäßbacken hatte er mit den Händen auseinander ziehen müssen, damit auch dort kontrolliert werden konnte. Spätestens seit dem in letzter Sekunde vereitelten Terroranschlag auf die DEST-Türme im Jahre 2001 waren die Sicherheitsmaßnahmen extrem verschärft worden und schonten niemanden.

Bei den Flugzeugen, die aus dem Westen des Reiches kamen, schienen die Vorschriften weitaus laxer gehandhabt zu werden. Nur stichprobenweise wurden die Passagiere der gerade aus London angekommenen Lufthansamaschine kontrolliert. Tristan, der per Zufall bestimmt wurde, musste lediglich seine Schuhe ausziehen und wurde abgetastet. Er ertrug es geduldig. Die Speicherstäbe in der Innentasche seiner Jacke erregten weiter kein Aufsehen.

Mit einem Großraumtaxi fuhren sie danach zusammen zur Technischen Universität, in der sie für die kommenden Tage auch untergebracht waren und in der spätnachmittags noch ein kleiner, entspannter Empfang stattfinden sollte, bevor am morgigen Tag die gemeinsamen Sitzungen und Diskussionen begannen. Der Tagesablauf für den Samstag sah ein eher allgemein gehaltenes Programm vor. Vorkenntnisse der einzelnen Teilnehmer sollten ausgelotet, Bekanntschaften geschlossen und Hemmschwellen abgebaut werden. Der Sonntag stand dann für alle zur freien Verfügung, allerdings mit gemeinsamem Abendessen; am Montag standen dann einleitende Vorträge der beiden Professoren an und am Dienstag sollte der eigentliche Erfahrungsaustausch beginnen. Dem Professor war klar, dass dieser nur in eine Richtung fließen würde.

Das Universitätsgelände im Bezirk Charlottenburg glich architektonisch beim ersten Hinsehen dem Campus in Oxford: geradlinig, zweckdienlich, nüchtern. Obwohl sie alle

- abgesehen von Professor Gothaer – aus Germania stammten, auf dem Hochschulcampus war noch niemand von den vier Studenten gewesen.

Als das Taxi zum Stehen kam, fiel Frank als erster Unterschied die Inschrift auf dem Rundbogen über dem Eingangsportal auf: AUDACES FORTUNA JUVAT. »Dem Tapferen hilft das Glück!«, sprach Karen die Übersetzung laut aus.

Als sie mit ihren Taschen und Koffern dann vor den vielen Hinweisschildern und Wegweisern standen, entpuppte sich das Universitätsgelände doch als weitaus größer, als jenes im nun fernen Oxford, das selbst schon die Strukturen einer Kleinstadt aufgewiesen hatte. Doch Professor Gothaer, selbst nicht zum ersten Mal hier, schritt zielstrebig in eine Richtung und die anderen folgten ihm.

Nachdem sie ihre Zimmer im Gästehaus der Universität bezogen hatten, machten sie sich auf den Weg in die Kleine Aula.

In lockerer Atmosphäre empfing sie dort ein stattlicher, sportlich wirkender Mann, Ende der Fünfzig, dessen noch volles Haar ebenso silbergrau war wie sein buschiger Oberlippenbart. Nach dem Hitlergruß stellte er sich als Professor Doktor Lothar Hemmbacher vor und begrüßte sie alle aufs Herzlichste hier auf dem Campus. Etwa zwanzig Studenten waren anwesend, zwei Männer in SS-Uniformen und drei weitere Männer, die Frank als der Gestapo zugehörig einschätzte. Hemmbacher selbst und mehrere seiner Studenten trugen ein metallenes Parteiabzeichen am Revers. Weiterhin fiel Frank auf, dass Karen die einzige Frau hier war.

An den Seitenwänden der Kleinen Aula standen Tische aufgereiht, auf denen kalte Platten und alkoholfreie Getränke angeboten wurden.

Die zwischen noch Unbekannten üblichen Floskeln machten die Runde: ob sie eine angenehme Reise hatten, wie denn das Wetter in Oxford sei und wie denn die Lebenssituation in Angelsachsen wäre, wollten die Gastgeber wissen. Sie fragten nach der dortigen Landschaft, der politischen Stimmung und der polizeilichen Sicherheit.

Die Männer von SS und Gestapo hielten sich eher im Hintergrund, ließen die anderen reden und versuchten, sich unbeteiligt zu geben: Verhaltensmuster, die Frank nicht neu waren.

Die Inhalte der Gespräche waren belanglos, dennoch verglich Frank es mit den Geplänkeln, die sich seine Einheit damals mit den Aufständischen auf den Anhöhen der Krim geliefert hatte. Man wollte etwas über sein Gegenüber in Erfahrung bringen, dessen Stellung ausloten. Hier wie dort wollte man wissen, welche Stärken und welche Schwächen der andere hatte, dabei sich selbst keine Blöße geben. Auf der Krim ging es um militärische und strategische Schwächen, hier um menschliche. Möglichst wenig Privates von sich geben, nichts von Familie oder Freunden erzählen, Frank praktizierte dies seit Jahren. Persönliches konnte leicht zum Bumerang werden, im Falle, dass man in Ungnade fiel. Und Frank war sich im Klaren, wie nahe sie alle am Abgrund standen.

Der Empfang zu ihren Ehren löste sich gegen zehn Uhr auf und Frank und seine Mitreisenden legten sich zeitig schlafen. Nach einem Frühstück in der beinahe menschenleeren Mensa, begann der Samstag mit denselben Leuten und den gleichen Geplänkeln, mit denen der Freitag geendet hatte.

Inhaltlich standen Vorträge zur modernen, zeitgenössischen Physik auf der Tagesordnung des Vormittags. Studenten der Gastgeber-Universität referierten über die Theorie der nichtlinearen Systeme, über Themengebiete aus der Quantenphysik und aus der Weltraumforschung. Neues war für Frank nicht dabei, die Vorträge sollten auch lediglich als Einstimmung für die gemeinsamen nächsten Tage dienen. Am Nachmittag dann schlossen sich Diskussionen an, neueste Erkenntnisse und Forschungsresultate wurden ausgetauscht. Es wurde spekuliert, philosophiert, gefachsimpelt und Frank war überrascht, wie schnell die Zeit vergangen war, als Professor Hemmbacher den offiziellen Teil des Samstags gegen fünf Uhr als beendet erklärte.

Er wolle mit seinen Studenten noch ein paar aus Oxford mitgebrachte Unterlagen durchgehen, entschuldigte Professor Gothaer sich und die anderen bei seinem Kollegen aus Germania und eiste sie alle damit von der Verpflichtung los, gemeinsam mit den Gastgebern noch zu Abend zu essen und möglicherweise auch den restlichen Abend zu verbringen.

Schließlich hatten sie andere Pläne.

14

Ein Linienbus brachte die fünf ans gewünschte Ziel, das bisher nur Professor Gothaer bekannt gewesen war: der alte Westhafen.

Neben den neuen Hafenanlagen mit seinen modernen Ladekränen und den imposanten Lagerhallen standen auch noch Reste der alten Bebauung, die ihrem baldigen Abriss entgegen sahen: ehemalige Büroräume und Hallen, teilweise noch als Lagermöglichkeit genutzt. Mit der gleichen Sicherheit, mit der er sich auf dem Gelände der Technischen Universität zu Recht gefunden hatte, bewegte sich der Professor auch hier.

Bis auf einen einzelnen Mann, der in einem mit Öl verschmierten Arbeitsanzug steckte und an der geöffneten Motorhaube eines älteren Volkswagens mit einem Schraubenschlüssel in der Hand herumwerkelte, schien der Hafenbereich völlig menschenleer.

Der Mann registrierte die Ankommenden und einem fragenden Blick Gothaers begegnete er mit der Andeutung eines Kopfnickens. Dann arbeitete er weiter.

Zielstrebig ging der Professor um eines der verlassenen Gebäude herum, Frank und die anderen folgten ihm. Auf der Rückseite des Hauses öffnete Gothaer eine unverschlossene Tür, neben der ein verrostetes Metallschild mit der kaum noch erkennbaren Prägung ‚Spedition Winfried Mettmann' zu erkennen war.

Hinter einem der Fenster im Obergeschoss meinte Frank, für den Bruchteil einer Sekunde ein Gesicht gesehen zu haben.

Er erwähnte es und der Professor entgegnete, es sei alles in Ordnung.

Das Tageslicht reichte gerade noch aus, um sich im Inneren des Gebäudes zu orientieren. Der Professor führte die anderen einen leicht verschmutzten Gang entlang. Sie passierten mehrere geschlossene Türen, bis Gothaer vor einer stoppte und diese öffnete. Dahinter führte eine Treppe in einen Keller hinab. Gothaer knipste die Deckenbeleuchtung des Kellers an, ließ die anderen an ihm vorbei hinab steigen und folgte schließlich selbst, nachdem er die Tür wieder hinter sich geschlossen hatte.

Frank und Dieter betraten als erste den Kellerflur und entdeckten in seinem hinteren Bereich eine sperrangelweit offen stehende Tür.

»Hinten rechts sind unsere Sarkophage«, hörten sie die Stimme des Professors rufen.

Nach kurzem Suchen fand Frank den Lichtschalter und atmete hörbar auf, als er die nach wie vor in Leinen gehüllten Metallplatten in drei Stapeln, ordentlich übereinander gelegt, wiedererkannte. Auch ihre Jutesäcke lagen daneben.

Der Raum war etwa fünfundzwanzig Quadratmeter groß, zwei alte Holzschreibtische standen an der einen Wand, neben ihnen jeweils ein Rechner und auf ihnen wiederum Monitor und Tastatur. Fünf Büro-Drehstühle waren zu sehen, alle verschlissen und wohl schon vor langer Zeit ausrangiert; bei zweien fehlte die Rückenlehne.

Tristan rieb sich die Hände: »Los g-geht's!«

Ohne ein weiteres Wort zu verlieren, zerrte er an der am nächsten gelegenen Platte das Leinentuch herunter; Karen kam ihm zu Hilfe, nachdem sie mit ihrem mobilen Telefon den Raum auf Abhöreinrichtungen untersucht hatte; Frank und Dieter widmeten sich dem Nachbarstapel. Der Professor setzte sich an einen der Schreibtische, fuhr den ersten Rechner hoch, danach den zweiten.

Während Tristan, Karen, Frank und Dieter die Sarkophage montierten, vernetzte Gothaer die Rechner mit den erforderlichen Knotenpunkten, überspielte die benötigten Programme, überprüfte und kopierte Daten. Schließlich steckte er die von Tristan mitgebrachten Speicherstäbe in die entsprechenden Schnittstellen der Rechner und sortierte dann die Kabel und Kontakte aus dem Jutesack, um sie dann ebenfalls an die Rechner anzuschließen. Die beiden Medaillons legte er neben den Bildschirmen ab, dann half er den anderen.

Die eisernen Tragegestelle der Sarkophage hatten sie nicht mitverschickt und so wurden die Quader unmittelbar auf dem Boden liegend montiert.

Es dauerte bis Mitternacht, bis alles so stand, wie es für ihr morgiges Experiment erforderlich war. Für die Überprüfung sämtlicher Datenleitungen und Verbindungen vergingen weitere zwanzig Minuten.

Alles schien in Ordnung zu sein!

»Bevor wir zurück auf den Campus fahren«, sagte Gothaer, »will ich noch einmal zusammen fassen, wie ich mir den morgigen Ablauf vorstelle. Wir werden möglichst früh aufbrechen, um niemandem zu begegnen, der uns Fragen stellt oder mit uns den Tag verbringen möchte. Falls wir doch jemanden antreffen, ist unsere einheitliche Aussage, dass wir einen gemeinsamen Ausflug zum Wannsee machen, mit Waldspaziergang, Dampferfahrt und Besuch im Arbeitermuseum. Wir werden auch die U-Bahn Richtung Wannsee besteigen und wenn wir uns sicher sind, dass uns niemand folgt, wechseln wir die Richtung und fahren hierher zum Westhafen. Wir führen morgen für jeden von Ihnen die Resonanzprüfungen in den negativen Realitätsabweichungen durch. Inzwischen ist die Zahl auf über 1.600 angewachsen, wie ich vorhin der Bildschirmanzeige entnommen habe und ich glaube, wir sind mit den Prüfungen fertig, ehe wir zu unserer Verabredung im ‚Salzkammergut' erscheinen müssen.«

»'Salzkammergut?'«, fragte Frank.

»Spezialitäten aus der Ostmark!«, erwiderte Karen.

»Nach unserem gemeinsamen Abendessen mit den Kollegen von der Universität Germania«, fuhr Gothaer fort, »versuchen wir, uns so früh wie möglich zurück zu ziehen - jeder für sich, das wirkt unauffälliger. Später treffen wir uns alle hier. Vorausgesetzt natürlich, unsere tagsüber durchgeführten Resonanzprüfungen waren erfolgreich und wir haben tatsächlich eine alternative Realität lokalisiert, in der sie alle vier hier in Germania sind und deren Zeitpunkt X vor dem 14. März 1999 liegt. Mit hoher Wahrscheinlichkeit haben wir dann eine Ebene entdeckt, in der es am 22.05.2005, also morgen, keinen Nationalsozialismus mehr auf deutschem Boden gibt.«

»Und dann«, unterbrach ihn Karen, »finden wir heraus, was in dieser Ebene anders lief, besser.«

Frank blieb skeptisch. »Sie glauben ernsthaft, Sie könnten auf absehbare Zeit die Möglichkeit entwickeln, um in die Vergangenheit unserer eigenen Ebene zu reisen? Dort die NSDAP mit Stumpf und Stiel auszutilgen und die Gegenwart lebenswerter zu machen?«, fasste Frank seine Bedenken zusammen.

»Ich zweifle keine Sekunde daran, Herr Miller! Weder an der theoretischen Möglichkeit noch an ihrer Ausführung!«

Der Professor hatte ein merkwürdiges Glänzen in seinen Augen. Für Frank grenzte Gothaers nur kurz zu erkennender euphorischer Gesichtsausdruck schon fast an Besessenheit; Franks Skepsis wurde nicht gemildert. Ganz im Gegenteil.

»W-was ist, wenn wir nicht die r-richtige Ebene finden?«

»Dann nutzen wir eine, in der sich drei Resonanzkörper befinden. Es ist ja nur eine Frage der Wahrscheinlichkeit. Vier Übereinstimmungen sind sicherer als drei, dennoch sind drei schon ein für unsere Zwecke ausreichendes Ergebnis.«

»Wer wird die Reise unternehmen?«, fragte Dieter. »Wir sind zu viert und haben zwei Sarkophage!«

»Herr Hartwig hat mir bereits vorgeschlagen, dass er selbst aus Sicherheitsgründen besser hier bleibt. Er kennt sich am besten mit unseren Programmen, Daten und deren Speicherung und Verschlüsselung aus. Wenn ihm etwas zustößt, hätte selbst ich nicht mehr den Zugang zu allen erforderlichen Daten.«

»Bleiben also noch Frank, Dieter und ich«, meinte Karen.

»Ich wäre gerne dabei«, fügte sie ganz unbescheiden hinzu.

»Ich auch«, reagierte Dieter sofort.

»Frank?«, fragte Karen.

Frank nickte.

»Ich möchte auch auf die Reise gehen«, sagte er leise.

Einige Momente des Schweigens folgten, in denen jeder der Anwesenden glaubte, einer würde einen Rückzieher machen.

»Wir haben ja noch Zeit bis morgen!«, schloss Gothaer.

Danach verließen sie das Hafengelände und kehrten auf den Campus zurück.

15

Es hatte alles reibungslos funktioniert.

Beim Frühstück waren sie allein gewesen, niemand hatte sich aufgedrängt oder verdächtige Fragen gestellt.

Es war noch nicht einmal neun Uhr, als sie wieder im Kellerraum des Westhafens eintrafen.

Ein langer Tag im stickigen Kellerraum stand an. Auf dem Weg hierher hatten sie sich Mineralwasser und Käsebrötchen besorgt. Tristan packte alles aus seinem Rucksack auf einen der Schreibtische und setzte sich vor einen der Monitore, Gothaer nahm vor dem anderen Platz.

Sie schalteten die Rechner ein und starteten die benötigten Programme.

Kurz darauf glitt wunschgemäß die Frontklappe von einem der beiden Sarkophage auf und die metallene Liegefläche fuhr summend nach draußen.

Ohne sich auf eine Diskussion einzulassen, schuf Karen Fakten und legte sich auf die dunkelblaue Schaumstoffmatte, welche sofort wieder mit ihr im Quaderinneren verschwand.

Nun brachen für alle Beteiligten lange Stunden des Messens und Wartens an, die quälend langsam vergingen. Einzig die Zahlen auf dem einen der Bildschirme veränderten sich konstant. Die eine Zahl, bei 1.635 gestartet, wurde gleichmäßig geringer, die zweite, bei Null gestartet wuchs in unregelmäßiger Geschwindigkeit an. Als die erste schließlich bei Null ankam, war die zweite auf 1.013 angewachsen und Karen wurde endlich aus dem Sarkophag befreit. In 1.013 der lokalisierten Ebenen gab es also ebenso eine Karen Degner. Karen sah auf ihre Armbanduhr, während Dieter ihren Platz einnahm und ins Innere des Sarkophags transportiert wurde. Es war bereits eine Viertel Stunde nach eins.

Die erste Ziffernfolge startete nun bei 1.013, die zweite wieder bei Null und war nach weiteren drei Stunden auf 687 angewachsen.

»Der 16. Mai 364 ist damit d-draußen«, meinte Tristan, während Frank sich nun auf die Metallfläche legte.

Als Frank den grünlich schimmernden Quader nach etwa neunzig Minuten verließ, sagte Tristan »318« zu ihm und ließ sich nun selbst auf seine Resonanzkörper hin überprüfen.

Zu viert um den Monitor herumsitzend, verfolgten sie gespannt, wie die linke Zahl mit 318 startete und stetig weniger wurde. Die rechte verharrte auf der Null und wollte sich einfach nicht verändern. Zwanzig Minuten bangen Wartens folgten und sie kamen Frank länger vor, als seine eineinhalb Stunden im Innenraum des Sarkophags. Endlich sprang sie auf die ‚1' und sie atmeten alle erleichtert auf.

Und als die linke Zahl bei 12 stand, verwandelte sich die ‚1' sogar noch in eine ‚2'.

Schließlich wurde Tristan wieder aus dem Sarkophag befreit und gesellte sich wieder zu den anderen.

»Wir haben zwei Alternativen«, sagte Gothaer, »sehr gut. Na, dann wollen wir mal überprüfen, ab welchen Zeitpunkten die Geschichte einen anderen Verlauf nahm.«

Er drückte ein paar Tasten und endlich blinkten – klein und unscheinbar – die beiden sehnsüchtig erwarteten Daten auf dem Bildschirm.

»24. November 1399 und 5. Juni 1944«, las Frank laut vor.

Dieter wurde bleich: »Die missglückte Anlandung der Alliierten in der Normandie!«

»Das ist es!« Gothaer sprang auf und strahlte über das ganze Gesicht.

Auch Tristan und Karen fiel sichtlich ein Stein vom Herzen.

»Die Anlandung in der Normandie«, wiederholte Frank noch einmal in aller Ruhe, »das könnte tatsächlich funktionieren.«

Zum ersten Mal glaubte er an einen Erfolg, an den er bislang nur glauben *wollte*.

»Sie hat die entscheidende Wende im Deutschen Krieg herbeigeführt«, resümierte Dieter, »die Amerikaner haben eine schwere Schlappe erlitten, sich komplett aus dem Krieg zurückgezogen und Europa sich selbst überlassen. Der Widerstand Großbritanniens, der Sowjetunion und all der anderen, die bis dahin noch gegen das Deutsche Reich Krieg geführt hatten, ist zusammengebrochen wie ein Kartenhaus.«

»Hier nicht«, freute sich Tristan.

»Mit an Sicherheit grenzender Wahrscheinlichkeit gibt es in dieser entdeckten Realität keine NSDAP mehr auf deutschem Boden. Ich gehe davon aus, dass wir eine Ebene entdeckt haben, in der die Anlandung der Alliierten geglückt ist«, meinte der Professor.

Wieder nahm Frank dieses wie besessen wirkende Glitzern in Gothaers Augen wahr. Er ignorierte es, denn schließlich ging der Lebenstraum des Professors in Erfüllung: Er hatte einen Weg gefunden, die Geschichte zu verändern und die Welt lebenswerter zu machen.

»Was war am 24. November 1399?«, fragte Karen plötzlich.

»K-keine Ahnung!«

»Tiefstes Mittelalter.«

»Aus der Zeit wissen wir weniger als aus dem Römischen Reich!«

»Die Hoch-Zeit des Deutschen Ordens.«

»Es ist unwichtig«, würgte der Professor die anderen ab. »Wir haben unseren Zeitpunkt X gefunden! Und wir werden spätestens in der morgigen Nacht hundertprozentige Klarheit darüber erhalten, wie die andere Realität tatsächlich aussieht. Wir werden nach dem Abendessen den Transfer durchführen. Dort angekommen, werden Sie versuchen, möglichst viel über die Ebene heraus zu finden. Besonders darüber, ob unsere These stimmt: Die Anlandung in der Normandie hat die Wende im Krieg herbeigeführt und das Ende der NS-Herrschaft eingeleitet. Halten Sie sich nicht mit Nebensächlichkeiten auf, aber nehmen Sie sich die Zeit, die sie benötigen. Versuchen Sie, sich mit größtmöglicher Unauffälligkeit zu verhalten, damit Ihr Alter Ego keinen unangenehmen Fragen ausgesetzt ist, wenn wir den Tausch wieder rückgängig machen. Haben Sie sich schon geeinigt, wer von Ihnen auf die Reise verzichtet?«

Karen, Dieter und Frank sahen einander wechselseitig betreten und abwartend an.

Keiner wollte die Gelegenheit verstreichen lassen, sich vor Ort vom anderen Verlauf der fremden Ebene überzeugen zu lassen.

Tristan kramte aus seiner Hosentasche eine Packung Streichhölzer hervor. Er öffnete sie, zog drei Streichhölzer heraus und brach eines davon auseinander. Dann hielt er die Streichhölzer so in seiner Hand, dass nur die Zündköpfe zu sehen waren.

»Nicht sehr wissenschaftlich«, sagte Gothaer.

»Aber effektiv«, meinte Karen und griff zu. Zufrieden identifizierte sie es als eines der ganzen Holzstäbchen. »Ich bin dabei!«

Dieter ließ Frank den Vortritt. Frank wollte zuerst nach dem rechten greifen, entschied sich dann aber doch für das linke; es war ebenfalls ein langes.

»Tut mir leid, Herr Wiegand. Ich verspreche Ihnen: Es gibt bestimmt eine weitere Möglichkeit. Spätestens bei unserer Reise in die Vergangenheit.«

Ein geringer Trost. Dieter war seine Enttäuschung anzusehen. Missmutig beugte er sich dem Losentscheid.

Gothaer empfahl Karen und Frank, sich möglichst neutral zu kleiden, am besten Kleidung aus Baumwolle, keine Kunstfaser, keine auffälligen Farben, am unauffälligsten sei schwarz und weiß. Und keinen Schmuck, und vor allem keine Ausweise oder sonstigen Dokumente durften mitgeführt werden.

»Es ist nur eine Sicherheitsmaßnahme«, schloss er, »nicht dass Sie sich unnötigerweise kritischen Fragen stellen müssen, weil Sie beispielsweise ein Hemd tragen, dass dort unmöglich hergestellt worden sein kann. Deswegen hatte ich für den Signalgeber auch die Form eines Medaillons gewählt, ich hielt es für die unauffälligste Variante.«

Danach verließen sie die Kelleräume des ehemaligen Speditionsgebäudes am Westhafen, denn es war Zeit für ihre Verabredung im ‚Salzkammergut'. Sie hatten noch kurz Zeit, sich auf ihren Zimmern etwas frisch zu machen und sich umzuziehen und erreichten dann etwa zeitgleich mit den Kollegen und Kommilitonen aus Germania die Gaststätte. Auch die drei Männer waren anwesend, die Frank für Angehörige der Gestapo hielt.

Die Namensschilder, die hinter den Gedecken platziert waren, sorgten dafür, dass Gastgeber und Gäste bunt durcheinander gewürfelt an der Tafel saßen. Frank saß zwischen einem blassen Kommilitonen der Hauptstadt-Universität und einem der Gestapo-Leute.

Nach dem Abendessen und der Nachspeise, Frank hatte Tiroler Zwiebelrostbraten und danach eine Pudding-Topfenkrem zu sich genommen und war geradezu begeistert von beidem, koppelte sich zuerst Tristan von der Gruppe ab.

Er sagte, er fühle sich nicht ganz wohl und wolle sich etwas hinlegen. Professor Hemmbacher zeigte sich besorgt und fragte, ob er noch den ärztlichen Notdienst verständigen solle, was Tristan dankend ablehnte.

»Ein oder zwei Schmerztabletten und etwas R-ruhe r-reichen sicher aus!«

Kurz nach Tristan stand auch Dieter auf.

»Ich habe meinen Eltern versprochen, ihnen heute Abend noch einen Besuch abzustatten und die Nacht dort zu verbringen«, sagte er und erregte damit keinen Argwohn.

Dass sich danach zwei Kommilitonen des hiesigen Campus' zurückzogen, bot schließlich auch dem Professor die unverdächtige Möglichkeit, ebenfalls das ‚Salzkammergut' zu verlassen. Sein Vorwand war, dass er noch an seiner morgigen Rede arbeiten wolle.

Karen wartete noch etwa zwanzig Minuten ab, bevor auch sie aufbrach. Der zeitliche Abstand sollte ausreichen, auch ihr Verschwinden unabgesprochen und unverdächtig wirken zu lassen, dachte sie. Sie sei müde, sagte sie schlicht und einfach, der Ausflug an den Wannsee sei sehr anstrengend gewesen.

Frank fiel auf, dass die drei Männer der Gestapo unmittelbar nach Karen die Gaststätte verließen, beinahe gleichzeitig. Er schöpfte Verdacht und zog sich nun ebenfalls zurück.

In seiner Aufregung brachte er nur noch ein »Es ist schon so spät geworden!« heraus, als er sich per Handschlag von Professor Hemmbacher verabschiedete.

Schnell, dachte er. Er wollte beobachten, wo die drei hingingen, ob sie Karen folgten. Konnte dies ein Zufall gewesen sein?

Einen der Gestapo-Leute sah er gerade noch um eine Hausecke verschwinden, als er aus dem ‚Salzkammergut' heraus ins Freie trat. Er folgte ihm.

Er trat um die Ecke der Gaststätte und entdeckte sie alle vier – nur ein paar Meter von ihm entfernt – unter einer Straßenlaterne stehen.

Einer der Männer hielt Karen grob am Oberarm umklammert.

Frank schreckte zurück und versteckte sich hinter der Hauskante. Diesmal vorsichtiger spähte er erneut um die Ecke.

Zwei der Männer standen mit dem Rücken zu ihm, den einen sah er im Profil; Karen selbst hatte ihm das Gesicht zugewandt. Ob sie ihn hier außerhalb des Lichtscheins der Laterne entdeckt und erkannt hatte, konnte er nicht feststellen. Sie wirkte überrascht und verwirrt.

»Was wollen Sie von mir?«, hörte Frank ihre Stimme und dann die Männer der Gestapo.

»Machen Sie uns keine Schwierigkeiten, Fräulein Degner! Wir haben da nur ein paar Fragen an Sie!«

»Lediglich eine Routine-Angelegenheit!«

»Kommen Sie einfach mit uns mit und erregen Sie kein Aufsehen!«

»Glauben Sie uns, es ist besser, Sie kooperieren!«

»Sie wollen doch nicht, dass wir Gewalt anwenden müssen, oder?«

Der Griff um Karens Oberarm war fester geworden. Frank sah Karens Gesicht, das sich nun zunehmend vor Schmerz verzerrte. Auch hatte ein anderer sie nun am Handgelenk des anderen Arms gepackt.

»Sie tun mir weh!«, rief Karen.

»Begleiten Sie uns einfach und wir werden Ihnen keine weiteren Schmerzen zufügen, Fräulein Degner!«

Jetzt sah sie genau in Franks Richtung. Sie hatte ihn entdeckt und versuchte, ihm eine Botschaft zukommen zu lassen.

»Also gut«, sagte sie. »Ich komme mit Ihnen!«

Ihr Blick sagte Frank etwas anderes: geh zum Westhafen, las er aus ihren Augen, führt das Experiment durch, nehmt keine Rücksicht auf mich.

Einen kurzen Moment lang wollte Frank einfach einen Schritt nach vorne gehen und die drei Männer zur Rede stellen. Er konnte ihnen Karen doch nicht einfach so überlassen! Wieso nicht einfach aus dem Schatten ins Licht treten und um Karen kämpfen?

Doch sein Verstand siegte, Frank beugte sich der Macht der Stärkeren und zog sich zurück.

Es ist in ihrem Sinne, sagte er sich und hoffte, dass er sich später keine Vorwürfe machen würde.

Dann verschwand er in der Dunkelheit.

16

Dieter, Tristan und Professor Gothaer waren schon da, als Frank im Keller des verlassenen Bürogebäudes auf dem Hafengelände eintraf. Alles war bereit und die beiden Metallplatten warteten nur darauf, dass Frank und Karen sich darauf legten, um im Inneren des Quaders ihre weite Reise anzutreten.

»Sie haben Karen mitgenommen«, sagte Frank atemlos.

»W-wer?«

»Gestapo!«

»Verdammt!«, rutschte es Gothaer heraus. »Gerade heute!«

»W-was nun? Abbrechen?«

»Nein!«, sagte der Professor, bevor einer der anderen antworten konnte. »Auf keinen Fall!«

Er sah seinen Plan gefährdet.

Sein Lebenstraum schien einem Luftballon zu gleichen, an den gerade jemand eine spitze Nadel ansetzte.

»Wer weiß, wann wir wieder diese Möglichkeit haben!«

»Aber K-karen. Sie schwebt in Gefahr.«

»Das wissen wir nicht«, relativierte Gothaer, »haben Sie mir nicht selbst erzählt, Herr Hartwig, dass Sie insgesamt drei Mal von der Gestapo mitgenommen und verhört wurden, als sie noch hier in Germania lebten?«

»Ja, das stimmt!«

»Es waren Lappalien gewesen, Verwechslungen, willkürliche Drangsaleien. Sie waren jedes Mal nach spätestens achtundvierzig Stunden wieder frei! War es nicht so?«

Tristan nickte.

»Ist mir auch schon mal passiert!«, warf Dieter ein. »Sie hatten mich für einen Terroristen gehalten, eine ganze Woche habe ich in Untersuchungshaft verbracht. Entschuldigt hat sich keiner.«

»Sehen Sie: Wir sollten nicht mit dem Schlimmsten rechnen!«

»Aber ist es nicht ein merkwürdiger Zufall, dass sie just an dem Wochenende abgeführt wird, an dem wir unser Experiment durchführen wollen?«, fragte Frank.

»Ja, ein Zufall, nicht mehr und nicht weniger«, meinte der Professor unwirsch, »wenn es einen Zusammenhang gäbe, wäre die Gestapo längst hier unten aufgetaucht und hätte auch uns mitgenommen.«

Für einen Moment war es ganz still im Raum.Nur das Brummen der beiden Rechner war zu vernehmen. Angestrengt lauschten sie, ob irgendein verdächtiges Geräusch im Haus zu hören war.

Tristan hatte den Kellerraum bei seinem Eintreffen auf Wanzen überprüft, er zog sein Mobiltelefon aus der Tasche und untersuchte ihn ein zweites Mal. »Alles sauber«, sagte er.

»Die Ungewissheit bleibt!«

»Was sollen wir denn Ihrer Meinung nach tun, Herr Miller? Das Ganze abbrechen?«

Der Professor sprach in einer leidenschaftlichen Aggressivität, die Frank so noch nie an ihm wahrgenommen hatte.

»Herr Gothaer, beruhigen Sie sich! Ich möchte nur, dass wir alle Eventualitäten abwägen.«

»Aber was sind denn die Alternativen?«, fragte der Professor.

»Wir lassen unsere Sarkophage nach Oxford zurück transportieren, nehmen wie geplant am Erfahrungsaustausch an der Universität teil und führen unsere Forschung in Oxford weiter.«

»Herr Wiegand, ich bin jetzt achtundfünfzig Jahre alt. Die Gelegenheit ist hier in Germania und heute. Wer gibt uns - und vor allem mir - die Garantie, noch einmal diese Möglichkeit zu erhalten?«

»Wir wissen um die Risiken und wir kennen die Alternative!«, sagte Frank. »Wir stimmen ab!«

»Ich bin dafür, die Reise wie geplant durchzuführen. Herr Hartwig?«

Tristan überlegte und stimmte schließlich dem Professor zu, was diesen wieder ruhiger und zufriedener werden ließ.

»Ich selbst neige eher dazu, das Experiment abzubrechen und auf einen günstigeren, sichereren Augenblick zu verschieben«, sagte Frank, erinnerte sich aber an den Blickkontakt mit Karen, »doch ich glaube, es wäre nicht in Karens Sinne. Da sie selbst nicht mit entscheiden kann und ich meine, damit nach ihrem Wunsch zu handeln, stimme ich ebenfalls für die Durchführung.«

»Na, dann ist ja alles klar«, fasste Dieter zusammen. »Halten wir uns also nicht länger mit müßigen Diskussionen auf. Hat jemand etwas dagegen, wenn ich Karens Platz einnehme?«

Keiner widersprach und Dieter griff sich einen der beiden bei den Bildschirmen liegenden Signalgeber, Frank hängte sich den anderen um.

Gothaer kehrte zu seiner gewohnten Sachlichkeit zurück. Er fasste noch einmal die Strategie zusammen, die sie gemeinsam während ihrer abendlichen Zusammenkünfte in Oxford beschlossen hatten.

»Nehmen Sie sich den morgigen Montag, um die benötigten Informationen zu erlangen. Spätestens jedoch morgen um Mitternacht werden Sie den Signalgeber aktivieren. Wir holen Sie dann zurück, egal, ob Sie etwas in Erfahrung gebracht haben oder nicht. Ein längeres Fernbleiben vom Campus würde verdächtig wirken. Sie sollten sich, wenn möglich, dazu alleine in einen Raum begeben und eine liegende Position einnehmen. Das wird es für Ihre Alter Egos nach deren Rückkehr einfacher machen. Das Schlimmste, was ihnen passieren sollte, wird eine Gedächtnislücke von ein paar Stunden sein. Wir werden die Alter Egos zumindest die erste Zeit nach dem Transfer weiterhin medizinisch überwachen. Mir behagt es genau so wenig wie Ihnen, dass wir uns in deren Leben einmischen, doch unser hehres Ziel heiligt die Mittel.«

Er sah in die Runde und wartete kurz, ob jemand Einwände vorbrachte: Es erfolgte kein Widerspruch.

Dann setzte er sich vor einen der beiden Monitore und Tristan sich vor den anderen.

Dieter legte sich auf die linke der beiden Liegeflächen und Frank nahm stillschweigend auf der rechten Matte Platz.

Dieter und Frank verschwanden in den Sarkophagen, deren Klappen sich brummend schlossen.

Tristan aktivierte den Zugriff auf die am Nachmittag lokalisierte Realität, in die die Reise gehen sollte. Er hatte sie kurz und knapp als 1944-Ebene bezeichnet und die anderen hatten den Begriff übernommen. Die Bildschirme flackerten kurz, was er und der Professor mit leichter Irritation zur Kenntnis nahmen. Alle Programme schienen fehlerfrei zu laufen und bereits nach wenigen Minuten hatten sie die Resonanzkörper von Dieter und Frank aufgespürt.

Die ermittelten medizinischen Werte ließen keine Wünsche offen.

Beide Alter Egos erfreuten sich bester Gesundheit. Leider befand sich keiner von beiden in der Tiefschlaf-Phase.

»Wir sind das Warten ja gewöhnt. Es ist jetzt nach zehn Uhr, hier und dort«, sagte der Professor, »irgendwann müssen ihre Alter Egos ja zu Bett gehen.«

Bereits eine halbe Stunde später meldete sich Tristan zu Wort.

»Meiner ist eingeschlafen. Schläft t-tief und fest«, interpretierte Tristan die Daten seines Monitors.

»Herr Wiegand! Es geht los! Viel Glück!«

Ein dumpfes »Danke!« war noch aus dem Quaderinneren zu vernehmen, dann initiierte der Professor den Transfer. Keine Sekunde später war dieser auch vollzogen. Erneut verschwammen kurz die Anzeigen auf den Monitoren. Dieter hatte seine Reise angetreten.

»Haben Sie das auch gesehen, Herr G-gothaer? Für einen k-kurzen Augenblick? Dieses Flackern?«

»Ja, möglicherweise die Stromversorgung. Wer weiß, wann die Leitungen auf dem Hafengelände das letzte Mal überprüft wurden!«

Pech hatten sie mit dem Resonanzkörper Franks.

Er wollte und wollte nicht einschlafen. Die Stunden vergingen und zogen sich dabei quälend in die Länge.

Um zwei Uhr morgens schließlich verließ Frank seinen Quader und sie berieten zu dritt, ob sie den ursprünglichen Plan ändern sollten.

»Vielleicht arbeitet er nachts und schläft während des Tags«, startete der Professor einen Erklärungsversuch.

»Oder er l-leidet an Schlaflosigkeit!«

»Vielleicht nutzt er die Nacht auch für andere Dinge als für Schlaf«, meinte Frank lächelnd.

»Nichtsdestotrotz«, sagte Gothaer, »ich bin dafür, dass wir geduldig bleiben und es weiter versuchen! Ein Transfer im Wachzustand ist viel zu riskant. Wir wissen viel zu wenig über mögliche psychische oder physische Konsequenzen.«

»Welches Limit setzen wir?«

»Herr Wiegand wird spätestens morgen um Mitternacht das Signal setzen. Im Laufe des morgigen Tages wird ja auch Ihr Alter Ego endlich seinen Schlaf finden. So lange werden wir warten.«

Tristan schloss sich Gothaers Meinung an.

Da Frank keinen besseren Vorschlag hatte, ließ er sich wieder in den Sarkophag transportieren.

Im Gegensatz zu seinem Alter Ego war er trotz der ungewohnten Unterlage kurze Zeit später eingeschlafen.

Der Professor und Gothaer hörten sein durch Metall gedämpftes Schnarchen.

»Sie sollten sich ebenfalls hinlegen, Herr Hartwig. Ich habe in einem Nachbarraum gesehen, dass dort ein altes Sofa steht. Falls es doch noch etwas länger dauert, müssen wir uns ja nicht beide die Nacht um die Ohren schlagen!«

Tristan nahm den Vorschlag gerne an und als er nach etwa drei Stunden unruhigen Schlafs wieder aufwachte, schlief Franks Alter Ego immer noch nicht. Er löste den Professor ab und ließ ihn ruhen, bis der Tag anbrach.

Allmählich beunruhigte Gothaer der Umstand, dass Franks Transfer immer noch nicht vollzogen werden konnte. »So ähnlich sich die beiden Frank Millers auch sein mögen«, sagte er, nachdem er die unveränderten Anzeigen auf den Monitoren abgelesen und die gleichmäßigen Atemgeräusche aus dem Quaderinneren gehört hatte, »in ihren Schlafgewohnheiten unterscheiden sie sich deutlich. Wie sieht es mit Ihrer Müdigkeit aus, Herr Hartwig?«

»Ich bin viel zu aufgeregt, um m-müde zu sein.«

»Kann ich Sie alleine lassen?«

Tristan wusste, dass der Professor vormittags seinen Vortrag zu halten hatte und nickte.

»Ich hatte ehrlich gehofft, wir würden im Laufe der Nacht zu einem Ergebnis kommen und Sie könnten alle nachher im Hörsaal sitzen und wie die anderen meiner Rede zuhören. Nun, ich hoffe, es vermisst Sie keiner. Ich werde mir dann etwas einfallen lassen.«

Gothaer kehrte auf den Campus zurück, während Frank und Tristan sich durch den Vormittag quälten.

In seiner Eintönigkeit wurde er nur unterbrochen, wenn sich Frank in unregelmäßigen Abständen aus dem Sarkophag befreien ließ, um frische Luft zu schnappen, seine Glieder zu strecken oder um etwas zu essen oder zu trinken.

Nur für jeweils wenige Minuten blieb er außerhalb des Quaders, um sich jedes Mal wieder mit der Hoffnung auf die Liegefläche zu begeben, der ‚andere Frank' gäbe ihm nun endlich die Möglichkeit, seine Mission zu erfüllen.

Seine Gedanken kreisten darum, wie die Welt wohl aussehen würde, in der die Deutschen den Krieg verloren hatten.

Gab es überhaupt noch den Begriff ‚deutsch'?

War das Deutsche Reich damals von Amerikanern und Briten erobert worden, oder gar von den Bolschewiken?

Möglicherweise war die deutsche Sprache genauso verschwunden, wie hier in seinem Europa das Italienische, das Spanische, das Russische.

Vielleicht hatte Dieter nur ein Lexikon in kyrillisch vorgefunden und schwebte nun in größeren Schwierigkeiten, als Gothaer sich vorgestellt hatte.

Waren Gothaers Pläne nicht auch von einer herrlichen Naivität gekennzeichnet?

Waren sie alle skeptisch genug gewesen, was die Durchführbarkeit einer Geschichtsänderung betraf?

Welche sonstigen Konsequenzen mochten sich daraus ergeben?

Frank wollte unbedingt selbst vor Ort erfahren, wie sich dieser alternative historische Verlauf auswirkte. Er hoffte, dass Dieter kein Signal setzte, bevor sein eigenes Alter Ego endlich eingeschlafen war.

Ob es wirklich eine bessere Welt war?

Auch wenn er sich eine schlechtere als die eigene kaum vorstellen konnte, seine Zweifel blieben.

Und er würde seine kritische Position aufrechterhalten, wenn es zum nächsten, in weiter Ferne liegenden Schritt kam: dem Eingriff in die Vergangenheit.

Viel zu oft hatte er in seinem Leben schon Verantwortung von sich geschoben.

Dieses Mal wollte er sie endlich tragen!

Irgendwann fiel er in einen Schlummerzustand, in dem sich Realität und Gedankenspiele zu wirren Träumen verdichteten. Er sah seine Mutter, nackt, wie sie von Ärzten in weißen Kitteln untersucht wurde. Die Ärzte unterhielten sich in einer ihm unbekannten, vermutlich slawischen Sprache. Sie betasteten seine Mutter, als wäre sie ein Stück Vieh oder zu einem bloßen Gegenstand degradiert.

Er sah Germania in all seiner majestätischen Größe und Erhabenheit vom Flugzeug aus und im nächsten Moment Agrarflächen an der Stelle, an der sich die Reichshauptstadt befinden sollte. Bauernhöfe, Scheunen, Silos. Kühe und Schafe auf grünen Auen. So friedlich wie die Cotswolds.

Er sah Professor Gothaer, wie er an einem Tisch saß und gegen Adolf Hitler Schach spielte. Hitlers Bauern trugen alle NS-Uniformen, seine restlichen Figuren waren tote und lebende Parteigrößen: Göring, Goebbels, Mengele, Bormann, Freier, Tigov, Schillhuber. Der König selbst trug Hitlers Konterfei, Gothaers König das von Albert Einstein. An Einsteins Seite kämpften Planck und Heisenberg, als Einsteins Bauern erkannte Frank sich selbst, Karen, Tristan und Dieter und sie waren alle vier doppelt vertreten. Gothaer und Hitler saßen nur da, starrten auf das Schachbrett. Jeder wartete auf den ersten Schritt des anderen: eine Patt-Situation, noch bevor das Spiel begonnen hatte.

Und er sah seinen Tod, viele Male: Er starb auf der Krim im Kampf gegen Deserteure, er starb in der Stadt des Endsiegs im Häuserkampf gegen Aufständische, er starb mit einer Binde um die Augen im Kugelhagel von Kameraden, er starb im Kampf um die Normandie, er starb verbittert und gebrochen in einem Konzentrationslager, er starb schreiend unter bestialischer Folter durch die Gestapo, er starb ohne Sinn und Zweck, er starb wieder und wieder, wieder und wieder.

Waren das die Tode, die all seine Alter Egos erleiden sollten?

Und einer davon war der seine?

Im Halbschlaf hörte er die Stimme des Professors durch die Belüftungsschlitze des Sarkophags dringen.

Dann musste es inzwischen schon später Nachmittag sein.

Es lohnt nicht mehr, dachte Frank, *in wenigen Stunden kommt auch Dieter wieder zurück. Meine Mission ist gescheitert, bevor sie angefangen hat.*

»Es waren so viele Menschen im Hörsaal, dass Ihr Fehlen nicht auffiel«, meinte Frank von draußen zu vernehmen, »nur die attraktive Brünette, die Ihnen bereits am ersten Abend solch schöne Augen gemacht hatte, hat nach Ihnen gefragt, Herr Hartwig. Ich habe ihr erzählt, Sie lägen mit einer Magenverstimmung im Bett, die Forelle aus der Gaststätte am Wannsee wäre Ihnen vermutlich nicht bekommen. Damit war sie zufrieden und zog von dannen!«

Jetzt nach Tristan und Gothaer rufen, überlegte Frank, *aufgeben, mich befreien lassen, dann nichts wie raus aus dem dunklen Quader.*

»Sie wünscht Ihnen gute Besserung!«

»D-danke«, hörte er Tristan sagen, und dann, »da, Herr Gothaer, es ist soweit: Er schläft.«

»Schnell! Transfer! Jetzt!«

Um Frank herum: das ihm bekannte fluoreszierende Dunkelgrün der Metalllegierung.

Das war seine letzte Wahrnehmung.

Dass sich der Professor und Tristan erneut über das Flackern der Bildschirmanzeigen wunderten, hörte er nicht mehr.

Er hatte seine Reise angetreten, endlich!

Am liebsten hätte er es der ganzen Welt hinaus geschrieen, aus seiner Kutsche heraus, mit der er sich nach Hause bringen ließ.

Claire Hellstein hatte ‚ja' gesagt. Nein! Sie hatte regelrecht gejauchzt vor Freude.

Unendliches Glück, gemeinsam, unteilbar.

Claires Lächeln, ihre fröhlichen Augen, ihre sinnlichen Lippen, ihr wacher Geist, ihr scharfer Verstand, ihr wohlgeformter Körper.

Er konnte sich nicht entscheiden, was er am meisten an ihr liebte.

Es war der schönste Tag in Frank Millers Leben.

Und gleichzeitig sollte es auch sein vorletzter sein, doch das wusste er noch nicht.

Im Bett wälzte er sich hin und her, fand keine Ruhe.

Er dachte an die Hochzeit: er im schwarzen Frack, Claire im langen weißen Kleid, mit Schleppe. Ja, eine Schleppe sollte unbedingt sein. Je länger, desto besser. Und Blumen streuende Kinder. Die Enkeltöchter von Tante Ursel aus Schönow könnten das erledigen. Die Blütenblätter roter Rosen sollten den langen Weg über den Kirchhof und von den Kirchenportalen bis zum Traualtar über und über bedecken. Claire und er sollten darauf wandeln, hier und jetzt, und bis an ihr Lebensende.

Irgendwo schlug eine Uhr die zweite Stunde des neuen Tages.

Es war Montag, der 23. Mai 2005, Franks Todestag.

Und er lag immer noch wach.

Das gestern Erlebte vermischte sich mit den Visionen einer glückseligen, gemeinsamen Zukunft. Zusammen durchs Leben schreiten. Füreinander da sein, in guten, wie in schlechten Tagen.

»Willst du, Frank Miller, die hier anwesende Claire Hellstein zu deinem vor Gott getrauten Eheweib nehmen, sie lieben und ehren, bis dass der Tod euch scheidet?«

»Willst du, Claire Hellstein, den hier anwesenden Frank Miller zu deinem vor Gott getrauten Ehemann nehmen, ihn lieben und ehren, bis dass der Tod euch scheidet?«

»Ja, ich will!«

»Ja, ich will!«

»Ja, ich will!«

»Ja, ich will!«

Seine und Claires Stimme vermischten sich in Franks Gedanken vor dem Hintergrund der Leierkastenmusik, die sie am Müggelsee gehört hatten und die Töne gingen langsam in die Melodie des Hochzeitsmarsches über. Aus der Leierkastenmusik wurden die volltönenden, harmonischen Klänge gewaltiger Orgelpfeifen.

Sie dröhnten in Franks Ohren, ließen ihn nicht zur Ruhe kommen. Seine innere Erregung tat das ihre dazu. Von der linken Seite auf die rechte gewälzt, dann zurück. Wieder und wieder.

Die Fotografien, er wollte am Nachmittag unbedingt die Fotografien abholen.

Fünf Uhr, sechs Uhr, sieben Uhr.

Als Frank morgens aufstand, hatte er die ganze Nacht über keinen Schlaf gefunden.

Dennoch, die Gedanken an Claire und die Zeit mit ihr, gestern am See, beflügelten ihn. Er fühlte sich wach und ausgeruht.

Seinem Tagwerk ging er nach, als wäre er nicht er selbst. Gerade so, als blicke er von oben herab auf diesen Frank Miller, der den Vormittag über mit dem Stationsarzt die Krankenvisiten absolvierte. Er hörte auf das, was ihm der Stationsarzt oder die Patienten mitteilten, machte sich auch entsprechende Notizen und doch fühlte er sich wie in Trance.

Sein Mittagessen in der Kantine der Charité nahm er allein zu sich. Hätte man ihn danach gefragt, was er gegessen hatte, so wäre er die Antwort schuldig geblieben.

In Gedanken bei Claire, unausgeschlafen, in trügerischem Wachzustand.

Hatte nicht einmal ein kluger Mann gesagt, die Liebe gliche in ihren Symptomen einer schweren Krankheit?

Wäre Frank diese Weisheit eingefallen, er hätte sich selbst als den besten Beweis dafür gehalten.

Nachmittags Routinetätigkeiten im Labor. Er hatte sie hunderte Male vorher gemacht, sie brauchten seine volle Aufmerksamkeit nicht. Er machte keine Fehler.

Dann nichts wie zum Görlitzer Bahnhof, ins Foto-Atelier.

Endlich wollte er die versprochenen Bilder in Händen halten. Der wunderbare Moment am Müggelsee, fest gehalten für die Ewigkeit.

Den Mann, der hinter ihm an der Haltestelle an der Charité in die Trambahn einstieg, bemerkte er nicht.

Einmal umgestiegen in die neue U-Bahn, die trotz ihres Namens über der Erde verlief, sechs Haltestellen und er war da.

Im Bahnhofsgebäude, in ihrer kuppelförmigen Halle, herrschte – wie immer - hektische Betriebsamkeit. Menschen strömten hin und her. Die einen langsam und gemächlich, die anderen rennend, um ihren Zug zu erreichen. Frank kannte den Bahnhof, mehrfach war er von hier nach Sachsen und einmal sogar bis nach Wien gereist. Auch das Foto-Geschäft kannte er, besucht hatte er es bisher noch nie. Vor dem Laden stand eine etwa ein Meter fünfzig hohe und ebenso breite Tafel, die über und über mit Fotografien bestückt war. Eine Frau um die vierzig mit hohem Hut, mit der Rechten ein Monokel in der Hand haltend, suchte die Bilder der Reihe nach ab. Frank gesellte sich zu ihr. Auf sämtlichen Fotografien war der Müggelsee zu sehen, die Uferpromenade, an der Claire und er gestanden hatten.

»Ihr Fräulein Braut …«, hatte der Fotograf gesagt, »eine wunderschöne Erinnerung an einen wunderschönen Tag.«

Und da war sie: Claire. Ihr freundliches, fröhliches Lächeln.

Er nahm das Bild an sich, schaute es einfach nur an.

»Möchten Sie es auch kaufen, oder möchten Sie es nur ansehen?«

Er erschrak.

Eine junge Frau war neben ihm aufgetaucht und blinzelte ihn freundlich an.

»Äh, kaufen, natürlich.«

»Möchten Sie auch Abzüge haben?«

Frank dachte an Claire, seine Mutter, Claires Eltern.

»Ja«, sagte er.

Er folgte der Verkäuferin ins Ladeninnere, bezahlte die Fotografie und bestellte drei Abzüge.

In Gedanken bei Claire, das Bild in der Innentasche seiner Jacke wissend, verließ er den Laden wieder, und auch die Bahnhofshalle.

Noch ein wenig die Beine vertreten, dachte er, *ja, das ist eine gute Idee. Zur Ruhe kommen. Heute bereits wieder zu Claire? Oder lieber früh zu Bett, den Schlaf nachholen? Ich darf mein restliches Leben nicht aus den Augen verlieren! Realistisch bleiben, Frank!*

Ziellos lief er in der Gegend um den Bahnhof umher und gelangte schließlich von Süden her wieder zur Bahnhofshalle zurück. Nur wenige Meter vom Hauptgebäude entfernt und doch verhältnismäßig verwildert, präsentierte sich das Gelände neben den Gleisen. Von den Bahnsteigen aus nur schwer einzusehen, ging Frank an Büschen und Sträuchern entlang, die verzweifelt versuchten, ihr ehemaliges Territorium für die Natur zurückzuerobern. Grillen zirpten, als wollten sie der Sonne für den vergangenen heißen Frühlingstag danken und ‚Auf Wiedersehen' sagen, ‚Auf Wiedersehen, bis morgen'.

»Was suchst du hier, Frank Miller?«, dröhnte eine Stimme hinter Frank.

Er drehte sich um, glaubte einen Kommilitonen aus dem Studium zu erkennen.

Einen Kommilitonen, zu dem er eigentlich so gut wie keinen Kontakt hatte.

»Dieter Wiegand?«

»Tu nicht so überrascht!«

»Ich verstehe nicht!«

»Da sind wir schon zu zweit. Ich habe den ganzen Tag nach dir gesucht, dich endlich, eher zufällig in der Charité, am Arbeitsplatz meines eigenen Alter Egos entdeckt. Was hast du da den ganzen Tag über gemacht? Wieso fährst du quer durch die Stadt, um dir ein Foto zu holen und dann spazieren zu gehen? Wir sollten doch Informationen über diese Ebene in Erfahrung bringen!«

»Informationen? Welche Informationen?«

»Egal. Du wirst sowieso nicht zurückkehren!«

»Zurückkehren? Wohin?«

»Gib mir den Signalgeber!«

»Wen?«

»Den Signalgeber! Wo hast du ihn?«

Dieter näherte sich bedrohlich.

»Was willst du von mir?«

Der zischende Dampf einer sich nähernden Lokomotive übertönte das Zirpen der Grillen. Ein quietschendes Geräusch, Räder, die zum Stehen kamen und auf den Gleisen entlang schliffen, kündigten einen heran nahenden, abbremsenden Zug an.

»Du weißt genau, wovon ich rede!«

Dieter gab Frank einen Stoß. Frank fiel nach hinten in einen Strauch, während Dieter ein Halskettchen aus seinem Hemdkragen zog. Sich wieder aufrappelnd, starrte Frank auf das hin und her pendelnde silberne Medaillon.

»Was ist das?«

»Verdammt noch mal, Frank, du wirst mir deinen Signalgeber aushändigen, ist das klar?«

Er packte Frank am Kragen, versuchte dessen Hemd aufzureißen. Frank wehrte sich. Er griff nach Dieters Handgelenken, wollte sich von Dieter befreien, doch dieser ließ nicht locker. Frank machte einen Ausfallschritt zur Seite, doch auch diese Bewegung reichte nicht aus, um Dieters Hände zu lösen. Ganz im Gegenteil. Franks Hemd riss in drei Stücke, Rückenteil und Ärmel verblieben an Franks Körper, die beiden Brustteile des Hemds hielt Dieter fest, während er wütend auf Franks bloßen Oberkörper starrte.

»Wo hast du ihn? Sag es mir!«

Er folgte Frank, der einen weiteren Schritt zur Seite machte.

»Ich habe keine Ahnung, wovon du sprichst!«

Dieter zog ein Messer.

»Zum letzten Mal: Gib ihn mir!«

Frank stolperte, er war am Gleiskörper angelangt.

Ein großer Schatten legte sich über die beiden Streitenden.

Sie rissen ihre Köpfe herum. Schwarz und unheimlich, einem Feuer spuckenden Drachen gleich, war die Lokomotive heran, hellgrauer Dampf stob aus ihrem Rauchabzug. Im Bremsen begriffen näherte sie sich, und war dennoch viel zu schnell. Frank griff nach Dieter, um sich an ihm festzuhalten und sich von den Gleisen zu ziehen. Zu spät, während Dieter sich, von der Gefahr weg, nach hinten warf, bekam Frank gerade noch das Medaillon zu fassen.

Danach rammte die Lokomotive seinen Körper und zerschmetterte ihn.

Seit seine Liebste Frank gesagt hatte, sie wolle seine Frau werden, waren nicht einmal vierundzwanzig Stunden vergangen.

III

Ein neuer Frühling wird in die Heimat kommen,
schöner noch, wie's einmal war.
Ein neuer Frühling wird in die Heimat kommen,
alles wird so wunderbar.
Und man wird wieder das Lied der Arbeit singen,
g'rade so, wie's einmal war.
Es geht im Schritt und im Tritt auch das Herz wieder mit
und dann fängt ein neuer Frühling an.

‚Ein neuer Frühling wird in die Heimat kommen'
Comedian Harmonists, 1933

1

»Gegrüßet seist du Maria, der Herr ist mit dir.«

Nach einem kurzen unruhigen Schlaf war Frank Miller wieder erwacht und hatte sich aufgesetzt. Ein kurzer Blick der Orientierung genügte ihm. Er sah weit voraus im Kirchenschiff an erhabener Position das goldene Tabernakel, davor den steinernen Altar und darüber mit niemals erlöschender Flamme das Ewige Licht, das, bescheiden wirkend, dennoch unübersehbar war. Sofort war ihm wieder klar, an welchem Ort er sich befand. Und die Kirche, in die er sich in der Nacht zurückgezogen hatte, erstrahlte jetzt, im Schein der ersten Sonnenstrahlen, in einem unwirklichen geradezu überirdischen Licht.

Die Stimme, die leise das ‚Ave Maria' sprach, war Franks eigene.

»Du bist gebenedeit unter den Weibern.«

Die Sonnenstrahlen brachen durch die farbigen Glasbausteine, die über dem Eingangsportal, auf großer Fläche zum Mosaik vereint, offenbarten, was der Kirche seinerzeit ihren Namen verliehen hatte. Gott, der Vater, in der Mitte stehend; sein Sohn Jesus Christus und der Heilige Geist - in menschlicher Form dargestellt - zur Linken und zur Rechten Gottes. Alle drei hatten ihren Blick zum Inneren der Kirche und damit zur Gemeinde gerichtet. Sie standen aufrecht, ihre Handflächen nach vorne gewandt, die Fingerspitzen nach unten gerichtet. Ihre Blicke waren gnädig und vergebend. Frank, der, ihnen gleich, nach vorne zum Altar blickte, glaubte ihre Anwesenheit zu spüren. Auf seinem Rücken fühlte er die wohltuende Wärme, die die aufgehende Sonne schuf. Und vor ihm schwebten majestätisch Staubteilchen durch die verschiedenfarbigen Lichtstrahlen, welche im Allerheiligsten des Gotteshauses ihr Ziel und ihre Bestimmung fanden. Einen kurzen Moment dachte Frank an all die Gläubigen, die im Laufe der Jahrhunderte in überfüllten sonntäglichen Morgenandachten, genau diesen vom kirchlichen Architekten erdachten Effekt erlebt hatten.

»Und gebenedeit ist die Frucht deines Leibes, Jesus.«

Sein zweiter Gedanke, nachdem er der Dreifaltigkeitskirche gewahr wurde, fand zu Claire. Ihr Zustand und ihre Lage waren ihm in seine Träume nachgeeilt. Und das Bild Claires, kraftlos und bleich, auf der Couch liegend, Dieter Wiegand und seiner Spießgesellin ausgeliefert, drängte sich nun auch wieder zurück in seinen Wachzustand. Aber er sah sie auch lachend, an seinem Arm untergehakt, wie auf der Fotografie am Tag des Ausflugs an den Müggelsee. Und schließlich erschien sie vor seinem inneren Auge so, wie zu dem Zeitpunkt, als er gespürt hatte, dass ihre Seelen einander berührten: Sie hatte auf der Bank gesessen, ihren Rosenkranz in Händen haltend und ihren Blick zum See und doch in unerreichbare Weiten gewandt. Ungeachtet ihres aufgewühlten Zustands, hatte sie tonlos ihre Gebete geflüstert und gewirkt, als wäre sie mit sich und der Welt im Reinen.

»Ehre sei dem Vater und dem Sohn und dem Heiligen Geist.«

Als Frank seine Augen schloss, wurde alles plötzlich grün. Es war ein fluoreszierendes Grün und Frank ahnte, dass es etwas mit dem Geheimnis zu tun hatte, das seinen vermeintlichen Tod umgab und sein plötzliches Auftauchen drei Jahre danach. Den Knopf im Medaillon solle er drücken, hatte ihm eine Stimme in seinem Kopf zugeflüstert, dann würde sich alles aufklären und alle Probleme würden gelöst werden. Die Stimme hatte tief und Vertrauen erweckend auf Frank gewirkt. Sie gehörte zu einem Gesicht, an das sich Frank nun vage wieder erinnerte: ein etwa sechzig Jahre alter, vollbärtiger, väterlich wirkender Mann; seine Augen blinzelten freundlich hinter einer Brille mit viel zu großen Gläsern.

»Wie im Anfang, so auch jetzt und allezeit und in Ewigkeit. Amen.«

Wieder dachte er an Claire.

Sollte er jetzt nicht bei ihr sein?

Wer weiß, was mit ihr just in diesem Augenblick geschah?

Nein, er würde Geduld haben und warten.

Die überstürzte Aktion vom Vorabend hatte Wiegand nur vorsichtiger gemacht. Genutzt hatte sie weder ihm noch Claire.

Es galt, vorsichtiger zu sein, und besonnener.

Zu dem Vogelgezwitscher, das außerhalb der Kirche den neuen Tag fröhlich empfing, gesellte sich ein neuer Ton. Er war zwar leise, doch war er ausreichend disharmonisch, um Franks stille Andacht zu stören: Es knarrte aus Richtung des Kirchenportals. Plötzlich erhellte sich das Kirchenschiff und das nun ungezügelt hereinbrechende Licht schluckte die einzelnen, sanften Sonnenstrahlen, die eben noch mit bloßem Auge erkennbar gewesen waren. Jemand war eingetreten.

»Heilige Maria Mutter Gottes, bitte für uns Sünder, jetzt und in der Stunde unseres Todes. Amen.«

Bedächtig drehte Frank sich um.

Es war eine menschliche Silhouette, die dort im nun geöffneten Kirchenportal stand. Die Sonne stand genau im Rücken der Person und das Licht um die Silhouette herum blendete Frank. Seine Augen formten sich zu schmalen Schlitzen. Unbeweglich verharrte die Person dort, schien sich zu orientieren. Frank erkannte die Umrisse der Kleidung. Es war eine Frau. Diese wartete dort noch einen Augenblick ab und näherte sich ihm dann zielstrebig. Für Frank glich es mehr einem Gleiten, als einem Gehen, als die Gestalt auf ihn zukam.

Sie trug eine hellblaue, einfach geschnittene Bluse und einen dunkelblauen Hosenrock, der ihre Knöchel frei ließ. Hut trug sie keinen.

Dann sah Frank ihr Gesicht. Sein Wunsch, die Frau wäre Claire, blieb unerfüllt.

Das brünette Haar der Frau war so kurz geschnitten, wie er es selten in den Tagen seit seiner Ankunft gesehen hatte. Ihr Gesicht gefiel Frank. Es war bei weitem nicht so weiblich, warm und anmutig wie das von Claire, doch strahlte es eine Vertrauen erweckende Offenheit aus. Der Blick der Frau war direkt und musterte ihn, wie er immer noch dasaß in seiner Kirchenbank, die Hände im Schoß zum Gebet gefaltet.

Die Mundwinkel der Frau begannen zu zucken und eine Art Lächeln zu üben. Ihre Augen wirkten, als wollten sie weinen und könnten es nicht.

»Frank!«, flüsterte sie ungläubig und Frank erkannte die Stimme.

»Karen …«, fiel ihm der Name der Frau ein und er staunte selbst darüber.

Mehr als den Namen wusste er im ersten Moment nicht, doch langsam und in unaufhaltsamer Beständigkeit drängten sich weitere Bilder in sein Bewusstsein.

Frank sah, wie ein Mädchen und ein Junge auf einem Schrebergarten-Grundstück ‚Verstecken' spielten und dann, wie sie auf einer Wiese lagen und gemeinsam in einem Kinderbuch lasen. Der Junge war er selbst und das Mädchen war die Frau ihm gegenüber. Er erinnerte sich, wie sie sich beide heimlich mit Erdbeerbowle betrunken hatten, und daran, wie sich dasselbe Mädchen kokett und sich zur Schau stellend vor ihm in einer Uniform im Kreise gedreht hatte. Auf der Uniform war ein Abzeichen mit der Buchstabenkombination ‚BdM' gewesen und das Mädchen hatte missmutig eine Schnute gezogen.

»Karen«, sagte er den Namen noch einmal, lauter und deutlicher, als müsse er ihn sich selbst bestätigen.

Die Frau deutete ein Nicken an.

Als sie das Medaillon vor seiner Brust baumelnd entdeckte, öffnete sie den obersten Knopf ihrer Bluse, zog an einem Halskettchen ein genauso aussehendes Medaillon hervor und zeigte es Frank.

»Was ist mit mir passiert? Wer bin ich?«, fragte Frank hilflos.

Karen erkannte, dass ihm die Kraft fehlte, aufzustehen und setzte sich zu ihm. Ihn zu berühren, wagte sie nicht. Sie hatte Angst vor der körperlichen Nähe.

»Ich dachte, du wärst tot!«, begann sie und sah ihm dabei in die Augen.

»Ja, das dachten alle«, in seiner Ratlosigkeit schwang ein Hauch Zynismus mit, »Frank Miller, geboren am 24.10.1978, gestorben am 23.5.2005, so steht es draußen auf meinem Grabstein.«

»Es ist nicht der deine!«

»Wessen Grabstein ist es dann? Wer ist es, der dort vergraben liegt, unter einem Gedenkstein, der meinen Namen trägt?«

»Es ist Frank Miller, vermutlich, ich weiß es nicht.«

»Wie kann Frank Miller dort in der Erde liegen und gleichzeitig hier neben dir sitzen und sich mit dir unterhalten? Du hast mich eben mit ‚Frank' angesprochen! Und ich bin mir mittlerweile sicher, dass ich der bin, für den ich mich halte. Bin ich ein Geist, der mit dir diese Unterhaltung führt?«

»Es ist eine lange Geschichte, Frank, und keine sehr einfache.«

»Dass es keine einfache Erklärung gibt, war mir ziemlich schnell klar, als ich am Sonntag am Görlitzer Bahnhof anscheinend aus dem Nichts ...«

Sie unterbrach ihn.

»Am Sonntag?«

»Ja.«

»Um wie viel Uhr?«

Frank überlegte.

»*Mann, haben Sie ein Glück, dass der Elf-fünfundvierziger zehn Minuten Verspätung hat*«, wiederholte er die Worte des Schaffners, an die er sich erinnerte, »es muss also kurz vor zwölf Uhr gewesen sein. Warum?«

»Das war exakt der Zeitpunkt, an dem wir unsere Versuchsreihe wieder aufgenommen haben«, sagte Karen mehr zu sich selbst.

»Welche Versuchsreihe? Wer ist ‚wir'?«

Karen ging nicht darauf ein.

»Und davor, Frank? Was war davor? Vor dem Sonntag?«

»Das ist exakt die Frage, die ich mir seither stelle! Ich dachte, du könntest sie mir beantworten!«

»Du erinnerst dich an gar nichts, was vor dem Sonntag passierte!«, erkannte sie.

»Einzelne Fragmente, meine Mutter, mein Vater, ich als Kind auf meinem ersten Fahrrad ohne Stützräder, bei uns im Hinterhof in der Großbeerenstraße«, er zögerte kurz, da er Angst hatte vor den Erklärungen, die Karen für ihn parat haben mochte, »ein Ausflug an den Müggelsee - mit Claire.«

Die Worte, die er bereits befürchtet hatte, sprach Karen leise aus.

»Du hast nie in einer Großbeerenstraße gewohnt, Frank, wir sind beide in derselben Straße aufgewachsen, in der Winterfeldtstraße.«

»Aber die Erinnerung ...«

»Es ist nicht die deine!«
»Aber: Claire!«
»Wer ist Claire?«
Karens Frage klang scharf und schneidend in Franks Ohren.
»Ich liebe sie. Ich meine, ich habe sie geliebt.«
Er berichtigte sich noch einmal, flüsternd und niedergeschlagen: »Frank Miller hat sie geliebt!«
Endlich hatte sie den Mut gefunden, Frank in die Arme zu schließen. Körperkontakten war sie immer ausgewichen. Schon als Kind hatte sie selbst Umarmungen und Liebkosungen ihrer Eltern vehement zurück gewiesen. Doch sie spürte, dass dies der Zeitpunkt war, da Frank ihre körperliche Nähe brauchte. Sie drückte Frank an sich und seine ganze Selbstbeherrschung und Selbstkontrolle erlosch. Schlaff sank er in sich zusammen.
»*Sie sind nicht Frank Miller*«, wiederholte er Claires bittere Worte, »sie hatte Recht.«
»Nun«, tröstete Karen, »es ist zumindest die halbe Wahrheit.«
»Was ist mit uns?«, fragte Frank. »Mit dir und mir! Als du eben auf mich zukamst, erinnerte ich mich an uns, wie wir gemeinsam in einem Kinderbuch lasen, Erdbeerbowle tranken und lachten.«
»Daran erinnerst du dich?«, lächelte sie. »Es ist deine wahre Vergangenheit.«
»Wie soll ich sie von der falschen unterscheiden? Es ist alles so verwirrend!«
»Die Zeit wird dir helfen. Du wirst erkennen, was zu dir gehört und was zu dem anderen Frank Miller.«
Karen wünschte, sie hätte etwas zuversichtlicher geklungen.
»Das sind nur tröstende Worte«, erkannte er. »In Wahrheit weißt du nicht, was in mir geschieht, oder?«
»Nein«, sagte sie ehrlich, »ich weiß es nicht!«
»Und du, Karen? Hast du auch Erinnerungen an eine andere Karen?«
»Nein.«
»Warum nicht?«
»Auch das weiß ich nicht. Ich hoffe, wir werden es erfahren.«
Ein in eine weiße Soutane gekleideter Messner betrat die Kirche durch ein Seitenportal. Er schleppte einen wuchtigen Korb voller verschiedener Blumen mit sich.
Sein Blick glitt durch das Kirchenschiff, verharrte kurz verwundert auf dem Mann und der Frau, die dort in einer der Bankreihen saßen und sich gerade voneinander lösten.
Die Situation zu erkennen glaubend, sah er rücksichtsvoll zur Seite. Er ging zum linken der beiden Seitenaltäre und stellte seinen Korb ab. Dann verneigte er sich kurz vor der Marienstatue auf dem Altar, bekreuzigte sich und begann, den schlichten steinernen Altar mit Blumen zu schmücken.
Karen beobachtete den Messner und bemerkte dann, dass Frank seine Hände wieder wie zum Gebet gefaltet hatte.
Frank folgte ihrem Blick, fühlte sich ertappt und trennte die unbewusst in diese Stellung gebrachten Hände wieder voneinander.
»Du hast dich zwar früher schon für Religion interessiert, aber ich habe nie gesehen, dass du gebetet hättest.«
»Ich habe gespürt, welche Kraft das Gebet Claire gegeben hat.«
»Immer wieder diese Claire. Frank, wir haben beinahe die ganze Jugend gemeinsam verbracht. Du hattest dich weder für mich noch für andere Frauen interessiert. Nicht,

dass ich traurig darüber gewesen wäre. Ich konnte dieses verliebte Herumscharwenzeln unserer Altersgenossen damals ja auch nicht nachvollziehen.«

Sie nahm seine Hand in die ihre.

»Du hast nie von jemandem gesprochen, so wie du von Claire sprichst. Mit diesem Glanz in deinen Augen. Du kennst sie gerade mal ein paar Tage. Ich bin überrascht!«

»Ich kenne sie viel länger, Karen, vergiss das nicht. Frank Miller kennt sie bereits viel, viel länger.«

»Erzähl mir von ihr. Und erzähl mir, was seit Sonntag geschehen ist.«

Frank zog seine Hand zurück.

»Nein, Karen, du hast von einer ‚halben Wahrheit' gesprochen. Es ist *meine* Vergangenheit und ich habe ein Recht darauf, die ganze Wahrheit zu erfahren.«

Karen lachte auf, was den Messner kurz über die Schulter blicken ließ, bevor er mit dem Dekorieren fortfuhr.

»Wie resolut du geworden bist! Als wir noch Kinder waren, haben wir immer gespielt, was ich vorgeschlagen hatte. Du hast nie widersprochen. Deine Eltern hatten sich damals schon Sorgen darüber gemacht, wie mir deine Mutter später erzählte. Wollte ich nach draußen gehen, dann sind wir nach draußen gegangen; wollte ich in der Wohnung spielen, dann haben wir in der Wohnung gespielt. Also gut, dann fange ich mit der Erzählung an. Du hast dich ganz schön verändert, Frank Miller. Und ich bin sehr froh darüber.«

Frank hatte Vertrauen zu Karen gefasst. Trotz aller Skepsis: Er wollte sich möglichst unbefangen anhören, was sie zu sagen hatte, welche Erklärung sie ihm für sein ureigenes Dilemma bot.

»Es gibt zwei Welten, die ab einem bestimmten Zeitpunkt der historischen Entwicklung anders verliefen. In beiden gibt es eine Karen Degner und einen Frank Miller.«

2

Karen begann mit ihrer und Franks gemeinsamer Kindheit. Sie holte weit aus, kramte vergessen Geglaubtes aus ihrem Unterbewusstsein und gab einige Anekdoten zum Besten, die Frank schmunzeln und manchmal auch verhalten lachen ließen. Das eine oder andere Mal drehte sich der Messner mit strengem Blick zu den beiden um, sprach sie aber nicht an, denn schließlich störten sie niemanden. Und Gott hatte ja nie gesagt, dass man in seinem Hause nicht lachen dürfe.

Wie eine Reihe von Dominosteinen, deren vorderster Stein angestoßen wird, und nach und nach für das Umkippen aller hintereinander stehender Klötze verantwortlich ist, kehrten mit Karens Worten Bilder und Erinnerungen zu Frank zurück. Die einen vage und verschwommen, die anderen klar und deutlich. Immer mehr wurde ihm bewusst, dass es tatsächlich seine Vergangenheit war, die Karen vor ihm ausbreitete und nicht etwa die Geschichte eines Fremden. Fräulein Wolf kam ihm in den Sinn, seine Kindergärtnerin, ihr langes, rotes, sprödes Haar - und Andreas, Raimund und Ralph, mit denen er im Alter von vierzehn Jahren im HJ-Sommerlager an der Ostsee gewesen war.

HJ …

Er erinnerte sich an andere Kürzel: Gestapo, SS, NSDAP.

Die NSDAP! Das Hakenkreuz! Der Artikel, den ihm Dr. Hohmann, der Psychiater, vorgestern gezeigt hatte! Dieter Wiegand! Irritierend und verdächtig.

Franks Gedanken schweiften ab zu Claire und ihrem unbekannten Schicksal. Er musste alles erfahren. Alles über die Ursache seiner Misere, alles über die fehlenden Zusammenhänge, alles über Dieter Wiegand. Nur so konnte er sinnvoll und strategisch vorgehen, deswegen unterbrach er Karen nicht.

Mit dem Ende der Jugend verschwand auch die Unbekümmertheit und Heiterkeit aus Karens Schilderungen.

Sie wiederholte, was Frank ihr selbst in Oxford berichtet hatte, über seine Militärzeit, seinen Dienst auf der Krim und in der Stadt des Endsiegs. Die Erinnerungen, die das in Frank hervorrief, ließ ihn schaudern und erbleichen. Hätte er die Wahl gehabt, er hätte auf diesen Teil seiner Vergangenheit nur allzu gerne verzichtet.

An seinem Interesse für die Medizin erkannte er erste Parallelen zum Lebenslauf des Frank Miller, der in dieser Welt gelebt hatte. Dann sprach sie von ihrem Wiedersehen in Oxford, erläuterte in wenigen Worten die Chaostheorie, erzählte vom Flügelschlag des Schmetterlings, der alles verändern konnte und nichts.

Sie enthüllte verschollen gegangene Bilder in Franks Bewusstsein, von dem Mann mit der auffälligen Brille, der für all das hier verantwortlich war: Professor Robert Gothaer.

Der Name ‚Dieter Wiegand' fiel.

Frank stockte der Atem, doch er schwieg.

Dann, als Karen weiter sprach, tauchte Tristan, der blonde Hüne, in Franks Gedanken wieder auf.

Ebenso die metallenen Sarkophage und die Platten, die sich aus ihnen herausschoben. Als er kurz die Augen schloss, kehrten auch das fluoreszierende Grün und dessen Ursache, die Quarz/Nickel-Legierung, in sein Bewusstsein zurück.

»Du bist verhaftet worden, beim Abendessen, von der Gestapo«, fiel ihm plötzlich ein.

»Später.«

Dass sie eine alternative Realität gesucht hatten, eine parallele Welt ohne den Nationalsozialismus, brachte sie zur Sprache und dass sie letztendlich fündig geworden waren, dort im Keller eines verlassenen Bürogebäudes am Westhafen in einer Stadt, die die gleiche wie hier und doch eine völlig andere war.

Ihre Messungen hatten zwei Ergebnisse geliefert. In der einen Welt hatte sich die Geschichte ab 1399 anders entwickelt als in der eigenen, in der anderen war der entsprechende Zeitpunkt 1944 gewesen. In beiden Varianten existierten eine Karen Degner, ein Tristan Hartwig, ein Dieter Wiegand und ein Frank Miller.

So unwahrscheinlich für Frank diese Lösung seiner Misere schien, es war die einzig korrekte. Die einzelnen Fragmente seiner Erinnerung, die in Bildern und Tönen zu ihm zurückströmten, setzten sich immer mehr zu seiner wahren Vergangenheit zusammen.

Karen kam auf das Experiment zu sprechen, an dem sie selbst nicht mehr teilgenommen hatte.

»Moment«, meinte Frank, »dies hier ist keine Welt, wie sie sich erst seit 1944 von der unterscheidet, an die ich mich jetzt wieder langsam erinnere. Es wirkt eher so, als wäre ums wilhelminische Neunzehnhundert die Zeit stehen geblieben.«

»Dass etwas schief gelaufen war, wurde Robert und Tristan schnell klar, als weder du dich zurückmeldetest, noch Dieter. Auch hatten die Rechner-Monitore bereits während eurer Transfers geflackert, wofür weder Robert noch Tristan eine Erklärung hatte. *Was* allerdings nicht funktioniert hatte, wurde ihnen erst viel, viel später klar. Doch der Reihe nach.«

Der Messner kümmerte sich inzwischen darum, ein eher hässliches Ding in einem gusseisernen Gestell neben dem rechten Seitenaltar zu dekorieren, das mehr einer Vogeltränke, als irgendetwas anderem glich und in seiner Geschmacklosigkeit nicht so recht in die Würde der Dreifaltigkeitskirche passen wollte.

»Tage, Wochen, Monate der Gefangenschaft schlossen sich meiner Verhaftung an. Was draußen bei euch passiert war, wusste ich lange nicht. Auch nicht, an welchem Ort ich festgehalten wurde. Sie hatten mich in einem geschlossenen Wagen abtransportiert und erst viel später erfuhr ich, dass ich mehr als sechs Monate im Gefängnis der SS in Hohenschönhausen gewesen war. Für jeden Gefangen gibt es dort zwei Leute, die für dessen Befragung zuständig sind. Den kurzen Ruheperioden - von Schlaf konnte man nicht reden - schlossen sich stets lange und anstrengende Verhöre an. Sie hatten einen speziellen Trakt dort in Hohenschönhausen, in dem ausschließlich Zellen für die Befragungen waren, fensterlose Zellen. Einer - es waren ausschließlich Männer dort - saß mit dem Rücken zur Wand vor dem Gefangenen, ein Schreibtisch zwischen sich und dem Häftling; ob der andere hinter dem eigenen Rücken saß oder stand, bemerkte man oftmals nicht, auch nicht, ob er zuweilen den Raum verließ. Endlose, quälende Stunden zogen sich die Verhöre in die Länge. Immer dieselben Fragen, immer dieselben Antworten. Immer dieselben Gesichtsausdrücke des SS-Offiziers, mal zynisch-verletzend, mal väterlich-fürsorglich, dann wieder böswillig, menschenverachtend. Er schrie mich an, dann streichelte er mir über den Kopf. Er tätschelte mir die Wange, um mir dann eine Ohrfeige zu verpassen.«

Ihre Hand wanderte, leicht zitternd, zu ihrem Gesicht und ihre Fingerspitzen berührten eine Stelle, an der sie, wie Frank jetzt erkennen konnte, etwas uneben Hervortretendes großflächig mit dicker Krem kaschiert hatte.

»Zu trinken gab es nach der Befragung; vorher nur, wenn es der Offizier für angebracht hielt: als Lohn, oder als Anreiz. Zurück in meiner Einzelzelle brannte tagein, tagaus eine Neonröhre; Fenster gab es keines. Irgendwann hatte ich jegliches Zeitgefühl verloren, da auch die Verhörzimmer ausschließlich durch künstliches Licht beleuchtet wurden. Ich vermute, dass die Trakte alle unterirdisch waren. Die Pritsche in der Zelle durfte nur nach zeitlichen Vorgaben ausgeklappt werden. Die Anweisungen dazu wurden durch die Zellentür gebrüllt. Dass ein zeitliches System dahinter steckte, bezweifle ich. Setzte oder legte ich mich auf den Boden, wurde ich gemaßregelt. Es wirkte gerade so, als ob ich ständig durch ein Guckloch oder eine versteckte Kamera beobachtet wurde.«

»Hast du versucht, dich zu widersetzen?«, fragte Frank vorsichtig.

»Zu Anfang ja. Doch sie hatten Mittel und Wege, meinen Widerstand zu brechen. Hast du eine Ahnung davon, wie es sich anfühlt, wenn man mehrere Stunden in einen Raum eingesperrt ist, der kleiner ist als ein Schrank? Zu nieder, um aufrecht zu stehen, doch zu eng, um sich hinzusetzen, die Muskeln über lange Zeiträume angespannt und verkrampft? Oder wie es ist, in einem Gestell fixiert zu sein, ohne die Möglichkeit zu haben, auch nur den Kopf zu drehen und im Sekundenrhythmus tropft Wasser auf deinen Schädel?«

Frank schwieg.

»Und das Perfideste daran: Niemand kann dir danach die Folter ansehen! Es werden keinerlei Spuren hinterlassen.«

Betreten sah sie in ihren Schoß.

»Und es gab noch Schlimmeres.«

Sie errötete.

»Irgendwann hatten sie mich soweit. Karen Degner war gebrochen. Ich erzählte ihnen alles. Vom Experiment. Vom Professor. Von Dieter und Tristan. Von dir, von mir.«

»Du hast uns alle verraten?«

»Ja! Jeder hätte es getan! Aber – sie wussten es bereits!«

»Ich verstehe nicht!«

»Sie wussten alles, was ich ihnen unter Druck und Folter gestanden hatte. Es ging ihnen gar nicht um die Informationen. Gut, möglicherweise wollten sie noch eine weitere Bestätigung, aber in erster Linie war es ihr Plan, mich zu brechen. Ihre grausamen Methoden soweit zu treiben, bis ich nur noch ein Wrack war und ihnen alles sagte, was sie hören wollten. Ihre spöttisch grinsenden Fratzen nach meinem Geständnis werde ich nie vergessen.«

Ruckartig drehte sich Karen zu Frank.

»Verstehst du? All die Folter, all die Demütigungen, die ich ertragen hatte: Sie waren umsonst gewesen. Die Wahl, meine Freunde zu verraten oder die Torturen auf mich zu nehmen; sie wäre nicht nötig gewesen. Die pure Lust der SS-Männer, ihr Opfer leiden zu sehen, und die Herausforderung, es zu brechen, waren Grund genug gewesen, mich zu quälen.«

Sie war etwas lauter geworden und der Messner drehte sich zu den beiden um und bedachte sie mit einem strengen Blick.

Etwas bedächtiger fuhr Karen fort: »Als ich am nächsten Tag zum Verhör gebracht wurde, begegneten mir die beiden SS-Männer mit einer ausgewählten Freundlichkeit. Hätte ich sie bei einer Tanzveranstaltung und in zivil kennen gelernt, ich hätte sie vermutlich als außerordentlich adrett und angenehm empfunden. Unter diesen Vorzeichen wirkte es besonders verächtlich und zeigte mir aufs Neue, dass ich nur ihr Spielzeug gewesen war. Ein Spielzeug, das nun uninteressant für sie geworden war. Obwohl die Schrift für mich verkehrt herum zu lesen war, erkannte ich das Wort, das dort auf dem Dokument auf dem Schreibtisch des Offiziers prangte: Sachsenhausen. Ich sollte das Tageslicht wieder sehen, sagte der Offizier, als Belohnung, da ich so gesprächig gewesen war; es gäbe eine Vielzahl an Leibesertüchtigungen, dort in Sachsenhausen, und die

Möglichkeit zur Arbeit an der frischen Luft; das würde mir sicher gut tun, nach all der Zeit in der kalten, klammen Zelle hier. Wieder zeigte er dieses höhnische Grinsen.

Mir war inzwischen alles egal. Und ich ließ es geschehen. Sie führten mich in Hand- und Fußfesseln in eine Art Tiefgarage, in der ich in ein geschlossenes Panzerfahrzeug getrieben wurde. Im Innern ketteten sie mich an eine dafür vorgesehene Stange und ein mir unbekannter junger Mann in SS-Uniform nahm neben mir Platz. Der Wagen wurde von außen verschlossen. Wäre meine Lethargie nicht gewesen, ich wäre sicher stolz darauf gewesen, welche Mühe sie sich mit mir noch machten. An Flucht dachte ich zu keinem Zeitpunkt mehr. Als sich nach etwa dreistündiger Fahrt die Türen des Panzerfahrzeugs wieder öffneten, strömte Tageslicht ins Innere. Losgekettet und nach draußen geführt, sah ich zum ersten Mal nach einem halben Jahr die Sonne wieder. Dennoch fror ich, es war Herbst. Und dann sah ich auch die Baracken, grau in grau, in Reih und Glied, bis in weiter Ferne, als nähmen sie nie ein Ende. Mir wurde schwindlig.

Der Herbstwind trug sterbende Blätter mit sich, blies sie nach oben, ließ sie wieder hinab zu Boden gleiten oder ignorierte sie einfach, wenn sie in einer Ecke liegen blieben. Ich spürte den Tod, der hier, gleich der Willkür des Windes, seit vielen Jahrzehnten, unablässig neues Leben erhielt. Auch das meine war ihm bereits versprochen. Nur eine Frage der Zeit. Dann wurde ich ohnmächtig.

Als ich wieder zu mir kam, zogen mir gerade ein Daumen und ein Zeigefinger mein Augenlid auf, um mir mit einer Stablampe ins Auge leuchten zu können. Instinktiv wollte ich mit der Rechten nach der fremden Hand greifen, doch meine Handgelenke waren fixiert. Ich lag da, auf ein Bett geschnallt. Auch mein Kopf war mit einer Klammer um Stirn und Hals in einer Position fest gehalten, dass ich ihn nicht mehr bewegen konnte.

Das Gesicht eines Mannes und das einer Frau erschienen vor mir.
Ein Arzt und eine Arzthelferin. Sie bemerkten, dass ich wach war und spritzten mir etwas in die Armbeuge. Die Erinnerung an das folgende ist verschwommen. Sie nahmen mir Blut ab, vermaßen meinen Schädel, betasteten meine Brüste und meinen restlichen Oberkörper; sie lockerten die Fesselung meiner Beine, um sie dann in einer gegrätschten Position erneut zu fixieren. Ich spürte Gummi; Finger, die in mich eindrangen und sich hin und her bewegten; die Nadel einer Spritze; ich weiß nicht, ob sie etwas entnahm oder etwas einführte. Wie lange die Untersuchung dauerte, weiß ich nicht. Ich erlebte alles wie in einem Nebel. Ich hörte das Wort ‚Trakehnen' und mir wurde klar, dass es nicht mein Schicksal war, mein Leben in Sachsenhausen zu lassen. Erinnerst du dich, Frank? Trakehnen. Dieser kleine Ort bei Königsberg. Früher haben sie Pferde dort gezüchtet. Heute ist in Trakehnen ein Institut zur Erbgutforschung. Sie entschlüsseln dort das menschliche Genom. Die Gene der Arierin Karen Degner waren wohl wertvoll genug, um sie noch einer nützlichen Bestimmung zuzuführen. Dann befreite der Arzt meinen rechten Arm. Er drehte ihn herum und ich fühlte einen brennenden Schmerz an der Innenseite und wurde wieder bewusstlos.«

Franks Blick fiel auf die schlecht verheilte Vernarbung an der eben beschriebenen Stelle.

»Ich habe die Speichermarke später wieder entfernen lassen. Die Umstände waren eher abenteuerlich. Weiter! Als ich wieder erwachte, befand ich mich in sitzender Position. Meine Füße waren an eine Bodenstange gekettet. Es schaukelte: Ich war erneut im Innern eines Panzerwagens. Drei weitere Frauen waren in der gleichen Lage wie ich. Zu viert fuhren wir unserem Ziel im Osten des Reiches entgegen. Die, die neben mir saß, war fast noch ein Kind und weinte leise vor sich hin. Ich hatte nicht mehr die Kraft, sie zu trösten. Mir gegenüber war eine Frau angekettet, deren Attraktivität trotz der schlechten Lichtverhältnisse und ihres erbarmungswürdigen, geschundenen Zustands immer noch zu erkennen war. Die letzte der Frauen schließlich starrte stumpfsinnig gerade aus und zitierte monoton irgendwelche Verse und Texte. Konfus und ohne jeglichen Sinn und Zweck vermischten sich Brocken aus Klassikern mit nationalsozialistischem Gedankengut. Die Frau sprach ohne Punkt und Komma, als ob sie nicht einmal Luft zwischen den Sätzen holen musste. Goethe und Schiller vermengten sich mit Goebbels und all seinen Nacheiferern. Wir anderen schwiegen. Durch eine Milchglasscheibe drang etwas Tageslicht von der Fahrerkabine zu uns. Es war nicht genug, um die Umrisse des Fahrers zu erkennen oder gar durch die Windschutzscheibe zu spähen. So konnte ich nicht herausbekommen, wie weit wir schon gefahren waren. Lediglich, dass es Nacht wurde, bemerkten wir irgendwann. Ich wurde schläfrig und Sätze wie ‚Da steh ich nun, ich armer Tor!' und ‚Wollt ihr den totalen Krieg?' verfolgten mich in den Schlaf.

Eine Vollbremsung ließ mich hoch schrecken. Im Dämmerlicht sah ich, dass auch die anderen Frauen ein Stück nach vorne gerutscht waren, soweit es ihre Fußfesseln zugelassen hatten. Das Fahrzeug stand schließlich, wir setzten uns wieder gerade und befühlten die Körperstellen, die wir uns gestoßen hatten. Der Panzerwagen musste schon verhältnismäßig langsam gefahren sein, ansonsten hätten wir uns stärker verletzt. Unsere Mitgefangene begann wieder mit ihren Zitaten, deren Inhalt ich aber nicht mehr verstehen konnte, da draußen ein Tumult los brach. Zwei dumpfe Schläge hörte ich, die ich als Schüsse aus einer Waffe mit Schallschutz identifizierte. Mein Lebenswille kehrte zurück. Kurz darauf öffnete jemand die Tür. Ein Mann kam herein, leuchtete mit einer Taschenlampe nach den Verschlüssen unserer Fußschellen. Den Bund mit den Schlüsseln dazu hatte er bereits in der anderen Hand. Er befreite uns und trieb uns zur Eile an. Eine der Frauen, das Mädchen, musste er stützen, wir anderen sprangen alleine vom Fahrzeug ins Freie. Ich stolperte bei der Landung und ging in die Knie. Als ich nach vorne blickte, sah ich geradewegs auf eine verdreckte, grün-braune Hose und eine kräftige Hand, die sich mir nach unten entgegen streckte. Und ich hörte eine Stimme, die mich begrüßte: ‚Herzlich w-willkommen in den Masuren!'

Als ich aufblickte, erkannte ich das verschmutzte, doch zufrieden lächelnde Gesicht Tristan Hartwigs.«

3

»Im Gegensatz zu Robert und mir, war es Tristan tatsächlich gelungen, in Freiheit zu bleiben. Nach deinem und Dieters Transfer, hatten Robert und Tristan bis zur vereinbarten Stunde, Mitternacht, gewartet. Als keines der beiden Signale anzumessen war, wurden sie zunehmend nervöser. Sie warteten; warteten, bis der nächste Tag anbrach. Tristan ging nach oben, ins Freie, um sich die Beine zu vertreten. Als er vor dem Bürogebäude frische Luft schnappte, hörte er plötzlich, wie jemand im oberen Stockwerk leise ein Fenster öffnete. Tristan sah nach oben und entdeckte einen Mann mit Funkgerät. ‚Vorsicht!', flüsterte der Mann. ‚Sie sind auf dem Weg hierher.' Im nächsten Moment bildete sich ein blutig-roter Punkt auf der Stirn des Mannes und bevor der Punkt größer wurde, kippte der Mann bereits kopfüber zum Fenster hinaus und fiel Tristan direkt vor die Füße. Ein Scharfschütze hatte ihn lautlos niedergestreckt. Geistesgegenwärtig sprang Tristan hinter einen Mauervorsprung. Gerade rechtzeitig genug! Vom Mauervorsprung aus sah er, wie sich mehrere Männer in SS-Uniformen und schusssicheren Westen, Gewehr im Anschlag, dem Gebäude näherten.

Den Professor warnen, war sein erster Gedanke. Doch hierfür war es bereits zu spät. Selbst, wenn ihn die anrückenden Einheiten nicht gesehen hätten, wie er vom Mauervorsprung zur Tür rannte, er hätte zusammen mit Robert dort im Keller in der Falle gesessen, einer Falle, aus der es kein Entkommen gab. Damit wäre niemandem geholfen gewesen. Er realisierte, dass es sinnvoller war, sich wegzuschleichen, als im Keller heldenhaft zu scheitern und stahl sich hinüber, durch Büsche und Sträucher, in eine angrenzende Lagerhalle. Wie durch ein Wunder wurde er nicht entdeckt. Die Lagerhalle besaß auf ihrer Rückseite auf Brusthöhe ein Fenster, dessen gläserne Überreste als Scherben im Rahmen steckten. Er hievte sich hoch und schlüpfte ohne größere Verletzungen hindurch. Draußen angekommen, ist er einfach los gerannt, in irgendeine Richtung, ohne Plan und ohne Ziel.

Zwei Wochen, erzählte er, sei er in Germania umhergeirrt. Er versuchte sogar, mit seinen Eltern Kontakt aufzunehmen, doch deren Haus wurde rund um die Uhr bewacht.

Vermutlich hätten sie ihn sowieso an die Gestapo ausgeliefert. Nach mehreren brenzligen Situationen, in denen er nur knapp einer Verhaftung entging, beschloss er, Germania den Rücken zu kehren. Er hatte keinen Plan und wusste nicht wohin, jeder Weg war so gut wie der andere. Das Meer, fiel ihm ein, das hatte er immer gemocht. Es roch nach Freiheit. Und wenn nicht gerade ein Kriegsschiff kreuzte, war nichts als Ruhe und Frieden zwischen ihm und dem sichtbaren Ende der Welt. Ein Ort, an dem es sich leben und genauso gut sterben ließ.

Also nach Norden, einfach nach Norden. Nach Rügen, nach Usedom, ans Stettiner Haff; das eine Ziel war so gut oder so schlecht wie das andere. Tristan schlug sich durch Brandenburg und Pommern, bettelte bei diesem Bauernhof, stahl sich etwas bei jenem; übernachtete in Scheunen, Jagdunterständen oder unter freiem Himmel.

Eines Nachts erwachte er und sah sich von einem halben Dutzend Männern und Frauen umringt. Nach anfänglichen Missverständnissen wurde ihm klar: Er war auf Gleichgesinnte gestoßen. Sie tauschten sich aus. Zunächst glaubten sie Tristan wohl nicht, wahrscheinlich wirkte er zu ‚arisch' auf sie. Der Reichsführung jede Schandtat zutrauend, hielten sie ihn zunächst für einen Spitzel der Gestapo, der sie unterwandern sollte. Sie nahmen ihn mit sich und sperrten ihn erst einmal ein. Erinnerst du dich an diesen Gregor, Frank, der damals unsere Sarkophage aus Oxford abgeholt hatte?«

»Vage!«

»Jedenfalls hatte Tristan diesen Leuten im Rahmen seines Berichts auch von Gregor erzählt. Den erkannte einer aufgrund Tristans Beschreibung wieder und sie haben wohl mit ihm Kontakt aufnehmen und sich Tristans Geschichte bestätigen lassen können. Die Bedeutung unserer Forschung wurde den Rebellen schlagartig bewusst und sie beschlossen, zusammen mit anderen Widerstandszellen, herauszufinden, was aus Robert und den anderen Beteiligten geworden war.«

Frank unterbrach sie.

»Du sprichst immer von ‚Robert' ...«

»Wir haben irgendwann auf die Förmlichkeiten verzichtet. Sie hatten keine Notwendigkeit mehr gehabt.

Auch Tristans Wert haben die Rebellen rasch erkannt.«

Karen sah sich um; als könnte sie hier jemand belauschen.

Doch außer dem Messner und zwei alten Damen, die während ihrer Berichterstattung die Dreifaltigkeitskirche betreten hatten und nun in einer weit entfernten Bank in stillem Gebet versunken dasaßen, befand sich niemand hier.

»Auf Bornholm hatten sie eine geheime Machtbasis installiert. Sie hatten sogar ein kleines Rechenzentrum dort, und Tristan sollte versuchen, so viele der verlorenen Daten wie möglich wieder herzustellen. So sah er doch noch das Meer wieder. Von der pommerschen Küste ging es hinüber nach Bornholm. Seit seiner Flucht aus dem Bürogebäude am Westhafen waren schließlich fast zwei Monate vergangen, als er endlich auf Bornholm eintraf.

Die Speicherstäbe, die er aus Oxford nach Germania gebracht hatte, hatten all die Zugangswörter und Berechtigungen enthalten, die wichtig für unser Projekt gewesen waren. Sie waren endgültig verloren, schlimmer noch: Sie waren in den Händen der Reichsführung. Doch Tristan hatte sich zusätzlich abgesichert. Wir hatten ihn, glaube ich, alle unterschätzt. Wenn überhaupt jemand Tristans wahre Fähigkeiten erkannt hatte, dann war es Robert. Sämtliche Daten seiner Speicherstäbe hatte Tristan ein weiteres Mal geschützt. Um ihre tatsächliche Struktur zu erhalten, musste man sie durch eine Art ‚Filter' schicken. Ohne diesen Filter waren sie wertlos. Der Filter, das war eine Buchstaben- und Zahlenkombination aus sage und schreibe 256 Ziffern, die Tristan auswendig gelernt hatte.«

»256 zusammenhanglose Buchstaben und Zahlen?«

Karen nickte.

»Und das ist noch nicht einmal alles: Er hatte einen Virus entwickelt, der die Speicherstäbe löscht, sollte sieben Tage hintereinander nicht der Filter aktiviert worden sein. Er war der Meinung, dass der Inhalt der Speicherstäbe ohne diesen Filter nicht zu knacken wäre und dass die Gestapo sich die Zähne daran ausbeißen würde. Wie wir erst viel später erfuhren, war dem auch so.

Nichtsdestotrotz waren nun die Daten unseres Forschungsprojekts auch für uns nicht mehr zugänglich, denn ohne die Speicherstäbe war auch der Filter wertlos. Zum Zeitpunkt, als Tristan auf Bornholm ankam, so seine damalige Meinung, waren die Passwörter auf den Speicherstäben mit hoher Wahrscheinlichkeit bereits unwiederbringlich gelöscht.

In mühevoller Kleinarbeit begann er, aus dem Gedächtnis zu eruieren, an welchen Rechnern im reichsweiten Netz er all die Programme und Daten ausgelagert und getarnt hatte. Zudem musste er die Zugangssicherungen umgehen oder knacken und dafür sorgen, dass sein Eindringen auf fremde Rechner unbemerkt blieb.

In dieser Situation befand er sich, als andere Widerständler herausgefunden hatten, was mein damaliges Schicksal gewesen war. Mein Abtransport nach Trakehnen war ein Glücksfall für sie. Sie hatten mich bereits abgeschrieben, als sie von meiner Verlegung nach Sachsenhausen erfahren hatten. Dort oder auf der Fahrt dorthin wäre ein Zugriff undenkbar gewesen. Und nachdem sie Tristan von meiner Verlegung nach Trakehnen berichtet hatten, ließ er es sich nicht nehmen, selbst an meiner Befreiungsaktion teil zu nehmen.

Für ihn stellte es sich sogar noch als weiterer Glücksfall heraus.«

»Warum?«

»Barbara, die attraktive Blondine, die mit mir im Panzerwagen nach Trakehnen saß; Tristan und sie wurden ein Paar. Ein arisches Bilderbuchpaar, sozusagen. Die Reichsführung wäre stolz auf sie, befänden sie sich nicht auf der falschen Seite. Sogar sein Stottern hat Barbara besiegt.«

»Wie das?«

»'Barbara saß nah am Abhang.'«

»Ich verstehe nicht.«

»Sprachübungen! Zum Beispiel: ‚Barbara saß nah am Abhang' für das ‚a'. Oder für das ‚i': ‚Spitzfindig ist die Liebe!'. Barbara war Dramaturgin am Staatstheater, bevor sie in Ungnade gefallen und nach Sachsenhausen deportiert worden war.«

Karens Blick ging nach oben zur bemalten Kirchendecke.

Lächelnd schickte dort ein alter, weißhaariger Mann, der auf einer Wolke thronte, eine Vielzahl junger Frauen und Männer, die Flügel trugen, in alle Himmelsrichtungen davon.

»Es streben der Seele Gebete den helfenden Engeln entgegen«, sinnierte Karen, »die Übung für das ‚e'!«

»Weitere vier Monate benötigten wir, um herauszufinden, was mit Robert geschehen war. Über einen Kontaktmann bei der Gestapo erfuhren wir schließlich, dass er sich in Caputh aufhielt. Davor war er, wie ich, in Hohenschönhausen gewesen. Verstehst du, Frank? All die Monate, die ich dort in der Zelle und bei den Verhören litt, war Robert nur wenige Meter von mir getrennt gewesen. In denselben Räumen mit denselben Gerätschaften gefoltert. Auch ihn haben sie schließlich gebrochen. Nachdem er alles gestanden und seine komplette wissenschaftliche Arbeit offen gelegt hatte, wurde er in die Obhut von Professor Hemmbacher gegeben; wobei ‚Obhut' nur das schönere Wort für ‚Hausarrest' ist. Robert ist viel zu kostbar für die Reichsführung, als dass sie ihn irgendwo ermorden oder sterben lassen könnten. Sie brachten ihn zu Hemmbacher nach Hause, nach Caputh. Dort wohnt Hemmbacher in dem Haus, in dem damals, bis 1934, Albert Einstein gelebt hatte, bevor er zu den Amerikanern übergelaufen war. Die Gestapo verpasste Robert eine elektronische Fußfessel, die es ihm nicht erlaubte, sich mehr als hundert Meter von Hemmbachers Haus zu entfernen, ohne dass ihn die Fußfessel mit Elektroschocks bestrafte. Das Haus selbst wurde rund um die Uhr von Polizisten bewacht.«

»Aber ihr habt ihn befreit?«

»Ja. Doch der Preis war hoch. Von unseren Leuten sind drei getötet worden, von der Gestapo zwei. Auch die Fußfessel hat sich als ein erheblich größeres Problem entpuppt, als wir befürchtet hatten. Die Entfernung der Fessel, die Haft in Hohenschönhausen und der Hausarrest in Caputh haben deutliche Spuren an Robert hinterlassen. Schließlich ist er nicht mehr der Jüngste.«

Der Messner, der das Ergebnis seiner Dekorationsbemühungen von Ferne begutachtet hatte, kehrte noch einmal zu der hässlichen Schale neben dem rechten Seitenaltar zurück und drapierte die Blumen noch einmal um, so dass letztlich von der Schale selbst kaum noch was zu sehen war.

Auch das in die Schale eingearbeitete Bild, das Frank zuletzt fixiert hatte – der Kopf Johannes' des Täufers, auf einem Tablett serviert – verschwand hinter Blüten und Blättern.

»Wir haben Robert nach Bornholm gebracht und haben dann beinahe zwei Jahre gebraucht, um unser Projekt wieder auf den Stand vom Mai 2005 zu bringen. Daten wurden rekonstruiert, Passwörter entschlüsselt, Programme neu geschrieben, Versuche durchgeführt. Auch die Sarkophage mussten neu gebaut werden. Das alles mit dem Wissen, dass Hemmbacher und seine Leute nun ebenfalls mit Hochgeschwindigkeit an dem Projekt arbeiteten. Er war durch unser von der Reichsführung beschlagnahmtes Material weiter als je zuvor, auch ohne die Passwörter auf den Speicherstäben. Seine Mannschaft war mit technischen und finanziellen Mitteln ausgestattet, von denen wir nur träumen konnten. Außerdem mussten wir täglich mit einer Entdeckung durch die Gestapo rechnen. Zum Glück zeigte sich unser Versteck auf Bornholm als sicher und was Genialität betrifft, kann ein Lothar Hemmbacher einem Robert Gothaer nicht das Wasser reichen. Dennoch, es bleibt ein Wettlauf mit der Zeit und wir wissen immer noch nicht, wer als erster die Ziellinie durchschreiten wird.«

Frank, der noch vor vierundzwanzig Stunden hilflos nach der Wahrheit hinter seinem Geheimnis gesucht hatte, war überrascht, mit welcher Ruhe und Gelassenheit er die unglaublich klingenden Schilderungen Karens zur Kenntnis nahm. Längst war ihm klar geworden, dass er in die andere Welt gehörte und in dieser nur eine Art ‚Fremdkörper' war.

»Vergangenen Sonntag war es endlich soweit. Wir haben die entsprechenden Programme aktiviert und es hat alles zur vollsten Zufriedenheit funktioniert. Innerhalb weniger Sekunden hatten wir sämtliche vor drei Jahren bereits entdeckten Ebenen in der Ortung. Und die Ziffer vergrößerte sich mit der gleichen Geschwindigkeit, mit der sie auch damals anwuchs. Wir konnten an dem Punkt weitermachen, an dem wir vor drei Jahren aufhören mussten. Obwohl wir unter Zeitdruck waren, wollten wir nichts überstürzen. Dieses Mal sollte nichts schief gehen. Und wenn wir dann wie ursprünglich geplant in die 1944er Ebene reisen und erkennen, dass dort eine bessere Welt ist als unsere, dann werden wir auch so weit sein, die unsere zu verändern.«

Frank sah sie ungläubig an.

»Der Professor hat es tatsächlich geschafft? Er hat eine Möglichkeit entdeckt, in die Vergangenheit zu reisen?«

»Er steht kurz vor dem Durchbruch. Das waren seine eigenen Worte, als wir gestern Abend zur Besprechung zusammensaßen. Während unserer Unterredung passierte aber etwas Unvorhergesehenes!«

»Was?«

Karen schmunzelte.

»Jemand hatte einen der Signalgeber aktiviert!«

Frank lächelte zurück, als Karen fort fuhr.

»Wir peilten das Signal an. In unserer Realität befindet sich an dieser Stelle keine Kirche, sondern ein Hochhaus. Natürlich hatten wir keine Ahnung, wer den Signalgeber gedrückt hatte. Dass du es gewesen warst, war natürlich mein größter Wunsch. Die zweite Möglichkeit war, dass irgendjemand den Signalgeber zufällig gefunden und einfach den Knopf gedrückt hatte, ohne zu wissen, was er damit auslöste. Die dritte Alternative gefiel uns am wenigsten.«

»Dieter Wiegand? Eine Falle?«

»Ja. Wir wussten nicht, was aus euch beiden geworden war. Aber was wir inzwischen über einen Informanten erfahren hatten, war, dass Dieter auf zwei Hochzeiten getanzt hatte. Das, was er uns über sich erzählt hatte, war nur ein Teil der Wahrheit. Erinnerst du dich an seine Erzählung, seine Zeit in der Charité betreffend?«

»Diese grausamen Menschenversuche in den Untergeschossen«, fiel Frank wieder ein.

»Genau. Dieter berichtete von zwei Kommilitonen, die ebenfalls dort unten gewesen waren.«

»Ich erinnere mich. Ihre Namen waren …«

»Friedhelm und Walter. Bis dahin stimmt Dieters Geschichte auch, zumindest, was das Grobe betrifft. Doch der Verräter war nicht Friedhelm, wie uns Dieter weismachen wollte. Er war es selbst. Dieter hat Friedhelm und Walter ans Messer geliefert. Sie wurden direkt an Ort und Stelle exekutiert. Auf die Knie, Pistole an die Schläfe und Schuss. Dieter stand zufrieden grinsend daneben.«

»Wie habt ihr das in Erfahrung gebracht?«

»Wenn wir die Kontakte, die wir heute haben, bereits in Oxford gehabt hätten, wäre vieles optimaler gelaufen. Mann, was waren wir naiv! Wir hatten gedacht, wir fünf könnten unser Projekt ganz alleine gegen das komplette Macht- und Spionagesystem der Partei durchziehen. Und Robert war ebenso einfältig wie wir Studenten. Wir hätten uns viel früher Gleichgesinnten anvertrauen sollen. Die Verbindungsleute, die Robert ja hatte, und die den Transport der Sarkophage nach Germania und das alte Lagerhaus am Westhafen organisiert hatten, hätte er viel intensiver einbinden müssen. Und wir hätten die ganze Verantwortung nicht allein bei Robert belassen sollen. Aber *danach* ist man ja immer klüger.«

Frank zählte eins und eins zusammen.

»Hat Dieter unsere Rechner manipuliert?«

»Ja. Er hat dafür gesorgt, dass ihr nicht in die 1944er Ebene gereist seid, sondern in die 1399er. Deswegen hatten auch die Monitore geflackert.«

»Das hier«, Frank sah sich in der Dreifaltigkeitskirche um, in der inzwischen der Messner den Hauptaltar mit einem weißen Tuch versehen hatte, auf das er nun drei schwere, goldene Kerzenständer stellte, »das hier ist die 1399er Ebene?«

»Genau.«

»Was ist 1399 passiert, das die Zeit so anders und doch wiederum so ähnlich verlaufen ließ? Es scheint, es hat die Entwicklung verzögert, aber die Geschichte doch relativ ähnlich verlaufen lassen.«

»Ich weiß es nicht.«

»Wo und wann bist du aufgetaucht?«

»Die andere Karen ist gegen Mitternacht eingeschlafen und wir haben den Transfer durchgeführt. Wie ich festgestellt habe, ist sie ebenfalls politisch aktiv. In ihrer kleinen Wohnung lagen etliche Stapel von Flugblättern herum: Einladungen zu Veranstaltungen, Aufrufe zu Demonstrationen, Aufklärungsschriften.«

»Zu welchem Thema?«

»'Gleichberechtigung der Frau in Staat und Gesellschaft'. Sie scheint selbst zu den Initiatoren zu gehören. Ich kann auf die andere Karen wirklich stolz sein.«

»Wie könnte es auch anders sein?«, lächelte Frank.

Er lehnte sich zurück, sah zu den Engeln an der Kirchendecke und ließ die Worte Karens und die wieder sichtbar gewordenen Bilder in seinem Gedächtnis auf sich einwirken.

»Er ist ebenso am Leben!«, sagte er.

»Wer?«

»Dieter! Ich habe ihn getroffen!«

Jetzt war es an Karen, überrascht zu sein.

»Und du bist dir sicher, dass es nicht sein Alter Ego ist?«

»Ich fürchte: ja. Er hat mich geduzt und die Art und Weise, *wie* er mit mir geredet hat, lässt keinen Zweifel offen.«

Dann erzählte er ihr von dem Zeitungsausschnitt, den ihm Dr. Hohmann gezeigt hatte, von der Gründung der NSDAP.

Frank erinnerte sich mittlerweile wieder an zahlreiche Situationen, die er zusammen mit Karen erlebt hatte, doch an keine, in der sie so bleich war wie in diesem Augenblick.

»Was haben wir getan, Frank?«, fragte sie entsetzt.

Doch Frank antwortete nicht.

»Wir wollten den Nationalsozialismus aus unserer Welt tilgen und haben ihn dafür in diese gebracht? Sag mir, dass das nicht wahr ist, Frank!«

Sie hatte ihn am Oberarm gepackt und schüttelte ihn. Gleichzeitig war sie lauter geworden und die beiden älteren Damen, der Messner und eine Frau in schwarz, die eben aus der Sakristei heraus das Kirchenschiff betreten hatte, starrten nun zu den beiden.

»Es ist wahr«, flüsterte Frank.

»Wir müssen das korrigieren«, entgegnete Karen, ohne lange zu überlegen.

»Das ist noch nicht alles!«

»Was noch?«

»Er ist mit Claire verheiratet! Und Claire war die Verlobte meines Alter Egos, bevor er…«

»Bevor er ‚was'?«

»Gestorben ist? Umgebracht wurde? Durch unser Experiment getötet wurde? Ich weiß es doch nicht.«

»Das ist alles kein Zufall, Frank. Was bezweckt Dieter Wiegand? Warum hat er damals nicht den Signalgeber gedrückt und ist in unsere Ebene zurückgekehrt? Und was war eigentlich sein ursprünglicher Plan?«

Der Messner unterhielt sich inzwischen leise mit der in schwarz gekleideten Frau und ihre Blicke, die in Franks und Karens Richtung zielten, machten klar, dass der Messner von den beiden auffällig wirkenden Personen sprach, die sich schon seit einiger Zeit in der Kirche befanden und sich merkwürdig verhielten.

Die Frau nickte und kam auf Frank und Karen zu. Ihr Gewand glich dem einer Nonne, doch ihr Kopf war unbedeckt. Die einzige Unterbrechung im eintönigen Schwarz ihrer Kleidung war ein daumengroßes weißes Rechteck, das den eng geschlossenen Kragen vorn am Hals zierte. Ihr schulterlanges, gelocktes, brünettes Haar trug sie offen. Als sie sich näherte, erkannten die beiden, dass sie dezent geschminkt war und ein offenes, freundliches Gesicht hatte.

Frank und Karen erkannten, dass die Frau zu ihnen wollte. Sie standen auf, verließen die Kirchenbank und standen im Gang zwischen den Bänken, als die Frau bei ihnen eintraf, ihre rechte Hand nach vorne streckte.

»Herzlich willkommen in der Dreifaltigkeitskirche. Darf ich mich vorstellen? Mein Name ist Paula Prax, ich bin die Gemeindepfarrerin!«

Die beiden Angesprochenen sahen sich kurz an, schüttelten dann nacheinander ihre Hand.

»Karen Degner.«

»Frank Miller.«

»Ich habe Sie beide noch nie während einer Messe gesehen«, fuhr die Pfarrerin fort. »Ich freue mich sehr, dass Sie den Weg zu uns gefunden haben.«

»Sie sind wirklich Pfarrerin?«, wollte Karen wissen.

»Aber das ist eine katholische Kirche!«, fiel Frank ihr ins Wort.

»Ja, ich bin eine Pfarrerin. Und ja, das ist eine römisch-katholische Kirche«, beantwortete Frau Prax beide Fragen.

»Sind Sie Christen?«, fragte sie.

Karen blickte erneut zu Frank, der nach einer Antwort suchte, und sagte schnell »Ja«, bevor er etwas anderes entgegnen konnte.

»Oh, verstehen Sie mich nicht falsch!«, beeilte sich die Pfarrerin zu versichern. »Sie sind selbstverständlich genau so willkommen, wenn Sie Juden sind, oder Moslems?«

»Juden?«, fragte Frank ungläubig.

»Nein, wir sind keine Juden«, sagte Karen rasch, ohne lange nachzudenken, einem bedingten Reflex gleich.

Frau Prax sah nach oben zur Deckenbemalung.

»Gott liebt uns alle. Er nimmt jede und jeden bei sich auf, sei es in seiner Kirche, sei es auf seinem Friedhof, sei es in seinem himmlischen Reich.«

»Das ist die Lehre der Römisch-Katholischen Kirche?«, zweifelte Frank und erinnerte sich an die von der NSDAP seit nun beinahe hundert Jahren gleich geschalteten Kirchen im Reich.

»Aber natürlich«, bestätigte die Pfarrerin.
»Die Kirche zeigt uns den Weg«, zitierte Karen leise einen der Flugblatt-Aufmacher, den sie in der Wohnung der anderen Karen gelesen hatte, »gleiche Rechte für Frau und Mann!«
»Wir unterstützen das«, meinte Frau Prax, »warum sollte jemandem wegen des Geschlechts Positionen und Rechte verwehrt werden? In der Römisch-Katholischen Kirche sind wir zum Glück über diesen Anachronismus hinaus.«
»Gleiche Rechte für Frau und Mann?«, fragte Frank ungläubig.
»Sollten eine Selbstverständlichkeit sein!«
»Was ist mit dem Papst?«
»Bitte verzeihen Sie mir meine Verwunderung«, meinte die Pfarrerin, der das Erstaunen mittlerweile genau so anzumerken war, wie ihren beiden Gesprächspartnern. »Das Konzil zu Amsterdam 1966 hat den Priesterstand für Frauen geöffnet und das Millenniumskonzil zu Rom die volle Gleichberechtigung hergestellt.«
»Eine Frau als Papst?«
»Als Päpstin, ja!«
»Ist im Moment eine Päpstin im Amt?«
»Nein, beim letzten Konklave vor zwei Jahren waren zwar mehr Kardinälinnen als Kardinäle stimmberechtigt, dennoch muss natürlich die Person gewählt werden, die am besten für das Amt geeignet erscheint, unabhängig von Geschlecht, Hautfarbe oder Herkunft. Aber so es Gott will, werde ich vielleicht die erste Päpstin noch erleben.«
Die Pfarrerin blickte in die beiden zweifelnden Gesichter.
»Ich wundere mich. Das ist doch alles bekannt und Diskussionen zum Thema stehen doch fast täglich in den Tageszeitungen.«
»Wir, äh«, sagte Karen, »wir waren längere Zeit im Ausland.«
Bevor die Pfarrerin weiter nachhaken konnte, packte Karen Frank bei der Hand und deutete mit einer Kopfbewegung in Richtung des Kirchenportals.
»Wir müssen nun wirklich los, Frau Prax. Wir danken Ihnen für das Gespräch.«
»Gerne. Kommen Sie doch einfach mal in eine meiner Messen! Ich möchte mich auch gerne noch einmal mit Ihnen unterhalten.«
Doch Frank und Karen hatten sich schon umgedreht und verließen eiligen Schritts die Dreifaltigkeitskirche.

5

»Claire ist in Gefahr«, begann Frank, als sie draußen waren.

Mittlerweile war später Vormittag und die Sonne brannte von einem wolkenlosen Himmel auf die beiden herab.

»Wie das?«

»Dieter hat sie unter Drogen gesetzt!«

»Warum sollte er das tun?«

»Ich weiß es nicht. Möglicherweise, damit sie sich nicht mehr mit mir treffen kann.«

Karens Blick fiel auf eine ältere, gebeugte Frau, die gerade eine Tür zu einem Nachbargebäude der Dreifaltigkeitskirche aufschloss.

‚Pfarrbücherei' stand über einem Schaufenster neben der Tür und Karen beschloss, die Gunst der Stunde zu nutzen.

»Wir müssen mehr über diese Ebene herausbekommen!«, bestimmte sie.

»Aber was ist mit Claire?«

»Wir benötigen Informationen über diese Realität, Frank! Dieter ist uns wahrscheinlich drei Jahre voraus. Gib uns wenigstens noch ein paar Minuten. Es könnte wichtig sein. Wir müssen wissen, was 1399 hier passiert ist.«

Sie schuf vollendete Tatsachen und ging auf die Frau zu.

»Guten Tag. Ist die Bücherei geöffnet?«

Die Frau hielt ihre rechte Hand ans Ohr: »Wie bitte?«

»Ist die Bücherei geöffnet?«, wiederholte Karen etwas lauter.

»Oh, Sie haben Glück, ich mache gerade auf. Aber nur bis zwei Uhr, dann erst wieder Samstagnachmittag«, sagte die Frau.

Karen verschwand zusammen mit der Frau hinter der Tür und Frank blieb nichts anderes übrig, als den beiden zu folgen. Er betrat einen etwa dreißig Quadratmeter und muffig riechenden Raum. Von dessen Wänden war so gut wie nichts zu sehen, da ringsherum Regale standen, die nur an wenigen Stellen Lücken zwischen den eingereihten Büchern aufwiesen.

Die alte Frau nahm an einem Schreibtisch Platz, auf dem sich mehrere Karteikästen aus Holz befanden. Karen war bereits dabei, die Buchrücken zu entziffern und entdeckte gerade eine mehrbändige Enzyklopädie. Sie zog den Band mit der Aufschrift ‚Hil-Lam' heraus. Frank stellte sich neben sie und sah ihr über die Schulter.

Karen murmelte etwas wie »Irgendwo müssen wir ja anfangen!« und blätterte bis ‚Kirchengeschichte'.

Sie überflogen die Passagen der frühen Tage der Christenheit im Heiligen Land, die Entwicklung der Glaubenslehre im Römischen und Fränkischen Reich und die Kreuzzüge gegen die Andersgläubigen. Die Abweichung entdeckten sie beinahe zeitgleich.

»Was ist mit Martin Luther?«, fragte Frank. »Seiner Übersetzung der Bibel ins Deutsche? Der Ursache der Reformation?«

»Sofern man unseren eigenen Geschichtsbüchern Glauben schenken kann«, relativierte Karen. »Anscheinend existierte er hier nicht. Zumindest hat er nicht die Bedeutung erlangt, um in dieses Lexikon einzugehen.«

Frank fiel etwas anderes ein. Er griff sich die Ausgabe für den Bereich zwischen Fan und Hij.

»Damit gab es kein Schisma und keinen Dreißigjährigen Krieg«, erkannte Karen und las weiter. »Auch die Anglikanische Kirche ist in den Schoß des Papstes zurückgekehrt.

Reformatorische Kräfte wurden nicht gebannt, sondern integriert. Der Römisch-Katholischen Kirche dieser Ebene ist es dadurch gelungen, sich selbst von innen heraus zu reformieren. Wie es sich darstellt, blieb sie unabhängig und konnte ihren Platz in der Mitte der gesellschaftlichen Realität erhalten. Keine Losgelöstheit von den wirklichen Problemen der Menschen, keine Abhängigkeit von einem Staat oder einer Partei, kein Papst von Hitlers Gnaden.«

»Wie Dr. Hohmann sagte«, Frank hielt Karen seinen Band unter die Nase, »fällt dir was auf?«

»Sollte da nicht ‚Freud, Sigmund' stehen?«, beantwortete er seine Frage selbst. »Laut einem Psychiater, bei dem ich vorgestern war, ist Freud bereits 1900 bei einem Unfall mit einem Fiaker ums Leben gekommen, also bevor er all jene Erkenntnisse niederschreiben konnte, für die er in unserer Ebene bekannt wurde.«

Karen schob Franks Buch zur Seite und fragte: »Warum wurde Luther nicht die Rolle zuteil, die er bei uns hatte?«

»Vielleicht auch ein Unfall?«

»Vielleicht. Vielleicht aber auch nicht.«

»Was meinst du?«

»Ich hatte drei Jahre Zeit, um herum zu fantasieren, was wohl 1399 die Ursache gewesen sein könnte, dass diese Ebene eine andere wurde als die unsere. Klar, es konnte auch ein minimaler Unterschied sein, ein Insekt ist bei uns in ein Spinnennetz geflogen, hier eben nicht. Damit unterscheidet sich zwar die Insektenpopulation sechshundert Jahre später, aber nicht unbedingt die sonstige Realität.«

»Worauf willst du hinaus?«

»Interessanter und herausfordernder wird es, wenn man sich vorstellt, was an bedeutenderen Dingen anders verlief. Beispielsweise wurde Richard II., der damalige englische König, 1399 wegen seiner Willkürherrschaft zur Abdankung gezwungen und von seinem Vetter abgelöst.«

Frank wollte schon das Lexikon ‚Fan-Hij' zurückschieben und nach dem Band mit der britischen Geschichte greifen, um den Sachverhalt zu überprüfen, doch Karen hielt ihn zurück.

»Gutenberg«, sagte sie.

»Gutenberg?«

»Nur eine Vermutung. Würde aber zu dem Umstand passen, dass Luther nicht die gebührende Öffentlichkeit erhielt. Gutenberg wurde um 1400 geboren, das genaue Datum ist nicht bekannt. Vielleicht hat Martin Luther die Bibel erst gar nicht übersetzt, weil er die Möglichkeiten nicht kannte, die sich aus der Entwicklung des Buchdruckverfahrens ergaben. Die Massenproduktion der Bibelübersetzungen war aus unserer heutigen Sicht eine der Grundvoraussetzungen für die Reformation.«

Frank blätterte in seinem Lexikon. »Du hast Recht. Kein Eintrag unter ‚Gutenberg'!«

Karen steckte ihren eigenen Band zurück und zog den mit der Aufschrift ‚A-Bux' aus dem Regal.

Sie suchte unter ‚Buchdruck' und las laut vor.

»Buchdruck - das Herstellen von Satz und das Vervielfältigen in Druckpressen; entwickelt um 1520 durch Wilhelm von Burgos, Abt im Benediktinerstift zu Melk, Niederösterreich.«

»Hundert Jahre später.«

»Da haben wir die Ursache dafür, dass sich alles etwa hundert Jahre später entwickelte.«

»Wir müssen los!«, drängte Frank.

Wehmütig betrachtete Karen die Buchrücken der Lexika, während Frank die Bände zurück an ihre Plätze schob. Der Inhalt, sicher äußerst spannend und interessant, doch sie hatten leider keine Zeit zum Schmökern. Was mochte noch alles historisch anders verlaufen sein? Waren beispielsweise Bismarck oder Hitler auch unter diesen Voraussetzungen zu geschichtlicher Bedeutung gelangt? Hatte Bismarck auf eine andere Weise seiner Zeit seinen Stempel aufgedrückt? Oder hatten nur die besonderen Umstände der eigenen Realität seinen Aufstieg beflügelt und seinen Platz in der Geschichte bedingt? Was war mit den Dichtern? Hatte Schiller die Rahmenbedingungen, um zu seiner schriftstellerischen Größe zu wachsen? Hatte Goethe seinen ‚Faust' verwirklichen können?

Karen spielte mit dem Gedanken, sich die entsprechenden Bände aus dem Regal zu ziehen.

Frank zerrte an ihrem Oberarm.

»Wir müssen los!«, wiederholte er und widerstrebend folgte sie ihm.

»Auf Wiedersehen«, sagte sie lautstark zu der alten Dame, die hinter dem Schreibtisch vor sich hindöste und Frank ergänzte »Und Dankeschön« in der gleichen Lautstärke. Die Frau reagierte nicht.

Danach verließen sie die Pfarrbücherei.

Unweit der Kirche entdeckten sie eine freie Droschke und stiegen ein.

»Fahren Sie uns zuerst zu einem Waffengeschäft und dann weiter nach Dahlem!«, sagte Frank zum Kutscher und dieser gab seinen Pferden das Signal loszulaufen.

Endlich hatte Karen die Möglichkeit, Franks Geschichte zu hören, seine Erlebnisse seit seiner Ankunft vor noch nicht einmal einer Woche. Er berichtete ihr von seinem Eintreffen am Görlitzer Bahnhof, von der Erinnerung an seine Jugend in der Großbeerenstraße – eine Erinnerung, die nicht die seine war, wie er inzwischen wusste. Wie er über diesen seltsamen Nansen seine Mutter gefunden hatte. Die Mutter seines anderen Ichs, berichtigte er sich. Auch dass er sich ärztlich hatte untersuchen lassen, erzählte er. Von Jakob Levy, seinem ehemaligen Kommilitonen, und natürlich von Claire. Sein Tonfall wurde ein anderer, als er von ihr sprach und von ihren Begegnungen am Müggelsee. Er schilderte den dortigen Überfall auf sich und den Einbruch in die Wohnung seiner Mutter.

Er beschrieb den Zustand, in dem er Claire gestern Abend vorgefunden hatte und beendete seine Schilderung, in dem er den Kampf mit Dieter noch einmal vor seinem geistigen Auge Revue passieren ließ.

»Dieter hat eine Tätowierung unter der Achselhöhle, ein ‚A'. Jetzt ist mir klar, dass es seine Blutgruppe kennzeichnet.«

»Einheiten der Waffen-SS tragen sie, auch Sonderkommandos der Gestapo«, half Karen seinem Gedächtnis weiter auf die Sprünge.

»Er sagte, er bräuchte etwas von mir«, überlegte Frank und dann fiel ihm ein, worüber er sich bei dem Überfall am Müggelsee so gewundert hatte, »der Kerl, den er beauftragt hatte, hat mir regelrecht das Hemd vom Leib gezogen.«

»Der Signalgeber«, sprachen sie beide gleichzeitig.

»Er hat ihn nicht mehr!«, erkannte Karen.

»Deswegen ist er nicht zu euch zurück gekehrt«, beantwortete Frank die noch offene Frage.

Karen nickte. »Was weißt du noch über Dieter?«, fragte sie.

»Er arbeitet auch hier an der Charité und genießt hohes Ansehen. Jakob Levy sagte mir, Dieter habe diverse Operationstechniken geradezu revolutioniert.«

»Kein Wunder. Mit dem Wissen aus einer anderen Realität, die auch medizintechnisch etwa hundert Jahre weiter sein dürfte ...«

»Er hat sich also eine eigene Existenz hier aufgebaut. Es scheint so, als habe er sich schon frühzeitig auf eine längere Zeit in dieser Realität eingerichtet.«

»Ich kann mir nicht vorstellen, dass das sein ursprünglicher Plan war. Ich vermute, es ist nicht nur bei unserem Projekt etwas schief gelaufen.«

Sie hatten ihr Ziel erreicht und der Kutscher brachte die Pferde zum Stehen.

»Es hilft nichts! Wir müssen ihn zur Rede stellen.«

6

Die Sonne hatte ihren Zenit inzwischen überschritten und das Haus mit der Nummer 27, das den Wiegands gehörte, lag im prallen Sonnenschein vor Frank und Karen. Neben dem Klappern von Pferdehufen und dem fernen Brummen eines Benzinmotors hörten sie das auf- und abschwellende Summen verschiedener Insekten, die in den vielen Villenvorgärten ihrem Tagwerk nachgingen. Das Klappern eines Handrasenmähers gesellte sich dazu. Ein korpulenter Mann mit weißem Hemd und einer grauen Leinenhose, die von Hosenträgern an ihrem Platz gehalten wurde, mühte sich im Nachbargarten der Wiegands ab, das bereits viel zu hoch gewachsene Gras in den Griff zu bekommen.

Die vor ihm liegende Idylle ließ Frank die Ereignisse des Vorabends weiter entfernt erscheinen, als sie tatsächlich waren.

An den Fenstern des Hauses war keine Bewegung zu erkennen.

»Hier ist es!«, sagte Frank und wollte die Klinke der Gartentür herunter drücken.

Karen hielt ihn zurück.

»Warte!«

»Was ist?«

»Wir haben uns gar keinen Plan überlegt!«

»Wir gehen da rein und holen Claire raus; das ist der Plan. Es ist helllichter Tag. Er wird es nicht wagen, etwas gegen uns zu unternehmen. Und für den Notfall haben wir das hier!«

Er tätschelte seine ausgebeulte Hosentasche.

»Das gefällt mir nicht! Vielleicht sollten wir uns mehr Zeit lassen und einen Plan ausarbeiten.«

»Zeit ist das einzige, was wir im Moment nicht haben. Claire schwebt in Lebensgefahr.«

»Frank!«

»Ja?«

»Du hast dich in sie verliebt!«

»Nein, ich versuche nur einen Teil dessen zu begleichen, was wir vor drei Jahren verschuldet haben.«

»Du hast dich in sie verliebt«, wiederholte sie, »du weißt es, ich weiß es und Dieter weiß es wahrscheinlich auch. Er benutzt sie, um dich zu ihm zu locken.«

»Humbug. Ich möchte ihr schlicht und einfach helfen.«

»Es könnte eine Falle sein, Frank.«

»Wir haben das hier zu verantworten, Karen. Wir wissen nicht, warum Frank Miller gestorben ist, aber wir können den Schluss ziehen, dass es nur mit unserem Projekt zusammenhängen kann. Dieter hat - warum auch immer - Claire geheiratet. Wir haben Claires und Franks Leben zerstört. Ich werde das, so weit das möglich ist, korrigieren. Und zwar jetzt auf der Stelle.«

Er drückte die Gartentürklinke hinab und trat auf den Gartenweg; Karen, von seiner Entschlossenheit überrascht, folgte ihm.

»Vorne oder hinten?«, fragte sie.

»Wir kommen nicht als Bittsteller!«

Zielstrebig marschierte er zum Hauseingang, ging die drei Stufen zur Haustür hinauf, packte mit der Linken den faustgroßen, eisernen Löwenkopf und hämmerte ihn mehrmals mit voller Wucht gegen das Türholz. Seine Rechte versenkte er in der ausgebeulten Hosentasche.

Außer dass der Rasen mähende Nachbar sich zu ihnen umdrehte und sie mit offen stehendem Mund anstarrte, erfolgte keine Reaktion.

»Nach hinten.«

Noch bevor Karen etwas erwidern konnte, hatte er sich auch schon an ihr vorbei die Stufen wieder hinab gedrängt und war auf dem Weg zur Hausecke. Karen beeilte sich, ihm auf den Fersen zu bleiben.

Als sie um die Ecke schritt, stand Frank bereits auf der Terrasse und versuchte, durch eine Glastüre spähend, einen Blick ins Innere zu erhaschen. Bei ihm angekommen, sah sie ebenfalls zwischen zwei nicht ganz geschlossenen Vorhängen hindurch und erkannte eine leere Couch. Wenn Karen sich hin und her bewegte, konnte sie neben der Couch ein Beistelltischchen erkennen und eine Wolldecke, die unordentlich auf dem Boden lag.

»Hier hat sie gestern Abend geschlafen«, flüsterte Frank, »so blass, so verletzlich, in ihrem weißen Nachthemd.«

Sein Gedankengang wurde rüde unterbrochen, durch eine laute Stimme hinter ihren Rücken.

»Was machen Sie denn hier?«

Frank und Karen drehten sich um.

Der Nachbar hatte seinen Rasenmäher an Ort und Stelle liegen gelassen und war bis an den Gartenzaun getreten, um zu beobachten, was da auf dem Nachbargrundstück vor sich ging.

»Wir wollten die Wiegands besuchen«, sagte Karen geistesgegenwärtig.

»Ach so.«

Der Nachbar war gleich beruhigter.

»Die sind nicht da. Frau Wiegand musste heute Morgen ins Krankenhaus.«

»Ins Krankenhaus?«, wiederholte Frank ungläubig.

»Ja, meine Frau und ich, wir machen uns auch schon Sorgen. Dabei schien sie gestern Vormittag noch völlig gesund zu sein, als ich hier, genau an der Stelle, an der wir jetzt stehen, mit ihr gesprochen hatte. Sie hatte sich um das Rosenbeet gekümmert.«

Er deutete auf die Rosenstöcke neben der Terrasse und sprach weiter.

»Ich frage mich ja immer, wie Frau Wiegand das immer macht. Sie hat wirklich ein Händchen für Rosen. Emilie, meine Frau, sagt immer …«

Frank unterbrach ihn.

»Wie ging es ihr? Haben Sie sie gesehen?«

»Nein. Wir haben es nur von unserem Küchenfenster aus beobachtet. Mit einem Automobil sind sie gekommen, um sie abzuholen. Na, die müssen Geld haben, in der Charité. Sah alles sehr dramatisch aus, wie die beiden Männer in den weißen Kitteln die Trage mit Frau Wiegand hinten in das Automobil geschoben haben.«

»Was ist mit Wiegand? War der auch dabei?«

»Ist neben der Trage hergelaufen. Hat immer aufmerksam nach links und rechts geguckt. Gerade so, als wolle er seine liebe Frau vor allem Bösen bewahren, das da auf sie zukommen könnte.«

»Und dann?«

»Dann ist er mit eingestiegen. So ein Glück, dass er Arzt ist. Da kann er sich doch gleich entsprechend um seine Frau kümmern.«

7

»*Unsere* Charité besitzt ein dreißigstöckiges Hauptgebäude«, sagte Frank, sich erinnernd, als er von der gegenüberliegenden Straßenseite auf das gemauerte Torhaus und die sich links und rechts anschließenden Mauerverläufe blickte.

»Dafür scheint dieses Areal hier großflächiger zu sein.«

»Schon merkwürdig. Als ich vorgestern hier war, habe ich verzweifelt versucht, mir *diese* Charité ins Gedächtnis zu rufen. Und nun sehe ich die *andere* Charité förmlich vor mir.«

»Ich habe dir heute Vormittag von ihr erzählt.«

»Nein, das meine ich nicht. In Germania sieht man sie schon aus weiter Entfernung und ich erinnere mich wieder an jede Einzelheit. Alles kehrt langsam zu mir zurück: meine gesamte Vergangenheit.«

»Vielleicht war es einfach nur eine Frage der Zeit. Wie bei einer Amnesie: wartet man lange genug, kehrt das Gedächtnis meist von selbst zurück. Oder du hast dich in dieser Ebene sozusagen ‚akklimatisiert'.«

»Angefangen hat es gestern Abend, als mir plötzlich einfiel, welchen Zweck das Medaillon hatte. Aber warum konntest du dich sofort an alles erinnern? Und wieso spielt mir mein Gedächtnis Streiche mit Bildern aus dem Leben eines anderen Frank Millers, während du dich an nichts entsinnen kannst, was zu der anderen Karen Degner gehört?«

»Vielleicht finden wir die Antwort dort drinnen!«

Den Pferdeäpfeln, die vor ihr auf dem Kopfsteinpflaster lagen und von Fliegen umkreist wurden, ausweichend, überquerte sie die Straße. Frank folgte ihr. Sie gingen geradewegs auf das Pförtnerhäuschen neben dem Haupttor zu.

Der Pförtner war ein sauber in ein weißes Hemd mit schwarzer Fliege gekleideter, eher hager wirkender Mann. Er hatte eine Glatze und einen Schnurrbart, der breiter war als sein Gesicht und dessen Enden er schneckenförmig nach oben drapiert hatte. Er saß an einem Schreibtisch, dem Besucher zugewandt, hinter einer Glasscheibe und lächelte. Durch ein Fenster in der Glasscheibe konnte man sich mit ihm unterhalten.

»Wir möchten gerne eine Patientin besuchen: Frau Claire Wiegand«, begann Frank.

Die Hände des Pförtners griffen nach einem Holzkasten, der vor ihm auf dem Tisch stand.

»Wiegand, ja?«, vergewisserte er sich und Frank nickte.

Die Lippen des Pförtners formten ein lautloses ‚W', während er im hinteren Bereich des Kastens nach der entsprechenden Karteikarte suchte.

»'Wiedner', ‚Wissmann'; nein, ‚Wiegand' haben wir nicht. Sind Sie sich sicher, dass sie in der Charité ist, und nicht in einem anderen Krankenhaus?«

»Ja«, antwortete Frank.

»Sie muss heute Morgen eingeliefert worden sein«, ergänzte Karen.

»Ach, ein Neuzugang«, sagte der Pförtner und griff nach einem schmalen Ordner, der neben dem Karteikasten stand.

Er schlug ihn auf und blätterte darin.

»Nein. Ich habe hier die Namen aller Patienten, die heute Vormittag ins Krankenhaus kamen. Aber eine ‚Claire Wiegand' ist nicht darunter. Tut mir leid. In welche Station soll sie denn eingeliefert worden sein?«

»Das wissen wir nicht!«

»Wiegand«, der Pförtner überlegte, »wir haben einen Chirurgen mit diesem Namen!«

Er lächelte freundlich. Die Enden seines Schnurrbartes wanderten dabei lustig nach oben. Es wirkte gerade so, als ob er dankbar wäre, den beiden überhaupt eine Auskunft geben zu können.

»Vielleicht kann uns der ja weiterhelfen«, meinte Frank geistesgegenwärtig, »wo finden wir ihn?«

Der Pförtner, erklärte ihnen, in welchem Gebäude Dr. Wiegand sich normalerweise aufhielt und wies ihnen den Weg über das Anwesen der Klinik.

Frank und Karen waren über die Großzügigkeit des Geländes überrascht. Sie spazierten durch weiträumige Grünanlagen mit Parkbänken und Brunnen. Das Anwesen lud Patienten und Besucher geradezu ein, in ihm zu lustwandeln.

Die Charité war beinahe eine Stadt für sich, mit eigenen Lebensmittel- und Drogerieläden, mit Blumenhändlern und Frank entdeckte sogar eine Schuster- und eine Schneiderwerkstatt. Die Charité, die Frank und Karen kannten, war weitaus zweckmäßiger und praktischer konzipiert, eher eine ‚Gesundheitsfabrik' als ein Ort der Ruhe und Erholung.

Die Ausschilderung war vorbildlich und die beiden fanden sich mühelos mit der Wegbeschreibung des Pförtners zurecht.

‚Chirurgie IV' hieß ihr Ziel und genau diese Formulierung prangte in schwarzen, gotischen Lettern über dem Eingangsportal des weiß getünchten, vierstöckigen Hauses, vor dem sie nun eintrafen.

Beherzt drückte Frank die Klinke nach unten und er und Karen traten ein.

Ein klinisch sauberer Flur empfing sie, an dessen beiden Seiten sich Zimmertüren und Gemälde mit Landschaftsmotiven abwechselten. Aus einer der Türen kam gerade eine Frau, die ein schwarzes Kostüm und ein entsprechendes Häubchen auf dem Kopf trug. In der Hand hielt sie einen Briefumschlag. Als sie die beiden am Ende des Gangs stehen sah, stutzte sie.

»Dieses Gebäude ist nur für Klinikpersonal!«, herrschte sie Frank und Karen an.

Als diese keine Anstalten machten, umzudrehen und das Haus wieder zu verlassen, kam die Krankenschwester auf die beiden zu.

Sie mochte etwa fünfzig Jahre alt sein, die frühzeitig ergrauten Haare trug sie streng nach hinten gekämmt, ihr Gesicht wirkte verbittert.

»Haben Sie nicht gehört?«

Sie fuchtelte mit dem Briefumschlag herum, gerade so, als wolle sie die beiden wie Insekten verscheuchen.

»Wir möchten gerne zu …«, versuchte Frank ihr Anliegen zu formulieren.

»Hier liegen keine Patienten!«, unterbrach ihn die Krankenschwester rüde.

» …zu Dr. Wiegand!«, führte Frank seinen Satz unbeirrt zu Ende.

»Zu Dr. Wiegand?«

Die Schwester runzelte ungläubig die Stirn.

»Hm. Worum geht es?«

»Das möchten wir gerne selbst mit ihm besprechen!«

»Etwas Privates?«, fragte die Krankenschwester neugierig.

»Bringen Sie uns bitte zu ihm!«

»Er ist nicht da! Sie müssen schon mit mir vorlieb nehmen!«

»Wir müssen ihn selbst sprechen. Also, wo ist er?«

Endlich gab sie sich geschlagen.

»Eigentlich hat er ja hier Stationsaufsicht. Doch er sagte, er habe etwas in der Psychiatrie zu erledigen. Seltsames Verhalten für ihn. Er ist doch sonst immer so dienstbeflissen. Die Korrektheit in Person!«

»Die Psychiatrie! Wo finden wir sie?«

Froh, die beiden endlich aus ihrer Station entfernt zu haben, beschrieb ihnen die Schwester den Weg.

Ohne einen weiteren Gruß verließen Frank und Karen die Chirurgie. Als sie ihr neues Ziel erreichten, erkannten sie, dass man nicht so ohne weiteres in die Psychiatrie gelangen konnte.

Sämtliche Fenster des sechsstöckigen Hauses waren vergittert. Es gab nur einen Eingang, und an dem saß ein bullig wirkender Krankenpfleger hinter einer Glasscheibe, der sorgfältig beobachtete, wer hineinging. Ein Vorbeischleichen war unmöglich.

»Wir müssen da rein!«, sagte Frank zu Karen.

»Wir könnten warten, bis Dieter heraus kommt!«

»Nein, Claire ist dort drinnen. Ich weiß das. Und sie braucht unsere Hilfe.«

»Wie willst du das bewerkstelligen?«

Da kam ihm eine Idee.

»Komm mit.«

»Wohin?«

»In die Gynäkologie«

»Was sollen wir denn dort?«

Ohne Karen einer Antwort zu würdigen, sprach Frank eine Krankenschwester an, die gerade des Weges kam, und ließ sich beschreiben, wie sie die Station finden konnten.

Sie war nicht weit von der Psychiatrie entfernt und dort angekommen, studierte Frank die Wegweiser im Eingangsbereich.

Dr. Jakob Levy hatte sein eigenes Büro, Frank wies mit dem Finger auf das entsprechende Schild.

»Der Arzt, von dem du erzählt hast?«, fragte Karen.

»Ja. Wir werden ihn aufsuchen! Vielleicht haben wir Glück und er ist gerade im Dienst.«

Frank sah sich vorsichtig um. Nein, hier war keine Krankenschwester, die sie wieder aus dem Gebäude scheuchen wollte. Nur zwei Ärzte gingen den Flur entlang und unterhielten sich angeregt. Über die beiden Besucher schienen sie sich nicht zu wundern.

Frank und Karen stiegen hoch ins zweite Stockwerk und fanden Jakobs Büro mühelos.

Gerade als Frank seine Hand erhob, um anzuklopfen, öffnete sich die Tür und ein Junge kam heraus. Er reichte Frank nicht einmal bis zur Schulter und trug eine weiße Kopfbedeckung, die nicht viel größer als ein Handteller war. Fast wäre er, in Gedanken versunken, in Frank hinein gelaufen. Er sah Frank im letzten Augenblick, blickte zu ihm auf und sagte ‚Entschuldigung'. Dann verschwand er im Treppenhaus.

»Oh, das ist aber eine Überraschung«, hörten sie eine freundliche Stimme aus dem Inneren des Büros.

Frank trat ein, Karen blieb hinter ihm.

Jakob Levy war von seinem Schreibtisch aufgestanden und ging den beiden entgegen.

Mit beiden Händen packte Jakob Franks Rechte und schüttelte sie herzlich.

Dann reichte er auch Karen die Hand.

»Jakob Levy«, stellte er sich vor und Karen nannte ebenfalls ihren Vor- und Zunamen.

»Eine Freundin«, ergänzte Frank, bevor Jakob Fragen stellen konnte.

»Sehr erfreut, Sie kennen zu lernen, Fräulein Degner.«

Er zog seine goldene Taschenuhr aus seiner Kitteltasche und las die Uhrzeit ab.
»Ich werde meine Mittagspause einfach verlängern. Die nächste Patientin kommt sowieso erst in einer Stunde.«
Er widmete sich wieder Frank.
»Ich habe oft an dich gedacht in den vergangenen beiden Tagen. Da ich nicht wusste, ob es dich vielleicht überfordert, habe ich mich lieber ein wenig zurück gehalten. Am Wochenende wollte ich dich aber mal besuchen. Umso besser, dass du mir heute zuvor gekommen bist. Wie geht es dir inzwischen?«
»Den Umständen entsprechend. Wenigstens kehrt nun langsam mein Gedächtnis zurück.«
Dass er selbst nicht der Frank Miller war, den Jakob kannte, das wollte Frank ihm noch nicht offenbaren. Dafür war jetzt kaum die Zeit und Frank war sich auch nicht sicher, ob Jakob ihm überhaupt geglaubt hätte.
»Das ist eine ausgesprochen gute Nachricht!«, lächelte Jakob und nahm wieder hinter seinem Schreibtisch Platz.
»Setzt euch doch!«, deutete er auf zwei Patientenstühle, die auf der anderen Seite des Schreibtischs standen.
Eigentlich wollte Frank keine Zeit unnütz verstreichen lassen. Dennoch erschien es ihm klüger, sein Gegenüber in aller Ruhe zu bitten, ihnen behilflich zu sein. Also nahm er Platz und deutete Karen mit einem Kopfnicken, es ihm gleich zu tun.
»Ich habe mir etwas überlegt, Frank. Ich möchte gerne alles in meiner Macht stehende tun, um dich zu unterstützen. Zum einen habe ich bereits mit Dr. Bachglaser darüber gesprochen, einem Kollegen, der eine Kapazität ist, was Gehirnforschung betrifft. Er hat stets über Wochen im Voraus einen vollen Terminkalender, doch er würde dich sozusagen ‚dazwischen schieben'. Zum anderen möchte ich mich gerne öfter mit dir treffen, um über gemeinsame Erlebnisse zu sprechen. Wäre doch gelacht, wenn wir deinem Gedächtnis nicht auf die Sprünge helfen könnten.«
Jakobs Blick fiel auf eine Namensliste, die vor ihm auf dem Schreibtisch lag.
»Und auf die Bar Mitzwah-Feier meines Neffen Martin kommst du ebenfalls!«
Er ergänzte die Liste um Franks Namen.
»Du hast Martin gerade zwischen Tür und Angel kennen gelernt. Gestern ist er dreizehn Jahre alt geworden. Er hatte mich ebenfalls mit einem Besuch überrascht. Die Feier ist morgen in einer Woche. Meinst du, du bist dem gewachsen?«
»Äh, ja«, meinte Frank, der zum einen nicht wusste, was eine Bar Mitzwah-Feier war und zum anderen schon nicht für die kommenden Stunden planen konnte, geschweige denn für den übernächsten Samstag, »ich werde versuchen, daran teil zu nehmen.«
Jakob sah zu Karen und schrieb dann noch ‚und Begleitung' hinter ‚Frank Miller'.
»Oh Verzeihung«, sagte er dann, »ich bin die ganze Zeit in Gedanken bei meinem Neffen Martin. Wir freuen uns alle sehr für ihn. Er ist hoch intelligent und äußerst wohl erzogen. Obwohl meine Schwester ihn alleine groß ziehen musste. Aber du bist sicher nicht gekommen, um meine Familiengeschichten zu hören. Was führt dich zu mir?«
»Du musst mir helfen«, sagte Frank gerade heraus.
»Was in meiner Macht steht, werde ich für dich tun, Frank. Schlimm genug, was dir widerfahren ist.«
»Es ist etwas eher Heikles …«
»Sag es einfach!«
»Wir müssen in die Psychiatrie gelangen!«
Jakob runzelte die Stirn.

»Ich verstehe nicht. Ich dachte, du bist auf dem Weg der Besserung. Auch machst du einen deutlich stabileren Eindruck auf mich als vorgestern, als wir gemeinsam in der ‚Bürgerstube' saßen.«

»Nein, du missverstehst mich: nicht als Patient!«

»Erkläre es mir!«

»Claire ist dort.«

»Was ist mit ihr?«

»Ich weiß es nicht. Wiegand hat sie mit Medikamenten voll gepumpt und einweisen lassen.«

»Wiegand? Das glaube ich nicht. Der würde nie und nimmer seine Karriere riskieren. Hast du Beweise dafür?«

»Beweise?« Frank lachte trocken. »Ich kann ja nicht einmal meine Identität beweisen.«

»Es sind Vermutungen«, mischte sich Karen ein, »begründete Vermutungen.«

»Und was ist euer Plan, was mich betrifft?«

»Du musst uns Zugang zur Psychiatrie verschaffen«, war Franks eindringliche Antwort.

»Nur Klinikpersonal darf in die geschlossenen Abteilungen«, meinte Jakob, »in Ausnahmefällen Besucher, aber auch nur dann, wenn es der jeweiligen Therapie dienlich ist.«

»Aber Claire schwebt in Gefahr. Wir können sie nicht alleine lassen.«

»Wie stellst du dir das vor?«

»Du musst uns irgendwie da einschleusen.«

»Das ist nicht die Art von Hilfe, an die ich dachte, als ich dir anbot, für dich da zu sein. Ich komme in Teufels Küche, wenn ich Unbefugten Zugang zur Psychiatrie verschaffe.«

»Jakob, bitte. Um unserer Freundschaft willen. Um Claires willen.«

Franks Blick war so flehentlich, seine Worte so eindringlich, dass Jakob gar nicht anders konnte, als trotz seiner Bedenken nach zu geben.

»Selbst wenn ich es wollte, wie sollte ich es arrangieren?«

Während er überlegte, fiel sein Blick auf einen Garderobenständer hinter Frank und Karen, an dem sein Arztkittel hing.

»Ich habe eine Idee!« Er stand auf und verließ sein Büro.

»Können wir ihm vertrauen?«, fragte Karen, als sie alleine waren.

»Ich hoffe, ja«, meinte Frank, »aber haben wir überhaupt eine Alternative?«

Franks Blick fiel auf die Namensliste, die, auf dem Kopf stehend, vor ihm auf dem Schreibtisch lag.

»Hast du eine Ahnung, was eine Bar Mitzwah-Feier ist?«

Karen zuckte nur mit den Schultern.

Es dauerte keine fünf Minuten, da war Jakob auch schon wieder zurück. Über dem rechten Arm trug er mehrere weiße Kleidungsstücke. Er legte sie Frank in den Schoß und nahm wieder hinter seinem Schreibtisch Platz. Dann öffnete er eine Schublade und holte zwei fingergroße Namensschilder und zwei Sicherheitsnadeln hervor und legte sie vor sich auf die Namensliste.

»Letzte Woche waren zwei Ärzte aus dem St. Gertrauden-Krankenhaus hier, zum Erfahrungsaustausch. Ich habe sie durch mehrere Stationen geführt, auch durch solche, die eigentlich für Besucher geschlossen sind. Mir ist vorhin eingefallen, dass die Kollegen, die für den Stationszugang verantwortlich waren, immer nur meinen Klinikausweis sehen wollten. Von den beiden Ärzten haben sie nur die Namen ihrer Schildchen abgeschrieben und dahinter ergänzt: ‚verantwortlich: Dr. Levy'.«

»Aber damit ist nachvollziehbar, dass du uns eingeschleust hast«, meinte Frank, der bereits einen der Arztkittel überzog.

»Nun, wir werden sehen. Wenn wir uns unauffällig verhalten, kann nichts passieren. Die Protokolle werden ungesehen vernichtet, wenn keine Unregelmäßigkeiten aufgetreten sind.«

Frank und Karen schlüpften in zwei der Kittel. Karens passte auf Anhieb, Franks war zu klein und er zog einen größeren an.

Den, der ihm nicht gepasst hatte, nahm er wieder in die Hand.

»Für Claire«, sagte er.

»Du willst, dass wir sie da raus holen?«, fragte Jakob, der sich gerade zwei Namen ausgedacht und diese dann auf die Namensschildchen vor ihm geschrieben hatte, »das geht nicht, Frank. Das ist nicht das, was ich unter ‚unauffällig verhalten' verstehe. Es kann mich Kopf und Kragen kosten.«

»Jakob, bitte. Beim Hinausgehen kontrolliert doch sicher niemand.«

»Aber dass ein Patient verschwunden ist, während Dr. Levy mit Besuchern in der Psychiatrie war, wird sich ja kaum vertuschen lassen. Nein, Frank, das geht zu weit. Bei aller Freundschaft.«

»Nur zur Sicherheit«, beharrte Frank, »vielleicht brauchen wir ihn ja gar nicht.«

Auffordernd streckte Frank den Kittel Jakob entgegen und blickte dabei auf Jakobs Arztkoffer: »Bitte!«

»Also gut«, nahm Jakob resignierend den Kittel und stopfte ihn in den Koffer.

»Danke, Jakob. Wenn das hier vorbei ist, werde ich dir alles erklären. Glaub mir, du würdest an meiner Stelle genau so handeln.«

Jakob zog nur die Augenbrauen nach oben und schloss seinen Arztkoffer. Dann überreichte er Frank und Karen die Namensschildchen und die Sicherheitsnadeln, welche sie sich sogleich an die Kittelbrust hefteten.

»Bei Gott, Frank, ich hoffe wirklich, du weißt, was du tust.«

8

Der stämmige Krankenpfleger am Eingang der Psychiatrie überprüfte den Klinikausweis, den ihm Jakob durch einen für solche Zwecke in die Glasscheibe eingelassenen Schlitz entgegen geschoben hatte.

Sorgfältig übertrug er dann die Daten des Ausweises in eine vor ihm liegende Liste. Dann gab er ihn an Jakob zurück.

»Und Sie?«, sprach er Frank und Karen an, die hinter Jakob standen.

»Zwei Besucher«, beeilte sich Jakob zu sagen, »sie sind hier zum Erfahrungsaustausch, von, äh, der Klinik im Friedrichshain.«

»Kommen Sie bitte etwas näher heran«, forderte der Krankenpfleger die beiden auf.

Frank, der für einen kurzen Moment Angst hatte, der Krankenpfleger wolle von ihm ebenfalls einen Ausweis sehen, kam der Bitte nach und war erleichtert, als der Krankenpfleger lediglich sein und Karens Namensschildchen deutlicher sehen wollte.

»Oswald Rosenbaum und Petra Ludwig«, entzifferte er die Namen und schrieb sie ebenfalls in seine Liste. Wie Jakob angekündigt hatte, schrieb er lediglich ‚verantwortlich: Dr. Jakob Levy' dahinter und ließ es dabei bewenden.

»Wir möchten gerne zu der Patientin, die heute Vormittag eingeliefert wurde.«

Der Krankenpfleger blätterte durch den Papierstapel, der vor ihm auf dem Schreibtisch lag.

»Wir hatten heute bereits drei Neuzugänge«, sagte er, als er drei blassrosa Formblätter herausfischte. »Einen Mann. Eine Frau, Jahrgang 1950, und eine Frau, Jahrgang 1983.«

»Die letztere, die ist es«, bestätigte Jakob.

»Hellstein, Claire«, las der Krankenpfleger den Namen ab, »zweiter Stock, Zimmer 207.«

Jakob bedankte sich und die drei Besucher betraten die Psychiatrische Abteilung, als sei es das Selbstverständlichste der Welt.

Über die Treppe erreichten sie die zweite Etage und in unmittelbarer Nähe des Treppenhauses fanden sie auch die ‚207', ohne einer Menschenseele zu begegnen.

Jakob Levy klopfte mit dem Knöchel des Zeigefingers an die Tür, doch noch ehe jemand hätte ‚Herein' rufen können, hatte Frank auch schon die Klinke heruntergedrückt und war eingetreten.

Im Türrahmen blieb er stehen.

Das Bild vor ihm ähnelte dem vom vergangenen Abend, das er im Wohnzimmer der Wiegands gesehen hatte.

Die stolze Frau, die voller Anmut und Würde neben ihm auf der Parkbank am Müggelsee gesessen hatte, lag in einem bemitleidenswerten Zustand vor ihm auf dem Krankenbett.

Das ihm bekannte sanfte Rot ihrer Wangen war verblasst und einer kränklich-fahlen Hautfarbe gewichen. Ihre Augen waren geschlossen, die Augenlider flatterten. Ihren Haaren fehlte der gewohnte Glanz. Auf ihrer Stirn standen kleine Schweißtropfen.

Claire war nur noch ein Schatten ihrer selbst.

Und dennoch hatte sie für Frank nichts an Attraktivität verloren.

Neben ihr, auch hier ein Beistelltisch, darauf Fläschchen, Pillendosen, Spritzen.

Jemand schob Frank zur Seite. Karen drängte sich ins Krankenzimmer, dahinter Jakob, der hinter den dreien die Türe schloss.

Zum Glück lag Claire in einem Einzelzimmer.

Niemand konnte sie beobachten oder unangenehme Fragen stellen.

Frank eilte zur einen Seite des Bettes, um Claires Hand zu greifen.

»Sie haben sie festgebunden«, sagte er entsetzt, als er die Bettdecke zur Seite schob, und entdeckte, dass ein Lederband Claires Handgelenk umschloss und dieses Lederband mit einem weiteren verbunden war, das komplett um die Breite des Betts gespannt war.

Karen hob die Bettdecke an Claires anderer Hand und dann auch noch am Fußende an.

Es gab keinerlei Anzeichen dafür, dass Claire etwas davon bemerkte, geschweige denn ihre Anwesenheit wahrnahm.

»Beide Arme und beide Beine sind fixiert«, fasste Karen zusammen.

»Nicht ungewöhnlich in der Psychiatrie«, sagte Jakob lapidar, während er die Arzneimittel auf dem Beistelltisch untersuchte. »Überaus starke Sedativa. In dieser Menge und Kombination nicht gerade ungefährlich. Einmal der falsche zeitliche Abstand zwischen der Verabreichung oder ein Quäntchen zu viel, schon kann es gefährliche, bleibende Folgen nach sich ziehen.«

»Umso besser, dass wir sie so schnell wie möglich hier heraus holen«, entschied Frank und begann an der Schnalle des Lederbands herum zu ziehen, das ihr Handgelenk einschnürte.

»Ich möchte sie zuerst untersuchen, Frank. Ob ihr Zustand halbwegs stabil ist. Ob sie transportfähig ist.«

Frank hatte Claires Linke nun befreit und rieb ihre eiskalte Hand zwischen seinen Handflächen, während Karen die Leder um Claires Fußgelenke löste.

Jakob öffnete seinen Arztkoffer, entnahm verschiedene Utensilien und steckte Claire ein Thermometer unter die Achsel.

Danach zog er seine Taschenuhr aus seiner Kitteltasche und klappte sie auf. Die Uhr in der einen Hand haltend, griff er mit der anderen Hand an Claires nun freies Handgelenk und suchte nach ihrem Puls.

»Puls ist schwach, aber stabil«, meldete er.

Frank, der währenddessen Claires Rechte aus ihren Fesseln löste, rieb auch diese und hielt dann seine eigene Hand an Claires Stirn.

»Die Hände sind eiskalt, die Stirn ist glühend heiß«, sagte er.

»39,4«, las Jakob das Ergebnis des Thermometers, das er aus Claires Achselhöhle zog.

»Die Auswirkungen der Medikamente, von Wiegands Behandlungsmethoden«, schloss Frank.

»Langsam, Frank«, bremste ihn Jakob, »ich fürchte, du steigerst dich da in etwas hinein. Diese Arzneimittel dort: ein verantwortungsvoller Arzt würde sie nie anwenden, wenn nicht die Notwendigkeit dafür gegeben wäre.«

»Ein verantwortungsvoller Arzt, ja. Aber du kennst Dieter Wiegand nicht, glaub mir, Karen und ich wissen über ihn Bescheid, über ihn und seine Machenschaften.«

»Vielleicht war Claire wirklich plötzlich krank geworden; vielleicht trägt sie auch schon länger psychische Probleme mit sich herum. Schließlich war es damals ein schwerer Schlag für sie, als sie …«, Jakob suchte kurz nach Worten, » …die Leiche ihres frisch Verlobten identifizieren und an seinem Grab stehen musste. Die Konfrontation mit dir hat dann all den Kummer und Schmerz wieder ausgegraben. Es könnte ihr den Rest gegeben haben.«

Für einen klitzekleinen Moment spielte Frank mit dem Gedanken, auch diese Variante als Erklärung in Erwägung zu ziehen.

Doch als Jakob noch ergänzte, dass Dieter Wiegand vielleicht wirklich nur Claires Bestes wolle, waren seine Zweifel wieder wie weg gewischt.

»Wiegand ist skrupellos. Er hat gestern Abend versucht, mich zu töten.«

»Frank, vielleicht überinterpretierst du da etwas. Es gibt bestimmt für alles eine Erklärung. Möglicherweise will Wiegand seine Frau nur vor dir schützen.«

»Nein«, schrie Frank Jakob an und im nächsten Moment tat es ihm leid, »Dieter ist Claires Schicksal völlig egal. Er will etwas völlig anderes.«

»Was, um Himmels Willen, will Dieter Wiegand deiner Meinung nach?«

Frank wurde wieder versöhnlicher.

»Ich kann dir das jetzt nicht erklären, Jakob, es ist eine lange Geschichte. Wir haben im Moment nicht die nötige Zeit.«

»Wie soll ich dir helfen, ohne die ganze Wahrheit zu kennen?«

»Vertrau mir, Jakob.«

»Ich möchte dir vertrauen, Frank. Aber verstehe bitte auch meine Situation. Drei Jahre habe ich dich für tot gehalten. Dann tauchst du wieder auf, die genauen Hintergründe sind mir nach wie vor schleierhaft. Du verlangst von mir, dass ich meinen Beruf aufs Spiel setze und euch in eine geschlossene Abteilung einschleuse. Gut, ich bringe die nötige Chuzpe auf - mit äußerstem Widerwillen - unserer alten Freundschaft zuliebe. Doch was du jetzt verlangst, geht zu weit. Im Moment komme ich wahrscheinlich noch mit einem blauen Auge davon, mit einer Verwarnung möglicherweise. Wenn ich aber eine Patientin entführe, kann ich ebenso gut meinen Doktortitel zurückgeben. Es wird mich meinen Arbeitsplatz kosten, hier an der Charité und auch an jeder anderen Klinik.«

»Also gut«, gab sich Frank geschlagen, in einer Mischung aus Einsicht und Ungeduld, »Karen und ich ziehen das alleine durch.«

Er ging zu Jakobs Arztkoffer und entnahm ihm den mitgebrachten weißen Arztkittel.

Dann ging er zu Claire, um zusammen mit Karen Claires Oberkörper aufzurichten und ihr das Krankenhemd auszuziehen.

Auch dies ließ Claire einfach mit sich geschehen, sie zeigte keine Reaktion.

»Frank«, begann Jakob von neuem. »Ich bitte dich, wir finden eine andere Lösung!«

Doch Frank ließ sich auf keine weitere Diskussion mehr ein. Er stabilisierte Claires Rücken, während Karen nun Claires rechtem Arm den Ärmel des Arztkittels überzog.

»Sie kann nicht alleine gehen. Ihr werdet sie stützen müssen. Ihr werdet sie hier nicht heraus bekommen.«

Im Gegensatz zu Frank und Karen, hatte Jakob nicht gemerkt, dass sich bei seinen letzten Worten die hinter seinem Rücken befindliche Tür des Krankenzimmers geöffnet hatte.

Erst als sich Franks und Karens entsetzte Blicke dorthin richteten, drehte auch er sich um.

»Das sehe ich exakt genau so«, dröhnte die Stimme Dieter Wiegands, während er mit der Linken die Tür hinter sich schloss. In der Rechten hielt er eine Pistole, die genau auf Claires Brust zielte.

9

»Ich werde nicht zögern, abzudrücken.«

Mit der Linken machte Dieter eine Geste, die Jakob zu verstehen gab, dass er sich zu den anderen zum Bett gesellen sollte.

»Aber es ist deine Frau«, stammelte Jakob und folgte dem Befehl.

Dieter lächelte.

»Ja, es ist meine Frau«, meinte er, »und sie war mir äußerst nützlich, als Mittel zum Zweck.«

»Du hast uns in eine Falle gelockt«, erkannte Frank.

»Nicht nur in eine.«

»Ich verstehe nicht«, sagte Jakob.

Frank begriff, worauf Dieter anspielte.

»Du hast sie nur geheiratet, weil sie ein Bindeglied darstellte, ein Bindeglied zu dem Frank Miller, der mit dir die Reise in eine andere Ebene angetreten hatte.«

»Es ist ja nicht so, dass mir die Ehe nicht auch Spaß gemacht hätte. Und obwohl ich immer in unausgesprochener Konkurrenz zu ihrem toten Verlobten stand, glaube ich doch, dass auch Claire durchaus auf ihre Kosten gekommen ist.«

Es klang sogar aufrichtig, wie er dies sagte, ohne Häme oder Verachtung.

»Dennoch«, fuhr er fort, »ich habe sie wirklich nur getröstet und geheiratet, weil es eine Wahrscheinlichkeit für mich erhöhte.«

»Welche Wahrscheinlichkeit?«, fragte Jakob, der viel zu wenige Zusammenhänge kannte, um zu verstehen, was sich hier gerade abspielte.

»Die Wahrscheinlichkeit, Frank Miller zu finden, oder besser gesagt, von ihm gefunden zu werden. Vorausgesetzt, er tauchte jemals hier in dieser Realität auf und war nicht mit seinem Gegenstück am Görlitzer Bahnhof gestorben. Ich dachte mir schon, dass er – falls er noch lebte - früher oder später den Namen der Verlobten des anderen Frank Millers in Erfahrung bringen und dann in Verbindung zu ihr treten würde. Und das hätte Claire niemals vor mir verbergen können!«

»Du hast Frank Miller getötet«, schoss Karen ins Blaue.

»Es war ein Versehen«, antwortete Dieter und bestätigte seine Tat, »ich habe den falschen Frank Miller umgebracht. Das wurde mir klar, als ich ihm in die Augen sah, während er sein Leben aushauchte. Mit einem Mal wurde mir klar, dass es der falsche Frank Miller war, der da vor mir um Gnade gewinselt und vorgegeben hatte, nicht zu wissen, was ein Signalgeber wäre. Ich zog den meinen heraus und hielt ihn ihm vor die Nase. Er krallte sich daran fest, als er nach hinten weg kippte, auf die Gleise, direkt vor den einfahrenden Zug.«

»Du wolltest alleine zurückkehren und uns irgendeine konstruierte Geschichte auftischen, dass mein Transfer nicht geklappt hätte.«

»Ich habe dich schon immer als außerordentlich gefährlich eingestuft, wenn mich die Gestapo nach einer Einschätzung deiner Person befragt hatte. ‚Frank Miller ist außerordentlich befähigt, logische Zusammenhänge zu erkennen', habe ich denen gesagt. Du beweist mir gerade wieder, dass ich Recht hatte.«

»Und dann wolltest du und deine Leute dafür Sorge tragen, dass Gothaer zwar weiter forschte - denn ihr wart schließlich auf seine Erfolge angewiesen - aber keine weiteren eigenen Versuche mehr unternahm, denn sie hatten ja bereits ein Menschenleben, nämlich meines, gekostet.«

»Exakt. Wenn er schon nicht *mit* uns arbeitete, sollte er wenigstens *für* uns arbeiten. Und er hätte es getan, ohne es zu merken. Genialität und Naivität liegen bei ihm dicht beieinander.«

»Du hast ihn, uns und unsere ganze Arbeit an die Gestapo verraten«, sagte Karen.

»Nein«, widersprach Dieter harsch, »ihr habt das Deutsche Reich verraten, euren Führer und euer Vaterland, trotz all der Eide, die ihr geschworen habt.«

»Erkennst du denn nicht, welches unmenschliche System du unterstützt?«

»Was ich erkenne, sind Verbrecher, die versuchen, die natürliche Ordnung der Dinge zu stören.«

»Deine *natürliche* Ordnung der Dinge sind willkürliche Doktrinen und Dogmen.«

»Ich bin nicht hier, um Grundsatzdiskussionen zu führen«, mit der Pistole machte er eine Geste in Richtung Claire, »zieht ihr wieder das Krankenhemd an.«

Frank und Karen zögerten.

»Wird's bald?«

Seine Stimme war resolut und duldete keinen Widerspruch.

»Ich werde nicht zögern, Claire zu töten. Sie bedeutet mir nichts, nicht mehr. Sie hat ihren Zweck erfüllt. Ich werde einfach erzählen, ich hätte Eindringlinge überrascht und in einem anschließenden Handgemenge habe sich ein Schuss gelöst und habe versehentlich meine liebe Frau getroffen. Meinen Schmerz darüber werde ich genauso glaubwürdig spielen, wie ich meine Sympathie euch Vaterlandsverrätern gegenüber vorgetäuscht habe. Niemand wird es wagen, den Worten eines renommierten Chirurgen und trauernden Witwers zu misstrauen.«

Frank zweifelte nicht daran, dass Dieter es ernst meinte und gab Karen ein Zeichen, Claire gemeinsam mit ihm den Arztkittel abzustreifen und ihr wieder das Krankenhemd überzuziehen.

»Und jetzt fixiert sie wieder mit den Lederbändern!«, bestimmte Dieter.

Ein Blick in Dieters unnachgiebigen und entschlossenen Gesichtsausdruck genügte Frank und Karen, um zu erkennen, dass sie besser ausführten, was er ihnen befahl. Danach deckten sie Claire wieder zu. Claire und ihr Bett sahen wieder genauso aus, wie zu dem Zeitpunkt, als ihre Befreier das Krankenzimmer betreten hatten.

»Die Signalgeber!«, sagte Dieter.

Frank und Karen griffen nach ihren Halskettchen und zogen sie sich über den Kopf; Jakob starrte irritiert auf die hin und her pendelnden Medaillons.

»Legt sie auf den Boden!«

Frank und Karen bückten sich und führten den Befehl aus.

»Nun gebt ihnen einen Schubs, damit sie zu mir rüber rutschen.«

Die Signalgeber glitten über den frisch gebohnerten Zimmerboden und prallten gegen Dieters Schuhe. Ohne seine Gegenüber aus den Augen zu verlieren, ging er in die Knie und griff sich die beiden Halskettchen.

Frank wollte bereits in seine Hosentasche greifen, doch Dieter blieb aufmerksam.

»Du steckst den Arztkittel in deinen Koffer und nimmst den Koffer an dich!«, wandte er sich an Jakob. Ängstlich und ohne zu zögern befolgte Jakob die Anweisungen.

»Ihr werdet nun vor mir her gehen, dieses Krankenzimmer und dann die psychiatrische Station verlassen.«

Bei diesen Worten steckte er die Pistole in seine Kitteltasche und trat einen Schritt von der Tür weg, damit die anderen an ihm vorbei konnten.

Für seine Gegenüber unverkennbar zielte der Lauf der Waffe nach wie vor in ihre Richtung.

Für jemand anderen hätte sich genauso gut irgendetwas anderes in der Kitteltasche befinden können.

»Draußen, wenn ihr das Gebäude verlassen habt, geht ihr nach rechts.«

Die Angesprochenen zögerten.

»Na los, worauf wartet ihr?«

Frank wusste, dass es viel zu viel Zeit benötigte, in seine Hosentasche zu greifen, seine Waffe zu greifen, sie zu entsichern, zu zielen und abzudrücken. Dieter hätte in dieser Zeit längst abgedrückt und mindestens einen von ihnen getötet. Und Frank hatte keinen Zweifel daran, dass er bereit wäre, sie alle umzubringen: seinen Kontrahenten Frank, Karen, Jakob und auch Claire.

Also siegte die Vernunft. Frank blickte ein letztes Mal in Claires blasses Gesicht, dann ging er zur Zimmertür und trat auf den Gang hinaus. Ohne sich umzudrehen und nachzusehen, wusste er, dass die anderen ihm folgten und dass der Lauf von Dieters Pistole auf ihre Rücken zielte.

Hier im Gang jemanden von hinten zu erschießen, hätte Dieter mit Sicherheit in große Erklärungsnöte gebracht, doch Frank traute Dieter zu, dass er sogar so weit ginge, sein eigenes Leben für die Partei zu opfern, wenn es erforderlich wäre. Also vermied er jegliches Risiko. Er hoffte weiter auf eine günstigere Gelegenheit.

So ging er bis zum Treppenhaus voran, die Stufen ins Erdgeschoss hinab und an dem Krankenpfleger im Eingangsbereich vorbei ins Freie. Dieser würdigte die vier Ärzte, die das Gebäude verließen, kaum eines Blickes.

»Auf Wiedersehen«, hörte er Dieter freundlich sagen und war überrascht, wie gefasst und beherrscht Dieter war.

Der Krankenpfleger grüßte kurz zurück und Frank bog nach rechts ab, wie Dieter es gewollt hatte.

»Noch einmal nach rechts, ums Gebäude herum.«

Frank befolgte auch diese Anweisung und aus den Augenwinkeln heraus sah er, wie die anderen hinter ihm hergingen, Dieter am Ende, die Hand nach wie vor in der Kitteltasche.

»Jetzt geradeaus, den Weg entlang, bis ich etwas anderes sage.«

Eine Frau mit einem Kinderwagen kam den vieren entgegen, danach kreuzte eine Radfahrerin ihren Weg. Doch es ergab sich für Frank keine Möglichkeit, gefahrlos Initiative zu ergreifen.

Sie passierten mehrere Gebäude und gelangten schließlich in einen abgelegenen Bereich, in dem drei Schuppen standen, deren Rückseiten sich hinten an die hier etwa zwei Meter hohe Mauer des Klinikgeländes anschlossen. Der geteerte Weg, über den sie gelaufen waren, war in Kopfsteinpflaster übergegangen, zwischen dessen Steinen Unkraut wucherte. Büsche und Bäume versperrten vom Klinikgelände aus weitgehend die Sicht auf diesen Bereich.

»In den linken Schuppen, die Tür ist offen.«

Der Schuppen hatte ein gemauertes Fundament, nach oben war er aus Holz gebaut. Sowohl Fundament als auch Holz schienen seit geraumer Zeit weder gestrichen noch ausgebessert worden zu sein.

Frank trat ein, der Schuppen bestand aus einem einzigen großen Raum.

»Geradeaus weiter!«

Es war dämmrig um Frank herum. Vor die Fenster, die von außen sichtbar gewesen waren, war Gerümpel gestellt, sodass einzig durch die geöffnete Tür und durch die Ritzen in den Bretterwänden Tageslicht eindrang.

»Na vorwärts. Wir wollen da alle rein.«

Zwei Schritte ging Frank hinein und erkannte am Schattenspiel vor ihm, dass die anderen ihm folgten.

Hier sollte es dunkel genug sein, um nach der Waffe zu greifen, dachte er und führte seine Rechte langsam in Richtung seiner Hosentasche.

»Vor dir ist eine Falltür. Mach sie auf.«

Franks Augen, die sich langsam an die Dunkelheit gewöhnt hatten, entdeckten einen Metallring vor ihm im Boden, der sich am einen Ende einer rechteckigen Holzplatte befand.

Er bückte sich, hob die Platte an und nutzte die Gelegenheit, seine eigene Waffe aus der Hosentasche zu fischen.

»Klapp die Tür nach hinten weg und pass auf, dass sie nicht zu Boden knallt.«

Frank tat wie ihm befohlen und bemühte sich dabei, seine Pistole so zu halten, dass es von hinten nicht zu sehen war.

Es wurde heller im Schuppen und Frank konnte die sich schließende Tür hören. Am Flackern erkannte er, dass Dieter eine Gaslampe entzündet hatte.

Vor Frank führte eine steinerne Treppe steil und eng nach unten in den Keller.

Um sich herum erkannte er jetzt im Halblicht zahllose Kisten und mit Tüchern zugedeckte Möbelstücke, die allesamt unter dickem Staub und Spinnweben lagen.

Karen musste niesen.

»Nach unten!«, befahl Dieter.

Frank ging eine Stufe hinab, dann eine weitere.

Er zögerte.

Sollte er sich jetzt umdrehen? War die Überraschung jetzt auf seiner Seite? Konnte er mit der Waffe auf Dieter zielen und abdrücken, noch ehe dieser wusste, wie ihm geschah? Würde ihn Dieters Gaslampe blenden?

Er zögerte zu lange.

Karen nieste erneut und war beim Hinabsteigen gegen ihn gestoßen.

»Wird's bald!«, sagte Dieter und gab Jakob einen Schubs.

Dieser prallte gegen Karen und konnte sich gerade noch auf den Beinen halten, während Karen torkelte und versuchte, sich an Frank fest zu halten.

Frank kippte nach vorn und es gelang ihm nicht, sein Gleichgewicht wieder zu finden. Er fiel die Treppe nach unten und Karen ihm hinterher.

Er konnte gerade noch seinen Arm schützend vor sein Gesicht halten, um das Schlimmste zu verhindern. Mehrere Stufen stürzte er hinab und stieß sich Ellenbogen und Knie auf. Auch sein Rücken schmerzte fürchterlich, als er unten am Ende der Treppe aufschlug. Als Karen, hinter ihm her fallend, ihren Kopf genau in seinen Bauch rammte, blieb ihm für einen Moment die Luft weg. Sein Herzschlag stockte und der Schmerz trieb ihm Tränen in die Augen.

Doch all das Leid war nichts gegen die Schrecksekunde, in der er erkannte, dass er seine Waffe verloren hatte. Er biss die Zähne zusammen und sah verzweifelt um sich. Das wenige Licht, das vom oberen Ende der Treppe zu ihm und Karen herab schien, beleuchtete gerade mal die unmittelbare Umgebung. Keine Pistole zu sehen, nichts. Er tastete mit den Händen in der Dunkelheit umher, unterdrückte die Tatsache, dass ihm jegliche Bewegung wehtat. Erfolglos.

»Aufstehen«, ertönte von oben eine Stimme und Karen, die sich bereits wieder erhoben hatte, streckte Frank eine Hand entgegen, um ihm auf zu helfen.

Es ist vorbei, gestand sich Frank ein und erhob sich resignierend.

Der Kellergang, in dem sie nun standen, war gerade so hoch, dass man sich den Kopf nicht an der Decke stoßen konnte.
Frank hörte, wie Jakob und danach Dieter die Steinstufen hinab stiegen.
»Rechts ist eine offene Tür. Dort hinein.«
Frank befolgte den Befehl und betrat einen Raum, dessen Wände ebenfalls mit Kisten und Gerümpel voll gestellt war. Kein Fenster, das Tageslicht hereinließ.
»In die Nische hinten.«
Frank erkannte, welche Stelle Dieter meinte. Zwischen bis an die Decke gestapelten Kisten war eine Art Freiraum, in dem sich nach ihm auch Karen und Jakob drängten. Wie er jetzt sah, blutete Karen an der Stirn. Auch seine eigene rechte Hand war voller Blut. Als er versuchte, seine Finger zu bewegen, zog ein stechender Schmerz durch seine Rechte.
Dieter ließ die drei nicht aus den Augen. In den Raum getreten, gab er mit seinem Fuß der Tür einen Stoß und sie fiel ins Schloss.
Wie von Frank vermutet, hielt er in der einen Hand eine Gaslampe, mit der anderen zog er nun seine Pistole aus der Kitteltasche und zielte in die Nische.
Frank war sofort klar, was Dieter vorhatte.
Das dicke Steinfundament sollte die Lautstärke der Schüsse dämpfen. Es war unwahrscheinlich, dass sie jemand hören, geschweige denn als Schüsse identifizieren konnte.
Dieter konnte danach getrost seiner Arbeit in der Chirurgie nachgehen.
Staub und Spinnweben ließen nicht darauf schließen, dass hier in diesen Lagerschuppen regelmäßig jemand nach dem Rechten sah.
In aller Seelenruhe konnten Dieter oder seine Helfershelfer – Frank dachte an den Mann, der ihn am Müggelsee überfallen hatte – in der Nacht die Leichen vom Gelände der Charité schaffen. Vielleicht stapelte er sie auch einfach mit Gerümpel und Kisten zu und überließ es dem Zufall, wann jemand die dann schon teils verwesten Körper entdecken würde.
Vielleicht entblößte er die Leichen, vielleicht ließ er sie auch bekleidet. Die Gendarmerie würde sich die Zähne an den Identitäten von Oswald Rosenbaum und Petra Ludwig ausbeißen, als die sie die Namensschildchen auswiesen. Dass sie mit dem dann zweifellos als vermisst gemeldeten Dr. Jakob Levy aufgefunden wurden, würde die Beamten vor ein unlösbares Rätsel stellen. Falls irgendjemand - möglicherweise Franks Mutter oder Claire - eine weitere Leiche als ‚Frank Miller' identifizierte, käme zum ersten Geheimnis um ‚Frank Miller' ein weiteres hinzu.
All dies hatte Dieter zweifellos mit einkalkuliert.
Frank unterlief nicht der Fehler, Dieter Wiegand zu unterschätzen; er rechnete mit dem Schlimmsten.
»So endet es also, das phantastische Experiment des Professor Gothaer«, sagte Dieter mit siegessicher entspannter Miene. Seelenruhig stellte er seine Gaslampe neben sich auf eine Kiste.
Jakob war außerstande zu begreifen, wieso er hier, in diesem Keller, sterben sollte. Doch seine Angst verhinderte jegliche Reaktion.
Anders Karen.
Sie war nicht bereit aufzugeben. »Nein!«, widersprach sie. »Wir werden es erneut versuchen, immer und immer wieder. Wenn nicht Frank und ich, dann werden es andere sein, die die Reise unternehmen. Die Reise nach 1944.«
»Ihr glaubt tatsächlich an die Hirngespinste dieses verrückten Professors? Was geschehen ist, ist geschehen. Der Nationalsozialismus ist 1933 angetreten, die Welt zu

verändern und er wird seinen Auftrag zu Ende bringen. Auch Amerika werden wir früher oder später bekommen. Die Bevölkerung dort erfüllt die besten Voraussetzungen. Sie haben einen bewundernswerten Nationalstolz. Es ist nur eine Frage der Zeit.«

»Hirngespinste? Wir sind hier, oder?«

»Eine Reise in eine andere parallele Ebene ist die eine Sache, eine Reise in die eigene Vergangenheit eine völlig andere. Sie widerspricht jeglicher Logik. Sie wird nicht funktionieren.«

»Was macht dich da so sicher, Dieter?«

»Mein Verstand sagt es mir. Aber ihr habt den euren ja ausgeschaltet, in diesen endlosen naiven Diskussionsrunden seinerzeit in Oxford. Gothaer spricht, alle hören ihm sklavisch-ergeben zu und glauben ihm widerspruchslos.«

»Er ist der bedeutendste Wissenschaftler seit Einstein, du weißt das.«

»Und trotzdem irrt er.«

»Wieso ist die Partei dann so an ihm interessiert?«

»Die Partei hat eine andere Meinung als ich. Das ist es, was mich von euch unterscheidet: Ich habe eine andere Meinung und dennoch erkenne ich, dass es wichtig und richtig ist, Führer und Vaterland bedingungslos zu gehorchen, Befehle nicht in Frage zu stellen, unbedeutende Aspekte dem Großen und Ganzen unterzuordnen. Es ist das Ergebnis, das zählt, nicht die Mittel, mit denen es erreicht wurde. Von den Opfern wird keiner mehr reden.«

»Du solltest besser sagen, sie werden totgeschwiegen.«

Dieter zuckte mit den Schultern.

»Bleibt im Endeffekt das Gleiche. Wie viele weise Männer und mächtige Herrscher mag es gegeben haben, von denen heute keiner mehr etwas weiß? Wie viele Manipulation in der Geschichtsschreibung mag es durch die Partei und früher durch das Papsttum und davor durch die Römer, Karthager und Griechen gegeben haben? Wer die Schrift kontrolliert, kontrolliert die Geschichtsschreibung. Und wer die Gegenwart kontrolliert, kontrolliert auch die Vergangenheit, so einfach ist das. All die Toten, meine Liebe, wird es nie gegeben haben. Wenn wir sagen, ‚Es gab kein Auschwitz und es gibt kein Auschwitz!', dann ist das die Wahrheit, weil wir sie dazu machen! Und der, der anderes behauptet, ist der Lügner.«

Frank entdeckte, wie Karen hinter Jakobs Rücken an etwas herumfingerte.

»Erkennst du denn nicht den Irrsinn hinter euren Gesetzen, die Widersprüche im System?«, spielte sie weiter auf Zeit.

»Es gibt keine Widersprüche im System! Das Reich ist in Ordnung. Vaterlandsverräter wie Frank und du und Schmarotzer wie Levy und sein ganzes Pack schaffen erst das Chaos, machen die Gesetze notwendig.«

Jakob runzelte die Stirn.

Jetzt erst erkannte Frank, was Karen da in ihrer Hand hielt. Sie hatte die Pistole, die er beim Sturz in den Keller verloren hatte. Verzweifelt versuchte Karen, Dieter weiterhin ins Gespräch zu verwickeln und gleichzeitig die Waffe zu entsichern, ohne einen Blick darauf zu werfen, was Dieter sicher auffallen würde.

Frank übernahm es, Dieter abzulenken: »Gesetze, die du auch hier einführen möchtest, ja?«

»Oh, ich fühle mich geschmeichelt, Frank. Du hast in diesen fünf Tagen, seit du hier bist, sogar von meiner Parteigründung erfahren. Ja, diese Welt hier ist ähnlich wie die unsere vor einhundert Jahren. Die Monarchie liegt im Sterben, die Industrialisierung schreitet voran, die Arbeitslosigkeit schafft Kummer und Neid. Der Keim des Nationalsozialismus' fällt auf fruchtbaren Boden. Die politische Situation verlangt eine starke Doktrin, einen mächtigen Führer.«

»Nein«, flüsterte Frank. Mit einem Male erkannte er die Konsequenzen, die sich aus den Worten Dieter Wiegands ergaben. Sein Schicksal oder Claires Schicksal waren unbedeutend, verglichen mit der Tragweite, die Dieters Pläne hatten.

Dieter amüsierte sich.

»Es ist nicht gerade das, was sich euer naiver Professor vorgestellt hat. Ich bin auch überzeugt davon, dass sich noch nicht einmal die Parteiführung der Möglichkeiten bewusst ist, die uns Professor Gothaer eröffnet hat: unendlich viele Welten, unendlich viele Möglichkeiten. Zur Sicherung der eigenen Macht, zur Verbreitung unserer Ziele. Agenten können ausgetauscht werden, Soldaten, ja, ganze Armeen werden zwischen den Ebenen reisen. Unsere Welt wird nicht genug sein.«

Frank hörte ein leises Klicken. Fast lautlos. Dieter schien es nicht vernommen zu haben.

»Nachdem das hier erledigt ist, werde ich den Signalgeber drücken. Auf den Gesichtsausdruck Gothaers freue ich mich schon jetzt, wenn er mich wieder sieht. Natürlich werde ich mir eine entsprechende Geschichte ausdenken, wäre ja nicht das erste Mal. Gothaer wird mir vertrauen, wie er es auch vor drei Jahren getan hat. Dann werde ich, so schnell wie möglich, die Gestapo kontaktieren. Ich werde die Partei über alles informieren und ich habe keinerlei Bedenken, dass sie meinem Plan, hierher zurückzukehren unterstützen wird.«

Aus den Augenwinkeln heraus sah Frank, wie Karen langsam ihre Hand erhob. Immer noch von Jakobs Rücken vor Wiegands Blicken versteckt, zielte sie in Wiegands Richtung. Frank erkannte, dass einzig und allein noch Jakob Karens Plan im Wege stand.

»Die 1399er Ebene wird zum Modell werden, zum Modell für viele weitere Ebenen. Der Name ‚Dieter Wiegand' wird in dieser Welt den Platz einnehmen, den in der unseren der Name ‚Adolf Hitler' hat!«

Trotz des schlechten Lichts war der Glanz in Dieters Augen unverkennbar. Nur für einen kurzen Moment schwelgte Dieter Wiegand in seinem Traum.

Diesen Zeitpunkt nutzte Frank.

Er packte Jakob am Arm und zog ihn mit einem Ruck zu sich heran.

Dieter, in die Realität zurückgeholt, zuckte zusammen. Eine Sekunde der Orientierung genügte ihm, die Situation zu erkennen. Er schwenkte seine Waffe zu der Person, die eine Gefahr für ihn darstellte. Eine weitere Sekunde für die beiden Kontrahenten, um ihre Ziele zu erfassen.

Ein lauter Knall.

Für einen Augenblick war Frank nicht klar, wer von den beiden geschossen hatte.

Dann sah er den roten Fleck, der sich auf Dieters Stirn bildete. Auf Dieters Gesicht spiegelte sich Unglauben wider. Eben noch der Traum davon, in die Annalen einzugehen, und jetzt nur noch einen letzten Atemzug vom Tod entfernt.

Der Arm mit der Waffe glitt Dieter schlaff nach unten, für endlose vier Sekunden stand er ohne zu schwanken aufrecht und starrte zu den dreien hinüber. Dann sackte er kraftlos in sich zusammen, als ob sämtliche Muskeln gleichzeitig versagt hätten.

Er war tot.

Ein Stöhnen riss Frank aus seiner Beobachtungshaltung.

Erschrocken drehte er sich zu Karen um. Sie stand, mit dem Rücken an einen Stapel Pappkartons gelehnt, und blickte ihn mit trüben Augen an. Ihre Hände hielt sie auf ihren Bauch gepresst und versuchte damit verzweifelt, das aus ihr strömende Blut aufzuhalten. Erfolglos. Unaufhaltsam quoll der Lebenssaft aus ihr heraus, spritzte zwischen ihren Fingern hindurch in kleinen Bögen ins Freie und rann an ihren Beinen hinab zu Boden. Zu ihren Füßen bildete sich bereits eine Lache, in der auch Franks Waffe lag.

Ihre Knie gaben nach und langsam rutschte sie die Kartons entlang nach unten. Frank und Jakob griffen nach ihr, um ihre Bewegung zu verlangsamen und schließlich erschlaffte Karens Körper in einer schräg sitzenden Position. Karen hinterließ eine breite rote Spur auf den Pappkartons, an denen sie hinab geglitten war.

Dieter und Karen hatten gleichzeitig abgedrückt, zwei Schüsse, ein Knall, zwei Volltreffer.

Auch aus Karens Stirnwunde, die sie sich beim Sturz von der Treppe zugezogen hatte, floss nun unaufhaltsam Blut über ihr Gesicht und verklebte bereits ihr rechtes Auge. Das linke war geöffnet und sein Lid flackerte. Die Pupille wanderte suchend umher und fand schließlich ihr Ziel.

»Frank«, flüsterte Karen leise.

»Wir bringen dich nach oben«, sagte Frank und drückte seine Hände ebenfalls auf Karens Bauchwunde. Es zeitigte ebenso wenig Wirkung wie Karens eigener hilfloser Versuch.

»Nein«, widersprach Karen. »Es ist vorbei.«

»Wir bringen dich nach oben, in die Charité«, bekräftigte Frank noch einmal, »wir werden dich retten.«

Hilfe suchend sah er zu Jakob, der inzwischen seinen Arztkoffer geöffnet hatte.

»Sie hat bereits sehr viel Blut verloren«, meinte Jakob und griff nach Mullbinden für einen Pressverband.

»Zu viel«, berichtigte ihn Karen, »ihr braucht mir nichts vorzumachen. Ich spüre, dass es zu Ende geht.«

»Nein, Karen, das kann nicht sein«, protestierte Frank und riss Jakob die Mullbinden aus der Hand, um sie auf die klaffende Wunde zu pressen. In Sekundenschnelle verfärbten sie sich rot und ließen das frische Blut durchsickern.

»Mehr!«, befahl Frank und Jakob entnahm seinen ganzen Vorrat und drückte ihn gemeinsam mit Frank auf Karens Bauch.

Unter großer Anstrengung sah Karen an sich hinab.

»Es ist sinnlos«, sagte sie.

Frank und Jakob wussten, dass sie Recht hatte, und doch wollten sie es nicht eingestehen.

»Frank«, flüsterte Karen.

»Ja.«

»Wir müssen zurück. Robert muss dies alles wissen.«

Ihre Stimme versagte. Dann holte sie tief Luft und begann von neuem.

»Und die andere Karen. Sie muss hierher zurück. Wir haben hier schon genug durcheinander gebracht.«

»Du musst jetzt an dich denken, Karen, nicht an andere.«

Karen nahm die ganze ihr verbleibende Kraft zusammen. »Nein, Frank. Wir wollten das alles nie für uns tun. Wir wollten es für andere tun. Auch wenn wir es nie ausgesprochen haben, uns war immer bewusst, dass es unser Leben kosten könnte.«

»Es wird dich nicht dein Leben kosten, Karen.«

»Du brauchst mich nicht zu beruhigen, Frank. Hol die Signalgeber.«

Widerwillig stand Frank auf. Jakob presste weiter die mit Blut durchnässten Mullbinden auf Karens Wunde.

Frank beeilte sich, die Medaillons aus Dieters Kitteltasche zu fischen und zu Karen zurückzukehren.

Er legte eines der Kettchen um Karens Hals, das andere um seinen eigenen.

»Ich habe jetzt keine Zeit für Erklärungen, Jakob, jede Sekunde zählt. Vermutlich wird Karen gleich wieder hier auftauchen, unverletzt«, er öffnete die beiden Medaillons, während er sprach.

»Sie wird sich an nichts erinnern, was seit gestern Abend passiert ist. Kümmere dich um sie! Und kümmere dich um Claire, bitte! Auch wenn du das alles nicht verstehst.«

Obwohl die Sachlage immer verwirrender für Jakob wurde: Er nickte. Gemeinsam brachten sie Karen in eine horizontale Lage und Frank legte sich daneben. Dann sah Jakob wie Frank auf die zwei Knöpfe drückte, die sich in den Medaillons befanden. Kurz darauf verschwanden Frank und die schwer verwundete Karen in einem grünen, fluoreszierenden Licht.

Zwischenspiel

Der Herbststurm, der vergangene Nacht über Mainz getobt hatte, hatte deutliche Spuren im Straßenbild hinterlassen. Martha, die gerade ihr Haus verließ, erschien alles grau und schmutzig. Das über Stunden herabstürzende Regenwasser hatte die ungepflasterte Straße vor Marthas Haus in eine einzige matschige Brühe verwandelt, in die sich der Müll und die Fäkalien ihrer Nachbarn mischten. Blätter und Zweige, Äste gar, lagen auf der Straße umher. Bisher hatte noch niemand angefangen, sie einzusammeln, um sie für die aufziehende kalte Jahreszeit als Feuerholz aufzubewahren.

Es stank erbärmlich. Dennoch musste Martha hinaus. Schließlich war es ihre Pflicht, bei ihrer hochschwangeren Patientin nach dem Rechten zu sehen.

Eine Hebamme kennt kein schlechtes Wetter, sagte sie sich, während sie durch den Schlamm stapfte. Die ersten Fliegen waren bereits wieder aus ihren Schlupflöchern hervorgekrochen.

Mit einer rüden Geste verscheuchte sie eine der Schmeißfliegen, die nach oben in den Wipfel eines Kastanienbaums abdrehte.

Die Fliege selbst flog geradewegs ins eben fertig gestellte, wunderschön geometrische Netz einer Spinne, an dessen klebrigen Fäden sie zappelnd hängen blieb. Die Vibrationen reichten aus, um den Ast, an dem die Spinne ihr Netz fixiert hatte, in Schwingungen zu versetzen. Schwingungen, die an der letzten Verbindung, die der Ast noch mit dem Baum hatte, zerrten und zogen. Den Sturm hatte der Ast gerade noch überstanden. Ein letzter abschließender Windhauch hätte ausgereicht, der verbindenden Rinde ihre letzte Kraft zu nehmen. Für den Ast gab es keine Zukunft am Baum und die Vibrationen des Spinnennetzes schufen das auslösende Moment.

Mit lautem Ächzen löste sich der Ast.

Martha sah erschrocken nach oben. Um den Arm hoch zu reißen und ihn schützend über den Kopf zu legen, war es bereits zu spät. Der Ast krachte auf ihren Schädel. Augenblicklich wurde sie bewusstlos und ihr beleibter Körper fiel schmatzend in den Matsch der Straße.

Ohrfeigen brachten sie wieder zu sich. Ihr Mann stand über ihr, half ihr auf die Beine.

Meine Patientin, dachte sie nur und ließ ihren Mann verwundert zurück, als sie sich rasch wieder auf den Weg machte.

Doch als sie bei ihrer Patientin ankam, war es bereits zu spät.

Die Hochschwangere war bereits niedergekommen und ohne Marthas Hilfe unter großen Qualen im Kindbett verstorben.

Man schrieb den 24. November 1399.

Die Frau des Patriziers und Kaufmanns Friele Gensfleisch zur Laden zum Gutenberg war tot, und ihr neugeborener Sohn Johannes ebenso.

IV

Lieber Leierkastenmann, fang noch mal von vorne an,
deine alten Melodien von der schönen Stadt Berlin.
Stehst du unten uff'n Hof,
wird mir jleich ums Herz janz doof;
noch einmal ein junget Blut sein,
noch einmal im Tanz sich zärtlich drehn.
Lasst man, Kinder, lasst man jut sein,
ach, die alte Zeit war auch sehr schön.

‚Lieber Leierkastenmann'
Claire Waldoff, 1928

1

Zum zweiten Mal innerhalb von vierundzwanzig Stunden glaubte Frank Miller, einen Engel zu sehen. Als ihn die Metallplatte aus dem fluoreszierenden Grün des Metallquaders heraustransportierte, war das erste, das er wahrnahm, der überraschte Gesichtsausdruck einer Frau mit einer blonden Löwenmähne. Die Überraschung wich für ein, zwei Sekunden einem freundlichen Lächeln. Die Augen der Frau signalisierten für einen Moment einen Willkommensgruß, bevor sie sich vor Schrecken weiteten.

Die Frau hatte all das Blut entdeckt, das die Kleidung, die Hände und das Gesicht Frank Millers verklebte. Schnell erkannte sie, dass nicht der fast unversehrt vor ihr liegende Körper die Ursache sein konnte und wandte ihren Blick nach links.

Franks Augen folgten den ihren und er beobachtete, wie vor einem Quader neben dem seinen gerade eine weitere Transportplatte zum Stehen kam. Karen lag darauf. Sie bot einen erbärmlichen Anblick. Ihr Blut quoll nach wie vor aus ihrer offenen Bauchwunde hervor, doch es rann inzwischen mit deutlich weniger Kraft aus ihrem Leib. Die Blau-Töne ihrer Bluse und ihres Hosenrockes waren fast völlig dem alles erobernden Rot zum Opfer gefallen. Es tropfte auf den grauen Betonboden und es bildeten sich bereits erste kleine Lachen.

Das Lid von Karens linkem Auge flatterte. Sie war am Leben.

Frank blickte umher. Er befand sich in einem gemauerten Raum. Zwei kleine Fenster ließen nur spärlich Licht herein. Zusätzlich brannte eine Glühbirne, die ohne Lampenschirm von der Zimmerdecke baumelte. Von den beiden Sarkophagen schlängelte sich ein Wirrwarr an Kabeln hinüber zu zwei Rechnern. Hinter einem der beiden angeschlossenen Monitore saß ein Mann, der ebenfalls mit leicht geöffnetem Mund zu Karen starrte: Tristan.

»Schnell«, sagte Frank und stemmte sich nach oben.

Ihm wurde schwarz vor Augen. Er schwankte. Bevor jedoch die blonde Frau zu ihm eilen konnte, um ihn zu stützen, hatte sich sein Kreislauf wieder stabilisiert. Vor Karens Metallplatte ging er auf die Knie.

»Frank«, flüsterte Karen und versuchte, den Kopf zu drehen, um den Jugendfreund zu erblicken. Die Anstrengung bereitete ihr Schmerzen. Sie stöhnte und ließ den Kopf schließlich in der Stellung, in der er sich befand.

»Bleib einfach so liegen, Karen«, beruhigte Frank sie. Er beugte sich nach vorn, damit sie ihn sehen konnte. »Ich bin hier, hier bei dir.«

Die Finger ihrer linken Hand bewegten sich ganz vorsichtig. Frank griff nach ihnen, hielt sie fest.

Seine bescheidenen medizinischen Kenntnisse aus Armeetagen stießen an ihre Grenzen.

»Ein Arzt, wir brauchen einen Arzt«, sagte er zu Tristan und der Blonden, die nur hilflos da standen und das Geschehen wie aus der Ferne beobachteten.

Doch nun kam Bewegung in die beiden. Tristan verließ das Zimmer, die blonde Frau folgte ihm.

»Frank!«

»Ja?«

»Es ist zu spät!«

»Nein, der Arzt wird gleich hier sein. Es wird dir bald besser gehen.«

Sie hustete. Ihr Körper schüttelte sich. Sie stöhnte auf, spuckte Blut.

Mühsam suchte sie Worte.

»Von uns beiden«, sagte sie mit kaum noch hörbarer Stimme, »erweist du dich nun doch als der größere Träumer.«

»Was meinst du?«

»Selbst jetzt noch weigerst du dich, den Tatsachen ins Auge zu sehen. Bewahre sie, deine Träume; vielleicht ist es der bessere Weg.«

»Träume können wahr werden, du weißt es, Karen. Die Vision einer anderen Gegenwart, sie wird zur Realität werden.«

Aus den Augenwinkeln heraus erkannte Frank ein Beinpaar und einen Gehstock neben sich. Er blickte daran hinauf und erkannte einen Professor Gothaer, der mindestens zehn Jahre älter wirkte, als der, den er im Gedächtnis wieder gefunden hatte.

»Nicht wahr, Herr Gothaer?«, versuchte er, sich Bestätigung einzuholen.

Robert nickte. Im Gegensatz zu Frank erkannte Robert den Ernst der Lage. Seine Augen wurden feucht.

»Siehst du!«, triumphierte Frank, ohne zu begreifen, dass Karen längst durch ihn hindurch zu schauen schien.

Vorsichtig zog Frank Karens Hand an sich heran, drückte sie gegen seine Brust.

»Ich werde hinüber reisen, in die andere Ebene, wie vor drei Jahren geplant, und dann nach 1944 zurück.«

Karen schwieg.

»Du wirst wieder leben, Karen, denn du lebst auch dort; nicht wahr, Herr Gothaer?«

Dieses Mal vergewisserte er sich nicht, ob Robert zustimmte. Er starrte weiter auf Karens verkrampftes Gesicht.

»Wir werden wieder Kinder sein, du und ich. Wir werden Verstecken spielen und Streiche aushecken.«

Er wollte lächeln, doch er konnte es nicht.

»Das heißt, du wirst Streiche aushecken. Und ich sie mit dir ausführen und ausbaden. Mitgegangen - mitgefangen.«

Karens Lippen wiederholten lautlos die beiden letzten Worte.

»Erinnerst du dich an die Geschichte mit der Erdbeerbowle?«

Karens heiles Auge blinzelte.

»Du wirst leben, Karen.«

Ihr Gesicht war Zustimmung und Widerspruch zugleich.

Sie wollte etwas sagen.

Frank beugte sich über sie, drehte seinen Kopf so, dass er sie besser verstehen konnte.

»Deine Träume, Frank!«

Es war mehr ein Hauchen als ein Artikulieren.

»Ja?«

»Geh deinen Weg!«

Er sah sie an. Ihr Auge starrte weiterhin durch ihn hindurch, doch es hatte keinen Glanz mehr. Das Geräusch ihres flachen Atems war einer schrecklichen Stille gewichen. Das Blut hörte auf, pulsierend aus ihrem Körper zu brechen, gleich einer Quelle, die langsam aber mit endgültiger Gewissheit versiegte.

Behutsam strich Frank Karens Lid über ihren Augapfel.

Er schrie sein Leid nicht hinaus.

Er weinte nicht, er wehklagte nicht.

Er saß einfach nur da, hielt Karens Hand, die kälter und kälter wurde.

2

Als Frank am nächsten Tag erwachte, war es draußen bereits hell. Seine Augen öffnend, sah er direkt durch ein Fenster den Himmel, der blau und klar war, als wäre nichts geschehen. Ihm war heiß. Er schlug die Bettdecke zurück und blickte an seinem nackten Körper hinab.

Karen entstand vor seinem inneren Auge. Wie sie dagelegen hatte, so verletzt, so geschunden, und doch so entspannt und friedlich.

»Geh deinen Weg!«, hallte ihre Stimme in seinem Geist nach.

Er konnte sich an nichts mehr erinnern, was danach passiert war.

Irgendjemand musste ihn gewaschen haben. Von dem ganzen Blut, das ihn überall am Körper befleckt hatte, war nichts mehr zu sehen. Er roch an seinem Unterarm. Er duftete leicht nach parfümierter Seife.

Um seine rechte Hand hatte jemand einen Verband angelegt. Die Finger waren frei. Als er sie bewegte, schmerzte die Hand, aber es war erträglich.

In der linken Armbeuge klebte ein Heftpflaster. Mit einem Ruck löste er es und enthüllte eine Einstichstelle.

Er setzte sich auf. Abgesehen vom Bett war ein Stuhl das einzige Mobiliar in der kleinen Kammer. Über dem Stuhl hingen Kleidungsstücke, die ihm unbekannt waren. Vor dem Stuhl stand ein Paar Schuhe, das er als das seine identifizierte. Es war frisch geputzt.

Gegenüber dem Fenster hing ein Bild an der Wand: Eine Schafherde weidete friedlich auf einer saftig grünen Koppel. Ein Schäfer war nicht zugegen, doch sein Hund rannte aufgeregt und übereifrig an den Schafen entlang. Er wirkte aggressiv, gerade so, als ob er seine Arbeit ein wenig zu ernst nehmen würde.

Frank stand auf und griff nach den Kleidungsstücken. Er schlüpfte in die Unterhose, dann zog er sich das ausgewaschene karierte Hemd und die graue Hose über. Die Hose war ihm zu groß, doch zum Glück waren Hosenträger an die Hose geklammert. Er stülpte sich die Träger über und ging zum Fenster.

Die Raumhöhe empfand er als verhältnismäßig niedrig.

Unterhalb des Fensters, das sich im ersten Stock befinden musste, grenzte ein eher behelfsmäßig wirkender Holzzaun einen kleinen Kräutergarten ein. Etwa vierhundert Meter vom Haus entfernt begann der Wald, Laub- und Nadelbäume verwuchsen zu einer undurchdringlich wirkenden Mauer. Am Saum des Waldes arbeiteten im Schatten der Bäume zwei Männer. Nein, als er die Augen zusammenkniff, entdeckte Frank noch einen dritten, der im Gegensatz zu den beiden anderen auf dem Boden saß und auf etwas in seinen Händen starrte. Die ersten beiden stachen mit Spaten in den Boden, sie hoben eine Grube aus. Der eine wirkte wohlbeleibt, und dabei kräftig, als wäre er körperliche Arbeit gewöhnt. Auch war seine Haut vom vielen Aufenthalt unter freiem Himmel braun gebrannt.

Den anderen Schaufelnden kannte Frank. Es war Tristan.

Frank wollte hinab, helfen. Das war er Karen schuldig. Er verließ die Schlafkammer und sah sich um. In wenigen Metern Entfernung führte eine Treppe hinab ins Erdgeschoss.

Die Dielen ächzten unter seinen Sohlen und neben ihm öffnete sich eine Tür.

Der ausgemergelte Kopf einer alten Frau kam im Türspalt zum Vorschein, völlig abgemagert, die Haare schütter. Als die Alte den Mund öffnete, hielt gerade noch ein

Zahn als letzter Überlebender einsam die Stellung im verlassenen Gebiss. Sie sagte etwas zu ihm. Auch wenn sie noch dazu fähig gewesen wäre, alle Konsonanten zu formulieren, Frank hätte die Sprache nicht verstehen können. Es klang fremd in seinen Ohren, Kauderwelsch. Er konnte nicht einmal identifizieren, ob es freundliche oder unfreundliche Worte waren. Die Frau gab auf. Ihre Hand machte eine wegwerfende Bewegung, dann verschwand die Alte wieder in ihrer Kammer und schloss die Tür hinter sich.

Die Stufen hinab, fand Frank schnell die Hintertür, die, durch eine Waschküche hindurch, ins Freie führte. Am Kräutergarten vorbei, ging er auf die drei Männer zu. Der Kräftige, der mit Tristan die Grube aushob, erspähte ihn zuerst und machte Tristan darauf aufmerksam. Tristan ließ den Spaten zu Boden fallen und kam Frank entgegen.

Ohne ein Wort zu sagen, schlang er seine Arme um ihn und drückte ihn kraftvoll an sich. Frank erwiderte die Begrüßung auf die gleiche Weise.

Mehrere Sekunden standen sie, in sich versunken, so da, dann lösten sie sich.

Die zwei anderen Männer standen hinter Tristan, Frank schätzte sie auf mindestens sechzig Jahre.

»Jan Petersen«, stellte sich der Stärkere vor, der mit Tristan gegraben hatte, »Paul Kramer«, der, den Frank sitzend gesehen hatte.

Frank nickt nur und nannte seinen Namen.

Dann griff er schweigend nach dem Spaten, den Jan noch in der Hand hielt. Jan ließ den Spaten los und Frank sprang in den bereits etwa einen halben Meter tiefen Aushub. Tristan folgte ihm, während Paul wieder im Schatten Platz nahm und Jan sich neben die Grube stellte.

Bereits nach kurzer Zeit schmerzte Franks Rechte, der Spatengriff drückte durch den Verband genau auf seine lädierte Hand.

Frank nahm keine Rücksicht darauf, bis er nach mehr als einer halben Stunde begriff, dass er seiner Verletzung keinen Gefallen damit erwies. Jan löste ihn ab und Frank setzte sich zu Paul.

Dieser befreite mit einem etwa fünfzehn Zentimeter langen Messer zwei armdicke Äste von ihrer Rinde. Er wurde gerade damit fertig und schnitzte nun zwei Buchstaben in das kürzere der beiden Rundhölzer: ‚K. D.'

Erst jetzt entdeckte Frank die beiden Gräber, die ein paar Meter weiter ebenso am Waldessaum lagen. Einfache Holzkreuze zierten sie. Die eingearbeiteten Initialen waren nur noch mit großer Mühe zu erkennen, die Kreuze schienen schon eine längere Zeit der Witterung ausgesetzt zu sein.

Waren es die Buchstabenkombinationen ‚Z. P.' und ‚S. P.', die er dort las?

»Jans Vater und Jans Schwester«, kommentierte Paul und widmete sich wieder seinen Schnitzereien, um die Äste weiter zu verschönern.

»Die alte Frau im Haus«, begann Frank und ließ die Frage unformuliert.

»Frau Petersen, Jans Mutter«, erklärte Paul und nach einer kurzen Pause fuhr er fort: »Sie ist – sage und schreibe – mittlerweile vierundneunzig Jahre alt!«

»Sie hat zu mir gesprochen, aber ich habe sie nicht verstanden.«

Ein Lächeln schlich sich auf Pauls Lippen.

»Oh, keiner von uns versteht sie, außer Jan. Er behauptet, sie spräche dänisch. Ich kenne niemanden, der das bestätigen könnte.«

»Dänisch?«

»Ja. Jan hat erzählt, sie hätte Zeit ihres Lebens kein Wort deutsch gesprochen. Sie hat sich einfach geweigert, als damals die Gesetze erlassen wurden.«

Er hielt die Äste mit dem Arm von sich weg, um seine Schnitzarbeiten mit etwas Abstand zu betrachten.

»Vierundneunzig Jahre«, wiederholte er, als ob er es sich selbst immer wieder bestätigen müsste.

»1914«, rechnete Frank zurück, der froh über die Ablenkung war.

»Das Jahr, in dem alles anfing. Es begann mit dem Attentat auf den österreichischen Thronfolger in Sarajevo und endete einunddreißig Jahre später mit der Kapitulation Großbritanniens, dem letzten souveränen Staat Europas. Das Deutsche Reich hat aus diesem bunten Flickenteppich mit seiner Vielzahl babylonischer Sprachen einen akkuraten, braunen Teppich geknüpft.«

Er widmete sich wieder seinen Schnitzereien.

»Nach deutscher Norm. Nur unter den Teppich gucken, das darf man nicht, nein, nein! Oder daran ziehen, oder eine Schlaufe lösen«, ergänzte er, mehr zu sich selbst, »der alte darunter, der Flickenteppich, ist nach und nach verrottet.«

»Ich hätte nicht gedacht, dass es noch jemanden gibt, der dänisch spricht.«

»Angeblich soll es drunten, in den Alpen, noch Enklaven geben, in denen rätoromanisch oder französisch gesprochen wird.«

Frank starrte in die Grube, die mittlerweile beinahe einen Meter Tiefe erreicht hatte.

Er hörte ein Türknarren und sah zurück zum Haus. Es war ein altes Bauernhaus, neben dem noch der ehemalige Kuhstall stand, der so aussah, als würde er beim nächsten Sturm in sich zusammen fallen. Beide Gebäude standen auf einer Waldlichtung. Aus dem Haus trat Professor Gothaer und kam auf die Gruppe am Waldesrand zu; die Frank bereits bekannte blonde Frau stützte ihn.

Die drei letzten Jahre waren nicht spurlos an Gothaer vorüber gegangen. Er ging leicht gebeugt und humpelte. Für einen Zweiundsechzigjährigen wirkte er äußerst gebrechlich. Jan und Paul, die Frank etwa auf das gleiche Alter schätzte, wirkten ungleich agiler und jugendlicher.

Frank erhob sich.

»Ich wünschte, es wären bessere Umstände, zu denen wir uns wieder begegnen, Herr Gothaer.«

»Robert«, korrigierte ihn der Professor, »die Formalitäten haben wir inzwischen längst abgelegt. Wir können uns keinen unnötigen Ballast erlauben.«

Seine Stimme war kräftig und klar wie eh und je. Seine Augen blitzten aufgeweckt hinter den überdimensionierten Brillengläsern, die zweifellos dieselben waren, die Gothaer seinerzeit in Oxford getragen hatte. Ein Lächeln schlich sich in sein vom Gram gezeichnetes Gesicht.

»Dennoch bin ich sehr froh, einen Totgeglaubten wieder zu sehen.«

Sie drückten sich herzlich die Hände.

»Wir kennen uns noch nicht«, begann die Blonde.

»Du musst Barbara sein«, entschied Frank und war überrascht, dass die Frau - der Situation völlig unangemessen – lauthals herauslachte.

»Mein Name ist Marianne, und ich merke schon, Karen hat von mir erzählt, mit dem ihr eigenen Humor.«

»Ich verstehe nicht.«

»Nur sie nennt mich ‚Barbara'«, sie berichtigte sich, »hat mich ‚Barbara' genannt, wegen der Sprachübungen, die ich mit Tristan gemacht hatte: ‚Barbara saß nah am Abhang' und so weiter.«

»Ja, sie hat mir davon berichtet.«

»Sie hat mich scherzhaft immer ‚Tristans Barbara' genannt, das wurde dann irgendwann zum Selbstläufer.«

Frank betrachtete die Lichtung um sie herum.

»Wo sind wir hier?«

»Auf Bornholm«, antwortete Robert, »mitten in der Ostsee.«

»Die Küste bekommt man dennoch selten zu sehen«, ergänzte Marianne.

»Sind wir hier sicher?«

»Der Bauernhof«, sagte Marianne, »steht schon seit mehr als dreihundert Jahren auf dieser Lichtung und ist seit jeher im Familienbesitz der Petersens. Die Zeit, die wir zu verändern versuchen: Hier scheint sie stehen geblieben zu sein. Die Lichtung ist wie eine Seerose, der es gelungen ist, inmitten eines ringsherum anwachsenden, alles verschlingenden Moores zu überleben. Der letzte Besuch eines Beamten von der Bornholmer Gauverwaltung liegt mehr als fünfzehn Jahre zurück. Wie Jan erzählt hat, hat ihn seine Mutter solange mit Kartoffeln beworfen, bis er besiegt vom Hof gezogen ist. Da wäre ich gerne dabei gewesen. Seither hat wohl keiner mehr versucht, hier draußen nach dem Rechten zu sehen.«

»Es existiert nur eine Zufahrt zur Lichtung. Ringsherum ist dichter Wald«, erzählte Robert, »ein paar hundert Meter weiter, am anderen Ende der Straße liegt ein weiterer Bauernhof. Kommt man mit Fahrzeugen, muss man ihn passieren. Dort sind unsere Leute. Sie versorgen uns mit Nahrung und Wasser. Von dort führen auch Strom- und Datenleitungen hier her. Du fragst, ob wir hier sicher sind? Vor dem Nationalsozialismus und seinen Schergen gibt es keine Sicherheit, zumindest keine hundertprozentige. Wenigstens das ist uns vor drei Jahren klar geworden.«

Jan unterbrach sie: »Ich denke, es ist tief genug.«

Die Sonne, inzwischen hoch im Zenit stehend, hatte den Schatten über dem frisch ausgehobenen Grab kleiner werden und schließlich verschwinden lassen.

Tristan, Jan und Paul gingen zum Haus zurück. Tristans Blick zeigte Frank, dass er ihnen folgen sollte.

In der Waschküche wuschen sich die vier Männer ihre Hände und ihre verschwitzten Gesichter.

Frank bekam eine Gänsehaut, das Unausweichliche stand unmittelbar bevor.

Tristan schritt voran in die Wohnstube des Bauernhauses. Auf einem verschlissenen mit braunem Kord überzogenen Sofa lag sie da: Karen. Eingehüllt und umwickelt mit weißen Leintüchern. Von ihrem Körper selbst war nichts mehr zu sehen, geschweige denn von ihrem Gesicht. Dafür war Frank dankbar. Neben dem Sofa lag eine Trage auf dem Boden, auf welche Tristan und Jan die Leiche nun hievten.

Danach griff jeder der Vier zu einem der Griffe. Gemeinsam trugen sie Karen bedächtig ins Freie.

Keiner sprach ein Wort. Auch nicht, als sie beim Grab eintrafen, die Trage neben das Grab legten und Karens leblosen Körper anhoben und in ihre letzte Ruhestätte hievten.

Stumm standen die sechs Menschen ums Grab herum und blickten auf die mit Leintüchern umwickelte Tote.

Frank blickte auf.

Aus dem Bauernhaus starrte die Alte durch ihr Fenster zu der kleinen Gruppe herüber.

Und Frank musste an Karens Mutter denken und an ihren Vater.

Sie wussten nicht, dass ihre Tochter gestern gestorben war.

Ob es sie überhaupt interessierte?

Es gab nur zwei Alternativen: Entweder sie waren unter ständiger Überwachung der Partei und permanenten Repressalien ausgesetzt oder sie hatten mit ihrer Tochter längst gebrochen.

Vielleicht war auch beides richtig.

Die Sippenhaftung, vielleicht hatte das Regime Karens Eltern längst beseitigt.

Erschrocken fielen ihm seine Eltern ein.

Was war mit ihnen?

Lebten sie noch?

Der Vater des anderen Frank war vor Gram gestorben, dessen Mutter war aufgeblüht, als sie ihren Sohn wiedergefunden hatte.

Was war mit seinen eigenen Eltern in den vergangenen drei Jahren geschehen?

Er musste es in Erfahrung bringen, unbedingt.

Seine Gedanken wanderten zurück zu Karen, zu ihrer gemeinsamen Jugendzeit. An ihr perfekt inszeniertes unschuldiges Gesicht, das sie selbst dann noch zur Schau stellte, wenn sie bei ihren Streichen ertappt war und alle Indizien gegen sie sprachen. Wie damals mit der Erdbeerbowle. Oder später, als sie die ‚Vortrags- und Filmreihe zu Ehren unseres Generals a. D. Georg Heider' initiiert hatte. Frank war nicht dabei gewesen, doch Karen hatte ihm in Oxford immer wieder von dem Aufruhr erzählt, den ihre Aktion im Seniorenheim im sächsischen Bad Schandau verursacht hatte. Und ihr naiv-unschuldiges Gesicht ließ ihn nicht los. Dabei hatte sie es faustdick hinter den Ohren gehabt. Träume, Pläne, Visionen. Ihren Enthusiasmus hatte sie bis ins Erwachsenenalter gerettet. Als Frank sie in Oxford wieder getroffen hatte, hatte sie förmlich vor ungenutzten Energien gesprüht.

Etwas die Welt Veränderndes hatte sie erfinden oder entdecken wollen, so etwas wie die Dampfmaschine oder die Elektrizität. Und letzten Endes hatte sie doch mit dem wohl bedeutendsten Physiker seiner Zeit zusammen gearbeitet. Dass Professor Robert Gothaers Name oder gar der von Karen Degner in die Geschichtsbücher eingehen würde, blieb jedoch unwahrscheinlich.

Dass er während seiner vierjährigen Dienstzeit bei der Wehrmacht keinen Kontakt zu Karen gehalten hatte, tat Frank nun leid.

Wie viel verlorene Zeit!

Unwiederbringlich?

Sie mussten das Experiment zu Ende bringen, komme was wolle.

Das einzelne Individuum zählt alles und nichts.

‚Ich muss meinen Weg gehen, Karen.'

Er bewegte seine Lippen, ohne einen Ton zu sagen.

‚Ich muss meinen Weg gehen, Claire.'

Karen lag vor Frank in ihrem Grab und hatte Menschen, die an ihrer letzten Ruhestätte trauerten. Und damit hatte sie mehr als viele andere.

Andere, die in anonymen Massengräbern für immer aus der Geschichte getilgt wurden.

Andere, die, dem Abfall gleich, vernichtet, zerstört, verbrannt wurden.

Andere, die einzig und allein noch in der Erinnerung ihrer Liebsten weiter lebten.

Sofern ihre Liebsten selbst noch lebten, um ihrer zu gedenken.

Wie viele Ketten und Bande wurden zerschmettert?

Dieters Worte dröhnten in Franks Ohren: ‚Wer die Schrift kontrolliert, kontrolliert die Geschichtsschreibung. Und wer die Gegenwart kontrolliert, kontrolliert auch die Vergangenheit, so einfach ist das.'

Tristan und Jan griffen nach den Spaten und schaufelten die braune Erde auf die in weiße Leintücher gehüllte Leiche.

Die anderen standen stumm daneben und beobachteten, wie das Grab sich füllte.

Ein kleiner Hügel entstand und Paul steckte das Holzkreuz ans Kopfende des Grabes.

Keiner weinte, keiner schluchzte, keiner wehklagte.

Sind irgendwann alle Tränen versiegt?

3

Während die anderen auf der Eckbank in der Küche Platz nahmen, deckten Marianne und Paul den Tisch: Brot, Käse und Wurst.

Jan schnitt das Brot in Scheiben, legte drei davon auf einen Teller, dazu jeweils ein Stück Emmentaler und ein Stück Hartwurst. Er nahm den Teller in die eine Hand, Messer und Gabel in die andere, und verließ die Küche.

»Sie ist schon seit drei Tagen nicht mehr nach unten gekommen«, erklärte Tristan, »einmal hat sie ihre Kammer vierzehn Tage lang hintereinander nicht verlassen. Ihren Nachttopf stellt sie dann einfach vor die Tür. Ihr stinke er zu sehr, sagt sie dann zu Jan, wir sollen ihn einfach entleeren, wenn er uns zu sehr störe.«

Freundlich lächelnd hielt Marianne Frank die Käseplatte entgegen.

»Du musst etwas essen, Frank.«

Frank dachte nach, wann er zuletzt etwas gegessen hatte: gestern Mittag; eine Kleinigkeit, während er mit Karen unterwegs gewesen war.

Er griff zu.

»Es ist ja nicht so, dass sie so gebrechlich wäre, dass sie nicht mehr die Stufen herunterkäme«, fuhr Tristan fort, »wir haben ihr mehrfach angeboten, ihr hier im Erdgeschoss ein Zimmer einzurichten, damit sie es leichter hat. Sie wohne seit 1916 in diesem Zimmer, hat sie schnippisch geantwortet, und wenn wir sie aus ihrem eigenen Haus vertreiben wollten, dann sollten wir es nur versuchen; sie habe schon Mittel und Wege, sich zu wehren. Keiner von uns hat gewagt, ihr zu widersprechen.«

»Jedenfalls«, erzählte Marianne weiter, »als sie sich nach den vierzehn Tagen wieder hier unten blicken ließ, setzte sie sich ohne ein Wort des Grußes zu uns in die Küche, schob sich ihr Gebiss in den Mund und aß Braten mit uns. Sie blieb etwa eine Stunde hier auf der Eckbank sitzen und sagte nur zwei Sätze, dann verschwand sie wieder, jeweils zwei Treppenstufen auf einmal nehmend, nach oben. Als sie die Küche verlassen hatte, baten wir Jan um die Übersetzung.«

»Und?«, wollte Frank wissen.

»'Ihr müsst etwas mehr Rotwein in die Bratensoße kippen. Das macht euch ein bisschen entspannter!'«

Sie lachten befreit auf, Robert jedoch verzog keine Miene. Er wirkte ernst und verbittert.

Jan kam zurück und setzte sich an den Tisch, während Paul, noch ein belegtes Brot in der Hand, aufstand und nach draußen ging.

Jeder in der Küche war in seine Gedanken versunken. Jeder hatte seine eigenen Erinnerungen an die Frau, die sie gerade eben zu Grabe getragen hatten.

Durchs Fenster sah Frank, wie Paul auf einem schwarzen Herrenrad den Waldweg entlang vom Hof fuhr.

Tristan brach als erster das Schweigen.

»Es interessiert uns alle brennend, Frank. Was ist gestern geschehen, mit Karen und dir? Was ist dir widerfahren, seit wir dich das letzte Mal gesehen haben, vor drei Jahren, in Germania?«

Zuerst langsam und stockend, dann immer flüssiger, erzählte Frank in allen Einzelheiten seine Geschichte.

Die Geschichte, wie er vergangenen Sonntag an einem Bahnhof aufgetaucht war, den es eigentlich gar nicht mehr geben dürfte.

Die Geschichte, wie er um eine Identität gekämpft hatte, von der er jetzt wusste, dass es nicht die seine war.

Die Geschichte von Resonanzkörpern und Alter Egos, die zu lebenden und liebenden Menschen geworden waren.

Die Geschichte, die er gestern auch Karen erzählt hatte und all das, was er danach gemeinsam mit ihr erlebt hatte.

Von Dieters Verrat berichtete er und von Dieters Ende.

Abschließend sprach er aus, was allen in diesen Minuten bewusst wurde.

»Unser Experiment hat mindestens vier Menschen das Leben gekostet, ganz abgesehen von dem Leid, das es anderen zugefügt hat.«

»Nach allem, was ich gehört habe«, entgegnete Jan, »ist zumindest um Dieter keine Reue angebracht.«

»Um unseren vielleicht«, sagte Tristan.

»Was ist mit dem anderen Dieter Wiegand?«, fragte Frank. »Wir können uns nicht anmaßen, von unserem Dieter Wiegand auf sein Ebenbild dort zu schließen. Jeder ist nicht nur ein Produkt seiner Gene, sondern auch ein Kind seiner Lebensumstände. Wollten wir unseren Kampf nicht auch um diese Wahrheit führen?«

»Was ist mit dem anderen Dieter Wiegand?«, wiederholte Marianne die Frage und sah dabei Robert an. »Lebt er noch? Irgendwo? Vegetiert in einem Koma-Zustand dahin? Ist er gestorben, verdurstet, oder hat er erst gestern gemeinsam mit unserem Dieter sein Leben ausgehaucht?«

»Ich weiß es nicht!«, sagte Robert, und es war sein erster Satz, den er sprach, seit sie am Esstisch saßen.

»Warum kann ich mich an Situationen aus der Vergangenheit eines anderen Menschen erinnern, als ob ich sie selbst erlebt hätte? Karen konnte dies nicht.«

»Ich weiß es nicht!«, sagte Robert erneut.

»Heißt es nicht, dass im Augenblick des Todes das eigene Leben noch einmal wie ein Film an einem vorüberzieht?«, sagte Tristan.

»Du meinst, der Transfer fand exakt in diesem Moment statt?«, fragte Marianne.

»Das ist die einzige logische Erklärung! Was Robert und ich für ‚Einschlafen' gehalten haben, war in Wirklichkeit ein ‚Ableben'. Wir hatten so lange auf diesen Zeitpunkt gewartet, da haben wir Frank ohne zu zögern los geschickt. Wenige Sekunden später, und wir hätten möglicherweise keinen Kontakt mehr zu Franks Alter Ego gehabt, da der andere Frank dann schon tot war.«

»Die Folge davon waren drei Jahre, die ich vermutlich in einem koma-ähnlichen Zustand wer-weiß-wo verbracht habe, ohne jegliches menschliche Bedürfnis wie Essen oder Trinken.«

»So muss es gewesen sein«, nickte Tristan, »dazu kommen die Manipulationen, die an den Rechnern vorgenommen worden waren; das Flackern, das Robert und ich beobachtet hatten. Für einen Augenblick waren die beiden angemessenen Ebenen und unsere eigene Realität eins. Drei Frank Millers berührten sich, der 23. Mai 2005 und der 25. Mai 2008 flossen zusammen, zumindest in der Wahrnehmung Franks.«

»Das wäre eine mögliche Erklärung, Tristan, auch für Franks Amnesie«, meinte Robert.

»Ich habe keine bessere im Angebot. Was mich immer noch wurmt, ist, dass es ihnen gelungen ist, in unsere Rechner einzudringen, trotz meiner umfangreichen Vorsichtsmaßnahmen. Ein zweites Mal wird ihnen das sicher nicht glücken.«

Frank saß plötzlich wie erstarrt und erbleichte: Er erinnerte sich.

»Ich sah Menschen, in einem Park. Sie grillten Fleischstücke und Würste.«

»Wo? Wann?«, wollte Robert wissen.

»Bei meiner Ankunft am vergangenen Sonntag, am Görlitzer Bahnhof. Da verliefen noch keine Gleise zu meinen Füßen und plötzlich waren sie da. Sie entstanden aus dem Nichts.«

Seine Tischnachbarn starrten ihn fragend an.

»Es war nur ein kurzer Sinneseindruck, wie ein Blitz, der die Nacht erhellt. Das Gebäude vor mir trug irgendeine Aufschrift. Ich bekomme sie nicht mehr zu fassen. Unmittelbar danach mutierte vor meinen Augen alles zu einem Bahnhof mit Menschen, die am Bahnsteig standen.«

»Die 1944er Ebene«, schloss Robert, »für einen Augenblick warst du dort. Das würde Tristans These bestätigen. Wir müssen dorthin.«

»Zu viele Schicksale, für die wir verantwortlich sind«, meinte Marianne.

»Wir handeln nach bestem Wissen und Gewissen«, sagte Robert bestimmt.

»Was ist mit der NSDAP?«

Alle wussten, dass Frank auf die Parteigründung durch Dieter Wiegand anspielte.

»Wir konnten das nicht ahnen. Dass wir Risiken eingingen, war uns allen bewusst«, rechtfertigte sich Robert. »Wer Verantwortung tragen will, muss auch ein breites Kreuz besitzen.«

»Und ein Gewissen«, ergänzte Frank. »Die Geschichte der eigenen Welt zum Guten wenden, um die Geschichte einer anderen zu ruinieren? Welchen Preis sind wir zu zahlen bereit?«

»Wir werden das korrigieren!«, beharrte Robert.

»Korrigieren? Wie das?«

»Unser ursprünglicher Plan! Er wird alles verändern. Er wird alles ungeschehen machen!«

Robert ließ keinen Widerspruch zu. In der ihm eigenen charismatischen Art beschwor er die anderen, ihm zu glauben, ihm weiter zu vertrauen.

Es sei noch lange nicht zu spät, argumentierte er und verhieß ihnen, dass sie es seien, die am Ende triumphierten und dass ihr hehres Ziel all ihre Opfer rechtfertigte.

Am einfachsten, erkannte Frank, war es, Professor Robert Gothaer zu glauben. Nicht hinterfragen, nicht widersprechen: mitlaufen. Kam ihm irgendwie bekannt vor.

Aus dem Fenster blickend, sah Frank, wie Paul zurückkam. Er ließ sein Fahrrad auf dem Hof stehen und lief in Richtung des Bauernhauses. Mit den Worten »Keine guten Nachrichten«, trat er in die Küche und setzte sich.

»Hemmbacher steht kurz vor dem Durchbruch.«

»Das glaube ich nicht«, sagte Robert bestürzt.

»Leider entspricht es der Wahrheit. Unser Informant in Caputh hat gerade mit unseren Leuten Kontakt aufgenommen, als ich drüben war. Hemmbacher hat für die kommende Woche die entsprechenden Testreihen geplant und unser Informant sieht sich außerstande, das noch zu verhindern.«

»Was heißt das?«, wollte Frank wissen, nachdem er begriff, dass allen anderen die Bedeutung dieser Worte klar war.

»Das heißt«, erklärte Tristan, »dass unser hochverehrter Professor Doktor Lothar Hemmbacher, seines Zeichens Leiter der Technischen Universität in Germania und Vorsitzender des NSDAP-Bezirkverbands Charlottenburg, ausreichend von Roberts Hausarrest in seinem Haus in Caputh profitiert hat: Er wird in einer Woche soweit sein, durch Raum und Zeit zu reisen!«

Für ein paar Sekunden herrschte völlige Stille in der Küche. Die Zeit, die sie zu beherrschen versuchten, schien eingefroren.

»Ohne die Notwendigkeit von Resonanzkörpern«, fuhr Tristan fort, »willkürlich und frei an jeden Ort, an jeden Zeitpunkt unserer eigenen Geschichte.«

»Den Nationalsozialisten wird Tür und Tor geöffnet. Was haben sie vor?«

»In die Kriegsjahre 1914 – 1918 eingreifen? Den Kriegseintritt der Vereinigten Staaten verhindern? Eine Invasion an der amerikanischen Ostküste ermöglichen?«

»Den deutsch-französischen Krieg beeinflussen, damit das Deutsche Reich noch stärker daraus hervor geht? Oder den amerikanischen Bürgerkrieg, um die Wiedervereinigung der beiden Kriegsgegner zu verhindern und die Vereinigten Staaten damit bereits zu diesem Zeitpunkt zu schwächen?«

»Die Reichsführung denkt in großem Rahmen. Vielleicht schicken sie eine ganze Armee durch Zeit und Raum, erobern den amerikanischen Kontinent, bevor er von Columbus entdeckt wird.«

»Auf jeden Fall werden sie den einzig verbliebenen Feind auf diesem Globus vernichten; ehe er überhaupt weiß, wie ihm geschieht.«

»Und ich habe die Voraussetzungen dafür geschaffen«, erkannte Professor Robert Gothaer.

»Wie weit sind wir selbst?«, fragte Frank. »Karen meinte, ‚kurz vor dem Durchbruch'.«

»Das ist zum Glück stark untertrieben«, entgegnete Robert, »die Testreihen, von denen unser Informant in Caputh spricht, haben wir selbst bereits abgeschlossen. Was noch aussteht, ist die tatsächliche und leibhaftige Reise eines Menschen durch die Zeit. Diese wollten wir vorgestern Abend eigentlich planen, als wir zusammen saßen. Du kamst uns mit der Aktivierung des Signalgebers dazwischen, Frank.«

Erst jetzt wurde Frank etwas an seinem Transfer bewusst.

»Damals mussten wir extra von Oxford in die Hauptstadt, um die Reise in die andere Ebene, in das andere Germania durchzuführen. Gestern bin ich jedoch von dort bis hierher nach Bornholm transferiert worden.«

»Eine Auswirkung der neuen Erkenntnisse. Karens Transfer von hier bis hinüber auf den Kontinent nach Germania war der erste, den wir in der Praxis durchgeführt haben. Für die Reise durch die Zeit müssen wir nur noch ein paar Einstellungen verändern.«

»Es funktioniert?«, fragte Frank ungläubig. »Ohne Resonanzkörper, an jeden Ort, an jeden Zeitpunkt, den man auswählt?«

»Ja!«, Roberts Augen glänzten hinter seiner Brille. »Den Beweis haben wir noch nicht erbracht. Aber in der Theorie funktioniert es!«

»Dürfen wir in die Geschichte eingreifen? Ich habe erlebt, was unsere ersten Transfers verursacht haben. Ein Grab, auf dem mein Name steht. Lebensläufe, die wir verändert haben. Schicksale, für die wir die Verantwortung tragen. Karens Tod!«

»Ob wir eingreifen dürfen?«, Robert wurde lauter, stand mühsam auf und stützte sich mit seinen Fäusten auf den Tisch. »Wir müssen eingreifen, Frank! Wir müssen!«

Frank stand ebenfalls auf. Zwei Stieren gleich standen sie einander gegenüber, die sich ihre Hörner entgegen reckten. »Wir spielen Gott!«

»Die Reichsführung kennt keine Skrupel. Wir müssen agieren, schneller sein.«

»Weil die Partei keine Skrupel hat, legen wir die unseren auch ab? Merkst du denn nicht, dass wir uns schuldig machen?«

»Die NSDAP zwingt uns dazu, uns auf ihr Spiel einzulassen. Wir haben keine Alternative. Es ist der Hitler, der die Regeln bestimmt, nach denen wir zu spielen haben.«

»Nur, dass dies kein Spiel ist, Professor Robert Gothaer. Es ist das Leben. Wir reden über Menschen.«

»Ja, wir reden über Menschen und wir werden sie retten. Wir werden Menschen retten, die bereits gestorben sind!«

Frank wurde sich der Tragweite des letzten Satzes bewusst.

Franks erneutes »Wir spielen Gott!« war nur mehr ein Flüstern, die Aussage wurde vom Vorwurf zum nüchternen, schlichten Fakt. Er setzte sich wieder. Die Aussichten, die Robert verhieß, wischten seine Bedenken beiseite, so wie sie sie auch bei den anderen Anwesenden zur Seite geschoben hatten.

Robert sprach die Konsequenz aus, die sich aus seinen Worten ergab.

»Karen wird leben!«

Robert sackte zurück auf seinen Stuhl.

Er hatte gesiegt.

»Wir setzen an dem Punkt ein, an dem wir vor drei Jahren aufhören mussten. Wir werden in die 1944er Ebene reisen, wie wir es damals geplant hatten. Wir werden erfahren, wie unsere Welt aussähe, wäre die Anlandung der Alliierten im Juni 1944 von Erfolg gekrönt gewesen.«

Er machte eine kurze Pause, doch keiner widersprach.

»Danach werden wir entscheiden, welche der beiden Alternativen die bessere ist. Ich habe jetzt schon keinen Zweifel daran, welche es sein wird. Wir werden dann zurückreisen und die Vergangenheit entsprechend verändern.«

»Wie ist der Zeitplan?«, fragte Frank, ohne eine Emotion zu zeigen.

»Der Transfer wird heute Nacht stattfinden«, beschloss Robert, »das einzige, was wir von der 1944er Ebene aus Franks Erzählung wissen, ist, dass sich ein Park erstreckt, an der Stelle, an der in unserer Realität früher der Görlitzer Bahnhof stand und sich heute ein Einkaufszentrum befindet. Also wird dieser Ort das Ziel sein. Den Transfer führen wir in den frühen Morgenstunden durch. Die Wahrscheinlichkeit ist gering, dass sich dann jemand im Park aufhält und etwas bemerkt.«

»Ich werde das zu Ende bringen«, sagte Frank in einem Tonfall, der keine Widerrede zuließ.

»Und ich werde dich begleiten«, ergänzte Tristan.

Robert nickte.

Durch die Zimmerdecke war ein dumpfes Klopfen zu hören.

»Meine Mutter«, sagte Jan zu Frank gerichtet, »sie möchte, dass ich nach oben komme und abräume.«

4

Aus dem fluoreszierenden Grün schälte sich eine zunächst verschwommen wirkende und dann zunehmend klarere Umgebung.

Die Morgendämmerung tauchte Bäume und Sträucher ins Zwielicht, kämpfte auf verlorenem Posten ihren täglich wiederkehrenden Kampf gegen das Licht der aufsteigenden Sonne.

Die zwei Reisenden fühlten sich wach und ausgeruht. Nach den bedeutungsschweren Diskussionen des vergangenen Nachmittags waren sie früh zu Bett gegangen. Schlaftabletten hatten ihnen dabei geholfen, einen schnellen und erholsamen Schlaf zu finden. Eine halbe Stunde vor sechs Uhr hatte schließlich der Wecker geklingelt. Sie hatten sich alle in dem Raum versammelt, in dem auch die Metallquader standen: Frank, Tristan, Marianne, Jan, Paul und Robert.

Routiniert hatten Tristan und Robert die Kontakte zwischen den Sarkophagen und den Rechnern hergestellt, ihre Speicherstäbe in die Schnittstellen gesteckt und die entsprechenden Programme initialisiert. In wenigen Minuten waren die Vorbereitungen abgeschlossen gewesen. Frank hatte die beiden Zahlen entdeckt, die, wie er wusste, die Anzahl der angemessenen alternativen Ebenen widerspiegelten. Die eine Zahl, die zwölfstellige, die für die Abweichungen nach Beginn des Experiments am 14. März 1999 stand, wuchs stetig weiter an, die andere verharrte bei 1.814. 1.814 Ebenen waren inzwischen angemessen worden, die sich vor dem 14. März 1999 von der eigenen Realität abgespalten hatten. In einer davon befand sich seine Claire, die er kennen und lieben gelernt hatte, in eine andere sollte seine und Tristans morgendliche Reise führen.

Robert und Marianne hatten hinter den Rechnern Platz genommen, während Frank und Tristan sich die nach wie vor notwendigen Signalgeber umgehängt und sich auf die beiden gepolsterten Flächen gelegt hatten, um mit dem bekannten surrenden Geräusch in den Sarkophagen zu verschwinden.

Das von der Quarz-Nickel-Legierung erzeugte grüne Leuchten hatte sie in Empfang genommen.

Mit deutlich hörbarem Klacken hatten die Verschlussklappen die eigene Außenwelt abgeschnitten.

»Bereit?«

»Bereit!«

»Bereit!«

Und hier standen sie nun: Im Dämmerlicht eines frühen Morgens, in einem Park in einer ihnen fremden Welt; schwarze Hosen, schwarze Schuhe, weiße Hemden, neutral gekleidet.

Für die zwei Männer, die einem System entstammten, zu dessen obersten Prinzipien die Ordnung, die Sauberkeit und die Disziplin gehörten, war der erste Eindruck ein erschreckender. Müll und Abfall waren allgegenwärtig. Trotz der schlechten Lichtverhältnisse war der Unrat nicht zu übersehen. Blechdosen lagen am Boden und Tierknochen außerdem Kunststoffverpackungen, Essensreste und Glasflaschen, alles in unmittelbarer Nähe. In einem Busch vor ihnen hing eine Plastikfolie, die sich sanft im Wind hin- und herwiegte und an der noch Tierblut haftete. Unterhalb der Tüte, auf der Erde, war eine vertrocknete Lache zu erkennen.

Tristan stieß Frank mit dem Ellbogen an.

»Dort!«

Er zeigte auf ein Gebäude, etwa zweihundert Meter vor ihnen.

Franks Augen gewöhnten sich langsam an die schlechten Sichtverhältnisse und er entdeckte den Görlitzer Bahnhof. Doch es führten keine Gleise zu ihm. Kein geschäftiges Treiben, wie es ansonsten bereits in den Morgenstunden an einem Bahnhof üblich war. Keine Geräusche, die auf nahe Züge oder Stellanlagen schließen ließen.

»In der anderen Ebene ist er immer noch in Betrieb«, sagte Frank.

Und dann, nach einer kurzen Pause, ergänzte er: »Ja, hier war es. Hier war ich für einen kurzen Augenblick gewesen.«

»Riechst du das auch?«

»Bier? Schnaps?«

»Irgendwie ist da auch Urin dabei!«

»Kein Wunder, wie die hier anscheinend gestern gefeiert haben.«

Sie drehten sich um.

Hinter ihnen saß in einer schrägen Position, die dem Gesetz der Schwerkraft widersprach, ein Mann auf einer Parkbank. Er trug einen grünen Feldparka und eine braune, verschlissene Cordhose, die über und über vor Schmutz starrte. An seinem grauen Vollbart klebten noch Speisereste des Vortags. In der Hand hielt er eine weiße Dose, auf der ‚Dresdner Felsenbräu' zu lesen war. Zu seinen Füßen lagen zwei Plastiktüten: die eine verziert mit einem hellblauen A, die andere mit einem gelben Kreis auf blauem Grund, dessen Inschrift Frank nicht entziffern konnte. Er starrte die beiden mit offenem Mund an.

Nach einigen Sekunden wechselseitigen Abschätzens, sprach Tristan ihn an.

»Sind Sie ein Veteran?«

Der Alte brummelte etwas Unverständliches, dann rülpste er laut und ihm fielen die Augen zu.

»Lass uns weitergehen!«, meinte Frank und näherte sich eiligen Schritts dem ehemaligen Bahnhofsgebäude.

Die stetig an Kraft gewinnende Sonne enthüllte ein Symbol auf der weiß gestrichenen Wand vor ihnen: einen Halbmond, etwa einen Meter groß, das obere Drittel in schwarzer Farbe, das mittlere in roter und das untere Drittel golden.

»Deutsch-Türkischer Sportverein e. V.«, las Tristan laut vor, was neben dem Halbmond geschrieben stand.

»Auf der Krim war ein Hilfscorps der türkischen Marine stationiert«, erinnerte Frank sich, »die Menschen, die ich hier in diesem Park beim Grillen sah, das waren keine Deutschen, es waren Türken. Die Männer hatten schwarzes Haar, dicke Schnurrbärte, die Frauen trugen Kopftücher, waren teilweise von oben bis unten verhüllt.«

»Ein Park voller Ausländer, die feiern? Mitten in Germania?«

»Ich hoffe, wir sind in Berlin.«

»Wahrscheinlich ist die Türkei auch hier ein Vasallenstaat des Deutschen Reichs.«

An einem der schräg hinter dem Bahnhofsgebäude gelegenen Eingänge zum Park tauchte ein etwa achtjähriger Junge auf. Die quadratische Schultasche, die er auf dem Rücken trug und links und rechts hinter ihm hervorlugte, wirkte viel zu groß und viel zu schwer für den Jungen.

Was Frank und Tristan jedoch viel mehr erstaunte: Der Junge war schwarz.

Mit großen Augen fixierten die beiden, die - außer auf Bildschirmen oder in Büchern – noch nie einen Schwarzen gesehen hatten, den Jungen und folgten ihm mit ihren Blicken. Eigentlich wollte er nur vorübergehen, den Park durchqueren, um ihn an der anderen Seite wieder zu verlassen: eine Abkürzung für ihn auf seinem morgendlichen

Schulweg. Doch der Umstand, das Opfer der verwunderten Blicke der beiden Männer geworden zu sein, ließ ihn stehen bleiben und zurückstarren.

»Wat kiekste denn so?«, herrschte er Tristan an.

Der war sprachlos.

Frank reagierte.

»Schicke Schultasche«, sagte er, um abzulenken.

»Det is'n olles Ding. Ick will schon lang 'ne neue haben. Meine Mama sagt, dafür haben wir keen Jeld.«

Und, sich erinnernd, was seine Mutter noch gesagt hatte, nämlich, dass er nicht mit Fremden reden solle, sagte er:

»Ick muss jetzt weiter. Zu die Schule.«

Der Junge wollte sich schon umdrehen, da sagte Frank: »Halt! Warte!«

Für einen Moment spielte der Junge mit dem Gedanken, einfach davon zu rennen, da ihm die beiden Männer doch sehr seltsam erschienen. Dann siegte seine Neugier.

»Ja?«

»Wir suchen so etwas wie eine Bibliothek!«

»Eine Bibliothek?«

»Ja«, Frank war sich nicht sicher, ob der Junge begriff, wovon er sprach, »eine Bücherei. Ein Haus, in dem sehr viele Bücher sind. Ein Ort, an dem man Dinge nachlesen kann.«

»Ick weeß was 'ne Bibliothek is'. Bin doch nich' bekloppt!"

»Und? Weißt du auch, wo wir eine finden können.«

»Mit meiner Mama war ick mal in die Amerika-Jedenk-Bibliothek. Die ham auch Computer-Spiele da.«

»Wo befindet die sich?«

»Wir sind mit die U-Bahn hinjefahren.«

»Mit welcher U-Bahn?«

»Hier draußen«, der Junge zeigte in nördliche Richtung, »immer die Neese nach!«

Dann wurde es ihm doch zu mulmig. Er gab Fersengeld.

Frank und Tristan machten sich auf den Weg, den ihnen der Junge gewiesen hatte.

»Sie ist sehr anders, diese Welt!«, sagte Tristan mehr zu sich selbst.

»Ja. Sieh dir die an!«

Mit dem Finger deutete Frank auf drei Gestalten, die alle von oben bis unten in orangefarbenen Arbeitsmonturen steckten. Als sie sie erreichten, entpuppten sie sich als zwei Männer und eine Frau, die relativ kräftig wirkten und die beiden näher Kommenden gar nicht beachteten. Die drei waren damit beschäftigt, Müll einzusammeln und den Gehweg zumindest vom gröbsten Unrat zu säubern.

Auf dem Rücken des einen stand eine Buchstabenkombination, die die beiden Reisenden nicht verstanden: ‚We kehr for you.'

»Wahrscheinlich eine Art Arbeitsdienst«, flüsterte Tristan.

Frank nickte.

Kurz darauf gelangten sie ans Ende des Parks. Ein großes Fahrzeug parkte unmittelbar am Ausgang, im gleichen orangefarbenen Farbton gehalten wie die Arbeiter; auf dem Fahrzeug der Schriftzug ‚Berliner Stadtreinigung'.

Daneben eine Art Kiosk; ‚Hühnerhaus' stand darauf zu lesen und der untersetzte, glatzköpfige Besitzer war gerade dabei, die ersten Vögel auf die Spieße zu schieben.

Vor dem Kiosk an einem Tischchen hatten sich bereits die ersten Morgengäste eingefunden: zwei Männer, die jeweils eine grüne Halb-Liter-Flasche vor sich stehen hatten und eine weitere, deutlich kleinere gerade an die Lippen führten.

»Noch mehr Veteranen«, sagte Tristan.

»Sie scheinen hier auch zwischen ein Uhr nachts und acht Uhr abends Alkohol zu verkaufen.«

»Sehr ungewöhnlich.«

Die U-Bahn mussten sie nicht lange suchen, sie verlief hier oberirdisch und war die erste Übereinstimmung zu ihrer eigenen Realität, die sie feststellen konnten.

»Ich entsinne mich, dass ich auch in der 1399er Ebene diese Hochbahn gesehen habe.«

»Das bestätigt unsere Theorie, dass es trotz grundlegender Unterschiede so manche analoge Entwicklung gab.«

Es klingelte.

Frank und Tristan sahen erschrocken nach links.

Eine Frau mit roten, wehenden Haaren näherte sich mit rasanter Geschwindigkeit auf ihrem Fahrrad und machte keine Anstalten abzubremsen. Die beiden sprangen gerade noch rechtzeitig ein Stück zurück.

Ihr Höllentempo beibehaltend, fuhr die Frau geradewegs, ohne sich nach links oder rechts abzusichern über die Straße, die unterhalb und parallel der Hochbahn verlief. Das Licht der Ampel, das die Frau ignorierte, leuchtete rot.

»Interessant. ‚Rot' scheint hier ‚frei' zu bedeuten.«

»Auch der Abschnitt des Bürgersteigs, auf dem wir standen, ist in rot gehalten.«

»Wahrscheinlich hat sie deswegen auf ihr Recht gepocht.«

»Wenn auch die U-Bahnhöfe so platziert sind wie bei uns, dann finden wir dort drüben das ‚Schlesische Tor'.«

Tatsächlich, sie mussten nicht weit gehen, dann sahen sie das einzeln auf einer Verkehrsinsel stehende Gebäude, durch das man zu den beiden Trassen der U-Bahn hinauf steigen konnte.

Verwundert nahmen sie von oben bis unten verschleierte Frauen zur Kenntnis, die ihren Weg kreuzten, und Männer, die ohne Zweifel zum größten Teil türkischer Abstammung waren.

Das Rauchen in der Öffentlichkeit schien nicht unter Strafe zu stehen, oder es scherte sich schlicht und einfach niemand darum. Und immer wieder entdeckten sie Geschäfte mit diesen beiden Wörtern, die sie noch nie gehört hatten.

»Scheint eine Art Nationalgericht hier zu sein.«

Um nicht aufzufallen, gingen sie wie alle anderen auch, bei rotem Ampellicht über die Straße, hinüber zur Verkehrsinsel. Das Bahnhofsgebäude selbst war völlig verschmiert. Irgendwelche bunten Kritzeleien ohne Sinn und Zweck. Frank und Tristan kannten das ‚Schlesische Tor' nur sauber und weiß gestrichen. In ihrer Erinnerung glänzte es in der Sonne. ‚Ihr' U-Bahnhof war sauber und ordentlich: Es lagen selbstverständlich keine Bierdosen, Essensreste oder Zigarettenfilter umher.

»Dort.«

Tristan deutete auf ein ausgetrocknetes Kondom, das auf dem Gehweg lag.

Frank schüttelte nur den Kopf.

Sie traten in einen runden Raum, aus dem eine breite Treppe nach oben zu einem Absatz führte, von dem man über zwei weitere Treppen nach oben zu den Gleisen gelangte.

Trotz der frühen Stunde herrschte bereits ein großes Durcheinander im U-Bahnhof.

»Brauchste 'ne Fahrkarte?«

Ein hagerer, junger Mann stupste Frank an und hauchte ihm seinen schlechten Atem ins Gesicht.

Frank wich zurück.

Haare und Zähne des Mannes waren ungepflegt.

Gab es denn weder Zahnpasta noch Haarwaschmittel in dieser Welt?

»Ähm, ja«, antwortete Frank.

Der Mann streckte Frank ein beinahe handtellergroßes Stück Papier entgegen.

»Is' noch fast 'ne Stunde gültig. Für nur einen Euro!«

»Für einen was?«

»Für einen Euro!«

Der verständnislose Blick Franks irritierte den Mann, er widmete sich lieber einem anderen Passanten: »Brauchste 'ne Fahrkarte?«

»Schon komisch, wie in dieser Realität die Billet-Verkäufer aussehen.«

»Es gibt auch Automaten«, entdeckte Tristan gerade und las sich durch, was auf der Monitoranzeige stand.

»Sie haben hier keine Reichs-Mark. Die Währung nennt sich Euro und eine Fahrkarte kostet zwei Euro.«

»Du meinst, der Billet-Verkäufer gerade eben, hätte uns Rabatt gewährt?«

»Ich verstehe es auch nicht.«

Während Tristan weiter die Worte und die Funktionsweise des Bildschirms studierte, sah Frank ein Mädchen und einen Jungen, die auf den untersten Treppenstufen saßen. Frank schätzte, dass sie beide noch unter zwanzig waren. Zwischen den beiden schlief ein großer Hund, dessen Kopf auf den Oberschenkeln des Mädchens ruhte. Die Rasse war undefinierbar, auf jeden Fall aber musste ein Schäferhund im Stammbaum gewesen sein.

Was Frank am meisten irritierte, war das Aussehen der beiden Jugendlichen. Er war auf der Krim gewesen, und in der Stadt des Endsiegs, aber etwas Vergleichbares zu den zweien war ihm bislang nicht untergekommen.

Das Haar des Mädchens war grellgelb und schulterlang. Das heißt, es wäre schulterlang gewesen, wenn das Mädchen nicht auf die Idee gekommen wäre, es so zu drapieren, dass es in allen Richtungen starr und fest vom Kopf abstand, gerade so, als hätte sie morgens in eine Steckdose gefasst. Um das rechte Auge hatte es sich einen schwarzen Kreis geschminkt, farblich passend zum verwendeten Lippenstift. Im linken Nasenflügel steckte ein silberner Ring, der mit einer kleinen, leicht durchhängenden Kette mit dem Ring im linken Ohrläppchen verbunden war. Um den Hals trug sie das gleiche Hundehalsband, das sie auch ihrem Hund angelegt hatte.

Der Junge trug einen knallroten, etwa dreißig Zentimeter in die Höhe stehenden Kamm anstelle einer ordentlichen Frisur. Links und rechts des Kamms war der Schädel makellos glatt rasiert. Seine Augenbrauen fehlten völlig, dafür hatte er sich die Lider dunkelrot gefärbt, gleichwohl die Lippen. An seiner rechten Ohrmuschel hingen etwa ein Dutzend Sicherheitsnadeln, seinen Hals umschloss ein stählerner Ring, aus dem fingerlange Stacheln ragten.

Gekleidet waren die beiden in schwarzes Leder. An den verschiedensten Stellen hingen Karabiner, Ketten und weitere Sicherheitsnadeln. Ein System darin konnte Frank nicht erkennen. Embleme und Bilder aus Stoff waren auf das Leder aufgenäht. Eines davon war eine Faust, die ein Hakenkreuz zerschmetterte.

Ein Klimpern riss Frank aus seinen Gedanken.

Das Mädchen streckte ihm einen Plastikbecher entgegen und schüttelte ihn.

»Nur ein paar Cent«, sagte es, »für Hundefutter.«

Frank beachtete das Mädchen gar nicht, zog Tristan am Ärmel und zeigte mit dem Finger auf die beiden Jugendlichen.

Das Mädchen, das sich mittlerweile fühlte, wie ein Tier in einem Käfig, von Zoobesuchern angegafft, begriff sofort, dass mit den beiden etwas nicht stimmte.

Es fixierte vor allem Tristans großen, athletischen Körper. Dann stellte es ihnen eine Frage.

Frank verstand etwas wie »Ar iu eimisch piepl?«, und zuckte mit den Schultern.

»Wir sind fremd hier!«, sagte Tristan. »Wir suchen die Amerika-Jedenk-Bibliothek.«

»Die Amerika-Gedenk-Bibliothek? Die ist am ‚Halleschen Tor', vier Stationen von hier. Diese Richtung!«

Ohne sich umzudrehen, deutete sie nach hinten zum rechten der beiden U-Bahn-Aufgänge.

»Aber wir haben kein Geld«, fasste Tristan seine Gedanken laut zusammen.

Der Junge stieß dem Mädchen mit dem Ellbogen in die Seite.

»Gib ihnen was. Sind doch arme Kerle, Tarzan und sein Kumpel.«

»Nehmt euch was raus«, sagte schließlich das Mädchen, das den Plastikbecher immer noch unter Franks Nase hielt.

»Wir brauchen einen Euro pro Fahrkarte, hat der Herr gesagt, der die Billets verkauft.«

Tristan zeigte auf den ungepflegten, langhaarigen Mann, der sie vorhin angesprochen hatte.

»Sagt Django einen schönen Gruß von Friederike und er soll euch beide Tickets für einen Euro geben.«

Als das Mädchen sah, dass Frank unschlüssig blieb und immer noch zögerte, erkannte sie sein Problem.

»Das silberne Geldstück mit dem goldenen Rand.«

Frank griff in den Becher und fischte sich die beschriebene Münze heraus.

Dann folgten er und Tristan der Empfehlung des Mädchens, bezahlten den einen Euro und kamen zu den beiden Jugendlichen zurück.

»Vielen Dank, Fräulein Friederike«, sagte Frank und der Junge kicherte.

»Fehlt ja nur noch ein Handkuss«, meinte er zu Frank, doch das war Frank dann doch zu viel des Guten und gemeinsam mit Tristan hastete er die Stufen zur U-Bahn-Trasse nach oben.

Die beiden sahen sich um, um zu überprüfen, ob sie direkt neben einer öffentlichen Toilette standen. Der Gestank hier ließ darauf schließen, doch entdecken konnten sie keine.

»U1 Uhlandstraße in 1 min«, stand in orangefarbener Leuchtschrift auf einer schwarzen Anzeigetafel neben dem Bahngleis und tatsächlich fuhr kurze Zeit später eine gelbe U-Bahn in den Bahnhof ein.

»Einsteigen, bitte«, tönte eine Frauenstimme aus einem Lautsprecher.

Der Zustand der U-Bahn ähnelte dem des Bahnhofs: der Boden klebrig-schmutzig, die Scheiben verkratzt, die Sitzpolster verschmiert. Zumindest gab es Kopfgeld, wenn man einen Vandalen erwischte und meldete, las Tristan an einem Aushang.

»Zurückbleiben, bitte.«

Mit einem lauten, dissonanten Hupton und einem roten Warnlicht neben den Schiebetüren schloss sich der U-Bahn-Waggon.

Frank und Tristan setzten sich.

»Entschuldigen Sie bitte die Störung«, begann eine Frau, die direkt vor ihnen stand und den Wagen entlang blickte. Sie war stark geschminkt und in Händen hielt sie einen ganzen Stapel an Zeitschriften.

»Mein Name ist Carmen«, sagte sie, »und ich lebe seit drei Jahren auf der Straße. Meinen Schlafplatz und meine tägliche warme Suppe sichere ich mir mit dem Verkauf des Obdachlosenmagazins ‚Der Straßenfeger'. Er kostet einen Euro und zwanzig. Sechzig Cent gehen an den Verlag, sechzig Cent an mich. Bitte helfen Sie mir mit dem Kauf einer Zeitschrift über einen weiteren Tag.«

Frank und Tristan mussten genauestens aufpassen, was die Frau sagte, denn sie rasselte ihre Sätze in einem Atemzug und ohne jegliche Betonung herunter, wie sie es wohl hunderte Male täglich, tausende Male wöchentlich tat.

Abschätzend sah die Frau zuerst Frank und Tristan, dann jedem weiteren Fahrgast direkt in die Augen, sofern dieser selbst nicht betreten zu Boden stierte oder geschäftig in sein mitgebrachtes Buch oder seine Tageszeitung vertieft war.

Ein Mann zückte tatsächlich seine Brieftasche. Er sah selbst nicht wesentlich wohlhabender aus als die Frau in ihren abgetragenen Kleidungsstücken. Er drückte ihr mehrere Münzen in die Hand. Als sie sich bedankte und ihm eine Zeitschrift überreichen wollte, winkte er jedoch freundlich ab.

Bei der nächsten Haltestelle verließ die Frau den U-Bahn-Waggon wieder.

Von irgendwo her erklang Mozarts ‚Kleine Nachtmusik'. Die Frau, die neben Tristan saß, wühlte aufgeregt in ihrer Handtasche, bis sie schließlich ein fast nur briefmarkengroßes Telefon herausfischte und es auf die doppelte Größe aufklappte. Die ‚Kleine Nachtmusik' war abrupt zu Ende und die Frau hielt das Telefon ans Ohr, was für Tristan wirkte, als hätte sie gar nichts in der Hand und spräche einfach in ihre Faust.

»In der U-Bahn. Am Kottbusser Tor«, sagte sie und nach einer kurzen Pause: »Ja, ich dich auch.«

Dann klappte sie das Telefon wieder zu und steckte es weg.

Wahrscheinlich Kontrolle durch ihren Ehemann, schloss Tristan.

Frank indes wunderte sich gerade über einen etwa vierzehnjährigen Jungen, der als einziger von all den Menschen, die ihnen bereits begegnet waren, eine Wollmütze trug. Die Sonne hatte inzwischen die letzten Reste der Nacht vertrieben und der durch die U-Bahn-Fenster zu erkennende Himmel versprach einen warmen, wolkenfreien Tag. Der Junge mochte zweifellos schwitzen unter seiner weißen Mütze, aus der zwei dünne Kabel an beiden Seiten des Kopfes hervor ragten und dann in der Innentasche seiner Jacke verschwanden. Die Augen geschlossen, wiegte der Junge seinen Kopf rhythmisch hin und her. Seine Hose, sein Pullover und seine Jacke waren viel zu groß, was Frank vermuten ließ, dass er die Sachen seines großen Bruders auftrug.

‚Prinzenstraße' las Frank auf dem Schild des Bahnhofs, an dem sie gerade hielten.

Hier stieg eine äußerst gebrechlich wirkende Frau ein. Die Leute, die wegen der voll besetzten Bänke im Gang standen, wichen zur Seite, damit sie sich an einer der Stangen festhalten konnte.

Frank wollte aufstehen, um ihr seinen Platz anzubieten, doch der Junge mit der Wollmütze war schneller. Die Frau bedankte sich bei ihm, was der Junge mit einem Kopfnicken quittierte, um dann wieder in seine verträumten Kopfbewegungen zu flüchten.

Da fiel Frank ein, dass er eigentlich hatte überprüfen wollen, wie sich das Stadtbild gestaltete; wie sehr sich zum Beispiel die Architektur der Großbeerenstraße unterschied. Die U-Bahn musste sie hier irgendwo kreuzen. Und ob man die Dreifaltigkeitskirche oder gar Albert Speers Prachtbauten sehen konnte, sofern sie existierten.

Jetzt waren sie jedoch bereits fast an ihrem Ziel angekommen, die Menschen hier im Waggon hatten viel zu sehr seine Aufmerksamkeit auf sich gezogen.

Er reckte den Kopf, doch es gab keinen Bezugspunkt da draußen, der ihm weiterhelfen konnte.

‚Hallesches Tor, Übergang zur U6 und zum MetroBus', erklang eine weibliche Stimme, was Frank und Tristan zum Aussteigen veranlasste.

Über eine Treppe gelangten sie nach unten, dann gerade aus und durch den nächstgelegenen Ausgang ins Freie. Wieder standen sie neben einem Verkaufsstand, an dem groß diese zwei unbekannten Wörter prangten, auf die sie schon vorhin gestoßen waren. ‚Nur zwei Euro, der beste der Stadt' stand daneben, ihre Mägen knurrten, doch hatten sie zum einen kein Geld und zum anderen Wichtigeres zu tun: Sie mussten diese Bücherei finden.

Zumindest dies gestaltete sich einfacher als befürchtet. Als sie sich umdrehten, stand sie genau in Blickrichtung. ‚Sie', das war ein mehrstöckiger Klotz, ein überdimensionierter Quader. Hinter Bäumen, auf der anderen Straßenseite ragte das Gebäude hervor, das ein quadratisches Grundmuster mit im Rösselsprung angeordneten Fenstern zierte und auf dessen Flachdach sich die Großbuchstaben GEDENKBIBLIOTHEK gegen den blauen Himmel abzeichneten.

Wie sie es gelernt hatten, gingen Frank und Tristan bei ‚rot' über die Straße, was dieses Mal ein lautes Hupen eines aufgebrachten Lastwagenfahrers hervorrief. Sie rannten, damit sie nicht vom Fahrzeug erfasst wurden.

Erbost blickte der Beifahrer durch das heruntergekurbelte Fenster zu ihnen zurück. In dieser Welt schien der Mittelfinger und nicht der Zeigefinger für Belehrung und Tadel zu stehen, denn diesen reckte ihnen der Beifahrer entgegen, begleitet von einer unflätigen Schimpfkanonade.

»Das System ist pures Chaos«, kommentierte Tristan, während sie schnell außer Sichtweite des aufgebrachten Beifahrers liefen. Sie überquerten eine weitere schmale Straße, auf der zum Glück im Moment kein Auto fuhr und blieben dann an einer öffentlichen Glasvitrine stehen.

Die Inschrift darin - weiße Buchstaben auf schwarzem Grund - lautete: ‚Deutschlands größte öffentliche Bibliothek wurde als Geschenk des amerikanischen Volkes zum Gedenken der Blockade-Jahre errichtet.'

»Ein Geschenk des amerikanischen Volkes?«, wiederholte Tristan.

»Der Erfolg unserer Mission rückt näher. Lass uns hineingehen.«

Hinter einer gläsernen Drehtür empfing sie ein Vorraum und Tristans Augen begannen sofort zu glänzen: Auf einem Tisch standen vier Monitore, vier Tastaturen und vier weitere, unbekannte Eingabegeräte, die allesamt über Kabel mit vier Rechnern unterhalb des Tisches verbunden waren. Die Tischplatte befand sich auf Brusthöhe, die Bildschirme waren im Kreis angeordnet. So konnten vier Bibliotheksbesucher gleichzeitig damit arbeiten, mussten dabei aber stehen.

Hinter dem Tisch eine Wand aus schwarzgrauem Stein. Hellgraue Buchstaben waren darin eingelassen und die beiden Reisenden, gierig nach jeglicher Information, entzifferten die Schrift: ‚Diese Gründung beruht auf der unbegrenzten Freiheit des menschlichen Geistes. Denn hier scheuen wir uns nicht, der Wahrheit auf allen Wegen zu folgen und selbst den Irrtum zu dulden, solange Vernunft ihn frei und unbehindert bekämpfen kann.

Thomas Jefferson

Zum Gedenken der Jahre 1948-49 wurde dieses Gebäude als Geschenk des amerikanischen Volkes errichtet.'

»Wie es sich darstellt, haben die Amerikaner tatsächlich den Krieg gewonnen.«

»Und sich dann mit uns verbündet und uns beschenkt? Warum sollten sie das tun? Und was ist 1948 passiert? Was meinen die mit Blockade-Jahre?«

»Keine Ahnung. Wir müssen mehr heraus bekommen.«

Tristan stellte sich an einen der beiden Monitore. Die Anordnung der Buchstaben auf der Tastatur war genau so wie er sie kannte. Aus dem klassischen Schreibmaschinen-Schema hervorgegangen, wie bei ihnen zuhause. Wenigstens etwas. Die Funktionsweisen der restlichen Tasten blieb ihm ein Rätsel. Dafür ging ihm sofort auf, wie er das kleine, weiße Eingabegerät rechts benutzen konnte. Den weißen Pfeil auf dem Bildschirm konnte er damit bewegen. Drückte er mit dem Zeigefinger auf die integrierte Taste, so konnte er in das Feld etwas schreiben, in dem sich der Pfeil zuletzt befunden hatte.

»Hier kann man nur nach Buchtiteln und Autoren suchen«, fasste Tristan enttäuscht zusammen.

»Mist.«

»Was nun?«

Dass ihre kurze Unterredung belauscht wurde, hatten sie gar nicht bemerkt.

Als das Mädchen, das neben ihnen stand, sich zu Wort meldete, erschraken sie.

»Drinnen gibt es richtige Internet-Zugänge.«

»Wie bitte?«

»Suchen Sie weitere Informationen?«

Sie lispelte etwas; die Ursache dafür war, dass dem Mädchen beide Schneidezähne fehlten.

»Äh, ja.«

»Drinnen sind Terminals. Mit denen kann man ins Internet. Wenn gerade was frei ist. Da kann man sich auch hinsetzen. Die Bildschirme hier sind viel zu hoch.«

Sie grinste. Links und rechts ihres sommersprossigen Gesichts war ihr Haar zu zwei Zöpfen geflochten.

»Was ist das: Internet?«

»Mein Papa hat es mir erklärt. Ich zeige es Ihnen!«

Mit einem kurzen Blick vergewisserte sie sich, dass ihre Mutter an einem der Tresen noch mit der Rückgabe diverser Kinderbücher beschäftigt war, dann packte sie Tristan an der Hand und zog ihn mit sich ins Innere der Bibliothek. Frank folgte.

Das Mädchen führte die beiden an mehreren Bücherregalen vorbei, bog um zwei Ecken und schließlich erreichte die ungleiche Gruppe einen Bereich, in dem an zehn Tischen die Möglichkeit bestand, mit den bibliothekseigenen Rechnern zu arbeiten.

Sie hatten Glück, einer davon war frei. Tristan setzte sich, bevor ein anderer Besucher schneller war und Frank zog sich einen Stuhl heran, und gesellte sich zu ihm.

»Jetzt muss ich aber wieder los. Sonst sucht mich meine Mama.«

»Warte! Wie heißt du?«, wollte Frank wissen.

»Amelie«, sagte das Mädchen.

»Danke, Amelie.«

»Aber gerne.«

Das Mädchen machte einen Knicks, grinste den beiden ein letztes Mal zu und flitzte dann um die Ecke.

»Bitte Suchbegriff eingeben«, las Tristan.
Die Vorgehensweise bei der Bedienung der Programme unterschied sich sehr von der, mit der Tristan vertraut war. Die Logik dahinter war jedoch eine ähnliche und es dauerte nicht lange, bis Tristan mit der gleichen Virtuosität über Seiten glitt und Informationen abrief, wie man es von ihm gewohnt war.
Frank blieb seine Vorgehensweise ein Buch mit sieben Siegeln. Er sagte Tristan, wonach er Ausschau halten sollte und was ihn interessierte und Tristan aktivierte die entsprechenden Prozesse.
Was geschah am 5. Juni 1944?
Welche Konsequenzen hatten sich für den weiteren Verlauf der deutschen Geschichte und für die aktuelle weltpolitische Situation ergeben?
In welchem Zustand befand sich die staatliche und gesellschaftliche Ordnung Europas?
Und in welchem Verhältnis stand der Erzrivale vom Kontinent jenseits des großen Teichs?
Mit großen Augen und gewaltigem Hunger verschlangen Frank und Tristan die Fakten, die vor ihnen über den Bildschirm wanderten.
Es war eine überaus fremde Historie, viel ungewöhnlicher als sie oder Robert erwartet hatten. Sie klärten Zusammenhänge, erschlossen sich Querverweise, lernten eine Geschichte, die nicht die ihre war.
Ihren tatsächlichen Hunger vergaßen sie genau so wie die Zeit, angesichts der Fülle an Informationen, die auf sie einstürzte.
Wie ein Gemälde, das Pinselstrich für Pinselstrich seiner Vollendung entgegenstrebt, fügte sich eins ins andere und den beiden bot sich schließlich eine Gesamtsicht auf all die politischen Ereignisse, die dem 5. Juni 1944 gefolgt waren.
Jemand tippte Frank auf die Schulter. Eine Frau, deren auffällig rotes und an den Seiten spitz zulaufendes Brillengestell ihr Gesicht dominierte, blickte mit strengem Blick auf ihn hinab. »Sie blockieren jetzt schon seit Stunden dieses Terminal. Andere möchten auch mal ran.«
»Nur noch ein paar Minuten«, sagte Frank und zum Glück erhob sich gerade eine Frau am Tisch neben ihm und hinterließ einen freien Arbeitsplatz. Der ältere Herr nahm ihn schnell ein, bevor ihm jemand zuvorkam.
Ihrer Argumentationshilfe beraubt, rauschte die Frau mit der roten Brille davon, beobachtete aber von weitem, ob eventuell ein anderer Besucher an den seit Stunden von den beiden Männern blockierten Zugang wollte.
Frank hatte zwei Varianten der Charité kennen gelernt, er überprüfte, ob es das Krankenhaus auch in dieser Realität gab und war überrascht, dass sie wiederum existierte, aber sich baulich ein weiteres Mal unterschied.
»Wir wissen, dass unsere beiden Alter Egos hier in diesem Berlin leben«, sagte er dann, »auch die von Karen und Dieter. Frag ‚Claire Wiegand' ab, nein: ‚Claire Hellstein'. Und ‚Jakob Levy'.«
Tristan gab dem Rechner die entsprechenden Anweisungen, die Anzeigen auf dem Bildschirm veränderten sich.
»'Robert Gothaer'«, sagte Frank schließlich. »Es ist nicht sein ursprünglicher Name.«
»Gothare«, erinnerte sich Tristan, »sein Vater war bei der Britischen Luftwaffe. Möglicherweise war er in die Ereignisse im Juni 1944 involviert.«
»'Frank Gothare'«, kam ihm Frank zuvor, »er hat mich darauf aufmerksam gemacht, dass wir Namensvettern sind.«

Auch über ‚Frank Gothare' gab es einen Eintrag und sie nahmen ihn mit Interesse und Bestürzung zur Kenntnis.
Die Bibliotheksangestellte kam wieder angewalzt.
Die beiden wollten kein weiteres Aufsehen erregen. Also standen sie auf und gaben den Arbeitsbereich für andere frei. Sie hatten herausgefunden, was sie wissen wollten und verließen die Amerika-Gedenk-Bibliothek.
Mit lautem Magenknurren machte sich ihr Hunger bemerkbar.
Gerne hätten sie noch von dieser Berliner Speise mit dem fremd klingenden Namen gekostet. Doch nach wie vor hatten sie kein Geld und sie wollten nun auch so schnell wie möglich zurück und die anderen über all das informieren, was sie in Erfahrung gebracht hatten.
Es sah so aus, als suchten sie sich eine menschenleere Ecke, um ihr Geschäft zu verrichten, als sie raschelnd in den Büschen neben dem Bibliotheksgebäude verschwanden.
Falls sie jemand beobachtet hatte, würde dieser Jemand sich wundern, dass sie nicht mehr wiederkamen, denn in den Büschen aktivierten sie ihre Signalgeber.
Das Essen eines ‚Döner Kebab' wurde auf einen unbestimmten Zeitpunkt verschoben.

5

»Was geschah denn nun am 5. Juni 1944?«, fragte Robert ungeduldig.

»Nichts! Nichts geschah am 5. Juni 1944!«, antwortete Frank zum Erstaunen aller Anwesenden.

Erneut hatten sie sich alle in der Küche des Bauernhauses auf Bornholm versammelt.

Jan stand am Herd. In der Pfanne brutzelten Rührei und Speck, deren Duft sich in der gesamten Küche verbreitete.

»Lass sie doch erst einmal zur Ruhe kommen«, sagte Marianne, »und etwas essen.«

»Ist schon in Ordnung, Marianne«, widersprach ihr Frank, »ich platze beinahe vor all dem, was ich euch erzählen möchte.«

Jan verteilte Rührei und Speck auf die vor Frank und Tristan stehenden Teller. Von oben klopfte es unüberhörbar.

»Das Fenster ist offen«, kommentierte Jan, »sie riecht es. Ich bringe ihr besser auch was nach oben. Wisst ihr noch, wie sie sich einmal über Nacht in ihre Kammer eingesperrt, ihr Hörgerät abgeschaltet und ihr Radio auf volle Lautstärke aufgedreht hat? Und das nur aus Rache, weil sie meinte, das Essen sei nicht mehr warm genug, bis ich bei ihr bin und ich sollte mich gefälligst beeilen, wenn ich was nach oben brächte.«

»Man muss sie einfach gern haben«, sagte Paul, als Jan durch die Tür verschwunden war und zuckte die Schultern.

»Dann warten wir noch, bis Jan wieder hier ist und stärken uns erst einmal«, entschied Tristan und stürzte sich auf das Essen.

Der gröbste Hunger war gestillt, da kehrte auch Jan in die Küche zurück. »So«, sagte er, während er sich setzte, »was ist nun mit der Abweichung am 5. Juni 1944?«

»Wie bereits gesagt«, wiederholte Frank, »nichts ist passiert.«

»Nichts?«

»Nichts! Die Invasion fand nicht statt.«

»Ich verstehe nicht«, sagte Robert, »die Invasion der Alliierten fand nicht statt und deswegen hat das Deutsche Reich den Krieg verloren? Nun lass doch nicht alles aus dir herauskitzeln, Menschenskinder!«

»Die Invasion fand nicht statt«, sagte Frank triumphierend, »ergo konnte sie nicht scheitern.«

»Sie fand einen Tag später statt«, ergänzte Tristan mit vollem Mund und kürzte damit den Disput ab, »am 6. Juni 1944.«

»Und?«

»Es herrschten vorzüglichste Wetterverhältnisse und sie war erfolgreich!«

»Die ersten drei Tage des Junis waren sonnig, die Anlandung wurde für den fünften Juni festgesetzt. In der Nacht zum vierten Juni zog dann ein gewaltiger Sturm über dem Ärmelkanal auf. Den ganzen Tag über regnete es in Strömen, beinahe ununterbrochen. Die Wetterprognosen lauteten, dass es so bliebe für die nächsten Tage und nichts sprach dafür, dass es vierundzwanzig Stunden später aufklaren könnte. Und doch legte sich der Sturm für einen einzigen Tag und das war das einzige Zeitfenster, um die Invasion erfolgreich durchzuführen.«

»Wohl und Wehe einer ganzen Welt, abhängig vom Wetter«, flüsterte Robert, »der Flügelschlag eines Schmetterlings.«

»General Dwight D. Eisenhower, Oberbefehlshaber der alliierten Streitkräfte, hat den Befehl für die ‚Operation Overlord', wie die Alliierten die Anlandung in der Normandie offiziell titulierten, in unserer Realität am 5. Juni 1944 ausgesprochen. Doch die Invasion am fünften Juni war zum Scheitern verurteilt. Einen besseren Verbündeten als das schlechte Wetter hätte sich das Deutsche Reich nicht wünschen können. In der anderen Ebene wurde der Tagesbefehl um einen Tag verschoben und war von Erfolg gekrönt.«

»Warum? Was oder wer hat Eisenhower dazu veranlasst?«

»Warum einen Tag warten? Das Deutsche Reich konnte seine Küstenstellungen weiter festigen!«

»In unserer Realität beschloss General Eisenhower also«, führte Frank seinen Bericht fort, »dass ein stürmischer Tag so gut wie der andere sei und dass es strategisch sinnvoller wäre, die Deutschen so früh wie möglich anzugreifen, also bevor sie die Verteidigungslinien an der französischen Küste weiter verstärken konnten.«

»Was hat den ‚anderen' Eisenhower denn nun dazu bewogen, den Plan zu ändern?«, fragte Jan. »Konntet ihr es herausfinden?«

»Am vierten Juni, um vier Uhr früh, fand wie jeden Morgen eine Wetterkonferenz im Hauptquartier der Alliierten in Portsmouth statt. Wie bereits erwähnt, bestätigten alle Meteorologen, dass der gerade aufgezogene Sturm über Tage anhalten würde.«

»Alle, bis auf einen«, griff Tristan Franks Erzählung vor.

»Ein gewisser Hauptmann Stagg. Er war der Chef-Meteorologe Eisenhowers und widersprach den Ansichten seiner amerikanischen und britischen Kollegen. Der Sturm, so behauptete er, würde zwar die nächsten beiden Tage toben, sich aber für mehrere Stunden beruhigen, um danach wieder mit seiner ursprünglichen Kraft zurückzukehren. Später nannte er seine Vorhersage eine ‚Mischung aus Wissenschaft und Intuition'. Eisenhowers Alternativen zum Angriff am sechsten Juni waren, die Invasion auf einen unbestimmten Zeitpunkt zu verschieben oder aber am ursprünglich geplanten fünften Juni das Risiko einer Niederlage einzugehen. Eisenhower glaubte Stagg, weil er ihm glauben wollte. Er entschied instinktiv und spontan. Dass er auch richtig entschied, bewies die Geschichte.«

»Wie fundiert und zuverlässig waren die Prognosen in jener Zeit?«, fragte Marianne.

»Das einzig Vorhersehbare am Wetter ist seine Unvorhersehbarkeit«, zitierte Tristan einen Satz, den er am Nachmittag in diesem ‚Internet' gelesen hatte, »unsere heutigen technischen Möglichkeiten sind zwar umfassender, die Zuverlässigkeit von Vorhersagen dürfte aber nur unwesentlich höher liegen.«

»Systembedingt«, sagte Robert.

»Stagg ist die Schlüsselfigur«, beendete Frank seine Schilderung der frühen Juni-Tage des Jahres 1944.

»Ja«, bestätigte Robert, »das sehe ich auch so. Ihn werden wir überzeugen müssen.«

Marianne interessierte etwas ganz anderes.

»Wie sieht sie aus, diese andere Welt? Was ist dort passiert nach dem 6. Juni 1944?«

Frank sah betreten in die Runde.

»Nun, sie stellte sich uns äußerst chaotisch dar, diese andere Welt. Doch der Reihe nach.«

»Sämtliche Daten und Fakten konnten wir uns natürlich nicht merken«, schraubte Tristan die Erwartungshaltung ein wenig herunter, »wir hatten keine Möglichkeit, uns Notizen zu machen. Ich denke aber, wir können das Wesentliche aus dem Gedächtnis zusammenfassen.«

»Die westlichen Alliierten konnten einen Brückenkopf an der französischen Atlantikküste etablieren. Dies hat in großem Maßstab Truppenkontingente der Wehrmacht gebunden. Dies wiederum führte zur Schwächung der deutschen Ostfront, was der Roten

Armee verhalf, verlorenes Territorium zurückzuerobern. Der Vormarsch der Roten Armee kam nicht mehr zum Erliegen, langsam aber stetig näherte sie sich Berlin. Die Niederlage von Stalingrad im Winter 1942/1943 blieb eine endgültige. Der Wehrmacht gelang es nicht - wie hier in unserer Ebene - zwei Jahre später den Angriff erneut zu versuchen, um die Schmach und die Schande der verlorenen Schlacht im Stalingrader Kessel in einen glorreichen Sieg zu verwandeln. Einen Sieg, der unsere UdSSR zur bedingungslosen Kapitulation zwang und Stalingrad die Umbenennung in ‚Stadt des Endsiegs' bescherte.«

»Sie näherten sich Berlin?«

»Und sie erreichten es auch. Noch vor den westlichen Alliierten erreichte die Rote Armee die Hauptstadt. Am 2. Mai 1945 hat sich Berlin ergeben. Über dem Reichstag wehten Hammer und Sichel.«

»Was war mit dem Führer?«

»Selbstmord. Zwei Tage zuvor. Ich musste es drei Mal durchlesen, um es zu verstehen.«

Was Frank und Tristan erzählten, klang für die anderen wie ein Traum.

Hätten die beiden berichtet, auf der Erde wären Wesen aus dem All gelandet, oder die Katholische Kirche hätte endlich den Heiligen Gral gefunden, es wäre ihnen nicht unglaubwürdiger erschienen.

»Feigling!«

»Keine Woche später unterzeichnen Vertreter der neu gebildeten Reichsregierung in Reims und in Berlin-Karlshorst die bedingungslose Kapitulation des Deutschen Reichs. Das Tausendjährige Reich ging nach genau zwölf Jahren zu Ende.«

»Was dann? Wie ging es weiter?«

In seiner Ungeduld war Robert kaum wieder zu erkennen, das schelmische Funkeln seiner Augen hatte sich in ein gieriges verwandelt. »Das Deutsche Reich wurde in drei Teile zerschlagen«, führte Tristan fort, »ein Teil wurde Polen und der UdSSR zugesprochen. Die deutsche Bevölkerung dort wurde genauso vertrieben wie die aus dem Sudetenland. Königsberg, Stettin und Prag wurden ‚deutschenfrei'.«

»Die urdeutschen Millionen- und Universitätsstädte Königsberg, Stettin und Prag unserer Ebene sind dort ‚drüben' russisch, polnisch und tschechisch?«

Tristan nickte. »Es geht weiter. Die anderen beiden Teile des besiegten Deutschen Reichs bildeten jeweils zwei unabhängige Staaten. Wie bei uns die beiden Supermächte U.S.A. und Deutsches Reich diesseits und jenseits des Atlantiks entstanden, etablierten sich in der anderen Ebene die U.S.A. – und diese viel mächtiger und einflussreicher als wir sie kennen - und die UdSSR. Die U.S.A., einmal auf dem europäischen Kontinent Fuß gefasst, ließen sich nicht mehr vertreiben. Die Grenze der Einflusssphären der beiden Großmächte verlief quer durch Europa und quer durch das ehemalige Deutsche Reich. Der westliche Teil des Deutschen Reichs bekannte sich zu einem demokratischen System in der Tradition der Interimszeit zwischen 1918 und 1933 und erlebte bereits wenige Jahre nach der Niederlage eine wirtschaftliche Blüte, der östliche Teil wurde nach sowjetischem Vorbild organisiert und fiel in eine Art Dornröschenschlaf. Die U.S.A. und die UdSSR standen sich mitten in Berlin waffenstarrend gegenüber. Ein Pulverfass.«

»Europa hat Hitler gegen Stalin eingetauscht?«

»Wir sind nicht hier, um Leichen zu zählen und gegeneinander aufzuwiegen. Man kann nicht den einen Diktator bagatellisieren, weil es einen weiteren gibt, der noch menschenverachtender regiert.«

»Der Sozialismus hat tatsächlich überlebt?«

»Ja und nein. Anders als bei uns, hat er zumindest den Krieg überlebt. Das Pulverfass stand sozusagen mehr als vierzig Jahre mitten in Berlin, eine Lunte reichte nach Osten, die andere nach Westen. Ein sowjetischer und ein amerikanischer Soldat standen mit brennendem Streichholz bereit, die Lunte zu zünden. Nur dass das Pulverfass kein Pulverfass war, sondern eine atomare Bedrohung.«

»Gab es einen Atombombenabwurf in der anderen Ebene, wie den unseren auf Casablanca 1945, um den letzten Nachschubpunkt der U.S.A. ein für alle mal zu zerstören?«

»Ja. Das Deutsche Reich hatte rechtzeitig kapituliert, sonst wäre die Bombe über München abgeworfen worden. So fiel sie bei unseren Verbündeten, eine über Hiroshima und eine über Nagasaki. Dann strich endlich auch der japanische Kaiser die Segel.«

»Was war denn nun mit dem Sozialismus? Ein weiterer Krieg?«

»Diesmal nicht! Die Zeit nach 1945 verlief zumindest in Europa - anders wie ihr vielleicht nach der von mir geschilderten Gesamtsituation vermutet – größtenteils friedlich, es gab wohl ausschließlich regionale Kriege auf dem Balkan, und diese auch erst nach dem Zusammenbruch des Sozialismus'. Die sozialistische Planwirtschaft war zumindest in der praktizierten Form weder wettbewerbs- noch überlebensfähig. Die Industrie im Osten Europas war heruntergewirtschaftet, die Regierungen korrupt, die Landwirtschaft hatte auf Raubbau und nicht auf Erhalt gesetzt. In diesem riesigen Reich, das der westlichen Welt über vier Jahrzehnte Respekt und Angst eingeflößt hatte, das technisch und wissenschaftlich den U.S.A. durchaus ebenbürtig war und sogar den ersten Menschen ins Weltall befördert hatte, herrschte plötzlich eine Hungersnot! Die Sowjetunion war nun auf Hilfe angewiesen und dadurch zu einigen Zugeständnissen bereit. In diesem Zusammenhang gelang es auch dem westlichen der beiden verbliebenen Teile des ehemaligen Deutschen Reiches sich den östlichen einzuverleiben. Die Regierung des östlichen Teils stimmte dem zu. In der Folge verließen sämtliche sowjetischen Besatzungstruppen deutschen Boden. Die amerikanischen Soldaten blieben. Sie waren im Laufe der Jahre zu Freunden und geschätzten Verbündeten geworden. Sie wurden von Anfang an als Befreier wahrgenommen, nicht als Eroberer.«

»Also alles friedlich im anderen 2008?«

»Ja, weitgehend. Es gibt regionale Unruheherde auf dem Globus, doch es gibt auch eine starke und sich zumeist auch einige internationale Gemeinschaft. Die Vereinten Nationen, beispielsweise, haben überlebt. Die meisten Regierungen weltweit haben eine demokratische Legitimation. In Europa gibt es eine gemeinsame Währung, auf die sich mehrere Staaten freiwillig geeinigt haben. Sie heißt zwar nicht wie bei uns ‚Reichsmark', die Zentralbank ist jedoch dort - genau so wie bei uns - in Frankfurt am Main.«

»Die U.S.A. sind die einzige verbleibende Großmacht? Führt das nicht zu übermächtiger globaler Dominanz, zu Machtmissbrauch und einer Politik des ‚Rechts des Stärkeren'?«

»Das sind exakt die Themen, die die Menschen der anderen Ebene beschäftigen. Die U.S.A. ist eine Art selbst ernannte Weltpolizei geworden, mit allen positiven und negativen Konsequenzen. Personenkult und Patriotismus sind im dortigen Europa so gut wie ausgestorben, auch aufgrund der eigenen Geschichte. In den U.S.A. dagegen erleben sie eine Blütezeit und Kritiker sehen hier sehr wohl eine Wiedergeburt des Nationalismus'. Die politischen Kreise in den U.S.A. wehren sich natürlich gegen diese These. Die europäischen Staaten sind dabei, ihre Pflicht ihrem ehemaligen Befreier gegenüber zu leisten und die Regierenden grenzen sich zunehmend von den U.S.A. ab und sprechen klare und deutliche Worte.«

»Und das andere Germania? Berlin - wie sieht es aus?«
»Es ist chaotisch und schmutzig!«
»Laut und stinkend!«
»Ein heilloses Durcheinander.«
»Jeder macht, was er will.«
»Von Fremdrassen bevölkert.«
»Neger, Türken, Araber.«
»Die Straßen voller Schlaglöcher.«
»Zigarettenrauchende Kinder.«
»In der U-Bahn ein Sprachengewirr wie auf dem Baugerüst des Turms zu Babel.«
»Menschen mit roten Hahnenkämmen auf dem Kopf, Menschen mit eingerissenen Hosen, Menschen mit Tätowierungen quer über das Gesicht.«
»Frauen in Anzügen, Männer in Frauenkleidern.«
»Bettler und Obdachlose.«
»Arbeitslosigkeit und Armut.«
Frank und Tristan übertrafen sich wechselseitig mit ihrer Zustandsbeschreibung.
»,Demokratie ist Chaos' hat einmal ein weiser Mann gesagt«, entgegnete Jan, »,und Diktatur ist Ordnung'«
»Anarchie ist Chaos«, berichtigte Robert, »und das Chaos ist die natürliche Ordnung der Dinge. Ich erinnere an die ,Theorie der nichtlinearen Systeme'. Die Demokratie versucht im Gegensatz zur Diktatur das Chaos nicht zu zerstören, nein, sie versucht es zu strukturieren.«
»,Strukturiertes Chaos', ja, das ist die beste Beschreibung der 1944er Ebene«, bestätigte Frank.
»Es sind offen Homosexuelle in öffentlichen Ämtern und hohen politischen Funktionen«, erzählte Tristan und sah, wie sich Jans und Pauls Hände bei seinen Worten sanft berührten, »ich habe in diesen wenigen Stunden mehr übergewichtige Menschen gesehen, als es sie vermutlich auf der ganzen Insel Bornholm gibt; an jeder Straßenecke wird am helllichten Tag Alkohol verkauft, das Rauchen ist in der Öffentlichkeit gestattet. Mich würde es nicht wundern, wenn man sich in jeder Apotheke Plutonium kaufen könnte. Ein zügelloses Leben.«
»Ein freies Leben«, widersprach Frank, »mit Respekt vor dem Andersdenkenden. Das Individuum zählt, nicht das Kollektiv. Selbstbestimmung und Selbstverantwortung statt Gruppenzwang und Sippenhaft.«
»Wir wollen tatsächlich dafür Sorge tragen, dass aus unserer Welt ein Ebenbild dieser anderen wird?«, fragte Tristan in die Runde.
»Dass das Deutsche Reich den Krieg verliert und die Ostgebiete abgetrennt werden? Dass Millionen von Deutschen vertrieben und ein großer Teil von ihnen auf der Flucht in den Westen sterben werden?«
Betretenes Schweigen.
»Wir wollen keine Konzentrationslager im Jahr 2008«, flüsterte Frank, »keine Rasse, die sich zur Herrenrasse über die anderen erhebt. Wir wollen keine Menschenversuche, keine Völkermorde, keine Morde an Menschen, die einer Minderheit angehören. Die Diktatur muss ausgetilgt werden. Unterdrückte Menschen in ganz Europa assoziieren Not, Elend, Willkür und Tod mit den Deutschen: das muss ein Ende haben. Ein für allemal. Kein Nationalsozialismus auf dem deutschen Boden des Jahres 2008.«
»Ja«, bestätigte auch Robert, »wir wollen, dass aus unserer Welt ein Abbild der anderen wird. Es liegt in unserer Hand, die Geschichte zu korrigieren und wir werden dieses

Unternehmen zu einem Abschluss bringen, ich glaube, ich spreche da für uns alle. Lieber ein Ende mit Schrecken.«

Er blickte in die Runde, sah einem nach dem anderen in die Augen: Keiner protestierte.

»Ich wollte nur noch einmal sicher gehen, dass wirklich jedem hier am Tisch die Tragweite unseres Plans bewusst ist«, sagte Tristan.

»Ich fasse zusammen«, fuhr Frank pragmatisch fort, »wir reisen zurück – die erste Reise eines Menschen durch die Zeit – bis vor den vierten Juni 1944, nach Portsmouth, suchen dort nach Hauptmann Stagg und überzeugen ihn davon, dass es besser wäre, mit der Invasion bis zum sechsten Juni zu warten.«

»Klingt einfacher, als es sein dürfte«, meinte Jan.

Aus der oberen Etage war ein ungeduldiges Klopfen zu hören.

»Sie ist fertig, ich kann dann abräumen«, lächelte Jan und verließ die Küche.

»Die Sprache«, fiel Tristan dabei ein, »Jans Mutter spricht dänisch.«

»Ja, und? Was hat das mit uns zu tun?«, fragte Paul.

»Portsmouth«, sagte Tristan, »dieser Hauptmann Stagg, die alliierten Truppen. Wir brauchen jemand, der englisch spricht!«

Sämtliche Augen richteten sich auf Robert.

»Mir war von Anfang an klar, dass ich den letzten Schritt selbst tun müsste«, sagte dieser, »ich habe die technischen Voraussetzungen für unsere Operation geschaffen und ich habe unseren Plan initiiert. Und ich werde nun auch selbst die Reise antreten, um uns von der Geißel der Gegenwart zu befreien.«

Einem schlechten Omen gleich, schüttelte ein schwerer Hustenanfall den Körper Professor Robert Gothaers.

»Du bist körperlich kaum dazu in der Lage«, sagte Marianne.

»Und von euch spricht keiner ein Wort Englisch«, meinte Robert, der sich wieder gefangen hatte.

»Ich werde dich begleiten«, beschloss Frank, der begriff, dass es unabdingbar war, dass sie Robert ins Jahr 1944 schickten, »ich war in der 1399er Ebene, ich war in der 1944er Ebene und ich werde auch in die Vergangenheit reisen.«

Seine Worte – klar und selbstbewusst - ließen keinen Alternativvorschlag zu.

»Robert«, begann Tristan leise, »Frank und ich, wir müssen dir noch etwas mitteilen.«

Frank sah betreten nach unten.

»Ich habe euch von Claire erzählt und von Jakob Levy. Wir wissen alle, da wir damals in dem verlassenen Bürogebäude am Westhafen in Germania die vielen alternativen Ebenen auf unsere Resonanzkörper überprüft haben, dass in der 1944er Ebene ebenfalls ein Frank Miller lebt, ein Tristan Hartwig, ein Dieter Wiegand und eine Karen Degner. Aber was war mit Claire und Jakob? Das interessierte mich. Ich habe nachgesehen, in diesem ‚Internet', von dem Tristan und ich erzählt haben. Keinen der beiden Namen konnte ich finden, was aber nicht zwangsläufig etwas aussagen muss, es gibt dort – zum Glück - keine umfassende staatliche Überwachung. Dann tippte Tristan ‚Robert Gothaer' in die Tastatur ein, dann ‚Robert Gothare' und als auch dies fruchtlos blieb, den Namen von Roberts Vater: ‚Frank Gothare'.«

»Ich weiß nicht, ob ich das Ergebnis wissen möchte«, unterbrach Robert.

»Du musst es wissen«, fuhr Frank fort, »denn es wird deine Entscheidung beeinflussen, ob du den Plan tatsächlich zu einem Ende bringen willst.«

»Was weißt du über deinen Vater, Robert, in Bezug auf die Kriegstage im Juni 1944?«, wollte Tristan wissen.

»Er war Pilot bei der Königlichen Luftwaffe. Ende Mai und Anfang Juni lag er mit einer schweren Grippe im Bett. Ich weiß das, weil er es mir während meiner Kindheit immer und immer wieder erzählt hatte. Es sei ein Wink des Schicksals gewesen, sagte er dann stets. Er sei bis zum fünften Juni im Lazarett gewesen. Für die Invasion, an der er eigentlich hatte teilnehmen sollen, war er dienstunfähig geschrieben worden. Am nächsten Tag, am sechsten Juni, sei mit dem sonnigen Tag auch seine Gesundheit wieder gekehrt. Leider war der Tag überschattet von der erlittenen Niederlage. Die alliierten Truppen leckten ihre Wunden und bereiteten sich auf die nun anstehende Verteidigung der britischen Inseln vor.«

»In der anderen Ebene, am sechsten Juni 1944, da war dein Vater auch wieder diensttauglich.«

»Wann wurdest du geboren, Robert?«

»Am 9.9.1946.«

»Dein Vater, besser gesagt, das Alter Ego deines Vaters, ist am 6. Juni 1944 in der Normandie gefallen. Ein deutsches Flugabwehrgeschütz hat sein Flugzeug bereits kurz nach Beginn der Kampfhandlungen vom Himmel geholt.«

Robert wurde bleich, seine Lippen bebten.

»Es wäre besser gewesen, ihr hättet es für euch behalten«, sagte er.

»Eine viel zu schwere Bürde«, widersprach Frank.

Der Professor nickte stumm.

»Brauchst du Bedenkzeit?«, wollte Tristan wissen.

Wie eine Wachsmaske wirkte das Gesicht Roberts, sein Blick ging geradeaus, ohne irgendetwas zu fixieren, die Lippen, die sich wieder beruhigt hatten, waren blutleer, die Mimik blieb regungs- und ausdruckslos.

Erst nach langen Sekunden kam wieder Bewegung in seine Gesichtszüge.

»Nein«, sagte er dann, »ich brauche keine Bedenkzeit. Ich werde tun, was ich tun muss. Und wir werden heute noch reisen. Hemmbacher ist uns zu dicht auf den Fersen.«

Und nach einer weiteren Pause ergänzte er: »Ganz abgesehen von allem anderen, bin ich es allein schon Karen schuldig. Sie wird wieder leben. Genauso, wie sie unter keinem nationalsozialistischen Regime aufwachsen wird, wird sie auch mich nie getroffen haben. Sie wird in keine andere Ebene wechseln, um dort erschossen zu werden.«

»Und ich werde dir ebenfalls nie begegnen«, führte Frank den Gedankengang fort, »kein Dieter Wiegand und kein Frank Miller werden in die 1399er Ebene transferiert. Es wird dort keine Gründung der NSDAP geben. Frank Miller wird nicht von Dieter Wiegand vor den Zug gestoßen und er kann das Heiratsversprechen einhalten, das er seiner Claire gegeben hat.«

Trauer erfüllte Frank. Claire sollte ihre Zukunft nicht mit ihm teilen. Und dennoch freute er sich gleichzeitig auch für sie. Claire und der andere Frank sollten vereint und glücklich sein, wie es vorhergesehen war. Mit seinem Alter Ego hätte er gern getauscht, doch verspürte er weder Neid noch Eifersucht.

»Halt«, sagte Paul plötzlich und riss die anderen aus ihren Gedanken, »da ist ein Logikfehler. Wenn Professor Robert Gothaer nie geboren wird, wird er auch nicht die Zeitreise-Sarkophage entwickeln können. Also kann er auch nicht in der Zeit zurückreisen und diese verändern. Eine Manipulation der Zeitlinie ist also unmöglich. Die Vergangenheit würde sich quasi ‚von selbst' regulieren.«

»Nur eine Theorie«, entgegnete Robert, »ich bin mir dessen bewusst. Und wir haben keine Garantie, dass wir sie nicht auch bestätigen werden. Möglicherweise richten wir sogar Schaden an der von Einstein beschriebenen Raum-Zeit an. Dennoch: Ich bin hier und ich bin Herr meiner Sinne. Ich begebe mich ins Jahr 1944 und verändere unsere Vergangenheit. Es wird funktionieren. Danach wird nichts mehr so sein wie es war und keiner wird sich mehr daran erinnern, dass die Deutschen Europa fast hundert Jahre mit eiserner Hand unterdrückt hielten. Ich werde tot sein, ich werde offiziell nie gelebt haben und doch dafür verantwortlich sein, die Nationalsozialisten vom Kontinent getilgt zu haben. Der Ruhm dafür, die Ehre, sie sind mir einerlei. Jeder Mensch muss wissen, was seine Pflicht ist und entsprechend handeln.«

»Was wird mit euch beiden geschehen?«, fragte Paul.

»Ich weiß es nicht«, bekannte Robert.

»Die Voraussetzung für euren Transfer, Roberts Erfindung, wird nicht mehr existieren«, sagte Tristan, »vielleicht löst ihr euch einfach in Luft auf, sobald die manipulierte Vergangenheit die Gegenwart verändert.«

»Oder ihr strandet schlicht und einfach in Portsmouth 1944 und baut euch eine neue Existenz auf«, meinte Marianne, »und dennoch wird Frank 1978 das Licht der Welt erblicken.«

»Auf jeden Fall nehmen wir die Signalgeber mit«, beschloss Frank, »vielleicht kommt ja alles ganz anders.«

Jans Mutter hatte gezetert und Jan aufs Übelste beschimpft, als er sich aus ihrem Kleiderschrank bedient hatte. Die Kleidungsstücke hatten ihrem bereits vor Jahrzehnten verstorbenen Mann gehört. Frau Petersen hatte sie stets sorgsam aufbewahrt und so wurde Jan sehr schnell fündig.

Über dem Arm trug er nun einen braunen Wollmantel und eine auffällig gelbe, gefütterte Regenjacke, als er in den Raum mit den Sarkophagen trat. Alle anderen waren bereits dort und bereiteten die letzte Reise vor.

Robert griff sich den Wollmantel und schlüpfte hinein, Frank zog sich die Regenjacke über.

»Hoffentlich ist das ausreichend für den Sturm an der angelsächsischen Küste«, sagte Frank und sah an sich hinab.

»Altmodisch genug, damit ihr möglichst wenig Aufmerksamkeit erregt, ist es jedenfalls«, sagte Marianne und rümpfte die Nase, »Roberts Wollmantel stinkt nach Mottenkugeln.«

»Meine Mutter hat sämtliche Dinge aufbewahrt, die meinem Vater gehört hatten. Und sie hat sie entsprechend konserviert. Falls ihr tatsächlich hierher zurückkehrt, rate ich euch gut, die Kleidungsstücke wohlbehalten bei meiner Mutter wieder abzuliefern. Sie wird jeden Knopf nachzählen und überprüfen, ob es noch der originale ist.«

Jans Versuch, die angespannte Atmosphäre aufzulockern, misslang.

Robert reichte den vier Zurückbleibenden ein letztes Mal die Hand. Frank tat es ihm gleich, doch bei Tristan hielt er inne, umarmte ihn und drückte ihn fest an sich.

»Dein Stottern, Tristan«, flüsterte er ihm ins Ohr.

»Ja?«

»Sie hat ganze Arbeit geleistet, deine ‚Barbara'.«

Tristan lächelte und Frank fuhr fort: »Ich wünsche dir von ganzem Herzen, dass ihr euch wieder trefft, dass euch das Schicksal oder Gott oder an wen du bald auch immer glauben magst, wieder zueinander finden lässt. Vieles entwickelt sich parallel, das wissen wir. Wir haben also allen Grund zur Hoffnung.«

»Und du, Frank, ich habe das Leuchten in deinen Augen gesehen, ein Leuchten, das sie damals in Oxford noch nicht kannten. Ich wünsche dir, dass du diese Frau treffen wirst, deren Zwillingsschwester in einer anderen Welt ihren Frank wieder lieben wird.«

Frank nickte und löste sich von Tristan.

Dann legte er sich stumm auf die ausgefahrene Liegefläche des einen Quaders, bekreuzigte sich und schloss die Augen. Während Robert sich auf die Matte der anderen Metallplatte begab und seinen Gehstock eng an sich drückte, übernahmen Tristan und Marianne ihre Positionen an den beiden Rechnern. Jan und Paul stellten sich hinter die beiden.

Mit dem bekannten Summen glitten die Flächen ins Innere der Sarkophage.

Zwei laute Klack-Geräusche und die Quader waren versiegelt.

»Bereit?«, hörten die Reisenden die dumpfe Stimme Tristans.

»Bereit!«, antworteten sie beide beinahe gleichzeitig.

Frank hielt seine Lider geschlossen, dennoch drang das intensiv leuchtende Grün durch sie hindurch. Das nächste, was Frank spürte, waren Regentropfen …

Wie sanfte, nasse Berührungen fühlte er ihr Aufschlagen auf seinen Wangen und auf seiner Stirn.

In der Horizontalen ruhte er immer noch.

Er öffnete die Augen und sah hinauf in die Wipfel einer Vielzahl von Bäumen, dazwischen immer wieder Ausschnitte grauen Himmels.

Hatte es funktioniert?

War er tatsächlich in die Vergangenheit gereist?

Er drehte sich zur Seite. Professor Robert Gothaer lag schwer atmend neben ihm in nassem, schmutzigem Moos.

Frank richtete sich auf, dann half er auch dem Professor auf die Beine. Über ihnen pfiff der Wind durch die Baumkronen. Vereinzelt fielen Blätter und kleine Zweige zu Boden.

Auf seinen Gehstock gestützt, wischte sich Robert den gröbsten Schmutz vom Wollmantel und auch Frank säuberte sich notdürftig.

»Ein Sturm, ein Wald. Wenn es jetzt noch der Wald bei Portsmouth ist und wir tatsächlich den dritten Juni 1944 schreiben, war der erste Teil unserer Mission erfolgreich«, resümierte Frank flüsternd, als könnten sie belauscht werden.

»Nicht nur das«, antwortete Robert und seine Augen leuchteten, »es wäre zudem die Bestätigung meiner Arbeit, die Krönung meines Lebenswerks.«

»In welche Richtung sollen wir losmarschieren?«

»Die eine ist so gut wie die andere. Wenn unsere Informationen stimmen, sollte es hier von alliierten Verbänden nur so wimmeln und es sollte uns eher schwer fallen, auf *keine* zu treffen.«

Mühsam humpelte Robert über den unebenen, mit dichtem Unterholz belegten Waldboden los, Frank folgte ihm.

Schweigend liefen sie etwa zehn Minuten hintereinander her, machten sich keine Mühe, sich zu verbergen.

Sie brauchten niemanden zu finden, denn jemand entdeckte sie.

»Halt! Stehen bleiben!«, erklang laut ein Befehl, den Frank nicht verstand, dessen Bedeutung ihm aber sofort klar war.

Robert stoppte, Frank auch.

»Hände hinter dem Kopf verschränken!«

Robert ließ seinen Gehstock los und folgte dem Befehl. Frank beobachtete ihn aus den Augenwinkeln heraus und tat es ihm gleich.

»Untersuch sie, Heathcliff!«

Obwohl die Worte in Englisch waren, wusste Frank, was nun folgen würde. Die Situation hatte er selbst in seiner Armeezeit oft genug erlebt, allerdings in der anderen Position.

Jemand stapfte von schräg hinten an sie heran und bald fühlte Frank, wie zwei Hände seinen Körper und seine Kleidung abtasteten.

»Nichts«, sagte eine tiefe Stimme direkt hinter ihm und der Mann in der grünen Uniform, den er jetzt sehen konnte, ging hinüber zu Robert und überprüfte auch ihn, ob er Waffen bei sich trug.

»Alles in Ordnung.«

Mit einem Blick hinüber zu Frank, ob dieser sich auch ruhig verhielt, bückte sich der Soldat, hob den Gehstock auf und drückte ihn Robert in die Hand. Robert verstand dies so, dass er ihn auch verwenden dürfe. Dann trat der Soldat nach hinten und verschwand aus Franks Sichtbereich. Im Gegensatz zu Robert behielt Frank seine Hände sicherheitshalber am Hinterkopf.

»Vorwärts«, befahl die Stimme, die sie zuerst vernommen hatten und die ein paar Meter weiter entfernt schien, als die tiefe, die zu dem Mann gehörte, der sie durchsucht hatte. Die beiden Gefangenen setzten sich in Bewegung. Als sie nach wenigen Schritten im rechten Winkel auf einen Waldweg stießen, den Militärfahrzeuge und Regenwasser in einen schlammigen Pfad verwandelt hatten, rief die Stimme: »Nach links!«

Unter schmatzenden Geräuschen stapfte die ungleiche Gruppe im Regen den Waldweg entlang. Franks Schuhwerk war den Witterungsverhältnissen nicht gewachsen, Nässe und Kälte drangen an seine Füße.

Innerhalb von fünfzehn Minuten kamen ihnen zwei weitere Patrouillen entgegen. Jeweils zwei Männer gingen schräg zueinander versetzt, sodass der jeweils hintere den vorne Laufenden mit seinem Gewehr decken konnte. Der Vordere hatte eine Pistole am Gurt. Mehr als die olivefarbenen Uniformen und die sie neugierig musternden, ernsten Gesichter konnte Frank wegen der einbrechenden Dunkelheit und wegen des Regens nicht erkennen. Nur dass einer von ihnen eine schwarze Hautfarbe hatte, das sah er. Auch zweifelte er nicht daran, dass ihre Bewacher ebenfalls Waffen im Anschlag hatten.

Dann traten sie endlich aus dem Wald heraus.

Vor ihnen befand sich ein riesiges Heerlager. Frank blickte von links nach rechts und wieder nach links. So weit sein Auge reichte, erstreckte sich Zelt an Zelt, dazwischen Panzer und Militärfahrzeuge, die mittels Planen zumindest vor der gröbsten Feuchtigkeit geschützt waren. Soldaten gingen dazwischen hin und her, teils soldatisch-stramm, teils locker und ohne Eile. Angespannt erschienen sie alle. Dass der Abmarschbefehl kurz bevor stand, hing förmlich in der Luft. Nur, ob die Soldaten hier Geschichte schrieben, das wusste zu diesem Zeitpunkt noch keiner.

Über all dem thronte auf einem Hügel eines der englischen Herrenhäuser, wie Frank sie auch aus der Gegend um Oxford kannte. In seiner Zeit dienten sie als Museen oder verdienten Parteifunktionären als angemessene Domizile. Auf diesem hier wehte die rot-weiß-gestreifte Flagge der Vereinigten Staaten von der höchsten Stelle des dreistöckigen Gebäudes. Stolz streckte sie sich im tobenden Wind in die Breite, zeigte ihre ganze Größe und präsentierte ihre Sterne auf blauem Grund, gerade so, als wolle sie ganz allein die Moral der Truppe stärken und den Streitkräften für das unvermeidlich Kommende das Beste wünschen.

Dass Franks und Roberts Transfer geklappt hatte, daran konnte kein Zweifel mehr bestehen.

»Weiter«, der barsche Ton des amerikanischen Soldaten erinnerte die beiden rüde an ihre momentane Situation.

Robert blieb unschlüssig stehen.

»Zum Haus«, befahl der Mann mit der tiefen Stimme und die beiden Gefangenen marschierten quer durch das Heerlager.

Der Grund und Boden des Herrenhauses, bis vor wenigen Tagen sicher noch ordentlich gepflegt, mit kurz geschnittenem, von Unkraut befreitem grünen Rasen bepflanzt, glich an diesem Abend nur mehr einem Acker, der bei strömendem Regen aufgepflügt worden war.

Neugierige Blicke folgten den Neuankömmlingen den ganzen Weg die Anhöhe hinauf, bis zum Herrenhaus. Ein beinahe drei Meter hohes Portal bildete den Eingang ins Haus. Das Portal selbst war erhöht und links und rechts von ihm führte jeweils eine geschwungene Treppe in den Hof. An den unteren Enden der Treppen standen große dickbäuchige Steinvasen, die jedoch keine Pflanzen beherbergten. Um die rechte Vase herum sollten die zwei Gefangenen die Treppe nach oben gehen. Ein Soldat, der vor dem Portal Wache hielt, ließ die Gruppe ins Haus hinein. Über eine imposante Halle, eine Innentreppe und eine Galerie gelangten Frank und Robert an eine Tür.

»Hier hinein«, hörte Robert und nahm es als Befehl, die Klinke zu drücken.

Er trat ein und einer der Soldaten schubste Frank hinterher.

Der Raum hinter der Tür war etwa drei mal vier Meter groß und hatte ein vergittertes Fenster. Wofür er vor der Inbesitznahme durch die Armee gedient hatte, war nicht zu erkennen. Jetzt standen ein aus Kisten und einer großen Holzplatte improvisierter Tisch und ein halbes Dutzend Stühle darin.

»Hinsetzen.«

Robert folgte der Anweisung und Frank mit einer kurzen zeitlichen Verzögerung ebenfalls.

Zum ersten Mal konnten sie nun ihre beiden Bewacher sehen. Sie trugen die selben grünen Uniformen, wie die Patrouillen, die ihnen im Wald entgegen gekommen waren. Rangabzeichen und Embleme waren Frank völlig fremd.

»Sie können die Hände nach unten nehmen!«

Frank sah den Soldaten, der ein Gewehr im Anschlag hielt und ihn angesprochen hatte, fragend an.

Als Robert ins Deutsche übersetzte, hob der Soldat die Augenbrauen.

»Hol den Hauptmann«, sagte er zu seinem Kameraden und dieser verschwand aus dem Zimmer.

Der bewaffnete Soldat blieb stehen und ließ die beiden Gefangenen, die vor ihm auf den Stühlen saßen, nicht aus den Augen.

Nach kurzer Zeit kehrte der Soldat zurück, im Gefolge einen stämmigen, grimmig wirkenden Vorgesetzten.

Seine Hautfarbe war schwarz und er stellte sich den beiden vor: »Hauptmann Douglas Hollows.«

»Robert Gothare«, sagte Robert und deutete auf Frank: »Frank Miller.«

»Kann er nicht selbst sprechen?«, fragte Hollows barsch.

»Doch, natürlich«, beeilte sich Robert zu sagen.

»Sie haben sich vorhin in Deutsch unterhalten, sagte man mir. Was haben Sie hier in Portsmouth zu suchen?«

Robert redete nicht lange um den heißen Brei herum.

»Wir suchen einen amerikanischen Soldaten. Sein Name ist James Martin Stagg. Er ist Hauptmann wie Sie.«

Hollows nahm hinter dem Schreibtisch Platz, die beiden Soldaten blieben an der Tür stehen, alle drei waren sichtlich angespannt.

»Mal angenommen, es gibt diesen Hauptmann Stagg. Was wollen Sie von ihm?«

»Ich muss ihn persönlich sprechen. Es ist sehr wichtig. Glauben Sie mir!«

»Sie haben einen leichten Kraut-Akzent, Mister Gothare. Woher haben Sie den?«

»Ich habe lange Jahre unter Deutschen gelebt. Aber das tut nichts zur Sache.«

Hollows fiel ihm lautstark ins Wort.

»Überlassen Sie mir die Entscheidung, was etwas zur Sache beiträgt und was nicht!«

Dann wandte er sich an Frank.

»Zu Ihnen, Herr Miller. Woher kommen Sie?«

Robert antwortete für ihn.

»Er kommt …«

»Ich habe ihn gefragt«, brüllte Hollows, »nicht Sie!«

»Also?«, wandte er sich, wieder deutlich leiser, an Frank.

Frank zuckte mit den Schultern. »Er versteht mich nicht, nicht wahr?«, fragte er Robert. »Jetzt dürfen Sie wieder antworten!«

»Ja, er versteht Sie nicht.«

»Ein Militärlager der Alliierten«, begann Hollows eine Aufzählung, »zwei Männer werden im Wald erwischt, einer spricht englisch mit deutschem Akzent, der andere überhaupt kein Englisch. Für wen, meinen Sie, sollte ich die beiden halten?«

Robert verstand, worauf der Hauptmann hinaus wollte.

»Wir sind keine Spione!«

»Ach nein?«

»Sehen Sie mich an!«, sagte Robert und sprang so ruckartig aus seinem Stuhl auf, dass dieser wackelte und die beiden Soldaten an der Tür zusammen zuckten. Aufmerksam behielten sie ihn im Auge, doch Robert torkelte, konnte sich gerade noch an der Stuhllehne festhalten, um das Gleichgewicht nicht zu verlieren. Dann setzte er den rechten Fuß auf die Sitzfläche des Stuhls und krempelte sein Hosenbein nach oben. Robert Gothaers Wade war eine einzige unförmige Masse. Gerade so, als wäre sein Bein unterhalb des Knies mehrfach gebrochen gewesen und ohne chirurgischen Eingriff einfach wieder zusammengewachsen.

»Ohne Krücke«, Robert griff nach seinem Gehstock, den er an einen benachbarten Stuhl gestellt hatte, »kann ich keine hundert Meter gehen, ohne unerträgliche Schmerzen zu erleiden. Glauben Sie im Ernst, Hitler würde einen Krüppel als Spion zu Ihnen schicken und einen, der kein Wort Englisch versteht? Noch dazu ohne Waffen? Zwei Tölpel, die sich ohne jegliche Gegenwehr überwältigen lassen?«

Hollows ließ sich nicht anmerken, ob ihn Roberts Argumente beeindruckten oder nicht.

Robert setzte sich wieder.

»Also: Warum sind Sie hier? Was suchen Sie in Portsmouth?«

»Ich sagte es bereits. Wir müssen mit Hauptmann Stagg sprechen!«

»Es gibt nichts, was Sie mir nicht auch mitteilen könnten!«

»Nein, unsere Botschaft ist nur für ihn. Glauben Sie, wir hätten uns in diese Gefahr hier begeben, wenn sie sich hätte vermeiden lassen?«

»Ich traue diesen Nazis alles zu. Ich habe keine Ahnung, wie die funktionieren und möchte es auch gar nicht wissen. Ich halte mich nur an meine Order!«

»Bitte, Hauptmann Hollows. Es geht um alles. Es geht um Wohl und Wehe Ihrer Invasion. Es geht um nicht mehr und weniger, als darum, ob die Nationalsozialisten auch weiterhin den Kontinent beherrschen, nicht nur von der Maas bis hin zur Memel, nicht von der Etsch bis an den Belt. Sondern von Irland bis weit hinter den Ural, vom Nordkap bis hinab nach Kapstadt.«

»Sie übertreiben!«

»Nicht, wenn Ihre Invasion scheitert!«

»Und Sie wollen das verhindern?«

»Diejenigen, die mir das angetan haben«, er deutete auf sein Bein, »sind die gleichen, gegen die auch Sie kämpfen, Hauptmann Hollows.«

Hollows überlegte und Robert legte nach.

»Sie gehen keinerlei Risiko ein, wenn Sie meiner Bitte Folge leisten. Sie können nichts verlieren, aber alles gewinnen!«

Hollows wandte sich an den Soldaten, der ihn vorhin hinzugezogen hatte.

»Holen Sie Hauptmann Stagg. Er befindet sich im Stab von General Eisenhower. Sagen Sie ihm, es sei wichtig.«

»Danke«, sagte Robert erleichtert und Frank, Roberts Teilerfolg erkennend, bedankte sich ebenfalls.

Der Soldat verließ den Raum.
»Dürfen wir die nassen Kleidungsstücke ablegen?«, fragte Robert, nachdem einige Minuten verstrichen waren.
Hollows nickte und Robert streifte seinen Wollmantel ab, Frank seine gelbe Regenjacke.
»Was haben Sie da?«, wollte Hollows wissen. Sein Blick war geradewegs auf Roberts Brust gerichtet. Durch Roberts eng anliegendes, weißes Baumwollhemd zeichneten sich die Umrisse des Signalgebers ab.
»Nichts. Nur ein Medaillon.«
»Geben Sie es mir!«
»Glauben Sie mir, es hat keine Bedeutung.«
»Geben Sie es mir!«
Widerwillig griff Robert nach dem Kettchen an seinem Hals, zog es sich über den Kopf und streckte es Hollows entgegen.
»Hauptmann Hollows!«
»Ja?«
»Der andere Gefangene hat ebenfalls so ein Kettchen!«
Als die Blicke der beiden Soldaten sich auf ihn richteten, spürte Frank, dass sein Kettchen über seinen Hemdkragen gerutscht war.
»Sagen Sie ihm, dass er es mir aushändigen soll!«
Robert übersetzte und Frank überreichte dem Hauptmann auch sein Medaillon.
Rasch fand der Soldat den Öffnungsmechanismus und war überrascht, dass er nicht das Bild einer in der Heimat gebliebenen Ehefrau oder Geliebten vorfand. Die Stirn in Falten gelegt, klappte er auch den zweiten Anhänger auf.
»Sie beide tragen identische Medaillons! Wenn man sie öffnet, kommen zwei Knöpfe zum Vorschein. Was ist das? Eine Geheimwaffe der Deutschen? Eure Wissenschaftler arbeiten doch an einer Geheimwaffe, oder?«
Sein Zeigefinger näherte sich bedrohlich dem einen der beiden Knöpfe.
»Was passiert wohl, wenn ich ihn drücke?«
Frank erschrak.
Tristan wird einen von uns zurückholen, dachte er, Robert oder ich werden einfach – von einer Sekunde zur anderen - von hier verschwinden, und der, der zurückbleibt, wird es dann deutlich schwerer haben, Hauptmann Stagg von unserer Mission zu überzeugen.
Zum Glück klopfte es an der Tür. Hollows wurde abgelenkt.
»Herein«, sagte er, während Robert und Frank unmerklich aufatmeten.
Ein hoch gewachsener Mann, mit militärisch kurz geschnittenem, dunklem Haar stand im Türrahmen. Auf den Schulterklappen seiner Uniformjacke prangten die gleichen Rangabzeichen wie bei Hollows.
Seine flache, rechte Hand zum Gruß an die Schläfe gestreckt, stellte er sich vor.
»Hauptmann James Martin Stagg! Ich hoffe, es ist wichtig.«
Hollows stand auf, die Signalgeber schienen vergessen.
»Hauptmann Douglas Hollows!«
Ohne es zu verstehen, wusste Frank, dass Hollows Stagg nun über die vergangenen Minuten informierte. Die Augen der beiden Hauptleute wanderten immer wieder über die beiden Gefangenen und Frank hörte mehr als einmal seinen und Roberts Namen.
Stagg sprach den Professor mürrisch an. »Es ist nicht gerade so, dass ich in meinem Büro sitze, die Füße hoch und auf den Tisch gelegt. Nur darauf wartend, dass jemand

zu mir kommt und mir einen Spaziergang durch Regen und Matsch vorschlägt. Also, was haben Sie mir zu sagen?«

Robert kam gleich zur Sache.

»Die Invasion: Die Deutschen wissen darüber Bescheid.«

»Nun, sie ist kein Geheimnis. Mich würde es sehr wundern, wenn der Geheimdienst des Führers nicht von dem Truppenaufmarsch wüsste, von dem sie draußen einen kleinen Teil gesehen haben. Rommel und von Rundstedt wissen, dass es nur noch eine Frage der Zeit ist.«

»Ja, Sie sagen es, eine Frage der Zeit: Sie müssen die Anlandung verschieben.«

»Warum sollten wir das tun?«

»Weil sie in einem Fiasko für die alliierten Truppen enden wird.«

»Wer sagt mir, dass Sie nicht von Generalfeldmarschall von Rundstedt hier eingeschleust wurden, um die Invasion hinauszuzögern? Vielleicht sind die Küstenbefestigungen noch nicht in dem Zustand, den er gerne hätte? Oder ist die geheime Superwaffe kurz vor ihrer Fertigstellung?«

»Nein!«, sagte Robert entrüstet. »Wir sind auf Ihrer Seite! Glauben Sie mir!«

»Was wollen Sie? Sagen Sie es jetzt! Ich habe einen Berg an Dokumenten auf meinem Schreibtisch liegen und muss früh raus.«

»Wir wissen, dass Sie jeden Morgen um vier Uhr an einer Lagebesprechung des Oberkommandos teilnehmen. Sie sind unter anderem dafür verantwortlich, vor General Eisenhower und dem gesamten Führungsstab zusammenzufassen, wie sich aller Voraussicht nach das Wetter entwickeln wird.«

Stagg zeigte sich beeindruckt.

»Glückwunsch! Ich hätte nicht gedacht, dass der deutsche Geheimdienst so gut über meine Person Bescheid weiß. Auch dass Sie sogar die exakte Uhrzeit unserer morgendlichen Treffen kennen, überrascht mich.«

»Nicht nur das. Wir können Ihnen auch sagen, wann sich der Sturm legen wird!«

»Wie das? Können Sie in die Zukunft sehen?«

»Das ist eine lange Geschichte. Und, glauben Sie mir, es ist für den Verlauf der nächsten Wochen und Monate besser, Sie wissen nicht mehr als nötig.«

»Ihre Aussage trägt nicht gerade dazu bei, mein Vertrauen zu Ihnen zu erhöhen. Zu welchem Datum sollte ich, Ihrer Meinung nach, General Eisenhower raten? Die Invasion um einen Monat verschieben? Oder gar um ein Vierteljahr? Je länger wir warten, desto stärker werden die Verteidigungslinien der Wehrmacht sein.«

»Keinen Monat! Kein Vierteljahr!«, sagte Professor Gothaer. »Warten Sie einen Tag! Bringen Sie General Eisenhower dazu, den fünften Juni verstreichen zu lassen. Am Tag danach wird die Sonne scheinen, sie werden klare Sicht haben. Ihre Truppen werden nicht zusätzlich zum erbitterten Widerstand der Wehrmacht gegen das Wetter kämpfen müssen.«

Hauptmann Stagg wurde bleich, sagte keinen Ton.

»Was haben Sie zu verlieren?«, fuhr Robert fort. »Glauben Sie im Ernst, ein Tag mehr wird die Abwehr der Deutschen entscheidend stärken?«

»Hauptmann Stagg, was ist mit Ihnen?«, mischte sich Hollows ein.

»Meine Berechnungen bringen mich zum gleichen Ergebnis. Woher haben Sie diese Informationen?«, herrschte Stagg Gothaer an.

Dieser ging nicht auf die Frage ein.

»Ab dem siebten Juni wird der Sturm über dem Ärmelkanal wieder weiter toben. Es bleibt nur dieses eine Zeitfenster!«

»Genau diesen Satz habe ich vor weniger als einer Stunde vor meinem Stab gesprochen. Keiner hat mir geglaubt. Sämtliche Experten, seien sie militärisch oder zivil, kommen zu einem anderen Ergebnis als ich. Egal, welche Methode der wissenschaftlichen Vorhersage sie anwenden: Sie sind alle restlos davon überzeugt, dass der Sturm über mehrere Tage anhalten wird und dass wir – aus strategischen Gründen – besser jetzt als später anlanden sollten. Es ist nicht meine Art, gegen den Strom zu schwimmen und meine Meinung entgegen allen anderen Standpunkten durchzusetzen. Deshalb war ich kurz davor, mich wider besseres Wissen umstimmen zu lassen.«

»Hören Sie auf uns!«, appellierte Robert eindringlich. »Und glauben Sie an sich selbst! Sie werden Ihre Entscheidung später als eine ‚Mischung aus Wissenschaft und Intuition' bezeichnen. Und die gesamte Menschheit wird Ihnen dafür dankbar sein!«

»Ich muss nachdenken!«, sagte Stagg, drehte sich um und verließ das Zimmer ohne ein Wort des Grußes.

Hollows stand auf.

»Lassen Sie zwei Feldbetten bringen«, sagte er zu dem Soldaten an der Tür, »trockene Kleider und etwas zu essen. Herr Gothare und Herr Miller bleiben unsere Gäste.«

Danach ließen sie ihre Gefangenen alleine.

Diese hörten, wie sich ein Schlüssel im Schloss drehte. Ein Geräusch, das sich nach wenigen Minuten wiederholte.

Der Soldat, der sie im Wald auf Waffen abgetastet hatte, erschien wieder und stellte ihnen zwei zusammengeklappte Feldbetten ins Zimmer. Ein anderer stellte zwei Teller Suppe und zwei mit Wasser gefüllte Metallbecher auf den improvisierten Tisch, ein dritter legte Bettwäsche auf einen der Stühle.

Dann waren Frank und Robert allein.

»Wir können nichts anderes tun, als warten«, sagte Robert.

Frank griff nach den beiden Signalgebern, legte sich einen um und reichte den anderen an den Professor weiter.

»Was meinst du?«, fragte Frank. »Konntest du ihn überzeugen?«

»Ich bin mir nicht sicher. Falls wir bis morgen nichts hören, werde ich um eine erneute Unterredung bitten!«

Nachdem er die beiden Feldbetten aufgebaut und die Bettwäsche verteilt hatte, machte Frank es sich auf einem der beiden Betten bequem.

Auf dem Rücken liegend, die Hände im Nacken verschränkt, starrte er an die Decke.

So viel war für ihn passiert, innerhalb nur weniger Tage. Seine Gedanken wanderten an dieses andere Berlin, das er heute Vormittag mit Tristan besucht hatte. Würde er sich selbst in diesem chaotischen, schmutzigen Berlin wieder finden, wenn die Invasion erfolgreich war? Wenn ja, so würde es eine Kopie von ihm sein, die sich an nichts, was geschehen war, erinnern konnte. Frank Miller würde ein ganz normales Leben führen, in einem friedlichen Berlin. Er würde einer geregelten Arbeit nachgehen, Frau und Familie haben. Und mit viel Glück und wenn Gott es so wollte, dann würde diese Frau ‚Claire' heißen: Claire Miller.

Irgendwann fiel Frank in einen tiefen und traumlosen Schlaf.

Ein Klopfen an der Tür weckte ihn.

Als er zum anderen Feldbett hinüberblickte, erkannte er, dass es unberührt war.

Professor Robert Gothaer stand auf seinen Stock gestützt am vergitterten Fenster und starrte in den nächtlichen Regen.

Nun drehten sie beide ihre Köpfe zur Tür, in deren Schloss sich ein Schlüssel drehte.

Sie öffnete sich und Hauptmann James Martin Stagg erschien im Türrahmen.

Ohne auch nur einen einzigen Schritt in den Raum zu gehen, sagte er: »Ich wollte Ihnen nur mitteilen, dass ich eben von unserer morgendlichen Lagebesprechung komme. Ich habe General Dwight D. Eisenhower empfohlen, die Invasion für den sechsten Juni 1944 anzusetzen. Der General hat meiner Bitte entsprochen.«

Robert musste Frank die Worte nicht übersetzen. Roberts Augen schlossen sich, er atmete tief durch, seine Gesichtsmuskeln entkrampften sich, sämtliche Anspannung fiel von ihm ab.

»Sie haben richtig gehandelt«, bestätigte er den Hauptmann, aus seiner Erleichterung machte er keinen Hehl.

»Das hoffe ich sehr«, sagte Stagg, drehte sich um und schloss die Tür hinter sich.

Endlich nahm auch der Professor auf seinem Feldbett Platz.

»Wie geht es nun weiter?«, fragte Frank.

»Wir warten weiter ab. Noch ist die Invasion nicht gestartet. Wir dürfen kein Risiko eingehen.«

»Und dann? Dann werden sich die Paradoxien selbst regulieren?«

»Darauf bieten weder Einstein noch Heisenberg oder Planck eine Antwort. Wie sollte ein Gothaer sie haben?«

»Oder ein Gothare«, lächelte Frank.

»Ja, oder ein Gothare«, sagte Robert zufrieden und war kurz darauf eingeschlafen.

Der folgende vierte Juni und mehr noch der fünfte Juni 1944 waren von Aufbruch und Abmarsch der um das Herrenhaus lagernden Truppen geprägt.

Frank und Robert beobachteten durch das Gitterfenster, wie sich das Areal nach und nach leerte.

Regelmäßig wurden sie mit Nahrung und Wasser versorgt. Einfache Küche, aber ausreichend.

Sie blieben in ihrem Quartier eingeschlossen. Weder Hauptmann Stagg, noch Hauptmann Hollows ließen sich noch einmal sehen.

Am sechsten Juni wurden sie von Sonnenstrahlen geweckt.

Wie erwartet, war der Himmel über dem Süden Englands wolkenlos. Es herrschte klare Sicht. Aus weiter Ferne war Geschützfeuer zu hören, die Invasion hatte begonnen.

Ein einsamer, heller Tag wurde zum Vorboten der Befreiung des Kontinents.

Wenige Stunden des Sonnenscheins ermöglichten die Geburtswehen einer neuen, glücklicheren Weltordnung.

Und irgendwo da draußen flog ein Pilot seinem tragischen Schicksal entgegen: Frank Gothare.

Sowohl Robert Gothaer, als auch Frank Miller dachten daran, als sie die Fliegerstaffeln der Vereinigten Staaten und des Vereinigten Königreichs hinter den Hügeln aufsteigen sahen.

Was die Zukunft für Europa und die restliche Welt bringen sollte, das wussten die beiden. Wie ihre eigene Zukunft aussah, das wussten sie nicht.

Über Stunden lauschten sie den Geschützen und Granaten, den aufheulenden Sirenen und Motoren, dem nicht enden wollenden Stakkato des grausamen Kriegstags, das gleichzeitig Tod und Leben verhieß.

Zum Abend hin wurde es ruhiger. Der Hauptangriff war vorbei, erste Brückenköpfe eingenommen, Stellungen im feindlichen Territorium gesichert. Es war der Anfang vom Ende des Tausendjährigen Reiches.

»Wir waren erfolgreich«, sagte Robert.

»Ja«, lächelte Frank zufrieden.

»Mein Vater«, erinnerte Robert.

»Wer weiß? Vielleicht hat er überlebt. Du hast es selbst damals in Oxford gesagt: Der Flügelschlag eines Schmetterlings. Er entscheidet alles und nichts.«

Robert nickte.

»Die letzte Überprüfung«, Frank griff nach seinem Signalgeber.

»Wenn niemand darauf reagiert; wenn kein Tristan da ist, der unser Zeichen empfängt«, fasste Robert zusammen, »dann haben wir tatsächlich unsere Gegenwart verändert.«

Gleichzeitig öffneten sie die Medaillons. Sie sahen sich an, dann drückten sie die Knöpfe.

Nur wenige Sekunden später verschwamm ihre Umgebung und alles um sie herum wurde zu einem fluoreszierenden Grün.

Im gleichen Moment wussten sie, dass ihre Mission gescheitert war.

7

Die Fragen überschlugen sich, als die Metallquader ihre Passagiere mit dem bekannten Surren in die Freiheit entließen.

»Was ist geschehen?«

»Warum seid ihr so schnell wieder zurück?«

»Hat sich irgendetwas verändert?«

»Was ist schief gelaufen?«

Frank und Robert befanden sich im selben Raum, aus dem sie ihre Reise in die Vergangenheit angetreten hatten. Tristan und Marianne saßen hinter ihren Monitoren, Jan und Paul standen daneben. Sofort erkannte Frank, dass sie die gleiche Bekleidung trugen wie bei ihrer Abreise.

Marianne kam auf Frank zu und strich ihm über die Wange: »Du hast Bartstoppeln.«

Die linke Hand erhebend, versuchte Robert die Aufmerksamkeit auf sich zu ziehen und für Ruhe zu sorgen: »Langsam, langsam. Alles der Reihe nach.«

»Wie lange waren wir weg?«, fragte er.

»Keine zwei Minuten«, sagte Tristan, »dann empfingen wir eure Signale und haben euch zurückgeholt.«

»Wir waren ganze drei Tage in der Vergangenheit«, sagte Frank, »vom dritten bis zum sechsten Juni 1944.«

»Ihr konntet nicht verhindern, dass die Invasion am fünften Juni stattfand!«, zog Paul sein Resümee.

»Doch«, widersprach Frank, »wir waren erfolgreich. Wir haben Hauptmann Stagg von der Notwendigkeit überzeugt, die Anlandung um einen Tag zu verschieben. Die alliierten Truppen sind, wie von uns geplant, am sechsten Juni an die französische Küste übergesetzt.«

»Dann müssten wir uns – subjektiv – an einen anderen Geschichtsverlauf erinnern«, sagte Jan, »tun wir aber nicht.«

»Die Deutsche Wehrmacht hat im Auftrag des Führers und zur Ehre des Deutschen Vaterlandes die anlandenden Truppen der amerikanisch-zionistischen Imperialisten in einem glorreichen und heldenhaften Kampf zurückgeschlagen«, las Tristan die ihnen allen bekannte Formulierung vom Bildschirm ab, »die Geschichtsschreibung hat sich ebenso wenig verändert, wie unser Gedächtnis.«

Roberts Augen weiteten sich. »Das kann nicht sein«, seine Stimme bekam einen schrillen Unterton, war kurz davor, sich zu überschlagen.

Auf seinen Gehstock gestützt, humpelte er, so schnell er konnte hinüber zu Tristan und starrte auf den Monitor.

Seine Lippen wiederholten stumm den von Tristan zitierten Satz.

»Nein!«, sagte er, als wolle er der Aussage widersprechen, die Tristan im Netz gefunden hatte. »Wir haben es getan! Wir haben die Geschichte geändert! Wir waren erfolgreich!«

»Gescheitert sind wir!«, sagte Tristan.

»Nein!«, brüllte Robert ihn an. »Es kann nicht sein, was nicht sein darf!«

Tristan räumte seinen Stuhl, ließ Robert Platz nehmen.

Wie ein Besessener hämmerte Gothaer auf die Tasten, immer wieder starrte er mit zusammengekniffenen Augen auf den Bildschirm, glich Daten ab, kontrollierte Berechungen.

Die anderen stellten sich hinter ihn, sahen ihm gemeinsam über die Schultern.

»Es ist vorbei«, sagte Frank, »wir haben versagt.«

»Nein! Nein! Nein!«

»Seht! Hier!«

Tristan deutete auf den anderen der beiden Monitore.

»Was ist?«, fragte Frank und erkannte im gleichen Moment, dass auf dem anderen Rechner das Programm lief, das die alternativen Ebenen anmaß und ihre Anzahl darstellte: die linke Zahl, die zwölfstellige, die parallelen Welten, die sich nach dem 14. März 1999 abspalteten; die rechte Zahl die Ebenen, deren Veränderung bereits vor diesem Datum stattgefunden hatte.

Sofort erkannte Frank, was Tristan meinte. Die rechte Zahl wuchs nun in beinahe der gleichen Geschwindigkeit an, wie die linke. Während es Jahre gedauert hatte, 1800 andere Ebenen anzumessen, war die Zahl nun in wenigen Minuten fünfstellig geworden und überschritt vor Franks Augen die 100.000er Marke.

Auch Gothaer realisierte sofort die Bedeutung der Anzeige. Mitten in der Bewegung hielt er inne, dann begann sein Körper zu beben.

Stumm, als wären sie in eine Meditation vertieft, beobachteten sie gemeinsam die stetig höher werdende Zahl.

Marianne brach als erste das Schweigen: »Wir haben neue Ebenen geschaffen.«

»Wir haben Gott gespielt!«, sagte Frank.

»Die Vergangenheit hat sich als unabänderbar erwiesen. Sie ist kein unentdecktes Land«, sagte Tristan; er, der noch vor wenigen Monaten keine fünf Worte ohne zu stottern hervorgebracht hatte, suchte in Gedanken nach passenden Worten und sprach sie leise-bedächtig aus, »ob sie uns gefällt oder nicht. Ob sie von Schmach und Schande unserer Väter und Mütter erzählt oder vom Ruhm und von der Ehre. Sie ist, wie sie ist!«

»Auch wenn wir keine Schuld tragen, wir können uns vor der Verantwortung nicht davonstehlen«, sagte Marianne, »wir müssen mit der Vergangenheit leben, ob sie uns gefällt oder nicht; sie zu verändern, ist nicht unsere Bestimmung. Den Nationalsozialismus 1944 zu bekämpfen, oder 1933, ist unmöglich; nur in der Gegenwart, denn sie ist die einzige Zeit, die zählt.«

»Nur in ihr streuen wir das Saatgut für eine Zukunft der unbegrenzten Freiheit des menschlichen Geistes«, zitierte Frank die Inschrift in der Amerika-Gedenk-Bibliothek.

»Denn hier scheuen wir uns nicht, der Wahrheit auf allen Wegen zu folgen und selbst den Irrtum zu dulden solange Vernunft ihn frei und unbehindert bekämpfen kann«, ergänzte Tristan den Ausspruch Thomas Jeffersons.

»Einen Kampf, den jeder zu jeder Zeit führen muss, tagein, tagaus«, flüsterte Professor Robert Gothaer, gebrochen, in sich zusammengesackt, »ich habe geglaubt, ich könnte ihn umgehen, mit Hilfe der Wissenschaft, mit Hilfe eines Traums, einer Vision. Ich habe keinen Kampf begonnen, sondern einen ausgewachsenen Krieg. Allein gegen das Deutsche Reich. Ich habe meinen Krieg verloren!«

»Keiner ist allein! Und der Krieg ist solange nicht verloren, wie man ihn nicht verloren gibt«, widersprach Tristan.

Und nach einer Weile, als er Franks nachdenkliches Gesicht bemerkt hatte, fragte er: »Und du, Frank Miller? Welchen Kampf wirst du führen?«

»Es sind die gleichen Gegner wie deine. Doch mein Weg ist ein anderer. Ohne es zu wollen, haben wir in einer anderen Welt den Keim einer Bedrohung gelegt, die die Menschheit an den Abgrund führen kann. Ich werde die Verantwortung hierfür tragen. Nicht morgen oder übermorgen! Sondern hier und jetzt!«

Sprach es aus, streifte sich das Kettchen mit dem Signalgeber über den Kopf und drückte es Robert in die Hand. Dann ging er hinüber zu den Quadern und legte sich auf die Metallplatte, von der er erst vor wenigen Minuten aufgestanden war.

»Ich werde Jakob Levy wieder sehen, dort im Keller auf dem Gelände der Charité. Er wird sich wundern, dass ich verschwunden war und nach wenigen Sekunden wieder zu ihm zurückkehre. Vielleicht werde ich auch euch dort antreffen: Jan und Paul, Tristan und Barbara. Auf jeden Fall aber werde ich Karen wieder sehen, doch sie wird mir zum ersten Mal in ihrem Leben begegnen. Jakob wird sich darüber wundern, dass sie gesund und unversehrt ist, und dass sie sich an nichts erinnert.«

Karens Begräbnis kam ihm in den Sinn und ihre gemeinsamen Jugendstreiche.

»Tristan?«

»Ja.«

»Pflanz Erdbeeren auf ihrem Grab!«

Tristans Nicken konnte Frank schon nicht mehr sehen. Mit dem bekannten Summen hatte ihn die Metallplatte ins Innere des Sarkophags befördert.

»Und Franks Mutter, meine Mutter. Ihr Sohn wird wieder am Leben und bei ihr sein.«

Klack! Die Verschlussklappe des Quaders hatte sich geschlossen.

»Claire! Meine Liebe, meine große Liebe«, flüsterte er, »ich hoffe, du verzeihst uns, was wir dir angetan haben. Und ich hoffe, du wirst Frank Miller noch genauso lieben, wie du ihn vor drei Jahren geliebt hast. Dieses ‚Ja', dass du es erneut hinaus schreist, so, dass alle Welt es hören kann, das wünsche ich mir.«

»Bereit?«

Frank schloss die Augen und entspannte sich.

»Bereit!«

Und Frank gab sich hin, einer verheißungsvollen Woge fluoreszierenden Grüns.

Danksagung

Liebe Leserin, lieber Leser,

an dieser Stelle möchte ich mich bei allen herzlich bedanken, die mein Manuskript probegelesen und mir Rückmeldung und Motivation gegeben haben: Wiebke Bete, Sven Boger, Iren Collet, Linda Hocevar, Matthias Längl, Hannelore Langer, Rebecca Langer, Anja Laue, Andreas Marx, Ragnar Vogt, Martin Weller, Annett Zieske und ganz besonders bei Markus Collet und Henrik Nolte für die umfangreiche Auseinandersetzung mit meinem Werk.

Weiterhin danke ich all den hilfreichen Kolleginnen und Kollegen aus dem Montségur-Autorenforum, insbesondere Ulli Baum, Petra van Cronenburg, Titus Müller, Andreas Wilhelm und vor allem Jan Schuld.

»Alles bleibt anders« ist mein Debüt-Roman, daher würde ich mich sehr freuen, wenn Sie, liebe Leserin, lieber Leser, mich auf meiner Homepage besuchen und mir Rückmeldung geben:

www.siegfriedlanger.de

Nur keine Scheu: Trauen Sie sich!

Liebe Grüße

Ihr
Siegfried Langer

OLIVER HENKEL

IM JAHRE RAGNARÖK